Nell Leyshon
Der Wald

NELL LEYSHON

Der Wald

ROMAN

Aus dem Englischen
von Wibke Kuhn

EISELE

© 2019 Nell Leyshon
© 2019 der deutschsprachigen Ausgabe
Julia Eisele Verlags GmbH, München
Alle Rechte vorbehalten
Gesetzt aus der Times LT
Satz: LVD GmbH, Berlin
Druck und Bindearbeiten: GGP Media GmbH, Pößneck
Printed in Germany
ISBN 978-3-96161-052-5

Für Jan Pienkowski

Und für meine Söhne.
Oh, wie wunderbar es ist,
einen Sohn zu haben.

zwei briefe

stadt

ein löffel

ein teppich

eine fensterscheibe

ein rotes tuch

ein kissenbezug

eine porzellantasse

eine schnur

ein rotes kleid

ein blaues hemd

ein buch

ein kaltes laken

ein glassplitter

nadel und faden

ein blutfleck

eine tür

staub

kleinstadt

staub

eine tür

ein blutfleck

nadel und faden

ein glassplitter

ein kaltes laken

ein buch

ein blaues hemd

ein rotes kleid

eine schnur

eine porzellantasse

ein kissenbezug

ein rotes tuch

eine fensterscheibe

ein teppich

ein löffel

wald

betula pendula

solanum tuberosum

brassica oleracea

boletus edulis

triticum aestivum

triticum aestivum

boletus edulis

brassica oleracea

solanum tuberosum

betula pendula

zwei briefe

zwei briefe

SOFIA hört, wie sich die Klappe des Briefschlitzes öffnet und schließt, hört das Gewicht der Briefe, wie sie auf den Boden fallen.

Sie seufzt. Eigentlich soll sie auf die Mittagsbetreuerin warten, aber die kommt erst in drei Stunden. Sie schaut aus dem Fenster. Der Regen hat aufgehört, die Wolkendecke reißt allmählich auf.

Drei Stunden.

Sie weiß, was passieren wird, wenn die Frau kommt. Sie wird die Tür aufschließen und ihre Straßenschuhe ausziehen, in die Pantoffeln schlüpfen, die sie in einer Tasche in ihrer Tasche mitbringt. Sie wird die Briefe aufheben, mit ihrem jungen Körper, der sich so geschmeidig bücken kann, dann wird sie ins Hinterzimmer gehen und rufen:»Ich bin da«, als ob Sofia das nicht schon wüsste. Und dann wird sie ihr die Briefe geben.

Sofia bekommt alles mit, von der kleinen Welt ihres Stuhls aus.

Links neben ihr steht ein Tisch. Sie schiebt die Schale Porridge beiseite, die ihr die Morgenbetreuerin gemacht hat. Sie hat nur die Hälfte gegessen. Zu wenig Zucker. Was können in Sofias Alter denn ein paar Löffel Zucker noch groß schaden? Es wäre nicht mal ein Weltuntergang, wenn sie eine ganze verdammte Tüte aufreißen und aufessen würde, jedes Zuckerkristall zwischen ihren falschen Zähnen zermahlen.

Neben der Porridgeschüssel liegt die Zeitung, die auf der Seite mit dem leichten Kreuzworträtsel aufgeschlagen ist. Sie schaut es an, kann aber keine rechte Begeisterung dafür aufbringen: Ist es wirklich wichtig, welches Wort wo reinkommt? Sie faltet die Zeitung auseinander, so dass sie die Titelseite sehen und die Schlagzeilen lesen kann. Da sinkt ihr das Herz. Das ist das Dumme, wenn man zu lang lebt: diese Endlosschleife der Dummheit, der Menschen, die die Lektionen der Geschichte einfach ignorieren.

Sie weiß zu viel.

Drei Stunden.

Sie könnte das Radio einschalten, aber das würde bedeuten, dass sie jemand anders erlauben würde, die Musik für sie auszusuchen. Sie könnte Fernsehen schauen, aber lieber würde sie sich eine Stricknadel ins Auge stechen. Was für gewalttätige Gedanken sie jetzt hat als alte Frau. Sie faltet die Zeitung wieder zusammen, legt sie auf den Tisch. Dann schaut sie wieder zum Fenster.

Drei Stunden. Unerträglich.

Sie drückt den Knopf, mit dem sie ihren Stuhl nach vorne kippen kann, dann legt sie rechts und links die Hände auf die Lehnen und stemmt sich hoch, bis sie aufrecht steht. Sie streckt die Hände nach der Gehhilfe aus, ergreift sie. So. Jetzt steht sie. Sie bewegt das Gestell ein winziges Stückchen voran, macht einen Schritt vorwärts. Bewegt es voran, macht einen Schritt vorwärts. So legt sie den mühseligen Weg vom Hinterzimmer zur Wohnungstür zurück.

Die Antibiotika. Die sind schuld.

In der Vergangenheit hätten sie sie mit einem Sieb und einem Haufen Kartoffeln zum Schälen in eine Ecke gesetzt, und sobald es in ihrem Brustkorb angefangen hätte zu rasseln, hätten sie sie in ein Bett gelegt, bis sie eines Nachts aufgehört hätte zu atmen und ihr Herz aufgehört hätte zu schlagen.

Nicht so heute. Heute kommen sie beim ersten Anzeichen von Husten oder Fieber mit ihren Fläschchen voller Tabletten. Die Vorstellung einer natürlichen Lebensspanne gibt es nicht mehr. Vorsichtig legt sie Schritt für Schritt den Weg durch den Flur zurück. Das Licht fällt durch das bunte Glas: Das rote Herz glüht mitten in den grünen Blättern. Auf dem Boden liegen zwei Briefe. Sie bewegt sich auf sie zu, und als sie an der Tür ist, stellt sie die Gehhilfe ein bisschen schräg zur Seite, lässt sie mit einer Hand los und bückt sich ganz langsam. Ihre Finger streifen die Umschläge, aber sie kann sie nicht greifen. Sie versucht es noch einmal, zwingt sich, sich tiefer zu bücken, bekommt erst den einen am Rand zu fassen, danach den anderen. Sie hält sie in der linken Hand und dreht sich um, geht den Weg zurück durch den Flur, zurück zu ihrem Stuhl.

So. Das wäre geschafft, und alle werden böse auf sie sein. Egal, lass sie. Wenn sie hinfällt, fällt sie eben. Was soll sie denn sonst tun? Für immer in der sicheren Welt ihres Stuhls hocken bleiben?

Zwei Briefe.

Der erste hat ein durchsichtiges Feld, ein Fenster, durch das man ihren Namen und ihre Adresse auf dem Briefkopf lesen kann. Das Logo einer Bank, aber nicht ihrer Bank. Sie weiß, was das ist: Man bietet ihr mal wieder eine Kreditkarte an. Sie sollte einfach mal alle beantragen und dann Geld ausgeben, bis der Kreditrahmen ausgereizt ist, und dann die nächste Antibiotikabehandlung verweigern und die ganzen Schulden mit ins Grab nehmen. Das wäre denen mal eine Lehre. Obwohl, nein, wäre es wohl nicht, denn die lernen es ja doch nie. Wie gesagt, eine einzige Endlosschleife der Dummheit da draußen.

Sie legt den Brief ungeöffnet auf die Zeitung.

Der zweite Brief ist schon vielversprechender. Kräftige schwarze Handschrift, dickes weißes Papier. Ein echter Umschlag. Ein Umschlag, wie die Umschläge früher mal aussahen. Sie dreht ihn um und sieht die kleine Zeichnung neben der zugeklebten Lasche: ein langhaariger alter Mann mit einer Schere in der Hand, der sich anschickt, den Brief aufzuschneiden. Sie lächelt. Macht den Umschlag auf, wobei sie sorgfältig darauf achtet, die Zeichnung nicht zu beschädigen, und zieht eine Karte heraus.

Eine handgeschriebene Einladung. Ganz unten steht *RSVP*, gefolgt von den eingeklammerten Worten (*Spar die die Mühe. Du kommst.*)

Sie denkt an den logistischen Aufwand, den es bedeuten würde, die Einladung anzunehmen. Den Brief aufzuheben war schwierig genug, und um dort hinzugehen, bräuchte sie eine Armee, die sie auf den Schultern hinträgt, wie eine alternde Königin.

Sie liest es wieder.

(*Spar die die Mühe. Du kommst.*)

Sie lächelt. Ach, was soll's. Natürlich geht sie da hin.

*

Es klopft an der Tür, als Paul gerade seine zweite Tasse starken schwarzen Kaffee trinkt und seine erste Zigarette raucht. Er stellt die Tasse ab, geht von der Küche in den Flur, zur Wohnungstür.

Der Postbote hat einen kleinen Stapel Briefe in der Hand, der größte davon ist zu groß für den Briefschlitz. Sie wechseln ein paar Sätze übers Wetter, das sehr wechselhaft ist, und die schwindende Zahl der Briefe, nachdem E-Mails jetzt so verbreitet sind. Sie verabschieden sich, und Paul macht die Tür zu.

Er trägt die Briefe in die Küche, legt sie zwischen die Überreste des gestrigen Abendessens auf den Holztisch. Er nimmt seinen Kaffee, trinkt ihn aus und drückt seine Zigarette aus. Zwei Briefe sind Werbesendungen. Eine von einem Unternehmen, das billige Versicherungen für Senioren anbietet. Bodenlose Frechheit. Wissen die denn nicht, dass er gefühlt immer noch zwölf ist? Drei richtige Briefe sind dabei. Ein Brief sieht aus wie eine Rechnung. Der nächste ist von der Bank. Der letzte, der größte, der nicht durch den Briefschlitz ging, ist ein brauner Umschlag, der auf einer Seite mit Karton verstärkt ist, damit der Inhalt nicht verknicken kann. Auf dem Adressaufkleber steht Pauls Anschrift. Eine polnische Briefmarke. Polska, steht darauf. Polska.

Auf diesen Brief hat er gewartet.

Er dreht ihn um. Er ist zugeklebt, extra mit Tesafilm. Ein Absender ist nicht angegeben. Wieder dreht er ihn um, mustert den Adressaufkleber, die Briefmarke. Eine echte Briefmarke, kein Stempel aus einer Frankiermaschine. Ein getippter Aufkleber, der nicht ganz rechteckig ist, sondern auf der rechten Seite ein bisschen breiter geraten. Die Spur menschlicher Hände. Da muss irgendjemand in einem Büro sitzen, der diese Informationsanfragen bearbeitet. Irgendjemand muss das beruflich machen.

Immer noch starrt er den Umschlag an, er hält ihn immer noch in der Hand. Er hat ihn erwartet, ja, aber nicht so bald. Nicht diese Effizienz.

Er legt ihn wieder auf den hölzernen Küchentisch. Er spricht mit sich selbst, im Stillen, versucht, seinen Herzschlag zu beruhigen:

Nichts hat sich verändert. Nichts ist anders. Der Umschlag ist gekommen, aber das ist alles. Gieß dir noch einen Kaffee ein. Steck dir noch eine Zigarette an. Geh ans Küchenfenster, schau in den Garten.

Dort steht er, bis die Zigarette aufgeraucht und der Kaffee ausgetrunken ist, dann dreht er sich um und geht wieder zum

Tisch. Der Umschlag liegt immer noch dort. Mit einer schnellen Bewegung dreht er ihn um, so dass die Vorderseite unten liegt. Sein Name und seine Anschrift verschwinden.

So.

Nur weil das Ding hier in seinem Haus ist, nur weil es gekommen ist, heißt das noch lange nicht, dass er es auch aufmachen muss.

Und selbst wenn er ihn öffnet, wird das nichts ändern.

stadt

ein löffel

PAWEL nimmt den Silberlöffel und hält ihn sich vors Gesicht, als wäre es ein Handspiegel. Er sieht sich selbst darin, nur dass auf dem Löffel sein Mund oben zu sehen ist und seine Augen unten. Es sieht aus, als würde er auf dem Kopf stehen, aber er weiß, dass das nicht sein kann, denn er sitzt auf einem Stuhl, der wiederum am Esstisch steht, und seine Füße stehen fest auf dem Boden.

Er sitzt, wo seine Mutter ihn hingesetzt hat.

Er dreht den Löffel um, so dass er auf die Rückseite schaut, und jetzt ist sein Spiegelbild richtig: Jetzt ist sein Mund unter seinen Augen. Wieder dreht er den Löffel um. Er fragt sich: Ist er der einzige Mensch, der das kann, die Welt auf den Kopf stellen?

Er starrt sein Bild an: Leuchtend rote Lippen heben sich von der weißen Haut ab, dunkle Haare stehen ein Stück nach oben, um ihm dann in die Stirn zu fallen.

Der Löffel in seiner Hand fühlt sich zerbrechlich an: Sein Gewicht ist immer weniger geworden durch den Gebrauch, zweihundert Jahre lang wurde er am Tisch herumgereicht und von einer Generation zur nächsten. Das Silber ist dünn, als wäre es plattgehämmert worden, es hat eine ungleichmäßige Oberfläche mit Einkerbungen. Auf dem silbernen Griff sind Initialen eingraviert, doch die Buchstaben sind so verschnörkelt, dass Pawel sie nicht entziffern kann.

Er hört die Standuhr im Salon nebenan. Jede Sekunde wird

gezählt. Er legt den Silberlöffel aus der Hand und mustert die Spitzenmuster, die das Licht, das durch die Vorhänge fällt, auf Wände und Boden malt.

Und dann hört er eine Stimme. Sie kommt durch die Türen, die Esszimmer und Salon trennen; sie sind hellgrün gestrichen, das Grün von frisch aufgesprossenem Weidelgras im Frühling. Sie stehen offen, die Holztüren sind ineinander gefaltet wie Flügel.

Die Stimme hat etwas von einem Vogel, eine gewisse Leichtigkeit, Musik.

»Pawel? Pawel?«, ruft sie. »Bist du fertig? Oder träumst du wieder vor dich hin?«

Pawel seufzt. »Ich bin fertig«, sagt er.

»Gut.«

Dann kommt sie in sein Blickfeld.

Sie: seine Mama, Zofia. Sie trägt ihr blaues Kleid, der Stoff fängt das Licht ein, während sie sich bewegt. Zwischen den Türen bleibt sie reglos stehen. Die Handflächen hat sie aneinandergelegt, als würde sie beten. Das blonde Haar hat sie straff aus dem Gesicht zurückgenommen, und sie hält den Kopf leicht zur Seite geneigt, als würde ihr Dutt ihn herunterziehen.

Von der Stelle, wo sie steht, sieht sie ihren Sohn auf seinem Stuhl sitzen, und sie sieht, was vor ihm auf dem Tisch steht, die blau-goldene Tasse mit der Untertasse. Daneben der dazu passende Teller und der Silberlöffel. Und auf dem Teller liegen die Reste eines Kuchens und die schwarzen Pünktchen von Mohnsamen.

»Du hast doch gesagt, du bist fertig«, sagt sie.

Pawel nickt zufrieden und energisch. »Bin ich auch.« Und das meint er so: Er meint, wenn er sagt, dass er fertig ist, ist er auch fertig. Er hat noch nicht gelernt, dass Sprache trügerisch sein kann, dass die Beziehung zwischen dem, was er sagt, und dem, was real ist, nicht immer ganz eindeutig ist.

»Bin ich auch«, wiederholt er.

Sie deutet auf den Teller. »Bist du nicht«, sagt sie.

Sie schauen sich mit festem Blick an. Alles liegt in diesem Moment: ihre Autorität und sein Rebellionsversuch. Und dann schlägt Pawel die Augen nieder, er kann dem Blick nicht standhalten. Ihre Augen (so blassblau, wie ihr Kleid wäre, wenn man es einen ganzen Sommer lang an der Sonne liegen ließe, genauso blassblau wie seine Augen) sind zu stark, zu lebendig; sie sehen alles. »Tut mir leid«, sagt er, und er schaut auf den nur halb gegessenen Kuchen, den verhassten Kuchen, dessen Mohnsamen ihm zwischen den Zähnen hängen bleiben.

»Du hast noch zehn Minuten«, sagt sie.

Er nickt. Gerne würde er sie bitten, zu bleiben, sich zu ihm zu setzen, aber er tut es nicht, denn er weiß, dass seine Worte verschwendet wären. Er findet es schrecklich, allein zu essen. Früher hat er nie allein gegessen.

»Spül ihn mit dem Tee runter«, sagt sie.

»Da ist kein Zucker drin.«

»Ich weiß.«

»Haben wir Honig, Mama?«

»Du weißt, dass wir keinen haben.«

»Der Kuchen ist nicht süß.«

»Ich weiß. Aber es ist Essen.«

Sie dreht sich zum Gehen, und er schaut ihr nach, sieht, wie ihr blaues Kleid über das bemalte Holz der Türen streift. Von all ihren Kleidern ist dies sein liebstes, und wenn er sicher ist, dass seine Mama weg ist, geht er in ihr Zimmer, macht ihren Schrank auf und befühlt den Stoff, der ihm unter den Fingerspitzen durchgleitet.

Er lauscht auf die vertrauten Geräusche, während sie über den Treppenabsatz geht: den gedämpften Klang ihrer Schuhe auf dem Läufer, dann das harte Klackern von Absätzen auf den Dielen zwischen dem Ende des Teppichs und der obersten Stufe. Er hört, wie die Uhr jede Sekunde abmisst.

Er schaut auf den Kuchen. Auf das Porzellan. Außen am Teller, der Untertasse und der Tasse laufen goldene Kreise entlang. Er überlegt, wie sie aufgemalt werden, denn sie sind so makellos. Und dann hört er etwas. Ein neues Geräusch. Er blickt auf und legt den Kopf auf die Seite. Es ist der Beginn eines Musikstücks. Er ist nicht sicher, woher es kommt: Es könnte von der Straße kommen, vielleicht ist es einer von den Musikern von der Akademie, die für ein paar Münzen spielen. Es könnte aus der Nachbarwohnung kommen, sich Note für Note durch Mauerwerk und Putz drängen. Es könnte aus den Zimmern im Erdgeschoss kommen: Vielleicht hat Mama ihr Cello hervorgeholt, den Staub abgewischt und es mit nach unten genommen. Er schaut sich um. Nein: Das Cello steht an seinem angestammten Platz in der Zimmerecke.

Da hört die Musik auf. Er schaut auf seinen Kuchen und den Tee, die vor ihm auf dem Tisch stehen. Er seufzt, kratzt sich die Nase, streicht sich das Haar aus der Stirn, dann greift er schließlich zum Löffel.

Die Kante des Löffels ist scharf, wo das Silber seitlich abgenutzt ist. Er dreht ihn auf die Seite, versenkt ihn im Kuchen, sticht sich ein Stück ab – so wenig wie möglich – und hebt es an den Mund. Mit einer Hand hält er sich die Nase zu, macht den Mund auf und schiebt den Kuchen hinein. Er schmeckt das Silber des Löffels und die Mohnsamen. Schnell greift er zur Tasse und spült das Ganze mit dem ungesüßten Tee herunter. Der Kuchenklumpen ist durch seine Kehle und in den Magen gewandert. Er trinkt noch etwas Tee.

Die Tasse fühlt sich dünn an seinen Lippen an. Sie ist zerbrechlich, alt. Er weiß, woraus sie gemacht ist, denn er hat einmal gehört, wie es seine Mutter gesagt hat. Es ist Knochenporzellan. Darüber hat er lange nachgedacht, hat überlegt, aus was für Knochen das wohl genau gemacht ist, und wie sie den Knochen in eine Tasse verwandelt haben. Haben sie ihn mit einer Säge so ausgehöhlt? Oder haben sie einen Hammer benutzt? Das verwirrt ihn: Er hätte immer gedacht, dass Knochen, wenn man ihn mit einem Hammer bearbeitet, in tausend Stücke zerspringt, denn als letzten Winter der Junge aus seiner Klasse auf dem Eis stürzte, passierte mit seinem Bein genau das. Großmutter hat ihm erklärt, wie sie noch versuchten, es wieder zusammenzunageln, aber nach einer Woche wurde es grün und schwarz, und da mussten sie es ganz abschneiden.

Pawel dreht die Tasse in den kleinen Händen und überlegt: Vielleicht haben sie einen besonderen Knochen verwendet, der schon fast die richtige Form hatte. Er denkt an das Skelett in Großmutters Zimmer im Erdgeschoss, das er sich gründlich angesehen hat: Da gibt es einen Knochen, wo das obere Ende des Beins am Becken sitzt, und der ist fast tassenförmig. Oder wie wäre es mit dem Schädel? Vielleicht ist die Tasse, die er in der Hand hat, aus einem menschlichen Schädel angefertigt worden. Obwohl, der hätte dann schon sehr klein sein müssen. Vielleicht ein Kinderschädel? Oder von einem Baby? Er schaut die Tasse an. Befühlt sie mit den Händen. Es ist ein seltsamer Gedanke, sich Knochen in den Mund zu schieben. Oder Mohnsamen. Oder Silber.

Oje.

Mama kommt zurück: Er hört die Seide ihres Kleides, hört ihre Absätze auf dem Boden.

Und da ist sie auch schon, sie steht auf der Schwelle und stützt sich mit einer Hand an dem hellgrünen Türrahmen. Sie schaut den Teller an, der vor ihm steht, und hebt den Blick dann zu seinem Gesicht. Das dunkle Haar fällt ihm über die

Augen, seine Lippen heben sich deutlich von seiner blassen Haut ab; im Mundwinkel hängt ihm ein Krümel, ein paar schwarze Mohnsamen auf rotem Grund. Er lächelt, aber sie schüttelt den Kopf. Erwidert das Lächeln nicht. Er wartet auf Tadel von ihr, aber sie sagt nichts. Jetzt hat sie ihre Aufmerksamkeit dem Fenster zugewandt. Hat sie irgendetwas gesehen? Ihre Miene ist undurchdringlich.

»Mama?«

»Hmmm?« Sie geht um den Tisch herum, hinter ihn, und hebt die Spitzengardine an, um hinauszuschauen.

»Was ist da?«, fragt Pawel. »Was siehst du da?«

Mama, Zofia, schüttelt den Kopf, dreht sich um und schaut Pawel an.

»Nichts.« Sie lässt die Spitzengardine fallen und klatscht in die Hände, Haut auf Haut. »Mach dir keine Sorgen«, sagt sie. »Du solltest dir Kindersorgen machen. Keine Erwachsenensorgen.«

Aber ihre Worte und ihr Gesichtsausdruck passen nicht zueinander, und das weiß Pawel. Er wittert eine Unstimmigkeit, einen Spalt. Früher hat sie das nie gemacht, und es gefällt ihm nicht. Wie alle kleinen Kinder auf der Welt hasst er Veränderungen, ganz besonders bei seiner Mutter.

Sie wiederum beobachtet ihn dabei, wie er sie beobachtet. Sie sieht den Zweifel auf seinem Gesicht, das sie so leicht lesen kann wie die Seiten der Bücher, die auf ihrem Nachttisch liegen. Und dann sieht sie, wie er auf seinen Teller hinabschaut; ihre Augen folgen der Bewegung. Sie schauen beide wieder auf und sehen sich an. In diesem Moment liegt ihre ganze Welt in diesem einen getauschten Blick. Das Ungesagte, das Begriffene. Der ungegessene Kuchen.

Er wartet. Sie will zum Sprechen ansetzen, da kommt ihr etwas in den Sinn: Ist dieses eine Stück Kuchen denn wirklich so wichtig? Wieder schaut sie zum Fenster. All das dort drau-

ßen, und sie steht hier und regt sich auf über ein Stück Kuchen. Sie hebt einen Arm, zeigt zum Salon und sagt: »Wenn
du noch ein bisschen übst, kannst du den Rest des Kuchens
liegen lassen.«

Bevor sie den Satz zu Ende gesprochen hat, ja, bereits in
dem Moment, als sie das Wort »wenn« ausgesprochen hat,
springt Pawel von seinem Stuhl auf und rennt durch die
Flügeltüren in den Salon. Er stolpert fast über den Teppich-
rand, richtet sich wieder auf, dann nimmt er seine Violine
von ihrem Platz auf der Kommode. Er dreht sich um und
sieht, dass seine Mama ihn beobachtet und ihre blauen Augen alles sehen. Er verlangsamt seine Bewegungen, als er
ihren Blick sieht, greift zum Bogen und schiebt sich die
Geige behutsam unters Kinn. Er legt die Finger auf die Saiten und atmet ein, um sich vorzubereiten. Und dann geht ihm
ein Gedanke durch den Kopf: Was hat Mama noch gesagt,
woraus sind die Saiten gemacht? Ah ja, das war es. Aus Kat-
zendärmen. Pawel nimmt die Finger wieder von den Saiten.
Katzendärme. Er stellt sich vor, wie sie eine Katze auf dem
Rücken auf einem Tisch ausstrecken und sie aufschneiden
und ihr die Därme herausnehmen. Der Bogen fällt ihm aus
der Hand.

Und in dem Moment hört er es. In dem Moment hören sie
es beide.

Das Geräusch hebt an, ein tiefes Grollen, das vom Ende
der Straße herkommt. Eine Explosion. Sie hallt wider, wird
von den Wänden der Gebäude zurückgeworfen und im Näherkommen lauter, dann scheppern die Fensterscheiben gegeneinander, das Glas klirrt in den Fensterrahmen, und es fühlt
sich an, als würde sich der Boden unter ihren Füßen bewegen.
Es fühlt sich an, als wäre das Ding, das dieses Geräusch her-
vorruft, mit ihnen im Zimmer. Pawel lässt seine Geige fallen,
und sie landet scheppernd auf dem Holzboden. Sein Körper

sackt in sich zusammen, die Knie werden ihm weich und geben unter ihm nach.

Zofia dreht sich gerade in dem Augenblick um, als er zu Boden fällt. Sie läuft durchs Zimmer, durch die offenen Türen zu der Stelle, wo er liegt. Sie kniet sich vor ihn, und er wirft sich auf ihren Schoß, schlingt ihr die Arme fest um die Taille, als wäre ihr Körper stark genug, ihn zu beschützen, als könnte sie seinem Zittern Einhalt gebieten. Aber das kann sie nicht, denn sie zittert nicht weniger.

Er klammert sich an sie, spürt die blaue Seide an seiner Wange. Er spürt den Stoff mit den Händen, es ist ihm egal, dass er Mohn an den Fingern hat. Er kann sie riechen. Der Geruch der Creme, mit der sie ihre Haut einreibt, nach Rosenblättern. Der Geruch von Zuhause. Der Geruch seiner Mama. Er will sie niemals gehen lassen.

Das Geräusch hat jetzt aufgehört, und sie löst sofort ihre Umarmung. Aber er fasst sie noch fester, wischt das Gesicht an ihrem Kleid ab, und seine Tränen sickern in den Stoff, wo sie dunkelblaue Flecken hinterlassen. »Ich hasse das«, sagt er.

»Wir hassen es alle«, sagt sie.

»Warum hören sie nicht auf damit?«

»Weil sie darum kämpfen, dass wir unser Land zurückkriegen.«

»Niemand sollte kämpfen.«

»Ich weiß, aber wenn man nicht kämpft, machen die Leute mit einem, was sie wollen.«

Sie greift seine beiden Arme und fängt an, sich aus seinem Griff zu lösen. Er klammert sich noch fester an sie, doch sie ist stärker als er. Sie schiebt ihn weg und steht auf.

Er schaut zu ihr hoch: »Wo ist Großmama?«, fragt er. Er wiederholt die Frage, und seine Stimme wird lauter, eine Oktave der Sorge. »Wo ist Großmama?«

»Es geht ihr gut«, sagt sie und senkt die Stimme, um ihn zu beruhigen.

»Ist sie da draußen?«

»Ja, aber nicht dort, wo das passiert ist.«

»Wen besucht sie?«

»Eine Familie, die sie braucht.«

»Und wo ist Tante Joanna?«

»Unten.«

»Und wo ist Papa?«

»Dem geht es gut.«

»Woher weißt du das?«

»Hör jetzt auf. Ich weiß es, weil ich alles weiß.«

»Mama«, sagt er.

»Was?« Ungeduld in ihrer Stimme. »Was?«

»Geht es wirklich allen gut?«

»Ja. Allen geht es gut.«

Er schaut ihr forschend in die Augen, hält Ausschau nach Rissen, nach der Wahrheit. Und dann zwingt sie sich zu lächeln, und er spürt, wie sich seine Stimmung wieder hebt, als wäre sie mit den Mundwinkeln seiner Mutter verbunden.

»Du musst jetzt wirklich Geige üben«, sagt sie ruhig.

»Ich kann nicht«, sagt er.

»Oh doch.«

Er streckt die Hände aus und zeigt ihr, wie sie zittern.

Sie hebt die Geige vom Teppich auf und reicht sie ihm. »Entweder, du übst jetzt, oder du musst den Kuchen essen.«

Pawel schaut sie an. Er nimmt ihr das Instrument aus der ausgestreckten Hand und hält es fest, spürt das geschwungene Holz, die straffen Saiten.

Sie reicht ihm den Bogen, dann schaut sie sich im Zimmer um. Hier drinnen sind sie nicht mehr sicher, sie werden in der Küche essen müssen. Wieder ist ihre Welt ein Stückchen zusammengeschrumpft. Sie geht ins Esszimmer, um den Tisch herum, und tritt ans Fenster, um die Spitzengardine anzuheben und auf die Straße hinunterzuschauen.

Pawel steht auf, die Geige unterm Kinn, den Bogen auf den Saiten.

»Mama«, sagt er. »Wann gehen die wieder weg aus unserem Land?«

Zofia zuckt mit den Schultern. »Wenn ich dir die Frage beantworten könnte, wäre ich eine weise Frau.«

Pawel nickt. »Warum hassen sie uns?«

Sie dreht sich um und schaut ihn an. »Weil wir nicht sie sind.«

»Die Juden hassen sie am meisten.«

»Stimmt.«

»Bin ich ein Jude?«

»Nein.«

»Was ist ein Jude?«

»Ein Jude ist eine bestimmte Sorte Mensch«, sagt sie. »Das ist alles. Wir sind alle Menschen, aber sie haben eine andere Vorstellung von Gott.«

Zofia lässt den Vorhang wieder fallen. Staub steigt auf und gesellt sich zum restlichen Staub im Zimmer: Staub vom Putz, Staub vom Haushalt, Staub von der Straße. Sie nimmt den Teller und die Tasse mit der Untertasse und geht durch die Tür in den Salon, schickt sich an, das Zimmer zu verlassen.

»Mama«, sagt Pawel. »Wo gehst du hin?«

»Joanna besuchen.«

Pawel nickt. »Mama«, sagt er dann, »wann ist das alles vorbei?«

Aber es kommt keine Antwort auf seine Frage.

»Hast du mich gehört, Mama?«

Zofia dreht sich um und zwingt sich, ihn anzulächeln. »Doch«, sagt sie. »Ich hab dich schon gehört.«

»Und, wann?«

»Ich weiß es nicht.«

»Du hast gesagt, du weißt alles.«

»Bis auf das. Das ist das Einzige, was ich nicht weiß. Niemand weiß es. Keiner kann wissen, was die Zukunft bringt. Wir müssen es abwarten.«

ein teppich

ZOFIA steht auf der Schwelle zur Küche. Ihre Schwester
Joanna steht an der Spüle vor dem Fenster, aus dem man auf
die Backsteinmauer des Innenhofs schaut. Ihre Arme sind
ganz im Wasser, sie ist völlig reglos. Ihr gelbes Kleid wird
von einer weißen Kattunschürze geschützt, deren Bänder unten auf dem Rücken zu einer Schleife geknotet sind. Das
dunkle Haar hat sie zu Zöpfen geflochten und am Kopf fest-
gesteckt. Es sieht aus, als wäre der Fensterrahmen der Rahmen eines Gemäldes und Joanna das Motiv.

Zofia räuspert sich. Ihre Schwester dreht sich um und
schaut sie an. Große Augen, flächige Lider. Ihre Augenbrauen
sind dunkel und stark geschwungen; ihr Haar sieht in diesem
dämmrigen Küchenlicht schwarz aus. Als wäre sie das Nega-
tiv zu Zofias Positiv.

Sie schauen sich an. Es ist ein fester Blick, keiner weicht
dem anderen aus. Sie wissen beide, was die andere denkt,
denn sie können ohne Worte miteinander sprechen. Und ihr
Blick sagt Folgendes: Selbst in diesem Raum im Keller, in
den Eingeweiden des Mietshauses, in dem man kein Geräusch
von Automotoren oder menschlichen Stimmen hört, wo die
Stadt zu einer stummen, imaginären Landschaft irgendwo dort
draußen geworden ist, selbst hier hört man die Geschütze,
fühlt man die Vibrationen.

Joanna senkt den Blick und schaut auf den Boden. Der
Augenkontakt, der anfangs noch angenehm tröstlich war, ist

plötzlich unangenehm entblößend. Angst liegt auf einmal in der Luft.

Zofia tritt über die Schwelle und geht zur Spüle. Sanft zieht sie Joannas Hände aus dem dampfenden Wasser und sieht, dass die Haut rot und entzündet ist. Und jetzt steht sie direkt neben ihrer Schwester, sie sieht, dass ihr dunkles Haar oben zwar glattgekämmt und straff zurückgenommen scheint, sich aber doch ein paar Strähnen aus den Nadeln gelöst haben und sich wie Schlangen um ihre feuchte Stirn und den Hals ringeln. Unter den Ärmeln ihres gelben Kleides sieht man dunkle Flecken.

Joanna hebt eine wunde Hand an die Stirn und versucht sich die Haare aus dem Gesicht zu streichen. Zofia ist ihr behilflich, schiebt die Strähnen wieder in den Zopf, befestigt die Nadeln neu.

»Ich versuch das gerade sauberzukriegen«, sagt Joanna, »nur dieser Fleck hier will einfach nicht raus.«

Im Spülbecken liegt ein weißes Stoffbündel mit einem Fleck, der wie Rost aussieht, aber keiner ist. Es ist Blut. »Ich glaube nicht, dass der rausgehen wird«, meint Zofia sanft.

»Muss er aber«, sagt Joanna.

Zofia legt ihr eine Hand auf den Arm. »Du hast genug getan.«

Doch Joanna will nicht davon ablassen: Wieder taucht sie die Arme ins brühheiße Wasser und reibt energisch Stoff gegen Stoff. Sie nimmt noch mehr Natronlauge, noch mehr Seife. Die Haut auf einer ihrer Hände reißt und springt auf. Unbemerkt tritt unter Wasser ein Blutstropfen aus und bildet kleine Schlieren und Fäden, bevor er sich auflöst.

Da taucht Zofia beide Hände in die Spüle, greift Joannas zarte Handgelenke und versucht sie herauszuziehen. »Hör auf«, sagt sie. »Du musst aufhören.«

Joanna wehrt sich. »Nein. Nein.«

Doch Zofia ist die stärkere der beiden Schwestern, und Joanna gibt nach und stolpert von der Spüle weg. Zofia führt sie zu einem harten Holzstuhl, auf dem sie zusammenbricht, als würde sie in ihr Kleid hineinsinken, mitten in die gelben Falten. Sie bleibt still sitzen und starrt in die Luft, dann fängt sie an, ihre nassen Hände immer und immer wieder an der Schürze abzuwischen, wobei der raue Kattunstoff ihre Haut noch mehr aufreißt. Blutstropfen sickern in den groben Stoff. Sie blickt auf zu Zofia.

»Wo sind eigentlich alle?«, fragt sie.

»Es geht ihnen gut«, sagt Zofia.

»Und Pawel?«, fragt sie. »Wo ist Pawel.«

»Es geht ihm gut.«

»Hast du ihn oben allein gelassen?« Zofia gibt keine Antwort, und Joanna wird lauter. »Ja, du hast ihn allein gelassen. Du hast ihn allein gelassen.«

»Es geht ihm gut«, sagt Zofia. »Er übt.«

»Du musst ihn runterholen. Er kriegt doch Angst.«

»Der wird schon kommen, wenn er möchte.«

Zofia wendet den Blick ab. Es ist einfach zu intensiv. Sie legt Joanna die Hand auf die Schulter, wo sich die Knochen anfühlen, als wären sie direkt unter der Haut. Sie fühlen sich an wie die Knochen unter dem Fell eines Kaninchens, das gleich gehäutet werden soll. Sie hat noch weiter abgenommen. Zofia nimmt die Hand weg und geht zum Ofen, wo sie die Klappe schließt. Vergeudung von Brennstoff. Sie schaut sich im Zimmer um. Die Spüle, das Fenster, der Ofen, der Tisch und Stühle, die große Anrichte, die Regale. Die silbernen Kerzenleuchter, die Silberteller, die Silberdeckel. Das blau-goldene Porzellan.

Das hier war nie ihre Welt gewesen. Das war die Welt der Köchin und der Dienstmädchen.

Sie hört das Geräusch von Füßen auf der Treppe, sie gehen

hinunter, hinunter, dann hört man, wie sie halb gehen, halb rennen, über den ganzen Flur, bis er schließlich auf der Schwelle erscheint. Sie sagt nichts. Joanna schaut ihn von ihrem Stuhl an, nickt, erteilt ihm die wortlose Erlaubnis, die er braucht, um einzutreten. Er rennt zu seiner Tante, schlingt die Arme um ihren Rock und ihre Beine. Sie legt ihre Arme um ihn und schaut auf ihn hinunter.

Pawel schaut zu ihr auf, in ihre Augen. Sie sehen aus, als wären sie verschiedenfarbig, doch er weiß, dass das nicht stimmt. Er kennt die Wahrheit: Das eine Auge hat eine leicht verkleinerte Pupille: Die beiden Regenbogenhäute haben dasselbe Blassblau, dasselbe Blassblau wie die Augen seiner Mutter, dasselbe Blassblau wie seine eigenen Augen, dasselbe Blau, das das Kleid seiner Mutter, das er am liebsten mag, haben würde, wenn man es in der Sonne liegen ließe.

Zofia sieht, wie sich die beiden anschauen, wie Pawel den Stoff von Joannas Rock streichelt.

Ach, was soll's, lass die beiden.

Sie wendet sich ab, geht wieder zum Waschbecken. Sie hebt die Emailleschüssel hoch und kippt sie, bis das heiße Wasser ganz durch den Abfluss abgelaufen ist. Sie nimmt den fleckigen Stoff aus der Schüssel und wringt ihn fest aus, erst in die eine Richtung, dann in die andere. Sie schlägt ihn kräftig aus, dann hält sie ihn in die Höhe, so dass ihre Schwester den Fleck in der Mitte sehen kann. »Der geht nie mehr raus«, sagt sie. »Der ist schon ganz eingetrocknet.«

»Weich es noch länger ein«, sagt Joanna. »Schrubb es noch länger.«

Aber das tut Zofia nicht: Sie hängt den Stoff über den hölzernen Wäscheständer, der neben dem schwarzen Ofen steht. »Das kann man trotzdem noch benutzen«, sagt sie.

Joanna spricht wieder: Ihre Stimme ist hartnäckig, sie wird lauter. »Mama hat mir gesagt, ich soll das waschen.«

»Ich weiß, dass sie das gesagt hat«, sagt Zofia. Wenn sie mit ihrer Schwester spricht, ist ihre Stimme tief und ruhig. Es ist eine ganz bewusste Entscheidung, nicht zu zeigen, was sie wirklich fühlt, alles Gefühl in einem engen Rahmen zu halten. Je mehr die Stimme ihrer Schwester in unkontrollierten Wellen auf und ab schwankt, umso tiefer und fester wird ihre eigene.

Joanna hält den Blick fest auf Zofia gerichtet. »Sie hat mir gesagt, ich soll es waschen. Das hat sie gesagt.«

»Ich weiß, Joanna«, sagt Zofia, »aber du weißt genauso gut wie ich, dass Blut Flecken macht. Es ist nur ein altes Laken. Es ist egal. Es ist nicht wichtig.« Zofia wendet den Blick von ihr ab und geht wieder ans Waschbecken. Sie dreht das Wasser auf, aber es kommt nichts heraus. Seit Monaten ist dort schon nichts mehr herausgekommen, aber die Gewohnheit ist hartnäckig, die Erinnerung an den Handgriff ist tief in ihren Muskeln verankert. Sie dreht den trockenen Hahn wieder zu und greift nach dem Eimer Wasser, der neben der Spüle steht, gießt ein wenig in die Emailleschüssel, schwenkt sie aus und leert das Wasser aus. Dann gießt sie noch mal ein bisschen hinein und steckt die Hände ins saubere Wasser, um sich die Seifenreste von der Haut zu spülen. Sie trocknet sich die Hände am Handtuch ab, jeden Finger wischt sie langsam ab, ihre Körpersprache ist genauso ruhig wie ihre Stimme. Sie trocknet sich zwischen allen Fingern ab, um ihren Ehering herum, den sie hin und her schiebt, damit sie die Haut darunter auch abtrocknen kann, denn jegliche Seifenreste reizen sie und hinterlassen einen roten Streifen, als hätte man das Metall des Rings so erhitzt, dass ihre Haut verbrennt.

Pawel beobachtet, wie sich seine Mama die Hände abtrocknet. Als sie fertig ist und das Handtuch wieder an seinen Haken gehängt hat, lässt er Tante Joanna los und entfernt sich ein paar Schritte von ihr. Er hat sein Buch auf dem kleinen

Schrank liegen sehen – auf dem Schrank mit dem Gitter in der Tür, in dem früher mal lauter Käse vom Land lagerte, der jetzt aber leer ist – und er nimmt es, drückt es sich an die Brust und trägt es zum Tisch. Er setzt sich, legt das Buch vor sich hin. Er dreht es so hin, dass er den Buchrücken sehen kann, der ausgeblichen ist, weil er auf einem Regal direkt in der Sonne stand. Die Buchstaben sind auf den blauen Stoff geprägt, er sieht die goldenen Fragmente. Er legt beide Hände auf den Buchdeckel, als könnte er den Inhalt durch seine Handflächen lesen. Er scheint völlig versunken, ist es aber nicht: Er hört zu, schaut zu.

Seine Mama, Zofia, spricht mit ihrer Schwester. »Du musst essen. Ich weiß, dass du abnimmst.«

»Ich versuche es ja.«

»Wenn man erst mal abgenommen hat, ist es schwierig, wieder zuzunehmen.«

»Warum hast du ihn da oben allein gelassen?«

Ein ungeduldiger Unterton schleicht sich in Zofias Stimme. »Es geht ihm gut. Schau ihn doch an. Es geht ihm doch gut, oder nicht? Das siehst du doch.«

Und in diesem Augenblick schaut Pawel von seinem Buch auf, schaut seine Mama an.

»Siehst du«, sagt sie. »Es geht dir gut, stimmt's, Pawel? Sag es Tante Joanna.«

Na los, sagen ihre Augen, sag es ihr. Und obwohl es ihm gar nicht so gut geht, denn innerlich hört er immer noch den Geschützdonner, weiß er, was seine Mama von ihm will. Er lächelt. »Ja, es geht mir gut.«

Joanna nickt. Sie schaut zur Spüle hinüber. Sie seufzt. »Ich will einfach nur, dass alles wieder so wird wie früher«, sagt sie.

»Ich weiß«, sagt Zofia. »Das wollen wir alle, aber wir können die Zeit nicht zurückdrehen.«

»Leute verschwinden.«

»Ich weiß.«

»Sie gehen weg und kommen nie wieder.«

»Es reicht jetzt. Du machst es nicht besser damit.«

Pawel hat das Buch immer noch nicht aufgeschlagen. Seine Hände ruhen auf dem Buchdeckel. Er denkt über die Worte seiner Mutter nach: Wir können die Zeit nicht zurückdrehen. Er denkt an die Uhr oben, mit ihren zwei Zeigern, die sich mit unterschiedlicher Geschwindigkeit bewegen. Er hat gesehen, wie Papa den Glasdeckel abgenommen und die Position der Zeiger korrigiert hat, wenn sie die falsche Zeit angezeigt hatten. Er kann die Zeit zurückdrehen. Aber wenn er sie zu weit zurückdrehen würde, würde sich dann alles in diesem Haus ändern? Würde alles, was bereits passiert war, wieder ungeschehen sein?

»Pawel?«, sagt Joanna.

Er schaut zu ihr hinüber. Zwei Augenpaare, die darauf warten, dass er eine Frage beantwortet, die er nicht gehört hat.

»Ich hab dich gefragt«, sagt Joanna, »ob du immer noch Angst hast.«

»Aber ich hab's dir doch schon gesagt, er hat keine mehr«, sagt seine Mama rasch, bevor er antworten kann. »Du weißt doch, Kinder sind zäh, Joanna. Die können sogar von Bäumen fallen und tun sich nichts.« Zofia wartet ab, was für eine Wirkung ihre Worte haben. Nichts, nichts, doch dann beginnt sich Joannas Gesicht zu verändern. Der Zug um ihre Mundwinkel wird weicher, ein neues Leuchten tritt in ihre Augen, und sie zieht langsam die Mundwinkel hoch, bis sie lächelt. Und da sie lächelt, lächelt Pawel auch. Und weil die beiden lächeln, lächelt Zofia auch.

Die Familiengeschichte. Sie ist schon so oft erzählt worden, wie der Schaukelstuhl im Kinderzimmer geschaukelt worden ist, so oft, wie der Silberlöffel in der Tasse aus Knochenpor-

zellan gerührt hat: Es ist die Geschichte, wie Joanna als Kind
während eines Aufenthalts auf ihrem Landhaus vom Kirschbaum fiel. Es war der Sommer des Überflusses, als der Baum
mehr Kirschen als Blätter trug, und Joannas Kleid bekam
grüne Flecken von den Flechten und rote von den Früchten,
aber Knochen hatte sie sich keine gebrochen.

Als Zofia weiterspricht, liegt in ihrer Stimme ein neuer Ton.
Leichtigkeit. Musik. »Pawel hat deinen Kuchen ganz aufgegessen«, sagt sie zu Joanna. »Er fand ihn köstlich, hat er gesagt. Sogar ohne Zucker. Und er war dir sehr dankbar, dass
du deinen letzten Mohn geopfert hast.«

Joanna schaut Pawel an. »War er wirklich gut?«, fragt sie.

Pawel zögert. Oh, der Mohn, denkt er. Zwischen den Zähnen, über den Teller verschmiert, dieser schwarze Grieß. Er
weiß, was er sagen muss, er weiß es einfach. Er nickt. »Oh
ja«, sagt er.

Joanna erwidert nur ein Wort: »Schön.«

Und in der folgenden Schweigepause schaut Pawel wieder
auf sein Buch. Seine Finger fahren über den Buchdeckel und
schlagen ihn auf, enthüllen die zarte Welt darin. Die Umschlag-
innenseite ist mit rot marmoriertem Vorsatzpapier beklebt, das
am Rand ausgeblichen ist. Er blättert um, sieht die Titelseite.
Er blättert noch einmal um und sieht die Titel der Geschichten
und die Seitenzahlen. Er blättert noch einmal um, hält inne.
Die erste Illustration.

Ihm ist nicht bewusst, dass seine Mama ihn die ganze Zeit
beobachtet.

Sie sieht seinen kleinen Körper, der sich über das Buch
beugt, beobachtet die Behutsamkeit, mit der er umblättert,
sieht, wie sein Finger über der Illustration schwebt und sich
bewegt, als würde er die Linien in der Luft nachfahren. Sie
spürt, wie eine Welle der Gereiztheit in ihr aufbrandet. Es ist
eine regelrecht körperliche Empfindung, die in dem heftigen

Wunsch gipfelt, ihm das Buch zu entreißen, seine Hand wegzuziehen. Sie wartet, und das Gefühl verebbt wieder, sie hat gewusst, dass es verebben würde, denn ihre Gereiztheit gilt nicht wirklich ihrem Sohn, sondern seinem Vater: Die Gestik ist identisch. Genau so liest Karol auch seine Kunstbücher, so ist er, wenn er für sie unerreichbar wird. Was der Vater dem Sohn da vererbt hat, macht sie nervös. Ist das ein nachgeahmtes Verhalten? Oder ist es etwas Tieferes in ihm, das in jede Zelle seines Körpers eingeprägt ist? Ist das sein Erbe? Seine winzigen Bewegungen, die so charakteristisch sind wie ein Fingerabdruck.

Wenn sie nur weniger sehen würde, weniger merken, weniger wissen.

Trotzdem, sie sollte lieber dankbar sein statt gereizt: Zumindest *etwas* hat er von seinem Papa geerbt.

Sie gähnt. Die letzte halbe Stunde hat sie erschöpft. Erst oben, der Geschützdonner auf der Straße. Ihr Sohn auf dem Boden. Und dann hier unten, die roten Arme ihrer Schwester im heißen Wasser. Und wie sich ihre zerbrechlichen Knochen unter dem Kleid anfühlten. Und wie Zofia dabei immer ruhig bleiben musste. Warum muss eigentlich *sie* diese übermenschliche Selbstbeherrschung aufbringen? Sie würde so gerne auch weinen, schreien und zittern wie diese beiden. Würde so gerne auch getröstet und umarmt werden.

Wieder gähnt sie. Abgrundtiefe Erschöpfung. Geistig und körperlich. Was würde sie geben um einen tiefen Schlaf ohne Träume, ohne jemand, den man im Dunkeln trösten und beruhigen muss. Einfach nur die Augen schließen, wenn die Sonne untergeht, und sie dann wieder aufschlagen, wenn die Vögel anfangen zu singen – ohne zu wissen, was dazwischen gewesen sein mag.

Aber auch die Zeit zurückdrehen. In ihrem Zimmer vom Dienstmädchen geweckt zu werden, die ihr heißes Wasser und schwarzen Tee bringt, die die Vorhänge zurückzieht, damit das Licht hereinkommt, ihr die Sachen herauslegt und die Waschschüssel mit dampfendem Wasser füllt. Ganz gemächlich aufzustehen und die Treppe herunterzukommen, um festzustellen, dass ihr Sohn schon sein Frühstück bekommen hat, sein dunkles Haar gekämmt worden ist und seine Haut und seine Kleidung nach Seife duften.

Ach, wieder Herrin ihrer Zeit zu sein. Ihre eigenen Gedanken zu haben. Doch das Dienstmädchen ist verschwunden, das Kindermädchen ist verschwunden, die Köchin ist verschwunden. Alle sind sie verschwunden.

»Zofia?«

Sie landet jäh wieder in der Gegenwart, in der Küche, in der sie alle sitzen, und wendet sich der Stimme ihrer Schwester zu. »Ja?«

»Was hast du gerade gedacht?«

Wollen sie denn alle in sie *hinein*schauen?

Bevor sie antworten kann, spricht Pawel, der immer noch mit seinem Buch am Tisch sitzt. »Mama hat gegähnt«, sagt er. »Ich glaube, sie ist müde.«

Sie wendet sich zu ihm. »Und warum bin ich das wohl?«

Pawel schaut sie an. »Ich weiß nicht.«

»Ich glaube, gestern Nacht ist jemand in mein Zimmer gekommen und hat mich geweckt.«

»Ich weiß nicht, wer das gewesen sein könnte«, sagt Pawel.

Er weiß es sehr wohl. Er weiß genau, wer das gewesen sein könnte.

»Ich hab dir doch gesagt, du sollst in *mein* Zimmer kommen«, sagt Joanna. »Mir macht das nichts aus.«

»Hast du gehört, was sie gesagt hat?«, fragt Zofia Pawel.

Sie weiß, dass er es gehört hat, aber sie weiß auch, dass er zum Zimmer seiner Tante noch einmal eine Treppe weiter hochgehen müsste, und in seiner Phantasie spukt es auf allen

Treppen. Egal, wie oft sie ihm sagt, dass er sein Bett nicht verlassen soll – sowie es dunkel ist und seine Traumwelt für ihn wirklicher wird als diese Welt, hört sie seine Tür aufgehen, hört die nackten Füße auf den Dielen.

Genug jetzt.

Zofia klatscht in die Hände und reibt sie gegeneinander. Das ist das Zeichen, dass sie jetzt einen anderen Ton anschlagen möchte. Jetzt wird gehandelt. Das ist alles, was ihr einfällt: sich mit voller Energie auf den Alltag stürzen. Auf die Routineabläufe. Schlafen, essen, Musik machen.

»Dreimal täglich eine Mahlzeit auf dem Tisch«, sagt sie. »Genau das brauchen wir.« Sie schaut ihre Schwester an, die auf ihrem Stuhl sitzen bleibt. »Joanna? Möchtest du nicht den Tisch decken?«

Doch Joanna hört gar nicht zu. Sie starrt die Wand an.

»Joanna?«, sagt Zofia.

»Schau.« Joanna deutet auf die Wand.

In der Wand ist ein Riss, und daraus sickert der Staub, er setzt sich auf dem Holzboden ab.

»Er ist überall«, sagt Joanna. Ihre Stimme ist jetzt wieder höher, will gleich abheben.

»Ich weiß«, sagt Zofia, deren Stimme tiefer wird, sobald ihre Schwester die Stimme hebt. »Aber das ist bloß Staub.«

»Staub ist das Blut des Hauses«, sagt Joanna. »Er kommt aus Wunden.«

Zofia starrt Tante Joanna an. Pawel starrt Tante Joanna an. Es ist nicht das erste Mal, dass sie sie mit einer Äußerung verblüfft, nicht das erste Mal, dass sie sie beunruhigt, ja, ihnen sogar richtig Angst einjagt, wenn etwas aus ihrer inneren Welt kurz nach außen sickert.

eine fensterscheibe

PAWEL hat die Stirn an die kalte Glasscheibe gelehnt, und die Spitzengardine verdeckt seinen Oberkörper wie ein Brautschleier. Er schaut auf die Straße. Die niedrige Mauer vor den gegenüberliegenden Mietshäusern – seine Mauer, auf der er immer balanciert – ist keine Mauer mehr: Das Ziegelwerk ist umgestürzt und teils auf den Gehweg gefallen. Der Baum, sein Baum, ist beschädigt worden, und er kann das blasse Fleisch unter der zerfetzten Borke erkennen. Können Bäume bluten?

Er verlagert seine Aufmerksamkeit von der Straße zum Fenster selbst. Die Scheibe ist außen schmutzig, aber andererseits ist ja alles schmutzig, drinnen wie draußen. Regentropfen sind durch die Staubschicht gelaufen und haben Linien hineingegraben. Ein paar sind mitten auf der Scheibe stehen geblieben und sind unten jetzt verbreitert und schwer, wie kleine Birnen. Er tippt leicht gegen das Glas, und die Erschütterung reicht, um einen Tropfen wieder in Bewegung zu setzen; er rinnt nach unten und kommt auf dem bröckeligen Fugenkitt zum Stillstand.

Papa hat einmal gesagt, die Vögel würden den Kitt fressen, aber er glaubte ihm nicht, bis er eines Tages sah, wie eine Krähe daran pickte und dann mit einem kleinen Brocken im Schnabel davonflog. Nachts im Bett überlegte er, ob das wohl erst der Anfang war. Vielleicht würden die Krähen den ganzen Kitt rund um die Scheiben wegfressen, bis das Glas rausfiel, und dann würden die anderen Tiere nachrücken. Pferde, Kühe und Schweine würden die Straße heraufgetrottet kommen. Die Giraffen und Affen würden aus ihren zerbombten Zookäfigen hinausklettern. Sie würden anfangen, die Wände und das Dach zu fressen. Und dann, wenn das Haus erst mal verschwunden war, würden sie sich daran machen, die Leute zu fressen. Kopf ab, Zähne ins Fleisch. Nachdem Papa ihm von dem Fensterkitt erzählt hatte, lag er wochenlang im Bett und meinte das Knirschen von Zähnen und geräuschvolles Schlucken zu hören.

Im Fensterglas sind winzige Bläschen zu sehen, die bei der Herstellung eingeschlossene Luft. Aber es enthält nicht nur Bläschen, sondern ist auch leicht gewellt, und er kennt den Grund, denn seine Großmama hat ihm erklärt, dass es einmal flüssig war, und dass die Wellen entstanden waren, bevor das Glas abkühlte und komplett flach wurde. Und sie erzählte ihm, dass das Glas auch nach dem Aushärten nicht wirklich fest ist, sondern eine Flüssigkeit. Deswegen betrachtet Pawel die Fenster ganz genau, für den Fall, dass er einmal sieht, wie sich das Glas bewegt.

»Was machst du denn da?«

Die Stimme hallt durchs Zimmer wie ein Schuss. Pawel fährt zusammen, springt auf den Boden, und die Spitzengardine fällt wieder gerade herunter und bedeckt das Fenster komplett.

Sein Herz schlägt doppelt so schnell wie sonst. Er wirft sich auf den Bauch und robbt vom Fenster weg, unter den Esstisch, durch die offenen Flügeltüren in den Salon. Er erreicht ein Paar Füße in flachen braunen Schuhen, sieht braune Wollstrümpfe. Darüber einen blauen Rock und eine Jacke, eine goldene Brosche in Form einer Eule. Er sieht das graue Haar, das aus dem Gesicht zurückgekämmt ist, Haut, die aussieht, als wäre sie zu groß, und eine Brille mit einem Gestell aus Schildpatt (er ist sich nicht sicher, ob das wirklich aus dem Panzer einer Schildkröte gemacht ist).

»Was ist passiert, Großmama?«, fragt er.

»Gar nichts ist passiert. Deine Mama hat dir gesagt, dass du da nicht reingehen sollst.«

»Ich weiß.«

»Und ich hab dir gesagt, dass du vom Fenster wegbleiben sollst.«

»Ich weiß. Ich weiß.«

»Immer dieses Drama, Pawel.« Sie schaut zu ihm hinab, wo er auf dem Boden zu ihren Füßen liegt. Kopfschüttelnd hält sie ihm eine Hand hin. »Steh auf. Du musst mir die Treppen hinunterhelfen.«

Er nimmt ihre Hand und zieht sich hoch. Sie führt ihn aus dem Zimmer und zur Treppe, über die schalldämpfenden Läufer. Er versucht, sich ihrem Gang anzupassen, aber ihre Beine sind zu lang, und er muss sich anstrengen. Als sie auf der obersten Stufe sind, schaut er genau hin, welchen Fuß sie zuerst aufsetzt, um es ihr dann nachzutun. Erst links, dann rechts. Bei Leuten, die er mag, benutzt er immer den gleichen Fuß wie sie, bei denen, die er nicht mag, tut er das Gegenteil. Er legt die Hand aufs Geländer und spürt es den ganzen Weg bis nach unten, lässt sie über die Fugen im Holz gleiten, dann wird sie jäh gestoppt, als sie unten am Pfosten angekommen sind. Vor der Haustür drehen sie um, gehen die nächsten paar Stufen hinunter in den Keller. Rechts befindet sich eine geschlossene Tür. Großmama dreht den Türknauf und öffnet sie.

Das Zimmer liegt knapp unter Gehsteighöhe und bekommt sein Tageslicht durch die Milchglassteine in der Decke. Über ihnen, auf der Straße, laufen Füße darüber. Unter dem Glas steht ein Schreibtisch mit einem eingelassenen Rechteck aus Leder. In der hinteren Ecke hängt eine Nachbildung eines menschlichen Skeletts an einem Seil von der Decke. Und in der Zimmermitte steht ein großer Holztisch. Daneben ein Eimer mit dampfend heißem Wasser.

Großmama reicht Pawel einen Lappen. »Jetzt müssen wir was arbeiten, junger Mann.«

Pawel schaut auf den weißen Baumwollstoff in seiner Hand. An zwei Seiten sieht man die Risskante, die anderen beiden Seiten sind umgeschlagen und versäumt. In der Mitte des Vierecks sind verschnörkelte Buchstaben aufgestickt, wie die Buchstaben, die auf dem Griff des Silberlöffels eingraviert sind. Die Stickerei ist weiß, lange, glänzende Fadenschlingen.

Er hält das Tuch in die Höhe. »Großmama? Ich weiß, dass das Buchstaben sind, aber ich weiß nicht, was sie bedeuten.«

Sie dreht sich um und schaut Pawel an. Nein, das ist so nicht ganz richtig: Pawel spürt, dass sie ihn nicht *an*schaut, sondern in ihn *hinein*schaut. Ihre hellgrauen Augen hinter den Brillengläsern sind wie diese Röntgenapparate, mit denen sie einem durch die Haut schaut, bis in die Knochen. Sie blickt auf das Tuch und die geschwungenen Buchstaben: »Das ist ein M«, sagt sie. »Und das hier ein S.«

Pawel mustert die Buchstaben genau. »So sieht es aber nicht aus.«

»Das ist eben eine verzierte Schrift.«

»Das ist aber nicht sehr einfach für Kinder, die das lesen wollen, oder?«

Großmama lächelt. »Ich glaube, das wurde auch nicht dafür gemacht, dass es Kinder lesen. Es ist schließlich kein Kinderbuch, stimmt's?«

Pawel schaut die Buchstaben an, dann blickt er wieder auf zu seiner Großmama. »Ich finde, sie sollten Bilder auf die Kissen für Kinder sticken, damit sie die anschauen können, wenn sie abends ins Bett gehen.«

Sie starrt ihn an. »Wie kommst du nur auf solche Ideen?«

»Die kommen aus meinem Kopf«, sagt er. »Die hab ich alle da drin.«

»Dein Kopf quillt über vor lauter wunderbaren Ideen, aber

die helfen mir nicht, meinen OP sauberzukriegen. Also, hilfst du mir jetzt, oder soll ich mir einen anderen, besseren Enkel suchen?«

Pawel runzelt die Stirn. »Du hast bloß einen Enkel. Mich.«

»Ich weiß. Aber ich kann dich umtauschen.«

»Du kannst mich nicht umtauschen. Ich bin für immer dein Enkel.«

»Ich mach doch nur Spaß.«

»Ich hasse das, wenn du solche Späße machst.«

»Ich weiß. Deswegen mach ich sie ja. Aber jetzt komm, wir müssen den Tisch gründlich abwaschen.«

Pawel nickt. Er schaut noch einmal den Lappen an, den er in der Hand hat. »Du hast mir aber immer noch nicht gesagt, warum da diese Buchstaben aufgestickt sind.«

Großmama winkt ab. »Das sind die Initialen von Großpapa und mir.«

Pawel runzelt die Stirn. »Aber warum sind die hier drauf?«

»Das war mal unser Kissen. Das war auf allen unseren Bettbezügen aufgestickt, als wir geheiratet haben.«

»Aber du hast sie zerschnitten.«

»Ja, stimmt.«

»Warst du da nicht traurig?«

Sie zuckt mit den Schultern. »Ich brauchte ein paar Lappen. Manchmal muss man einfach praktisch denken. Sonst behält man aus sentimentalen Gründen ständig irgendwelche Sachen, und am Ende hat man ein vollgestopftes Haus.«

Aber Pawel hört ihr gar nicht zu. Er starrt die Buchstaben auf dem Lappen an. »Wie war Großpapa eigentlich so?«

»Er war ein Träumer.«

»Hat er dir von seinen Träumen erzählt?«

»Ich meine nicht die Träume, die man im Schlaf hat, ich meine Tagträume. Er hat den ganzen Tag an alles Mögliche gedacht. Das hab ich seinen Augen angesehen.«

45

»Ich glaube, ich bin auch ein bisschen so.«

Großmama lacht. »Du hast selten ein wahreres Wort ge-sprochen. Und jetzt tauch den Lappen bitte endlich in den Eimer und mach dich an die Arbeit.«

Pawel nickt. Aus dem Eimer steigt Dampf auf, der Geruch von Desinfektionsmittel. Er ballt seinen Lappen zusammen und taucht ihn ein, aber das Wasser ist brühheiß. Großmama nimmt ihren Lappen und macht ihn nass und wringt ihn dann aus.

Pawel schaut ihr zu. »Verbrennst du dich nicht an dem Wasser?«

»Meine Hände sind es gewöhnt«, sagt sie. Sie geht zum Tisch und fängt an einer Ecke an, lässt das mit Desinfektions-mittel vermischte Wasser ins Holz eindringen. Nach einer Weile hält sie inne und wendet sich zu Pawel, der immer noch neben seinem Eimer kauert.

»Statt mir zuzuschauen«, sagt sie, »könntest du mit den Tischbeinen anfangen. Du musst dich nicht so tief bücken wie ich.«

Pawel deutet in eine Ecke. »Ich glaube, das Skelett muss auch mal gewaschen werden.«

Großmama schüttelt den Kopf. »Kannst du nicht einfach machen, worum man dich bittet, ohne weitere Fragen?«

»Ich frag aber so gerne.«

»Das ist mir nicht entgangen. Aber irgendwann musst du auch mal lernen, Anweisungen zu befolgen.«

»Ich glaube nicht, Großmama. Ich glaube, irgendwann müssen die Leute tun, was ich will.«

Großmama lacht. »Na dann, viel Glück, wenn du eines Tages Bekanntschaft mit der richtigen Welt machst.«

Pawel macht sich ans erste Tischbein. Er fängt oben an, wie Großmama es ihm gezeigt hat, so dass die Keime nach unten rinnen. Er hat gerade die obere Hälfte fertig, da setzt er sich auf seine Fersen.

»Was ist denn die richtige Welt?«, fragt er.

Großmama deutet nach oben zum Milchglas, zum Gehweg. »Die richtige Welt ist da draußen.«

Ihm fällt auf, dass Großmama mit dem Schrubben aufgehört hat. Er weiß, das liegt daran, dass *da draußen* erwähnt wurde, das, was dort passiert. »Die Leute meinen immer, ich bin zu jung, um bestimmte Dinge zu wissen, aber das stimmt nicht.«

Großmama taucht ihren Lappen in den Eimer und wringt ihn aus. Sie geht wieder zurück zum Tisch und schrubbt weiter. »Na gut, dann lass mal hören. Erzähl mir, was du so weißt.«

»Ich weiß, dass die gar nicht hier in unserem Land sein dürften. Es ist nicht ihr Land. Und ich weiß, dass sie die Juden ganz schlimm finden und sie besonders behandeln, aber das ist gar nicht besonders, Großmama. Sie finden, ich brauche nicht in die Schule zu gehen, weil wir Polen alle ihre Sklaven sein werden, und ein Sklave muss weder lesen noch schreiben können.«

Großmama nickt. »Ich kann dir in keinem Punkt widersprechen.«

»Und ich weiß, dass sie nicht wollen, dass wir unsere eigene Sprache sprechen.«

»Das stimmt auch.«

»Ich hör schon zu, worüber ihr euch so unterhaltet.«

»Das merk ich.« Großmama zeigt auf den Tisch. »Aber du kannst durchaus gleichzeitig reden und den Tisch saubermachen.«

»Weißt du, Großmama, du bist auch bloß glücklich, wenn alle Leute arbeiten.«

Großmama lacht laut.

»Was ist daran so komisch?«

»Manchmal sagen uns die ganz Jungen Dinge über uns selbst, die wir schon seit Jahren hätten erkennen müssen.«

Pawel taucht sein Tuch wieder in den Eimer, in dem das Wasser inzwischen etwas abgekühlt ist. Er bewegt das Tuch im Kreis. Es ist ein Tier. Es hat seine Hand gepackt und in den Eimer gezogen. Sein Arm und sein ganzer Körper werden nach unten gesogen, bis das Wasser seinen Mund und seine Lungen füllt und er nicht mehr atmen kann.

»Pawel? *Pawel?*«

Er blickt auf. Nimmt den Lappen und wringt ihn aus. Wendet sich wieder dem Tisch zu und fängt mit dem nächsten Bein an.

»Was sind eigentlich Keime?«, fragt er.

»Mikroskopisch kleine Viren und Bakterien. Sie verbreiten Krankheiten. Und Krankheiten verursachen Infektionen. Deswegen müssen wir so auf Sauberkeit achten. Deswegen wasch ich mir auch ständig die Hände.«

»Warum bist du eigentlich Ärztin geworden?«

»Ich hab mich schon immer dafür interessiert, wie der Körper funktioniert. Ich hab ständig drüber nachgedacht. Wenn ich den Arm angehoben habe, hab ich mir überlegt, wie mein Körper das gerade bewerkstelligt. Und wenn ich Essen hinuntergeschluckt habe, hab ich über die ganzen Muskeln in der Speiseröhre und im Verdauungssystem nachgedacht. Mein Vater war Arzt, dem hab ich dann immer Fragen gestellt. Er hat mich sehr ermutigt, was zur damaligen Zeit selten war.«

»Es ist gut, Kinder zu ermutigen. Auch wenn es Mädchen sind.«

Großmama lächelt. »Ja, allerdings.«

»Was ist das Schönste am Arztsein?«

»Es gibt immer Leute, die Hilfe brauchen. Ich habe nur ein Leben, und ich möchte in meiner Zeit auf dieser Welt Gutes tun. Ich glaube, alle Ärzte fühlen innerlich irgendwie so, auch wenn sie es hin und wieder vergessen.«

»Viele Menschen brauchen jetzt Hilfe, Großmama. Einige könnten herkommen und bei uns wohnen.«

»Wenn wir das täten, müssten wir unsere Tür abschließen, und ich könnte den Menschen nicht mehr so helfen, wie ich es jetzt tue. Niemand könnte mehr in dieses Zimmer in meine Sprechstunde kommen.«

»Das stimmt. Du bist ein sehr guter Mensch, Großmama.«

Großmama deutet eine Verbeugung an. »Dank auch schön, mein Herr.«

Pawel wienert am Tisch. Er denkt nach. Über Großmama, über sich selbst. »Glaubst du, wir alle sollten anderen Menschen helfen?«, fragt er.

»Ich finde, wir müssen es versuchen, wozu wären wir sonst hier? Was hätte unsere Existenz sonst für einen Sinn?«

Er nickt und denkt wieder nach. »Du meinst also, wir werden in diese Welt geboren, wir helfen Menschen, im Winter frieren wir, und dann sterben wir?«

Großmama lacht. Wieder. »Oh, Pawel. Du machst so ein Drama daraus. Weißt du was? Du könntest einem russischen Roman entstiegen sein.«

Pawel überlegt kurz. Er kennt das Wort russisch. Er kennt auch das Wort Roman, denn Mama hat ihre Nase ständig in irgendeinem Buch, und manchmal hört sie ihn nicht, wenn er sie anspricht. Aber er weiß nicht, was Großmama mit dem russischen Roman gemeint hat. Und er wird sie nicht fragen, denn sonst gibt er ihr nur wieder einen Grund, ihn aufzuziehen.

Eine Weile wäscht er weiter das Tischbein, dann hält er wieder inne. »Hast du keine Angst vor Blut?«

Großmama nimmt den Eimer, in dem sich Wasser und etwas Desinfektionsmittel befinden, und gießt ein bisschen davon auf den Boden. Dann greift sie nach dem Schrubber und beginnt zu scheuern. »Wir haben alle Blut in uns«, sagt sie.

»Wir sind alle gleich. Wenn man sich erst mal daran gewöhnt hat, macht es einem nichts mehr aus.«

»Hättest du dir mal gewünscht, dass Mama oder Tante Joanna Ärztinnen werden?«

Großmama schüttelt den Kopf. »Deine Mama wollte immer Musikerin werden. Und ich fand es schon immer wichtig, dass man die Menschen das tun lässt, wofür sie wirklich Leidenschaft empfinden.«

»Und ich finde«, sagt er, »dass Tante Joanna eine schreckliche Ärztin abgeben würde. Sie müsste immer einen zweiten Doktor zur Seite haben, weil sie jedes Mal in Ohnmacht fallen würde, wenn ein Patient zu ihr kommt.«

Sie lachen gemeinsam, denn sie wissen, wie wahr das ist. Und dann blickt Pawel hoch zu den Glasblöcken, ins gefilterte Licht, und stellt sich vor, was da oben ist, außerhalb ihrer Wohnung. »Wie lange wird das noch so weitergehen?«, fragt er.

»Ich will dir mal was verraten«, sagt seine Großmama. Pawel horcht auf und schaut unter seinem dunklen Haarschopf zu ihr empor. »Nichts im Leben bleibt jemals gleich. Egal, was passiert, eines Tages verändert es sich doch. Wenn du die Dinge erlebst, wie wir jetzt gerade, kommt es dir so vor, als müsste es immer so bleiben, aber du darfst nie vergessen, dass wir eines Tages ein Absatz in einem Geschichtsbuch sind.«

Ein Absatz in einem Geschichtsbuch. In einem richtigen Buch mit Buchdeckel, das die Leute aufschlagen und lesen? »Wird da mein Name auch drinstehen?«, fragt er.

Sie lächelt. »Dein Name wahrscheinlich nicht, aber all das, was gerade hier um uns herum passiert, das schon.« Großmama stellt die harte Bürste neben die Tür. »Wasch du die Tischbeine zu Ende«, sagt sie. »Ich bin gleich wieder da.«

Sowie sich die Tür hinter ihr geschlossen hat und das Schloss eingerastet ist, legt Pawel seinen Lappen aus der

Hand. Er geht zum Tisch, schaut nach oben zu den Glassteinen und wartet ab, ob Füße darüberlaufen. Er stellt sich vor, wie sie die Straße entlanggehen und sich nicht im Geringsten bewusst sind, dass er hier unter ihnen steht. Aber niemand kommt. Er weiß noch, wie es früher, vor all dem hier war, da liefen die ganze Zeit oben Füße entlang, da sah er die Unterseiten der Schuhsohlen, die menschlichen Schatten.

Großmama hat ihre Sachen auf den Tisch gelegt: das Röhrchen, das sie sich ins Ohr steckt, um Oberkörper abzuhören, den Stab, den sie benutzt, um die Körpertemperatur zu ermitteln, und ihr Metallkästchen mit den Instrumenten darin. Er streckt die Hand nach dem Kästchen aus, aber dann fallen ihm die Keime wieder ein. Er schaut auf seine Hand, wischt sie an seinen Shorts ab, an denen er sich vorhin die Mohnkrümel von den Fingern gewischt hat und letzte Woche seinen kleinen Finger, der voller Blut war, nachdem er damit an einem Wundschorf herumgepult hatte. Er hebt das Kästchen hoch. Zwängt seine Nägel unter den fest geschlossenen Deckel und drückt ihn nach oben. Im Inneren liegen silberne Instrumente. Pinzetten, Scheren, Skalpelle. Er starrt auf die Klingen. Am liebsten würde er den Deckel wieder zuknallen und nicht mehr draufschauen, aber er kann nicht. Er ist wie gelähmt. Die Schneide des Skalpells läuft am Ende spitz zu und ist an einer Seite abgeschrägt, und er stellt sich immer vor, wie Großmama es benutzt, um damit in sein Fleisch zu schneiden. Die Klinge würde eindringen, und die Haut würde sich öffnen, und das Blut würde heraussickern.

Da hört er, wie sich der Türknauf wieder dreht. Er muss das Blechkästchen wieder wegstellen, aber als er sich die Finger an den Shorts abgewischt hat, hat er ein bisschen Fett vom Kuchen abbekommen, und das ist in die Rillen seiner Fingerkuppen eingedrungen. Das Kästchen rutscht ihm langsam weg, er versucht es noch aufzufangen, aber es fällt doch, und er sieht es durch die Luft fliegen, sieht, wie die Instrumente herausfallen und auf dem nassen Holzboden landen, klirrend und rutschend.

Sie bewegen sich immer noch, sie sind noch dabei, ihre letzte Ruheposition zu finden, als die Tür auch schon ganz offen ist und Großmama dort steht.

Pawel schaut auf die Instrumente am Boden, dann schaut er wieder hoch zu seiner Großmama.

Ist das jetzt auch so etwas, denkt er, was in einem russischen Roman passieren würde?

ein rotes tuch

ZOFIA steht im Korridor, ganz nah bei der Wohnungstür. Dort steht ein großes Holzmöbel, an dem Mäntel hängen, Regenschirme verstaut sind und Schlüssel von Haken baumeln.

In der Mitte, zwischen den Reihen der Mantelhaken, befindet sich ein Spiegel. Das Silber hinter der obersten Glasschicht ist erodiert und unregelmäßig geschwärzt. Es ähnelt einem Nachthimmel. Zofia betrachtet ihr Bild in dem spiegelnden Rechteck und bemerkt, dass ihre Wangen dünn geworden sind, weil sie abgenommen hat. Um ihre Augen ist die Haut straff, darunter liegt ein Hauch von Grau.

Sie nimmt ihren blauen Tweedmantel herunter und sieht, dass der Haken einen Abdruck im Stoff hinterlassen hat. Wie sich die Dinge geändert haben. Jedes Jahr, wenn die Kälte wieder Einzug hielt, hat das Dienstmädchen Zofias Mantel aus dem Schrank mit den Wintersachen geholt, hat die Mottenkugeln aus den Taschen geholt, ihn ausgebürstet und auf einen Holzbügel gehängt. Wie schnell Gewohnheiten, die wir für unveränderlich hielten, vor all diesen Gewehren dahingeschmolzen sind.

Sie zieht den Mantel an und tauscht ihre Hausschuhe gegen die Straßenschuhe. Als sie sich umdreht, sieht sie, dass ihr Sohn sie beobachtet. »Ich komm mit«, sagt er.

Sie schüttelt den Kopf. Er kann nicht mitkommen. Er soll hier bleiben, wo er sicher ist. Aber dann verfällt sie auf einen ganz anderen Gedanken: Wenn sie ihn nun nicht mitnimmt, und dann kommt sie vom Einkaufen zurück, und von ihrer Wohnung ist nur noch ein Haufen Schutt übrig?

Die Entscheidung ist gefallen. Sie nimmt seinen blauen Mantel ebenfalls von der Garderobe, und er schiebt erst den einen Arm in den Ärmel, dann den anderen. Sie ruft Joanna in der Küche zu, dass Pawel mitkommt – daran hat sie sich immer noch nicht richtig gewöhnt, dieses ständige Bescheid-geben, wo er ist, bei wem er ist –, und nimmt den Schlüssel vom Haken, schiebt ihn in die Tasche. Aber dort ist noch etwas anderes. Sie zieht ihren grünen Seidenschal heraus, und darunter steckt noch ein Lederhandschuh, von dem sie eigentlich dachte, sie hätte ihn verloren. Das Leder ist trocken und zerdrückt, und an einem Finger ist die Naht aufgegangen. Noch so etwas, was früher das Dienstmädchen für sie erledigt hätte. Sie legt den Handschuh weg – vielleicht wird Joanna ihn für sie flicken – und wickelt sich den Seidenschal um den Hals. Dann steckt sie den Schlüssel in die eine Tasche und in die andere ein zusammengefaltetes rotes Tuch.

Pawel steht an der Tür, mit dem Rücken zu ihr, und wartet geduldig. In Momenten wie diesen hat er eine ganz schlichte Einstellung: Wir verlassen jetzt die Wohnung, die Tür wird also gleich aufgehen, und deswegen werde ich hier so lange stehen, bis es soweit ist.

Zofia schaut seinen blauen Mantel an, den er sich selbst ausgesucht hat, in einem Blau, das dem Blau ihres eigenen Mantels so nahe kam wie irgend möglich. Sie schaut auf seine Beine, die unter dem Saum herausschauen: Er trägt Shorts, obwohl schon ein erster Hauch von Winter in der Luft liegt. Er trägt seine braunen Stiefel, die er immer noch nicht selbst schnüren kann. So oft sie es ihm auch zeigt, er seufzt jedes Mal und sagt: »Ich kann solche Sachen einfach nicht so gut, Mama, das weißt du doch«, und dann wartet er untätig, bis sie ihm die Schnürsenkel gebunden hat.

Seine Beine sind nicht dünn. Es sind schwere, solide Beine. Wenn sie seine Kniekehlen anschaut, fühlt sie … was genau fühlt sie dann eigentlich? Sie will ihn beschützen, bis er größer ist als sie, und stärker als sie, bis er ein Mann in dieser Welt ist. Sie spürt Angst, aber sie fühlt auch noch etwas anderes. Seit sie kein Personal mehr haben, ist er ständig mit ihr zusammen. Was ist nun eigentlich mit mir, würde sie am liebsten rufen. Was wird nun mit meiner musikalischen Karriere? Was wird nun aus den Tagen, die ich früher mit Lesen zugebracht habe? Und so fühlt sie Angst und Beschützerinstinkt, aber auch Widerwillen, alles durcheinander. Normalerweise spürt sie ihren eigenen Gefühlen gerne nach, identifiziert sie und verfolgt sie zu ihren Wurzeln zurück, aber ihre Gefühle für dieses Kind, ihren Sohn, sind ebenso stark wie undurchsichtig.

Er dreht sich um. Worauf wartet sie denn noch? »Jetzt komm doch, Mama.«

Ja. Jetzt komm doch, Mama. Reiß dich zusammen. Vollbring die einfache Aufgabe, die du dir selbst gestellt hast. Hör auf zu denken und *handle*.

Sie wirft noch einen letzten Blick auf ihr Bild, das sich im silbrig bewölkten Himmel spiegelt, ihr Gesicht zwischen den Sternen, als könnte sie sich damit getrennt von ihrem Sohn sehen, als könnte sie damit sagen, hier bin ich, eine Mutter, aber auch eine Frau.

Die Wohnungstür fällt ins Schloss, bevor Pawel die große Haustür erreicht hat, und sie stehen in der Vorhalle im Dunkeln. Zofia tastet mit dem Fuß nach den zwei Stufen, die hinunter auf den Marmorboden führen, dann tastet sie mit der Hand nach der Klinke. Drei Schritte nach unten auf den Gehweg. Sie atmet die kalte Luft ein, sie spürt, was das bedeutet. Wie sollen sie einen weiteren Winter überstehen? Womit werden sie heizen, was werden sie essen? Sie zwingt sich, damit aufzuhören: Mach dir Sorgen, wenn es so weit ist. Sie will sich gerade in Bewegung setzen, als sie merkt, dass Pawel nicht neben ihr ist. Sie schaut zurück und sieht, wie er auf die Glasblöcke schaut, durch die das Licht ins Sprechzimmer ihrer Mutter fällt.

»Pawel.«

Er schaut auf, sieht seine Mama und läuft zu ihr. Sie fühlt, wie seine Hand die ihre ergreift, mit klebrigen Fingern. Sie überqueren die Straße, gehen auf dem anderen Gehweg weiter. Zofia hört etwas unter ihren Füßen und bleibt stehen, sie schaut nach unten. Eine Glasscherbe. Sie ist durchsichtig, eines der vielen Fragmente, die in der ganzen Stadt verstreut liegen. Sie schiebt sie mit dem Fuß zur Seite, sieht, dass eine weitere darunterliegt. Sie sieht aus wie Buntglas, vielleicht von einer Kirche. Es ist eine Abbildung darauf, der Ärmel eines roten Gewandes, eine Hand. Es sieht aus, als wäre sie hilfesuchend ausgestreckt. Die Berührung eines anderen Menschen suchend.

Sie würde die Scherbe am liebsten mitnehmen, aber sie ist scharfkantig und zu groß für ihre Tasche. Sie lehnt sie aufrecht an die Wand. Vielleicht nimmt sie sie später mit, wenn – falls – sie von ihren Einkäufen zurückkommen.

Die Möglichkeit, dass sie es auch nur für denkbar hält, sie könnte eventuell von einem schlichten Einkauf nicht zurückkommen, erfüllt sie mit Wut. Das ist alles so unnötig, überhaupt alles. So dumm. Es gibt weder Erdbeben noch Überschwemmungen; es gibt keine biblischen Szenen. Menschen haben das angerichtet. Ja, Menschen. Menschen sind in ihr Land einmarschiert und nehmen es jetzt auseinander. Wenn jemand protestiert, verschwindet er. Die Politiker, verschwunden. Die Gebildeten, verschwunden. Die Künstler, verschwunden. Die Schwachen, verschwunden. Die Verletzlichen, verschwunden. Die Juden, langsam aber sicher auf dem Weg ins

Verschwinden. Eines Tages werden sie alle verschwunden sein.

Eines Tages wird das alles ein Ende haben. Und sie weiß auch, was als Nächstes passieren wird. Was nämlich nach einem Krieg immer passiert. Dieses Land wird darniederliegen, und dann werden sie wieder von vorn anfangen. Wieder aufbauen. Sie werden neue Fundamente legen, Wände mauern, einen Ziegel auf den nächsten legen. Nichtig. Dumm. Trotzdem spricht nie jemand darüber. Sie sprechen über Taktik und Fronten und das Kriegstheater, aber sie sprechen nie über die eigentliche Wurzel, nämlich die Tatsache, dass Menschen – Männer – anscheinend unfähig sind, ohne diese ewigen Kämpfe zu leben. Und anscheinend kommt es ihnen nie in den Sinn, dass es einen Weg geben könnte, seine Differenzen durch Reden beizulegen, nicht durch Waffen.

Oh, ihr ist schon klar, dass ihre Gedanken Binsenweisheiten sind. Sie weiß, dass es in Wirklichkeit selbstverständlich komplizierter ist. Aber sie weiß auch, dass das nicht stimmt. Das wird sich alles immer und immer wieder wiederholen. Die Umstände sind anders, aber im Grunde ist es immer dasselbe. Wie viele Menschen werden immer wieder die Kälte spüren, werden über Glasscherben laufen, werden unter maroden Dächern ihre Kinder im Arm halten?

Die Sache ist die, dass wir meinen, uns vorwärts zu bewegen. Wir meinen, dass wir uns weiterentwickeln. Wir erfinden neue Dinge: Elektrizität, das Telefon. Aber dann bricht der Krieg aus, und wir bewegen uns wieder rückwärts. Wir entwickeln uns zurück.

Ihr wird ganz schwummerig, so überwältigend ist das alles. *Das alles.*

Seine kleine Hand liegt immer noch in ihrer, immer noch klebrig, hält sie immer noch ganz fest. Sie wünschte – oh, wie sie sich wünschte –, dass sie das alles nicht so klar sehen oder so viel hinterfragen oder auch nur so viel nachdenken würde. Sie wünschte, sie wäre dumm, und die Welt wäre einfach so *da*, nicht hinterfragt, ein dicker Klumpen Wahrheit. Sie wünschte, ihr Gehirn wäre leer und könnte die Dinge einfach so hinnehmen, statt so zu sein wie jetzt: voller Geschnatter, ein unablässiger Strom aus Spekulationen, Beobachtungen, und alles zu Sprache geschmiedet. Ihr Geist war schon immer so. Als sie klein war, hörte sie den Ausdruck *vor deinem geistigen Auge*, verstand aber nicht, was damit gemeint war. Sie glaubte, dass der Geist jedes Menschen aus Worten gemacht war, wie ihrer. Ohne Bilder. Ohne visuelles Denken. Nur unablässiges Geschnatter.

Ja, sie wünschte, ihr Kopf wäre leer. Oder sie wäre mehr wie ihre Schwester, die sich einfach ins Haus zurückziehen kann. Sämtliche praktischen Gene von mütterlicher Seite sind zur Gänze an Joanna vorbeigegangen und zielsicher bei ihr gelandet; sämtliche verträumten Gene von väterlicher Seite sind zur Gänze an ihr vorbeigegangen und zielsicher bei Joanna gelandet, und, so fürchtet sie, bei diesem Jungen am Ende ihres Arms.

Dieses Grübeln, dieses unermüdliche Hinterfragen, wird keinen satt machen.

Weiter, weiter.

Und sie zwingt sich weiter, setzt einen Fuß vor den anderen. Erster Fuß, zweiter Fuß. Aber dann sieht sie sie, am Ende der Straße. Die Kleidung in erdigen Farbtönen, die metallenen Gewehre starr in den Armen. Soldaten. Ihr Magen verwandelt sich von einer soliden Eingeweidemasse in eine feuchte Pfütze. Die Männer stehen auf der Straße, durch die sie gehen muss. Sie singen in der neuen Sprache. Stiefel trommeln unisono auf den Boden.

Halt seine Hand. Ganz fest. Geh schnell, schau stur geradeaus. Sie weiß, dass sie sie anschauen, mit ihren jungen Gesichtern unter dem Dreck. Sie sind ja kaum erst erwachsen. Zofia zieht sich den Seidenschal übers Gesicht. Obwohl sie ihren kleinen Sohn an der Hand hält, beobachten sie sie. Ihre Augen folgen ihr, mustern ihren Körper von oben bis unten, als wäre sie Beute.

Pawel drängt sich noch näher an seine Mama. Sie spürt seine Angst, spürt ihre eigene Angst um ihn. Die Männer starren. Als könnten sie ihr unter den blauen Tweedmantel schauen, unter ihr Kleid, ihr seidenes Unterkleid, ihre Unterwäsche. Es kommt ihr so vor, als könnten sie ihr unter die Haut schauen.

Pawel verlangsamt seine Schritte, aber sie zieht ihn weiter, zwingt ihn, mit ihr Schritt zu halten. Sie sind nur ungefähr zwölf Jahre älter als ihr Sohn, und trotzdem, schau sie dir an. Das weiche Fleisch, verschwunden. Die unbehaarte Haut, verschwunden. Händchenhalten, verschwunden.

Sie ist sich sicher, wenn sie mit einem von ihnen unter vier Augen sprechen könnte, würde sie ihm das Geständnis entlocken können, dass er lieber zu Hause bei seiner Mutter wäre.

Hör auf.

Was für ein dummer Gedanke. Ein frommer, naiver Wunsch. Wenn diese Männer im Krieg sind, herrscht Draufgängertum und Kamaraderie. Der aufregende Rausch großer Emotionen und Adrenalin. Ein Verlust des Selbst. Das *Zugehörigkeitsgefühl*.

Die condition humaine: nie dazulernen, immer wieder zurückfallen in das Stadium der Tiere, die wir einmal waren.

Die Schlange ist nicht so lang, wie sie befürchtet hatte. Um die zwanzig Personen. Sie stellt sich hinten an, hinter einem kleinen Jungen. Pawel schmiegt sich fest an ihre Seite, lehnt sein Gewicht an ihr Bein. Sie macht sich auf eine Wartezeit gefasst, denn diese Schlange wird sich nicht vorwärtsbewegen, bevor das Brot aus dem Ofen kommt.

Sie hat die Hände in den Taschen, ihre Rechte fühlt den Wohnungsschlüssel: den metallenen Schlüsselring, den langen Schlüssel für die Haustür, den kürzeren für die Wohnungstür. Ihre Linke spürt das zusammengefaltete Tuch. Sie zieht es heraus. Ein Viereck aus rotem Wollstoff, die Kanten lose mit weißem Garn gesäumt. Im Schlingenstich. Es war einmal die Rückseite von Großmamas Mantel, jetzt ist es das Tuch fürs Brot. Sie faltet es wieder zusammen und schiebt es wieder in die dunkle Tasche.

Der Junge vor ihr ist größer als Pawel. Sein Hinterkopf ist rasiert, man sieht die blasse Kopfhaut, die erst seit Kurzem so entblößt ist. Die unregelmäßigen Spuren eines Rasiermessers, vereinzelt ein paar dünne längere Haarsträhnen. Er trägt nur ein dünnes Hemd und hat die Arme um den Oberkörper geschlungen. Er zittert.

Pawel schaut hoch zu seiner Mama, als wollte er sagen, was können wir tun, aber bevor sie etwas sagen kann, hören sie Schüsse. Pawel fährt zusammen, umklammert die Beine seiner Mutter, presst sein Gesicht in ihren Mantel. Doch Zofia reagiert gar nicht, denn wie die anderen in der Schlange weiß auch sie mittlerweile fachmännisch einzuschätzen, wie weit solche Geräusche getragen werden. Sie weiß, wann die Gefahr wirklich in unmittelbarer Nähe ist und wann sie die Flucht ergreifen muss, und sie weiß, wann es für jemand anders auf der anderen Seite der Stadt angeraten ist, die Flucht zu ergreifen. Sie legt Pawel die Hand auf den Rücken, um ihn zu beruhigen. Er schaut zu ihr hoch, aber ihr Gesicht ist reglos, unbewegt, und er hat keine Ahnung, was sie denkt.

Zofia weiß genau, was sie denkt: Jetzt steht sie hier also Schlange für ihr Brot, während ihr Sohn seine klebrigen Hände auf ihren Mantel und ihr Kleid legt, jetzt steht sie hier in einer Stadt, die Stück für Stück zerstört wird, deren Geschichte und Bevölkerung dezimiert werden. So hat sie sich ihr Leben ganz bestimmt nicht vorgestellt. Sie wollte in einem Orchester spielen, mit Leuten, die dieselbe Sprache sprechen wie sie: Musik und Stille. Sie wollte etwas machen. Etwas sein. Das Leben führen, in das sie hineingeboren worden war. Dies sind nun ihre besten Jahre, und ihr ist bewusst, dass sie für das alltägliche Überleben draufgehen und die niemals endende Wachsamkeit, zu der einen ein Kind zwingt.

Wir haben nur eine Chance, unser Leben zu leben. Eine. Und manchmal leben wir eben am falschen Ort zur falschen Zeit.

Zofias Leben in diesem Moment ist eben so, wie es ist.

Der Wind weht, hat immer um diese Ecke geweht. Er wird stärker, rüttelt an den Wänden, wirbelt Papierfetzen und totes Laub vom Boden auf. Der Junge vor ihnen schaudert wieder. Der Stoff seines Hemdrückens bewegt sich im Wind. Keiner sagt etwas.

Und dann tut sich weiter vorn in der Schlange etwas. Es kommt Bewegung in die Menschen, alle recken die Hälse, um zu erspähen, was da passiert, und dann sehen sie eine Frau mit einem Laib Brot auf dem Arm davongehen. Alle machen einen Schritt nach vorn, abgesehen von dem Jungen vor ihnen, der einen Laut ausstößt, halb Hilferuf, halb Schmerzensschrei.

»Alles in Ordnung?«, fragt Zofia.

Doch der Junge antwortet nicht. Sie legt ihm eine Hand auf die Schulter, dreht ihn herum, so dass sie ihm ins Gesicht schauen kann. Er hat eine Narbe auf der Wange, mit frischem Wundschorf.

»Alles in Ordnung?«

»Ja.« Er schüttelt ihre Hand ab und dreht sich wieder um zu seinem Platz in der Schlange.

Sie rücken alle ein Stück vor, und noch eines, einer nach

dem anderen bekommt einen Laib Brot. Zofia beginnt sich zu sorgen: Wie viele Laibe werden diesmal herausgegeben? Wie viele Leute stehen in der Schlange? Eine ältere Frau und ihr Mann gehen gemeinsam weg, die Frau hat einen Laib, und Zofia und Pawel tauschen einen Blick: Wenn zwei Leute nur einen Laib kriegen, steigt unsere Chance, dass wir auch noch einen bekommen.

Und jetzt sind sie fast vorne. Der Bäcker blickt auf, vorbei an dem Jungen mit dem rasierten Kopf, er schaut Zofia direkt an. Er nickt. Er ist ein massiger Mann, aufgedunsen, sein weiches Fleisch erinnert an seine Brote. Während die übrige Stadt immer dünner wird, schwillt er weiter an. Der Junge gibt ihm seine Münzen und greift nach seinem Laib. Als er sich umdreht, reißt er ein Stück ab und schiebt es sich in den Mund. Zofia muss an den Kuchen denken, den Pawel auf dem Teller gelassen hat. Sie darf ihm das nicht mehr durchgehen lassen. Sie muss strenger sein.

Jetzt steht der Bäcker vor ihnen. Zofia schiebt die Hand in die Tasche und zieht das rote Tuch heraus, das Brottuch. Zusammen mit den Münzen reicht sie es dem Bäcker. In seiner ausgestreckten Hand sitzt der Schmutz in allen Poren. Sie hebt den Blick, sieht, dass er sie anlächelt. Er wickelt das Tuch um den Laib und gibt ihn ihr zurück, wobei er ihn so hält, dass sich ihre Hände berühren müssen. Mit Absicht lässt er seine Wurstfinger noch einen Augenblick länger auf dem Tuch liegen.

»Ich werde Ihnen morgen eins zurücklegen«, sagt er, »wenn Sie mir ein Lächeln schenken.«

»Die gibt es nicht geschenkt«, sagt sie. »Die muss man sich verdienen.«

Sein Lächeln erlischt augenblicklich, so schnell, als würde ein Vorhang fallen: Das Spiel ist aus. Er starrt sie an. Seine Augen sind klein und braun, liegen tief in den Falten seiner

Haut. Er hat dunkles borstiges Haar auf dem Kopf, das an einen Wildschweineber aus dem Wald erinnert, wie die, die Zofia und Joanna am äußersten Rand ihres Landhausgartens aus dem Wald kommen sahen.

Der Bäcker schüttelt langsam den Kopf. »Sie stehen wohl gerne Schlange.«

»Schlangestehen ist ehrlich«, sagt sie.

Sie wendet sich von dem Mann ab. Das rote Tuch ist um das Brot gewickelt, umhüllt es, und sie drückt es sich fest an die Brust. Es liegt warm in ihrer Hand, und sie atmet den Geruch ein. Sie treten den Heimweg an, und Pawel fasst ihre freie Hand. Sie schaut zu ihm hinab, auf das dunkle Haar, das ihm übers Gesicht fällt, auf seine leuchtend roten Lippen. Er schaut zu hier hoch.

»Mama.«

»Ja.«

»Ich bin froh, dass ich dich habe.«

Sie lächelt, obwohl sie bei seinen Worten gleich wieder ihre Angst spürt, denn er trägt sein Herz, sein schlagendes, pochendes Herz, so ungeschützt auf der Zunge. Er ist nicht gemacht für all das.

Als sie an der Ecke sind, biegen sie nach links ab. Der Junge aus der Schlange ist vor ihnen, er steht dort und schaut etwas an. Ist er denn für all das gemacht? Noch mehr Soldaten sind dort. Noch mehr Uniformen. Noch mehr Gewehre. Der Junge schiebt sich das Brot unters Hemd und rennt in die entgegengesetzte Richtung davon, vorbei an Zofia und Pawel. Richtung Ghetto.

Pawel zupft seine Mama am Arm. Er flüstert: »Wo läuft er denn hin?«

Doch Zofia gibt keine Antwort. Sie nimmt Pawels Hand, und sie gehen weiter nach Hause.

Sie hat einmal in einer Welt gelebt, in der man einem Menschen geholfen hat, wenn man gesehen hat, dass er Hilfe brauchte, es war ganz einfach ein Geben und Nehmen. Aber diese Welt ist verschwunden. In dieser neuen Welt sieht sie ständig Menschen, die Hilfe brauchen. Jeder braucht Hilfe, und ganz egal, was man macht, es ist niemals genug.

Das haben sie all dem hier zu verdanken – es hat sie zu schnöden Überlebenseinheiten gemacht.

ein kissenbezug

PAWEL liegt auf dem Rücken, und seine Haare breiten sich fächerförmig über das Kissen. Im Zimmer ist es dunkel, die Vorhänge sind dick, und die Straßenlaternen sind alle zerstört. Früher brannte vor seiner Tür ein Nachtlicht, aber das ist vorbei.

Er dreht sich auf die Seite, tastet nach dem roten Satinstreifen, der am Rand des Kissens entlangläuft wie eine blutige Linie. Seine Finger berühren den Stoff, tasten nach den Kanten, wo er gesäumt ist. Sie berühren den glatten Satin und fahren darauf hinauf und hinunter, hinauf und hinunter. Wenn er könnte, würde er die ganze Nacht so weitermachen, bis der Satin weggerieben ist und seine Fingerspitzen wund.

Er muss daran denken, wie er am Esstisch saß, auf dem Teller seinen Mohnkuchen, denkt an den Löffel mit der auf dem Kopf stehenden Welt, und wie dann seine Mama hereinkam, und an den Klang der Explosion, den rieselnden Staub, den bebenden Boden. Als er daran denkt, kommt die Angst zurück. Er spürt, wie er sich auflöst.

Hör auf. Bevor die Tränen kommen.

Was hatte Großmama ihm noch beigebracht? Wenn er solche Sorgen und Ängste hat wie in diesem Moment, soll er seine ganzen schlimmen Gedanken zusammensammeln und sich vorstellen, wie er sie einpackt und das Paket dann in den Postkasten wirft. Und das versucht er jetzt auch. Er breitet das braune Packpapier aus, stapelt seine ganzen Ängste darauf (die Explosion, die Mohnsamen, die Gewehre, die Möglich-keit, von Splittern getroffen zu werden, die Soldaten), dann schlägt er das Papier von der einen Seite darüber, dann von der anderen Seite, bis er sie nicht mehr sehen kann. Er hält das Paket mit dem Ellbogen zu, während er eine Schnur unten durchschiebt, sie oben einmal umeinanderschlingt und dann auf der anderen Seite zubindet. Schließlich macht er den Kno-ten, der ihm in seiner Fantasie leichter gelingt als in Wirklich-keit.

Knoten sind ihm, ebenso wie Links und Rechts, wie die Uhr, wie Fahrräder, wie das Alphabet, einfach ein Buch mit sieben Siegeln.

Und dann hört er Stimmen vor dem Fenster. Es sind tiefe Stimmen, männliche Stimmen. Er hört, wie die Tür zur Straße auf- und wieder zugeht, mit einem lauten Geräusch, weil sie so schwer ist. Er wartet ab, ob er anschließend auch die Woh-nungstür hört. Da. Jemand ist hereingekommen.

Seine Finger wandern am Satinstreifen des Kissenbezugs auf und ab. Er hört, wie Füße die Treppe hochkommen, dann noch eine Treppe. Er hört gedämpfte Schritte auf dem Teppich, dann schwere Schritte auf dem Holzboden. Direkt vor seinem Zimmer. Seine Tür wird aufgestoßen, und vor dem Dunkel erhebt sich eine dunkle Gestalt. Es riecht nach Tabak. Pawel weicht zurück, er wünschte, er könnte durch sein Laken schmelzen, durch seine Matratze, er wünschte, er könnte durch die Bettfedern und durch den Boden unter seinem Bett ver-schwinden, durch die Bodendielen, durch die Decke des Zim-mers unter ihm, er wünschte, er könnte langsam durch die Luft fallen, hin und her schaukelnd wie eine Feder, er wünschte, er könnte gewichtslos auf dem Schoß seiner Mama landen.

»Bist du wach, mein Sohn?«

»Ja, Papa.«

»Du solltest schlafen.«

»Ich weiß.«

»Mach die Augen zu. Jetzt sofort. Und ich möchte, dass du dieses Zimmer nicht verlässt.«

»Ich krieg aber immer so Angst.«

»Du darfst dein Bett nicht verlassen. Verstanden?«

»Ja.«

Papa verlässt das Zimmer und zieht die Tür zu, obwohl sie sonst immer offen bleibt. Schritte, leiser, noch leiser. Dann ist er weg.

Pawel schaut an die Decke seines Kinderzimmers, obwohl der Raum dunkel ist und er gar nichts sehen kann. Er hat die Decke genau studiert und weiß, dass dort Stuckblumen an der Randleiste sitzen, aber wenn es Nacht wird, verwandeln sie sich in Wasserspeierfratzen. Sie schauen auf ihn herab, und ihre Köpfe schwellen an und fangen an, sich zu bewegen. Er macht die Augen zu. Er sagt sich, dass das nur in seiner Vorstellung ist. Er macht die Augen wieder auf. Da sind sie. Eine zwinkert ihm zu, ihr Auge bewegt sich ganz langsam. Eine andere macht den Mund auf. Er sieht Zähne. Pawel steckt den Kopf unter die Decke und spürt das rote Satinband. Er fängt an, sich eine Geschichte aus seinem Buch zu erzählen. Die Kinder, die eine Spur aus Brotkrumen legen, während sie in den Wald gehen. Wie die Vögel herunterflattern und die Krümel aufpicken, bis ... er hält inne. Er weiß, was als Nächstes passiert. Schreckliche Dinge geschehen da. Stöcke und Knochen und Kinder, die verspeist werden. Denk an eine andere. Es gibt ja noch die Geschichte von einem Mädchen, das hundert Jahre lang geschlafen hat. Wie das wohl ist, wenn man nach so langer Zeit aufwacht und immer noch dasselbe Kleid anhat? Ob das wohl zu Staub zerfallen würde, wenn man es berührt? Wenn man hundert Jahre geschlafen hätte, wäre das Essen verfault. Wie hat sie überhaupt ohne Essen überlebt? Und dann muss er an ihre eigenen Vorratsregale denken, die so gut wie leer sind. Wenn der Ofen des Bäckers bombardiert wird, wenn es nichts mehr gibt, was sollen sie dann nur *tun*?

Er will seine Mama. Früher konnte er, wenn er im Bett lag, Stimmen aus dem Salon hören. Er konnte sie reden hören, und er konnte Musik hören. Jetzt sind die Abende still.

Er darf sein Bett nicht verlassen, er darf dieses Zimmer nicht verlassen, hat Papa gesagt. Er macht die Augen zu, stellt sich vor, dass er bei ihr im Bett liegt. Bei seiner Mama. Sie ist da, und sie ist warm, und das Bett ist weich. Er kann Rosencreme riechen und ihre gleichmäßigen Atemzüge hören.

Wieder geht unten eine Tür auf und zu. Er schlägt die Augen auf, streckt die Hand aus, um Mama zu berühren, aber da ist nur das Laken, das sich über die Bettkante spannt, der Baumwollstoff fühlt sich kühl an in der Nacht. Er liegt in *seinem* Bett, in *seinem* Zimmer. Hier gibt es keine Mama, und es kommen auch keine Geräusche mehr von unten.

Irgendetwas ist im Gange. Er schiebt seine Decke weg und springt auf den kalten Boden. Er geht zur Tür, macht sie leise auf. Geht auf den Treppenabsatz und bleibt oben stehen. Durchs vordere Fenster fällt Mondlicht herein, so dass er genug sehen kann. Er geht eine Treppe nach unten und steht vor dem Salon. Dann noch ein Stockwerk tiefer. Langsam, lautlos. Er bleibt stehen, sobald er die Wohnungstür sehen kann und die gesamte Länge des Flurs im Blick hat, der von der Küche bis zu Großmamas Zimmer geht. Das hier ist seine Stelle, sein Beobachtungspunkt. Er kauert sich zusammen. Jemand kommt aus der Küche und tritt in sein Blickfeld. Mama. Er kann ihren Kopf von oben sehen, das nach hinten gekämmte, mit Nadeln festgesteckte blonde Haar. Sie trägt eine Kerze, die sie mit einer Hand schützt, damit sie im Luftzug nicht ausgeht. Sie geht zur Tür von Großmamas Zimmer und macht sie mit einer Hand auf, dann verschwindet sie. Die Tür geht zu. Pawel wartet. Ihm ist kalt, aber er rührt sich nicht vom Fleck. Und dann geht die Wohnungstür auf. Er sieht Papa, der die Tür aufhält, und dann kommen zwei Männer herein, die etwas schleppen. Es ist lang, sieht aus wie ein aufgerollter Teppich. Pawel beobachtet, wie sie es durch die Türöffnung in Großmamas Zimmer bugsieren. Die Tür geht wieder zu.

Pawel bleibt auf seiner Stufe. Großmama will keine Teppiche in ihrem Zimmer haben. Teppiche sind voller Keime.

Nach ein paar Minuten kommen die zwei Männer wieder aus dem Zimmer, gefolgt von Papa. Sie machen die Wohnungstür wieder auf, gehen hinaus, ziehen sie hinter sich zu. Er hört, wie sie durch die große, schwere Haustür hinausgehen.

Pawel wartet. Eine Weile passiert gar nichts, dann sieht er, wie die Tür von Großmamas Zimmer aufgeht. Diesmal kommt Tante Joanna heraus. Sie trägt die Kerze in der einen Hand und in der anderen eine weiße Emailleschüssel. Sie macht die Tür nicht hinter sich zu.

Er verlässt seinen Beobachtungsposten und schleicht langsam hinunter, einen Schritt nach dem anderen, bis ganz nach unten, wo er durch die offene Tür ins Zimmer spähen kann. Dort brennen Kerzen. Der Holztisch steht in der Zimmermitte, und Mama und Großmama beugen sich darüber. Auf dem Tisch liegt der Teppich. Die beiden Enden sind aufgerollt worden, und jetzt kann man sehen, was darin war. Was darin war, liegt jetzt auf dem Tisch.

Ein Mann.

Und dann hört Pawel Tante Joanna aus der Küche kommen. Er zieht sich rasch zurück ins Dunkel des Treppenhauses und drückt sich an den kühlen Putz, hält den Atem an. Sie geht an ihm vorbei, die Kerze in der einen Hand, die Emailleschüssel in der anderen, sie trägt sie ganz vorsichtig, um den Inhalt nicht zu verschütten. Sie dreht sich um, als sie an Großmamas

Tür ist, drückt sie mit dem Hintern weiter auf und verschwindet. Die Tür geht wieder zu.

Pawel tastet sich die Treppen hoch, vorbei an seinem Beobachtungsposten oben auf dem Treppenabsatz, dann zur nächsten Treppe. Er drückt seine Schlafzimmertür auf, durchquert sein Zimmer, steigt wieder in sein Bett, auf das kühle Laken. Ein Mann. In einem Teppich. In Großmamas Zimmer. Er legt die Fingerspitzen auf den roten Satinstreifen, versucht nicht an die Gesichter zu denken, die ihm drohend aus der Finsternis entgegenkommen, versucht nicht an die leeren Regale der Vorratskammer zu denken, an die Soldaten auf der Straße, an blutende Bäume, an ausrasierte Hinterköpfe, an Staub, an Splitter.

Ein Mann. In einem Teppich. In Großmamas Zimmer.

Zofia und Joanna sehen zu, während ihre Mutter die obersten zwei Knöpfe am Hemd des Mannes aufmacht. Sie hält ihm das Stethoskop auf die Brust, horcht. Legt ihre Finger auf sein Handgelenk, um ihm den Puls zu fühlen. Sie hebt den zerfetzten Stoff seiner Hose an, mustert die Wunde und wendet sich ab von dem üblen Geruch. Sie lässt den Stoff wieder sinken.

»Und?«, fragt Zofia.

»Er wird es nicht mehr lange machen.«

Sie geht hinüber zu ihrem Schreibtisch. Die Kerzenflammen flackern, als sie die Luft aufwirbelt, dann beruhigen sie sich wieder. Flüssiges Wachs umgibt die Dochte.

Zofia blickt auf den Mann hinab. Sein Haar ist so schwarz wie die Ecke des Zimmers, seine Haut hat die Farbe von fallendem Schnee. Seine Augen sind nicht ganz geschlossen: Durch einen schmalen Spalt sieht man seinen Augapfel. Sein Brustkorb hebt und senkt sich, und jeder Atemzug, den er ins Zimmer schickt, rasselt. Sie schaut ihre Mutter an. »Was machen wir jetzt?«

»Nichts«, sagt ihre Mutter. Sie klingt brüsk, wieder ganz sachlich.

Joanna legt sich eine zitternde Hand an die Brust. »Aber es muss doch irgendwas geben, was du unternehmen kannst.«

Ihre Mutter schüttelt den Kopf. »Zu spät. Es kann gut sein, dass er nicht mal den Morgen erlebt. Aber das hatte man uns ja schon gesagt. Deswegen ist er ja hier.«

Joanna will sie unterbrechen. »Aber …«

Ihre Mutter fährt unbeirrt fort: »Ich habe gesagt, er kann zum Sterben herkommen. Ich habe gesagt, dass ich ihn dann wegschaffen kann.«

»Du klingst so kalt«, sagt Joanna.

»Dazu hatte ich mich bereit erklärt. Niemand darf jemals erfahren, dass er hier war.«

Joanna starrt sie an. »Er ist immer noch am Leben.«

»So gerade noch.« Sie geht auf die Tür zu. »Kommt, wir gehen schlafen.«

»Willst du sein Bein nicht nähen?«, fragte Joanna.

»Er wird sowieso nicht überleben.«

»Aber das weißt du doch gar nicht.«

»Doch. Ich hab es dir doch gesagt, ich kann nichts für ihn tun.«

»Doch. Ich kann hier bei ihm bleiben.« Joanna nimmt sich einen Stuhl, zieht ihn neben den Mann und setzt sich hin.

Jetzt ist es an Zofia, das Wort zu ergreifen. Sie schaut ihre Mutter an. »Geh schlafen«, sagt sie. »Ich mach das hier.«

Ich mach das hier. Soll heißen: Ich bleibe hier, um auf Joanna aufzupassen, und werde versuchen, sie zu überreden, sich ins Bett zu legen, damit sie ein bisschen Schlaf bekommt. *Ich mach das hier.* Soll heißen: Es wird ihr nichts passieren, wenn ich bei ihr bin. Sieh zu, dass du ein bisschen Schlaf bekommst. Du brauchst ihn schließlich. *Ich mach das hier.* Soll heißen: Du weißt, dass ich mit ihr umgehen kann, du weißt, wenn sie überhaupt auf irgendjemand hört, dann auf mich.

Ihre Mutter versteht das alles und nickt. »Danke.« Und sie geht hinaus, zieht leise die Tür hinter sich zu, bis das Schloss mit einem Klicken einrastet.

Die Kerzenflammen flackern wieder, drohen in den kleinen Pfützchen aus geschmolzenem Wachs zu ertrinken, doch nachdem sich der Luftzug gelegt hat, beruhigen sie sich wieder.

Zofia schaut Joanna an, die auf dem Stuhl sitzt. Ihr Gesicht ist ausdruckslos, undurchdringlich. Was soll sie tun? Sie geht in die Ecke des Zimmers, nimmt sich auch einen Stuhl und stellt ihn auf die andere Seite des Mannes. Sie setzt sich hin. Die beiden Schwestern, eine auf jeder Seite.

Die Kerzen brennen, und die Schatten bewegen sich. Sie können die mühsamen Atemzüge des Mannes hören und den schnellen Puls an seinem Hals sehen. Als wären seine Körperfunktionen verstärkt.

Eine Weile bleiben sie schweigend so sitzen. Und dann bewegt sich Joanna. Sie greift hoch und nimmt die Hand des Mannes. Sie löst seine Finger voneinander, bis man seine Handfläche sehen kann. Sie streicht ihm über die Innenseite des Handgelenks. Und dann steht sie auf und fängt an, die restlichen Hemdknöpfe aufzumachen.

Zofia steht auf, um ihr zu helfen. Die Knöpfe sitzen fest in den stramm gesäumten Knopflöchern, und sie muss sie zur Seite drehen und schräg herausdrücken. Sie streifen ihm das Hemd nach hinten über die Schultern, ziehen es unter ihm heraus. Seine Brust ist unbehaart, seine Haut hat dieselbe Farbe wie das Kerzenwachs.

Joanna holt die Emailleschüssel mit dem Wasser vom Tisch und stellt sie auf den Stuhl, von dem sie gerade aufgestanden ist. Zofia sieht zu, wie sie ein sauberes Tuch aus der Schublade holt und es in die Schüssel tunkt, es auswringt. Dann nimmt sie die Hand des Mannes, öffnet ihm erneut die Faust. Sie hält seine Hand in ihrer Linken, und mit der Rechten fängt sie jetzt an ihn zu waschen. Sie streicht über seine Handfläche, an jedem Finger entlang, zwischen alle Finger. Sie dreht seine Hand um und streicht über den Handrücken, über jeden Knöchel, jeden Finger hoch, um jeden Nagel herum. Als sie fertig ist, bettet sie seine Hand wieder neben ihn.

Sie spült das Tuch aus und geht auf die andere Seite und wiederholt die Prozedur mit seiner anderen Hand: Handfläche, Finger, die Stellen zwischen den Fingern, Knöchel, Fingernägel. Sie bettet seine Hand wieder neben ihn, spült den Lappen aus, wringt ihn aus. Sie hebt seinen Arm am Handgelenk hoch und beginnt ihn zu waschen, seinen Unterarm, seinen Ellbogen, hoch zu der dunklen Grube, wo aus dem Haar der süßliche Geruch von Krankheit steigt.

Zofia schaut ihr zu. In den Bewegungen ihrer Schwester liegt eine Schönheit, etwas langsam Theatralisches, als würde sie unter Wasser arbeiten. Sie wiederholt den Vorgang auf der anderen Seite. Unterarm, Ellbogen, Achselhöhle. Sie legt das schmutzige Tuch auf der Ecke des Tisches ab, nimmt sich ein neues, sauberes Tuch aus der Schublade. Sie macht es nass, wringt es aus, dann geht sie zu seinem Kopf. Mit der Linken schiebt sie ihm das Haar aus der Stirn, mit der Rechten streicht sie langsam und sorgfältig am Haaransatz entlang, über seine dunklen Augenbrauen. Sie wäscht ihm die Lider, bis in den inneren Augenwinkel, geht weiter zu seiner Nase, um die gebogenen Nasenlöcher, dann hinunter zu seinem Kinn. Sein Hals pulsiert, sein Herz schlägt schnell. Sie wischt nach unten, weiter nach unten, bis sie bei seinen Schlüsselbeinen ist, dann wäscht sie seine Brust, um die beiden dunklen Brustwarzen herum, hinunter bis zu seinem Hosenbund.

Zofia nimmt sich ein Skalpell vom Tisch. Sie schneidet den

Stoff seiner Hose auf, den Bund, die Beine, schlitzt sie auf, bis sie unter ihm liegen, und er nur noch in seiner Unterhose daliegt. Sie stehen rechts und links von ihm und rollen seinen Körper erst nach rechts, dann nach links, ziehen die aufgeschnittene Hose unter ihm heraus, lassen sie auf den Boden fallen.

Zofia wendet das Gesicht ab von der stinkenden Wunde. Joanna holt noch ein sauberes Tuch, macht es nass, wringt es aus. Sie wäscht ihm erst das unverletzte Bein, dann das verletzte, wischt bis nah an die Wunde, berührt sie aber nicht. Und dann nimmt sie eine weiße Baumwolldecke, legt sie ihm auf Brust und Arme und Oberschenkel, wie eine Schneeschicht. Eine Weile bleibt sie so stehen und schaut auf ihn herunter.

»Er hat ein schönes Gesicht«, sagt sie.

Zofia schaut von ihrer Schwester zu dem jungen Mann. Sie hat recht. Sein Haar ist dunkel, seine Augenbrauen dunkel, aber er hat trotzdem Sommersprossen. Auf seinem unrasierten Kinn sprießen dunkle Bartstoppeln, durchsetzt mit dem einen oder anderen roten Haar, das im Kerzenlicht aufleuchtet. Sie schaut wieder zu ihrer Schwester, sieht, wie sie ihn anschaut. Sie muss sie hier rausschaffen. »Es ist schon spät«, sagt sie. »Wir brauchen unseren Schlaf.«

»Er ist weit weg von England, von seiner Heimat.«

»Viele Menschen sind weit weg von ihrer Heimat.« Zofia steht auf, geht zu Joanna, legt ihr eine Hand auf den Arm. »Na komm«, sagt sie. »Wir brauchen beide unseren Schlaf.«

»Nein.«

Das Wort nein kommt scharf aus ihrem Mund. Zofias Hand verharrt auf Joannas Arm, und sie spürt, wie die Emotionen geradezu vibrieren.

»Stell dir vor«, sagt Joanna, »du fällst unter einem Seidendach vom Himmel, stell dir vor, du wirst gefunden und in ein

Versteck geschleift. Du dachtest, dass du herkommst, um den Leuten zu helfen, aber nun bist du derjenige, der Hilfe braucht. Du wirst krank, verlierst das Bewusstsein, und du wirst in einen Teppich gewickelt, nachts durch die Straßen getragen. Stell dir vor, du wirst zum Sterben zu jemand ins Haus gebracht, damit du hinterher zerschnitten werden kannst, zerlegt wie ein Tierkadaver, der dann an diversen Orten in der Stadt begraben wird. Niemand sollte alleine sterben.«

Zofia spricht ruhig, jedes Wort ganz deutlich: »Er merkt überhaupt nichts.«

»Das kannst du doch gar nicht wissen.«

»Doch. Er hat schon das Bewusstsein verloren.«

»Aber ich«, sagt Joanna, »ich habe mein Bewusstsein nicht verloren.«

Zofia zieht die Hand von Joannas Arm weg, nimmt ihre Hand in die ihre, spürt die hervorstehenden Knochen, die dünnen langen Finger, das schnell pulsierende Leben. »Joanna.«

Joanna wendet sich zu ihr. Ihre Blicke treffen sich. »Ich werde dieses Zimmer nicht verlassen.«

Zofia schaut nicht weg. Dieser starre Blick, diese unnachgiebige Frau. Und wenn sie die ganze Nacht so stehen bleiben würden, Zofia könnte trotzdem nicht gewinnen. Zerbrechlicher Körper, eiserner Geist. »Ich gehe jetzt ins Bett«, sagt sie. »Wenn du mich brauchst, hol mich.« Sie lässt ihre Hand los, nimmt eine Kerze und geht über den nackten Holzboden zur Tür. Bevor sie hinausgeht, schaut sie sich noch einmal um, sieht, dass Joanna es sich auf dem Holzstuhl bequem gemacht hat. Die ganze Energie, dieses Vibrieren in ihr, ist jäh vorüber, und da sitzt sie jetzt, die zierlichen Hände auf dem Schoß gefaltet. Und dahinter sieht man ihren Schatten im Kerzenlicht, schwankend von ihren Bewegungen und dem Flackern des Feuers.

Schützend hält Zofia die hohle Hand vor die Kerze. Sie geht die Treppe hoch, zu ihrem Bett, wo sie mit etwas Glück in dunklen Schlaf fallen wird und sich von all dem erholen kann. Von all dem. All *dem*.

Auf der zweiten Treppe werden ihre Schritte immer schwerer. Ihre Beine sind müde, und sie ist auch müde. Es ist eine Müdigkeit, die dem Schlafmangel entspringt, aber auch der nie endenden Anstrengung, für ihre Schwester und ihren Sohn die Ruhe zu bewahren, der nie endenden Wachsamkeit, die sie für Pawel braucht, und unter all dem, völlig missachtet, ihre eigene Angst. Jeden Tag träumt sie davon, sich ihr eigenes Leben zurückzuholen, wieder im Landhaus am Waldrand zu sein, in den spärlich möblierten Zimmern Musik zu machen, unter dem Kirschbaum übers Gras zu laufen, stundenlang lesend auf dem Sofa zu liegen, aber all das ist unmöglich. Sie können ja nicht reisen.

Sie sind hier gefangen, in dieser Wohnung, in dieser besetzten Stadt, in der so viele Menschen in Gefahr sind. Mit einem versteckten Engländer. Einem englischen Flieger.

Sie nimmt die letzte Stufe, und die Kerzenflamme flackert, droht zu verlöschen. Sie bleibt stehen, schützt die Flamme mit der hohlen Hand, bis sie sich wieder erholt hat. Sie erreicht den Treppenabsatz und steuert auf ihr Schlafzimmer zu. Sie zögert. Schaut zu Pawels Tür. Sie ist nur angelehnt, doch Karol hat ihr vorhin gesagt, er habe sie zugemacht, er habe Pawel eingeschärft, nicht herauszukommen. Sie geht bis zur Tür, bleibt davor stehen und lauscht. Stille.

Die Luft auf dem Flur wird langsam kalt; noch einen Monat, dann wird sie so kalt sein wie nackte Wände, dann noch kälter. Sie wird in den Körper eindringen, in die Gelenke. Alles rückt näher, alles wird schwieriger in jeder Hinsicht. Sie haben alle Hunger. Sie werden alle Zeuge der Grausamkeit. Sie würde gern wissen, was für ein Plan dahintersteckt, aber es gibt keinen Plan. Es wird sich so ereignen, und eines Tages wird es vorüber sein, das ist das Einzige, was sie weiß. Wie heißt noch dieser Ausdruck, den die Leute bei dieser Gelegenheit immer benutzen? Dieser Ausdruck, den sie so hasst. Ja, genau. Das Theater. Das Kriegstheater. Aber es ist ein Theaterstück ohne Pausen, und die Schauspieler sind Menschen. Und das Blut, das vergossen wird, ist echt.

Sie spürt die schwache Wärme der Kerze auf dem Gesicht. Ein verirrtes Haar trifft auf die Flamme. Es zischt, schrumpft in der Hitze zusammen, stinkt. Der Geruch erinnert sie an den Hufschmied auf dem Land, wenn er die Pferde beschlug: wie das rotglühende Hufeisen auf den Huf gepresst wird, der Rauch, der stechende Gestank.

Sie muss sich von der Zimmertür ihres Sohnes abwenden. Sie muss ins Bett. Aber ihr Arm gehorcht ihr nicht und bewegt sich nach vorn, stupst die Tür noch weiter auf, nur ganz leicht, nur zwei Fingerbreit. Sie will nicht wirklich hineingehen, aber sie kann nicht anders. Es ist der Ruf des Kindes.

Vor all dem, als sie noch das Kindermädchen und das Hausmädchen hatten, war da nie dieser ständige Kontakt. Früher hat sie ihn tagsüber in Abständen gesehen. Früher haben ihm andere Frauen zu essen gegeben, ihn angezogen, ihn zur Schule begleitet. Früher hätte sie seine Kinderzimmertür nicht aufgemacht. Nicht nur er braucht sie – sie braucht ihn genauso.

Sie reibt sich das Gesicht, riecht das Desinfektionsmittel auf den Händen, das sie an den Mann erinnert, der im Erdgeschoss liegt. Während ihr Sohn in seiner kühlen weißen Bettwäsche geschlafen hat, mit dem Kopf auf dem Kissenbezug mit dem blutroten Streifen, hat sie den Sohn einer anderen Frau fürs Sterben vorbereitet.

Irgendwo in England, dieser Insel vor der europäischen Küste, sitzt eine Frau und denkt an ihren Sohn, der in einem

Flugzeug hochgeschickt und über einer fremden Stadt fallen gelassen wurde, in der Hoffnung, dass er Informationen für die Menschen mitbringen würde, die hier Widerstand zu leisten versuchen. Hat man ihr schon mitgeteilt, dass er vermisst wird?

Zofia seufzt. Hier steht sie an der Tür und macht sich Gedanken wegen einer Frau, die sie nie kennengelernt hat. Dieses endlose Hinterfragen, Denken, Überlegen. Geht es jedem Verstand so? Sie zwingt sich, nicht weiter an den Mann im Erdgeschoss zu denken, auch nicht an seine Mutter. Sie muss sich zusammenreißen, wenn sie das hier alles überstehen will. Und ihr Sohn ebenfalls. Ja, sie muss sich zusammenreißen und lernen, dass sie eine eigenständige Person ist. Sie verspürt eine Aufwallung von Ungeduld, fast schon Ärger: Warum kann Pawel nicht mehr wie die anderen Jungen sein? Dann könnte sie wieder in den Hintergrund treten und ihn einfach erwachsen werden lassen, ein Mann.

Natürlich nur, falls sie das hier überleben.

Sie steht immer noch an der Schwelle zu seinem Zimmer. Sie weiß selbst nicht, warum. Sie friert, ist müde, aber sie ist wie gelähmt, eine Frau aus Stein auf einem Boden aus Holz. Wenn sie die ganze Nacht hier stehen bleibt, kann ihm nichts zustoßen.

Sie weiß, dass Karol ihre Wachsamkeit furchtbar finden würde. Dieser Grad an Aufmerksamkeit und Fürsorge, den die drei Frauen für ihren Sohn aufwenden, entnervt ihn. Karol. Er ist irgendwo da draußen. Auf den Straßen, überbringt Botschaften, rennt geduckt durch Gassen. Trifft sich mit anderen in verdunkelten Räumen, während man draußen die Bomben hört. Die Gewehre. Er war schon immer da draußen, nur dass er jetzt einen guten Grund hat. Eine Aufgabe. Und bei diesem Gedanken kommen Schuldgefühle in ihr auf. Jetzt dreht es sich nicht mehr darum, dass er immer so spät nach Hause kommt, dass er nicht da ist, dass sie Verdacht hegt. Seine angeblichen Treffen mit anderen Malern, wie sie bei Wein und Rauch im Halbdunkel sitzen, sich über ihre Pinselführung und ihren Weg zur Abstraktion unterhalten. Das ist jetzt etwas anderes. Sie kämpfen für die gute Sache. Sie sind tapfer.

Ja, er ist tapfer, und sie sollte sich schämen.

Die Kerze brennt herunter. Heißes Wachs läuft oben heraus und an der Kerze entlang auf den Emaillehalter. Sie verlagert ihr Gewicht. Ihre Füße sind kalt. Sie sollte von der offenen Tür ihres Sohnes weggehen und in ihr Zimmer, unter die eigene Decke schlüpfen. Auf ihren Mann warten.

Sie schiebt Pawels Tür weiter auf, ein kleines bisschen Licht stiehlt sich durch einen Spalt zwischen den Vorhängen. Mondlicht. Das Bett steht in der hinteren Ecke, und sie sagt sich, dass sie nicht darauf zugehen wird. Und doch. Und doch. Sie bewegt sich nicht bewusst aufs Bett zu, aber letztlich kann sie nicht anders und macht einen behutsamen Schritt nach dem anderen in seine Richtung.

Sie sollte nicht hier drinnen sein. Sie sollte ihn seinen Schlaf genießen lassen, sein vorübergehendes Verschontsein von der Welt. Aber als sie gesehen hat, wie dieser Mann da unten aus dem Teppich gewickelt wurde, gesehen hat, wie seine blasse Haut zum Vorschein kam, hat sich irgendetwas in ihr geändert. Wer weiß, was der morgige Tag für eine Mutter und ihren Sohn bringen wird? All ihre Versuche, dem Leben einen normalen Anstrich zu geben – iss deinen Kuchen auf, bring deinen Teller zurück in die Küche, geh Geige üben – wozu sollen die gut sein? In zehn Minuten könnten sie genauso gut reglos unter einen Trümmerhaufen liegen. Ihr Blut könnte Flecken auf dem Staub hinterlassen. Diese ganze Mühe, die es kostet, eine Mutter zu sein: Schwangerschaft, Geburt, Füttern, Anziehen, tagtäglich Sicherheit vermitteln,

Beaufsichtigen, Anleitung, Ermahnungen, Sorge, das ständige Hinterfragen seiner selbst, die Welt durch zwei Augenpaare sehen statt nur durch eines. Gut möglich, dass das alles umsonst war.

So ein Wahnwitz liegt darin. So ein Wahnwitz.

Und jetzt steht sie an seinem Bett. Ihre Kerzenflamme brennt. Sie sollte ihn schlafen lassen. Sie sollte ihn nicht schlafen lassen. Sie muss für immer bei ihm bleiben. Das könnten gerade ihre letzten Momente mit ihm sein.

Sein Gesicht wird erleuchtet. Der Kerzenschein ist warm, und seine Haut leuchtet. Seine Haare liegen ausgebreitet über dem Kissen. Sein rot gemalter Mund steht offen, und seine Augen sind geschlossen. Seine Wimpern – so lang, dass ihn jede Frau darum beneidet – liegen wie Fächer unter seinen Lidern. Sie fühlt etwas. Was fühlt sie? Irgendetwas, was sie überwältigt, ihren Atem stocken lässt, ihr Herz aufscheucht. Es ist ein tierhaftes Gefühl. Irgendetwas, was die Ränder ihres Herzens aufweicht, als wäre es Wachs, das man an eine Flamme hält.

Die Welt draußen läuft weiter: Gewehre, einstürzendes Mauerwerk. Aber hier, in diesem Zimmer, in dieser winzigen Welt ihres Zuhauses, in genau diesem Moment, liegt irgendetwas, das sich größer anfühlt als alles andere da draußen.

Mutter und Sohn.

Zofia streckt die Hand aus und legt ihm den Handrücken auf die Wange, fühlt die Wärme seiner Haut. Pawel bewegt sich im Schlaf, und sie tritt einen Schritt zurück. Sie muss ihn jetzt alleine lassen und aus dem Zimmer gehen. Sie muss ihn schlafen lassen: Schlaf ist ein Luxus geworden, ein anderes Leben, eine Zeit, in der *all das* vergessen ist.

»Mama.«

»Pscht. Du schläfst schon.«

»Was machst du denn?«, fragt er. »Warum bist du hier

drin?« Seine Stimme ist belegt, sie kommt aus dem Land zwischen Wach und Nichtwach.

»Ich schau nur nach, ob es dir gut geht.«

Pawel hebt die Hand vom warmen Bett, tastet nach der Kante des Kissenbezugs, nach dem roten Satinstreifen, der blutigen Linie. Seine Fingerspitzen finden den vertrauten Streifen. »Es geht mir gut«, sagt er.

»Schön.«

Jetzt sind seine Augen offen, und er sieht anders aus. Die Süße und Stille des Schlafs sind verschwunden. Sie stellt die Kerze auf seinen Nachttisch, und die Flamme wirft Schatten auf sein Gesicht. Er sieht aus wie eine ältere Ausgabe seiner selbst, als wäre in ihm schon das Gesicht des Mannes angelegt, der er eines Tages sein wird. Er sieht aus wie sein Vater.

Und dann fällt es Pawel wieder ein. Der kalte Boden, die Stimmen im Erdgeschoss. Die offene Tür. Er setzt sich auf. »Mama«, sagt er. »Ich hab einen Mann gesehen in Großmamas Zimmer.«

Zofia fährt zusammen. Ihr Herz setzt einen Schlag aus, den es nie wieder nachholen kann. Sie schüttelt den Kopf. »Das glaub ich nicht.«

»Hab ich aber. Ich hab die Männer gesehen, die ihn reingetragen haben.«

»Du redest Unsinn. Das musst du geträumt haben.«

Pawel schüttelt den Kopf. Nein, kein Traum. Die Treppe kalt unter seinen Füßen. Tante Joanna, die vorbeihuscht, die Kerzenflamme. Die Schuhsohlen der Männer.

»Mama, wer ist dieser Mann? Ist er noch da?«

Zofia sagt nichts. Was kann sie schon sagen?

»Mama.« Man hört ihm an, dass er nicht vorhat lockerzulassen. »Warum willst du mir nicht sagen, wer das ist?«

Sie macht den Mund auf, um ihm etwas zu antworten, aber was? Sie kommt ins Stocken. Er schaut ihr fest in die Augen, und sie weiß, ganz egal, was für eine Lüge sie ihm jetzt erzählt, er wird ihr sowieso nicht glauben.

Sie streicht ihm über die Wange. Sie muss ihn zum Schweigen bringen. »Weißt du, Pawel, für einen Jungen in deinem Alter stellst du zu viele Fragen.«

Pawel runzelt die Stirn. Die Falle erwachsener Worte. »Ich weiß, dass er da ist«, beharrt er.

Sie erwidert nichts. Sie schüttelt ihm das Kissen auf und zieht die Decke um ihn herum glatt. »Ich muss ins Bett«, sagt sie. »Und du musst weiterschlafen.«

»Mama.«

»Nein. Genug jetzt.«

Sie ergreift ihren Kerzenhalter, und bei der Bewegung läuft das geschmolzene Wachs vom Docht noch ein Stück weiter an der Kerze herunter, landet auf den Häufchen aus erstarrtem Wachs auf der Emaillehalterung. Die Flamme flackert, beruhigt sich wieder, flackert, und sie durchquert sein Zimmer und geht hinaus.

eine porzellantasse

PAWEL weiß, dass er nicht aus seinem Zimmerfenster schauen sollte, aber wenn er das nicht tut, wie soll er dann wissen, was in der Welt dort draußen vorgeht?

Draußen sind keine Leute. Nur die eingestürzte Mauer, der Ziegelhaufen, die zerfetzte Baumrinde. Bluten die? Er hat nie gefragt. Die Sonne scheint, der Himmel ist blau. Auf der Straße liegt Abfall: Eine Papiertüte wird vom Wind den Rinnstein entlanggeweht. Aus der anderen Richtung nähert sich ein Hund auf der Straße. Er hat die Nase am Boden, und man sieht seine Rippen. Er bleibt stehen, läuft einmal im Kreis, sucht nach Futter. Er hat solchen Hunger, dass er alles fressen würde. In der Tat weiß Pawel, wenn er jetzt aus dem Haus kommen würde, wenn er die drei steinernen Stufen auf den Bürgersteig hinuntergehen würde, dann würde dieser Hund auf ihn zurennen und ihn umwerfen. Er würde sich über ihn stellen und sein stinkendes Maul aufmachen, dass man die langen, gebogenen gelben Zähne sieht, das graugefleckte rosa Zahnfleisch, dann würde er seine Zähne um Pawels Bein schließen und ihn durch die Hose ins Fleisch beißen. Er würde anfangen, ihn bei lebendigem Leibe aufzufressen.

Pawel schaudert.

Hör auf. Er wendet sich vom Fenster ab, verlagert seine Aufmerksamkeit ins Zimmer. Da steht sein Bett, seine Kommode, der Kleiderschrank, aber wo sind die anderen? Heute Morgen ist noch niemand in sein Zimmer gekommen. Er könnte genauso gut tot im Bett liegen. Wenn er nun nicht aufgewacht wäre? Wenn nun mitten in der Nacht sein Herz stehen geblieben oder seine Haut aufgeplatzt wäre und er angefangen hätte, unaufhaltsam zu bluten, bis das Bett voller Blut gewesen wäre und seine Haut noch weißer als sonst und er tot wäre? Dann würde es ihnen leidtun. Und wie. Er durchquert sein Zimmer, stapft mit schweren Schritten. Für *den* da unten, für diesen Mann waren sie in der Nacht alle da, aber niemand hat Zeit für Pawel. Ein Kind sollte nicht alleine sein, wenn rundherum all das geschieht.

Die Tür geht auf. Endlich. Seine Mama. Sie kommt herein, ihr Kleid streift das Holz, sie sieht, dass Pawel immer noch im Schlafanzug ist.

»Schnell, zieh dich an«, sagt sie.

Er starrt sie an. »Du hast nicht guten Morgen gesagt.«

»Weil wir spät dran sind und du in die Schule musst.«

»Wir haben keine Schule«, sagt Pawel. »Sie haben gesagt, wir brauchen nicht in die Schule zu gehen.«

»Du weißt genau, was ich meine.«

»Ich will aber nicht.«

»Du musst aber.«

»Mama?« Er findet es grässlich, wenn sie so barsch ist. Richtig grässlich. »Bleibst du heute Morgen mit mir dort?«

»Ich kann nicht, ich hab zu viel zu tun.«

»Du musst dich um diesen Mann kümmern, stimmt's?«

»Pawel. Bitte, mach dich jetzt einfach fertig.«

»Warum schreist du, Mama?«

»*Ich schreie nicht.*«

»Aber jetzt schreist du.«

Zofia holt tief Luft, braucht einen Augenblick, um sich wieder in die Gewalt zu bekommen. Dieser Junge, warum tut er das, warum provoziert er sie so? Warum kann er es nicht einfach hinnehmen, wenn man die Stimme erhebt, wenn einem

mal kurz alles zu viel wird? Wie kommt es, dass er anscheinend alles weiß? Sie holt noch einmal Luft und spricht. Ihre
Stimme ist sanfter, beschwichtigend. »Mama hat heute viel
zu tun, aber zu Mittag komme ich und hol dich ab, ja?«

Das heißt, dass sie nicht bei ihm bleiben wird.

Pawel lässt die Schultern hängen, und er sackt in sich zusammen, es fühlt sich an, als würden sogar seine Eingeweide
nach unten plumpsen.

Zofia zieht an dem großen Griff und schließt die Außentür.
Sie geht die drei Steinstufen vor dem Haus hinunter, biegt
nach links auf die leere Straße. Pawel ist bei ihr, hängt an
ihrem Arm, halb hüpft er, halb rennt er, während er versucht,
mit ihr Schritt zu halten. Ein kalter Wind schneidet ihnen in
die Haut. Blätter in allen Farben des Herbstes wirbeln durch
die Luft. Sie überqueren die Straße, und er sieht, dass der
Baum an der Ecke – sein anderer Baum, der Freund vom
Baum gegenüber – getroffen worden ist. Die Krone, sämtliche
Äste und Blätter, sind heruntergestürzt, aber der Stamm steht
noch. Die zwei Teile, Stamm und Krone, werden von silberner
Rinde zusammengehalten, die papierdünn aussieht. Er sieht
das frisch verletzte Holz, blass, voller Saft. »Mama«, sagt er.
»Warum haben die Männer das gemacht? Bäume können
Menschen doch gar nichts tun.«

Zofia starrt ihn an. Wie schaffen Kinder es nur, dass sie
immer direkt zum Herz der Dinge vorstoßen? Nein, sie schaffen noch viel mehr: Sie stoßen direkt in die Herzkammer der
Dinge vor.

Sie gehen weiter. An der nächsten Ecke bleiben sie am
Bordstein stehen und warten darauf, dass sie die Straße überqueren können. Pawel schaut zum Gesicht seiner Mutter empor. Er spricht. »Mama«, sagt er. »Wann willst du mir erzählen, wer dieser Mann ist?«

Zofia ergreift Pawels beide Hände und hält sie ganz fest. Sie blickt zu ihm hinunter, ihre hellblauen Augen schauen ganz tief in seine. Pawel spürt, wie ernst sie ist, wie gewichtig dieser Moment. Er schwankt unter der Intensität. Schaut weg. Der Wind weht, und man hört das Geräusch von fernem Gewehrfeuer. Zofia spricht. »Ich werde dir jetzt mal etwas sagen, Pawel. Und das ist sehr, sehr wichtig.«

Pawel nickt. Er lauscht.

»Schau mich an.«

Er schaut hoch. Diese Augen, wie die von Großmama, starren direkt in ihn hinein.

»Du erzählst niemand, dass ein Mann bei uns in der Wohnung ist. Verstehst du? Du darfst das keinem Menschen sagen. Keiner Menschenseele. Versprichst du mir das?«

»Ich verstehe nicht, warum.«

»Weil ich es dir sage.«

»Aber warum denn?«

»Weil du uns alle in Gefahr bringst, wenn du etwas sagst. Großmama, Tante Joanna, Papa, dich, mich. Uns alle. Verstehst du?«

Er nickt.

»Du erwähnst ihn nie wieder. Keine Fragen mehr. Verstanden?«

»Ja, Mama«, sagt er. »Ist gut.«

Auf dem Hof gehen sie an einer zerfetzten Matratze vorbei, an Haufen aus alten Fensterrahmen, die man als Brennholz ergattert hat. Sie gehen in eine entfernte Ecke und treten durch eine Tür, dann geht es über die Treppen drei Stockwerke bis ganz nach oben. Dort sind vier Türen, alle sind zu. Zofia klopft an die letzte Tür, erst einmal, dann zweimal schnell hintereinander. Sie wiederholt das Klopfsignal, wartet, und dann wird die Tür geöffnet.

Sie sehen einen Ausschnitt von Marias Gesicht: ein Auge, eine Strähne graues Haar fällt auf eine Stirn, eine Hälfte von einem Mund. Sie macht die Kette los, und die Tür geht weit genug auf, um sie hereinzulassen, doch Zofia bleibt auf der Schwelle stehen. »Ich kann heute nicht bleiben«, sagt sie. »Ich habe dringend etwas zu erledigen.«

Sie legt Pawel die Hand auf den Rücken und schiebt ihn hinein. Pawel widersetzt sich. Er versucht sich umzudrehen und ihren Rock zu erwischen, aber Maria hat ihn schon am Arm gefasst und zieht ihn zu sich, und dann ist er plötzlich auf der anderen Seite der Schwelle bei Maria und schaut zurück zu seiner Mama.

Die Tür geht zu.

Er starrt das Holz an, die Messingklinke. Sie ist weg.

Er dreht sich um, geht ins Zimmer. Es sind schon andere Kinder da, aber er will nichts von ihnen wissen. Er bleibt in der Mitte stehen. Er bewegt sich nicht. Er wird hier stehen bleiben und warten, bis sie wieder da ist. Aber da sieht er etwas auf dem Tisch. Das Buch. Er geht hin, setzt sich auf den Stuhl. Er schlägt es auf, blättert eine Seite nach der anderen um, bis er die Stelle gefunden hat, die er sucht. Eine farbige Illustration. Sie zeigt ein Haus, umgeben von Bäumen, die ganz weit hoch reichen, bis zum Himmel. Die Blätter gehen ineinander über, und weiter oben auf der Seite sind sie nur noch eine einzige grüne Fläche. Der Weg, der zur Haustür führt, ist mit Steinen gepflastert, zwischen denen Grashalme sprießen. Er spürt, wie er seinen Körper verlässt und auf den ersten Stein tritt. Das Gras riecht grün; er hört Vogelrufe. Wind schüttelt die Blätter, reibt sie gegeneinander. Baummusik. Er springt von Stein zu Stein, bis er bei der Haustür ist. Ein großer Türklopfer ist daran befestigt, kaltes Metall. Der Briefkasten.

»Pawel. Pawel. Ich rede mit dir.«

Er schaut auf. Maria steht neben ihm, aber er kann sie nicht richtig sehen, denn er steht immer noch vor der Haustür. Er nimmt Bäume und Himmel und Vögel wahr, nicht weniger als diesen Raum mit seinen Mauern und staubigen Fenstern.

»Du musst lernen, auf mich zu hören.«

Er nickt.

»Wir gehen ins andere Zimmer, der Unterricht fängt jetzt an.«

Unterricht? Er klappt das Buch zu, steht auf. Geht zurück zur Tür und stellt sich dort hin.

»Was machst du denn da?«, fragt Maria.

»Ich warte auf meine Mama.«

Sie schüttelt den Kopf. »Du bist zu verträumt.«

»Ich bin nicht verträumt. Mama hat gesagt, dass ich geträumt habe, als ich den Mann gesehen habe, der sich in Großmamas Zimmer versteckt.«

»Was für ein Mann?«

Ihre Stimme klingt scharf und reißt Pawel wieder ganz in die Wirklichkeit des Zimmers zurück.

»Pawel. Was für ein Mann?«

Er denkt an Mamas blaue Augen. *Wenn du etwas sagst, bringst du uns alle in Gefahr.*

»Pawel?«

»Kein Mann«, sagt Pawel. »Das hab ich nicht gesagt.«

Maria starrt ihn an. »Komm«, sagt sie. »Unterricht fängt an.« Sie packt ihn am Arm und schiebt ihn energisch in das Hinterzimmer, in dem die anderen Kinder schon auf dem Boden sitzen, umgeben von Schieferdachziegeln mit Kreidebuchstaben.

*

Zofia geht rasch: den Kragen hochgeklappt, den Kopf gesenkt, die Hände tief in die Taschen vergraben. Vielleicht wird alles wieder gut sein, wenn sie nach Hause kommt. Vielleicht wird der Mann schon tot sein und ihre Mutter wird angefangen haben, seinen Körper zu zerstückeln, so dass er auf mehrere Stellen verteilt werden kann.

Hör auf.

Sie denkt darüber nach, was sie gerade gedacht hat. Die Welt, in der sie jetzt leben, hat sie zu so einem Menschen gemacht: Jemand, der sich den Tod eines Mannes wünscht. Jeder Mann – alle Männer, die Widerstandskämpfer, die Besatzungssoldaten – sind allesamt die Söhne von Müttern, egal, was sie tun, egal, was für Taten sie verüben. Alle haben einst nach einer Hand gegriffen, nach einer Brust geschrien.

Was das bedeutet – eine Mutter zu sein.

Jetzt, hier, geht sie allein durch die Straßen. Keine klamme, fordernde, suchende Hand in ihrer, und sie muss auf nichts anderes achtgeben als auf sich selbst.

Dieser Tage vergisst sie nur zu leicht, dass sie noch etwas anderes ist als Pawels Mutter. Er ruft sie so oft (»*Mama, Mama.*« Pause. »*Mama.*«), dass sie mittlerweile ganz mechanisch reagiert, und sobald die erste Silbe erklungen ist, »Ma«, wendet sie den Kopf und beginnt auf ihn zuzugehen. Er spricht, sie hört zu. Er ruft, sie kommt. Er schreit, sie rennt zu ihm. Trotzdem, es gab eine Zeit vor seiner Geburt, da war sie nur sie selbst und hatte nur einen Namen. Jetzt hat sie zwei: Zofia und Mama. Ihr Name ist geteilt, und ihr Körper ist geteilt. Pawel hat zwei Menschen aus ihr gemacht. Sie hat ein Bild im Kopf, obwohl es streng genommen kein Bild ist, eher eine Vorstellung, denn ihr Kopf ist nicht voller Bilder, sondern voller Worte. (Der Kopf ihres Sohnes ist voller Bilder, das weiß sie. Er erzählt es ihr, beschreibt, was für Welten er sich in seinem kleinen Kopf vorstellt.) In ihrer Vorstellung ist diese

Teilung ihrer Selbst, ihres Namens und ihres Körpers, wie die menschliche Zellteilung. Die Grundlage des Fortbestehens, der Evolution.

Gedanken, Gedanken.

Sie zieht die Hände aus den Taschen, lässt sie die kühlende Luft spüren. Ihre Fäuste sind geballt, und sie macht sie langsam auf, streckt die Finger einen nach dem anderen. Sie bewegt jeden hoch und runter, spreizt die Finger, dehnt die Haut dazwischen. Es ist eine alte Gewohnheit, der beginnende Wunsch, verschiedene Klänge zu erzeugen. Es ist ein Wunsch, in ihr Inneres zu greifen und Muster und Musik hervorzuholen, ein Wunsch, zu spielen, bis es ihr so vorkommt, als würde sie auf der Erde liegen und in den Himmel schauen. Dasselbe Gefühl, das sie hat, wenn sie in einer Kirche sitzt und dem Gesang lauscht, der den Blicken entzogen ist, versteckt im Chorgestühl, als käme er aus der anderen Welt, der besseren Welt, dasselbe Gefühl, das sie hat, wenn sie sich umschaut und die bunten Glasfenster betrachtet und die Bögen und die Decke, und an die Menschen denkt, die die Kirche damals vor so vielen Jahren erbaut, einen Ziegel auf den anderen gelegt haben, immer höher und höher, in ihrem Versuch, über die Wolken hinauszukommen, ganz nach oben, wo ihr Gott wohnt.

Aber es ist nicht ihr Gott, ihre Religion, die ihr dieses Gefühl gibt. Sie glaubt, dass sie dasselbe fühlt wie die Betenden, aber statt zu behaupten, dass dieses Gefühl auf dem Glauben gründet, denkt sie, dass in diesem Gefühl vielmehr der Grund für die Ursprünge des Glaubens liegt.

»Hey.«

Die Stimme reißt sie aus ihren Gedanken. Sie war tief, ganz tief in Gedanken versunken, und als sie aufblickt, sieht sie die materielle Welt mit ganz neuen Augen, wie zum ersten Mal. Sie liegt vor ihr: zerbrochenes Glas, eingestürzte Mauern, abgesägte Metallschienen, der verbrannte Geruch. Sie schiebt ihre Hände, die sie die ganze Zeit gestreckt, geöffnet und wieder geschlossen hat, wieder in die Taschen. Sie schaut auf den Gehweg und versucht, sich unsichtbar zu machen.

Wieder ruft er sie.»Hey, wohin gehst du?«

Er lehnt mit dem Rücken an der Wand. Flanelljacke und Hose aus robustem Wollstoff, in der Farbe von Schlamm und Staub, einen Revolver in den Gürtel geschoben, ein Gewehr an seinem Bein, die linke Hand hält den Lauf, um ihn in der Senkrechten zu halten. Die Lässigkeit, mit der er sich auf den Gewehrlauf stützt, täuscht. Er könnte es ganz schnell nach oben holen, in beide Hände nehmen, es senken, zielen und feuern, alles in weniger als einer Sekunde. Er ist darauf trainiert worden: Die Muskeln seines Körpers kennen diese Bewegung wie die des Atmens.

»Hey, Schätzchen, ich red mit dir.«

Sie ignoriert ihn und geht weiter, aber ihr Herz schlägt schneller. Angst. Immer diese Angst, nur weil man eine Frau ist. Wenn es nur einen Weg gäbe, das zu umgehen, wenn man sich verwandeln und unsichtbar werden könnte.

Wenn man das Haar in den Schädel zurückholen könnte, durch die Wurzeln einziehen und im Schädel einrollen, so dass man nur die kurzen Enden sieht, wie ein militärisch rasierter Schädel. Wenn man die Taille verbreitern und die Brüste schrumpfen lassen könnte, dass sie einem beim Herzen hängen, während der Brustkorb oben ganz glatt und flach ist. Wenn man die Stimme drei Oktaven absenken könnte, den Adamsapfel herausdrücken. Wenn man den Mantel kürzen und den Kragen schmaler machen und außen viereckige Taschen aufnähen könnte. Wenn der Rock doch zwischen den Beinen zusammentreffen und sich zu zwei Beinen teilen könnte und eine Hose werden. Wenn einen doch die ganze Weichheit des Körpers verlassen könnte.

Stell dir vor, wie das wäre, ein Mann zu sein.

»Meinst du, du bist zu gut für einen Soldaten?«, ruft er.

Sie geht, so schnell sie kann, unterdrückt den Drang zu rennen. Schritt um Schritt um Schritt. Sie kann nicht zurückschauen, denn wenn sie das tut, ist sie verloren. Dann wird er nämlich glauben, dass sie ihn anschaut, denn so läuft das nun mal. Er kann schauen, wohin es ihm gefällt, seine Augen dürfen frei umherschweifen, dürfen ihre Kreise ziehen, Dinge fixieren, wie es ihm gerade passt. Sie muss auf den Boden schauen. Ihm gehört die Welt. Ihr nicht.

Sie überquert die Fahrbahn, biegt in ihre Straße. Vorbei an dem zerbrochenen Baum, der kaputten Mauer. Sie geht über die milchigen Glassteine im Gehweg über dem Sprechzimmer ihrer Mutter, geht die drei Steinstufen hoch. Schiebt den Schlüssel ins Schloss, macht die Tür auf. Sie verschwindet in die Halle zwischen der äußeren und inneren Welt. Die Haustür geht zu, und einen Augenblick steht sie im Dunkeln.

In der Wohnung zieht sie den Mantel aus und hängt ihn an den Haken. Zieht ihre Straßenschuhe aus und schlüpft in Hausschuhe. Die Sinnlosigkeit ihrer Handlungen ist ihr nur zu bewusst. Die Welt bricht zusammen, draußen auf den Straßen bringen sich die Menschen gegenseitig um, und sie zieht fein säuberlich ihre Straßenschuhe aus und hängt ihren Mantel auf. Wenige Meter entfernt von ihr liegt ein sterbender Mann (hoffentlich ein toter Mann), aber sie passt auf, dass sie keinen Schmutz von der Straße mit hereinbringt.

Es ist so absurd, dass es fast schon wieder komisch ist.

Sie legt ihre Hand auf den Türknauf und dreht ihn. Geht ins Sprechzimmer ihrer Mutter.

Und da bietet sich ihren Augen diese Szene.

Das Licht kommt von oben herein, weichgezeichnet durch die Glassteine. Da steht der Tisch mit dem darauf ruhenden Mann, dessen nackte Füße auf die Tür gerichtet sind, auf sie.

Sie kann seine Fußsohlen sehen, seine Zehen und Fersen. Sie sind der geheime Unterleib eines Menschen. Sein Körper ist eine Landschaft unter der weißen Baumwolldecke. Hügel und Hänge und ein Baum aus dunklem Haar. Und dort sitzt Joanna auf einem Stuhl, immer noch in ihrem weißen Nachthemd, das dunkle Haar hängt ihr lose über die Schultern, ihr Gesicht ist ihm zugewandt, ihre Augen sind mit so intensiver Wachsamkeit auf ihn gerichtet, als würde sie damit jeden Atemzug seiner Lunge und jeden Schlag seines Herzens dirigieren.

Zofia macht einen Schritt auf sie zu, und ihre Schwester hebt den Kopf, als sie die Bewegung wahrnimmt. Joanna schaut Zofia direkt in die Augen. Blasse, verschieden große Pupillen, geschwungene Lider. Zofia schwankt unter der Intensität des Blicks wie vorhin Pawel; es ist das Geheimnis eines Menschen, dass diese kleinen Kreise aus Farbe, die die schwarzen Pupillen umrahmen, so viel verraten und so viel sagen können.

»Schau«, sagt Joanna.

Das Wort durchbricht die Stille. Zofia macht einen Schritt nach vorn, betritt die Szene selbst.

Joanna zeigt auf den Puls am Hals des Mannes. »Schau«, sagt sie. »Er ist noch nicht bereit zu gehen.«

Zofia schaut hin, sieht wachsweiße Haut, glänzenden Schweiß. »Er ist sterbenskrank, Joanna.«

»Er kämpft.« Joanna streckt die Hand zur Schüssel aus, die zu ihren Füßen steht, wringt das nasse Tuch aus, wischt dem Mann die Stirn ab.

»Er muss sterben. Solange er hier ist, sind wir in Gefahr.«

Aber Joanna reagiert gar nicht. Zofia sieht ihr zu, wie sie Schweißperlen mit ihrem feuchten Tuch wegwischt und sie durch sauberes, kühles Wasser ersetzt.

»Hast du was gegessen?«, fragt sie nach einer Weile.

»Ich hab keinen Hunger.«

»Ich hab dich nicht gefragt, ob du Hunger hast.«

»Ich kann ihn nicht allein lassen.«

»Dann bleib ich hier bei dir.«

Zofia geht zu dem anderen Stuhl, zieht ihren Rock unter sich straff, setzt sich hin. Joanna schiebt dem Mann eine dünne Strähne feuchtes Haar beiseite, die ihm an der Stirn kleben geblieben ist, dann nimmt sie eine Hand in ihre.

Zofia sieht zu. Sie muss etwas sagen. »Ich glaube, das solltest du lieber lassen.«

Joanna schaut gar nicht auf, sie konzentriert sich ganz auf seine Hand. Mit einer Fingerspitze beschreibt sie Kreise auf seiner Handfläche, als wäre er ein Kind, und sie würde ein Spiel mit ihm spielen. »Jeder braucht Berührung«, sagt sie.

Zofia kann es nicht mehr mit ansehen. »Du musst auf Abstand zu ihm gehen«, sagt sie. »Er wird sterben.«

Joanna holt Luft und versteift sich am ganzen Körper. Sie schreit: »*Nein.*«

Zofia steht auf und geht zu ihrer Schwester. Sie legt ihr einen Arm um die Schulter, legt ihr den anderen Arm unter den Ellbogen. Sie versucht Joanna dazu zu bewegen, ihren Platz zu verlassen. »Komm mit. Komm.«

Sie spürt die Sturheit ihrer Schwester in der Schwere ihres Körpers, aber sie bleibt beharrlich, schiebt sie sanft mit ihrem Arm und wiederholt: »Komm, komm.« Und dann kommt ein Augenblick des Nachgebens. Ein Einbrechen der Muskeln, des Willens. Zofia hilft ihr vom Stuhl auf und begleitet sie aus dem Zimmer, einen Arm um die Schulter, eine Hand unter dem Ellbogen, als wären sie an der Hüfte zusammengewachsen.

Zofia legt ein paar Kohlen in den Ofen und pustet darauf. Asche fliegt auf und lagert sich wieder auf dem Boden ab.

Eine Flamme leckt an den Kohlen, wird größer. Sie zieht die Pfanne vom Abtropfgestell und gießt ein wenig Milch hinein, stellt sie auf den Ofen. Dann stellt sie eine Schale und einen kleinen Teller auf den Tisch (von ihrem besten Porzellan, dem blau-goldenen). Sie findet das letzte Stück Brot und legt es auf den Teller, neben die Schüssel legt sie einen Silberlöffel.

Joanna steht in der Mitte der Küche, ihr Körper ist ganz starr unter ihrem Nachthemd. Zofia drängt sie, sich an den Tisch zu setzen, und als Joanna sich auf den Stuhl sinken lässt, geschieht es ohne jedes Geräusch, als wäre ihr Körper gewichtslos. Der weiße Baumwollstoff bläht sich leicht und fällt dann wieder zusammen.

Zofia wendet ihrer Schwester den Rücken zu und schaut in die Pfanne. Die Oberfläche der weißen Flüssigkeit ist noch ganz glatt. Sie legt einen Finger auf die Milch. Sie fühlt nichts, weder Hitze noch Kälte: Die Milch hat genau dieselbe Temperatur wie ihr Blut. Sie wartet, und allmählich, während die Kohlen im Ofen glühen und die Metallplatte erhitzen, beginnt sich die Oberfläche der Milch zu bewegen.

Sie zieht sie vom Feuer und trägt sie an den Tisch, gießt sie in die Schüssel. Sie deutet darauf. »Iss. Bitte.«

Sie taucht den heißen Topf ins Wasser in der Spüle und lässt ihn zum Einweichen dort stehen. Als sie sich wieder umdreht, hat Joanna sich nicht gerührt. Sie starrt auf die Milch.

»Tu das Brot in die Milch«, sagt Zofia.

Joanna nickt, dann reißt sie ein Stück ab, legt es auf den Löffel und senkt ihn in die Milch, bis man es nicht mehr sieht. Sie warten, bis die Milch das Brot aufgeweicht hat.

»Und jetzt iss.«

Joanna hebt den Löffel mit der warmen Milch und dem aufgeweichten Brot an den Mund, schiebt ihn hinein.

Jetzt. Der Moment ist gekommen. Zofia spricht ganz sanft, mit tiefer, ruhiger Stimme. »Du weißt, dass man ihn zum Sterben hergebracht hat. Sie werden nach ihm suchen, und wenn man jemand erwischt, der ihn versteckt ...«

Keine Reaktion. Sie tastet nach anderen Worten.

»Du musst dich schützen«, sagt sie, »sonst tut man dir weh.«

Joanna kaut und schluckt das feuchte Brot. Sie schaut zu ihrer Schwester hoch. »Ich weiß nicht wie.«

Zofia weiß, dass ihre Schwester die Wahrheit sagt. Natürlich weiß sie nicht, wie man sich schützt. Deswegen ist sie ja auch, wie sie ist. Sie kann nicht anders, sie geht immer näher und näher an die Dinge heran, bis alles in sie eindringt; ihre Haut ist wie eine durchlässige Oberfläche.

»Dann lass dir von mir helfen«, sagt Zofia. »Wenn du das aufgegessen hast, leg dich ein wenig schlafen. Ich verspreche, dass ich bei ihm sitzen bleibe, bis du zurückkommst.«

Joanna nickt. Sie legt noch einmal Brot auf den Löffel und senkt ihn unter die Oberfläche der Milch. »Ich weiß nicht, wie er heißt«, sagt sie.

»Du brauchst nicht zu wissen, wie er heißt.«

»Ich stelle mir vor«, sagt sie, »wie sie in England bei ihm zu Hause auf Nachrichten warten. Ich stelle mir vor, wie seine Mutter und seine Schwester auf ihn warten.«

»Du weißt doch nicht mal, ob er aus England ist. Du weißt nicht, ob er eine Mutter und eine Schwester hat. Du musst damit aufhören, Joanna.«

»Ich kann nicht.«

»Dann sperr ich das Zimmer ab und lass dich nicht mehr rein.«

Joanna wendet den Kopf und starrt ihre Schwester an. Klare, klare Augen. Sie hebt den Löffel, isst das Brot, nimmt die Schüssel in die Hand und trinkt die ganze warme Milch, dann schiebt sie ihren Stuhl zurück, mit einem scharrenden Geräusch von Holz auf Holz. Sie sagt kein Wort, sie dreht sich nur um und geht aus dem Zimmer.

Als Joanna weg ist, geht Zofia zum Tisch und nimmt die Schüssel und den Löffel, lässt sie ins immer noch warme Wasser in der Spüle gleiten, wo der Milchtopf einweicht. Sie wäscht die Schüssel ab und stellt sie auf das hölzerne Abtropfgestell, das mit schwarzen Sprenkeln übersät ist, wie sie feststellt. Sie findet die kleine Spülbürste und taucht sie ins warme Wasser, beginnt das Gestell zu reinigen. Das Holz wird von der Nässe dunkler, aber die Sprenkel bleiben, sie sitzen tief unter der Oberfläche. Warum gehen die nicht weg?

Sie nimmt noch mehr Wasser, schrubbt fester. Sie sind immer noch da. Fester. Sie hört auf. Tritt einen Schritt zurück und sieht, was sie hier tut. Die Arbeit einer Dienstmagd mit ihren Händen, ihren Klavierhänden, die Musik machen sollten.

Irgendetwas in ihr fällt in sich zusammen.

Sie zieht den rechten Arm zurück und schleudert die Bürste von sich. Sie knallt gegen die Wand und prallt wieder ab, schliddert geräuschvoll über den Tisch und nimmt eine blau-goldene Tasse mit, die auf den Boden fällt und in drei Stücke zerspringt. Eine Porzellanscherbe dreht sich im Kreis, die Bürste bleibt neben der Anrichte liegen, und auf der Wandfarbe und den Bodendielen sind Wasserspritzer zu sehen. Sie starrt das Bild an, als hätte jemand anders die Bürste geworfen. Irgendwann kommt die kreiselnde Scherbe zum Stehen.

Wie ist das passiert? Früher hat sie einmal in einem Haus voller Lachen gelebt, in dem der Geruch des Essens, das eine Köchin für sie zubereitete, durchs Treppenhaus zog, früher hat sie von feinen Porzellantellern an einem prächtig gedeckten Tisch gegessen, und jetzt ist sie voller Angst, voller Zorn. Jemand in einem Kellerraum, der es nicht schafft, die schwarzen Flecken auf einem Stück Holz zu entfernen, und eine Bürste durch ein Zimmer schleudert.

Sie ist ein Milchtopf. Sie ist übergekocht.

Und dann, genauso wie die Milch bei ihrem Rückzug in den Topf eine Spur aus verbranntem Schaum an den Topfwänden hinterlässt, so fühlt sie sich jetzt auch ganz schmuddelig vor Reue.

Sie bückt sich, hebt die Scherben der Tasse auf, das Familienerbstück von der Mutter ihrer Mutter, und legt sie auf den Tisch. Zwei Hälften einer Tasse. Ein Henkel.

Sie redet mit sich selbst, mit strengem Ton. Gut, wir haben Krieg, und deswegen hat man Angst. Gut, man hat keine Hausangestellten. Gut, es gibt keine jungen Frauen in der Küche, deren Hände deine ersetzen. Deren Stunden deine Stunden ersetzen. Gut, du kannst mit deinem Leben jetzt also nicht genau das anfangen, was du wolltest. Na, und wenn schon. Denk an all die Menschen da draußen, die nicht mal das haben, was du hast: ein Dach über dem Kopf und etwas – irgendetwas – zu essen. Denk an deine eigene Mutter draußen in der Stadt, die jedem hilft, dem sie helfen kann, die gebrochene Gliedmaßen schient und Babys auf die Welt holt, denk an Karol, der Pläne schmiedet, wie die hungrigen müden Männer sich erheben könnten, denk an den Jungen mit dem rasierten Hinterkopf und an die Schrecken, denen sein Volk ausgesetzt ist. Denk an deine Schwester, die den sterbenden Mann im Nebenzimmer pflegt. Denk an all das und schäm dich.

Sie wickelt das zerbrochene Porzellan in einen alten Lumpen und geht zum Abfalleimer, doch dann überlegt sie es sich anders. Sie nimmt die drei Stücke wieder heraus und legt sie auf die Anrichte. Vielleicht wird sie eines Tages, wenn all das vorbei ist, jemand beauftragen, der die Scherben wieder zu einer Tasse zusammensetzt. Sie wird dafür sorgen, dass das Service wieder vollständig ist.

eine schnur

ES ist Nacht, und Pawel hat die Augen im dunklen Zimmer
geschlossen. Draußen kann er Hunde hören, und das Geräusch von Stiefeln auf der Straße. Nur eine Glasscheibe
trennt ihn von den Männern. Eine Platte aus geschmolzenem
Sand. Sie könnte kaum etwas abhalten: einen Stein, den Lauf
eines Gewehrs, eine geballte Faust. Vielleicht haben die Vögel
den Kitt schon aufgefressen, und das Glas könnte jeden Moment rausfallen. Seine Finger fahren an dem roten Band auf
und ab, doch das reicht nicht.

Seine Haut ist kalt, er hat eine Gänsehaut. Er tastet nach
seinem Bademantel auf dem Boden, zieht ihn zu sich ins Bett.
Seine Finger ertasten die seidene Schnur, die als Gürtel dient,
und fahren daran entlang bis zum Ende, zu dem festen Knoten
und den weichen Fransen. Dann tastet er nach der Baumwolldecke, mit der er zugedeckt ist, tastet nach der Kante, an der
sie gefaltet ist, wo die Decke beginnt, die ihm Tante Joanna
gestrickt hat, mit dieser ganz neuen Welt ungewohnter Oberflächen für seine Fingerspitzen. Die Wollmaschen sind lose,
und er schiebt die Finger durch die Löcher. Er zieht sich die
Decke über den Kopf und vergräbt sich darunter, bis er in
einer dunklen Welt ist, in der die Geräusche gedämpft sind
und es keinen Unterschied macht, ob seine Augen auf oder zu
sind.

*

Zofia geht in ihr Zimmer und macht die Tür zu. Sie stellt die Kerze ab, setzt sich auf die Bettkante und legt ihre Sachen ab. Sie zieht sich die Nadeln aus dem Haar, löst ihre Zöpfe, spürt, wie ihr das Gewicht ihres Haars auf den Rücken fällt und über ihre nackte Haut gleitet. Sie holt ihr Nachthemd unter dem Kissen hervor und zieht es sich über den Kopf. Das Nachthemd und das Bettzeug sind kalt. Sie zieht die schwere blaue Decke ganz hoch, danach die Daunensteppdecke, sie spürt das Gewicht auf ihrem Körper. Die Kerze brennt immer noch, und sie schaut auf das flackernde Licht an den Wänden. Es erinnert sie an die Filme, die sie gesehen hat, das Licht von der Glühbirne des Projektors, wie es durch das Zelluloid fiel, die vierundzwanzig Bilder pro Sekunde, die sich zu einer einzigen zusammenhängenden Bewegung zusammenfügen. So wie viele kleine Schnappschüsse, die man nebeneinanderlegt, in der Summe etwas Gewichtigeres, etwas Größeres ergeben.

Alle sind im Bett. Sie hat Joanna überredet, zu Großmama hochzugehen, um ein bisschen zu schlafen, hat ihr versprochen, dass sie sie rufen wird, wenn etwas passiert. Sie versucht, nicht daran zu denken, dass Maria sie nach dem Mann im Zimmer gefragt hat. Sie muss ihr vertrauen, denn für Maria steht ja genauso viel auf dem Spiel. Im Übrigen, so sagt sie sich, war es unvermeidlich, dass Pawel etwas sagen würde: So was wie ein Geheimnis gibt es nicht. Jeder hat den Drang, zumindest einen anderen Menschen einzuweihen.

Es wird Zeit, die Kerze zu löschen. Der Docht qualmt und riecht, und dann wird es dunkel. Das Bett wird langsam warm, und das Gewicht der Wolldecke tröstet sie. Sie denkt, was sie in diesem Moment immer denkt: Seltsam, wie Menschen jeden Abend den Drang haben, sich hinzulegen und zu schlafen. Und das ist auch jetzt noch so, obwohl Krieg ist.

Sie schließt die Augen. Begrüßt die nahende Gedanken-
pause. Aber da hört sie ein Geräusch in der Wohnung. Sie
schlägt die Augen auf, obwohl es dunkel ist im Zimmer, und
sie richtet das Ohr instinktiv zur Tür, eine Bewegung wie von
einem Tier. Sie hört Füße auf den Stufen. Sie bleiben vor
ihrem Zimmer stehen, und der Türknauf dreht sich.

Karol kommt herein, schließt die Tür. »Du hast mir Angst
gemacht«, sagt sie.

Er sagt nichts, kommt zum Bett, setzt sich auf seine Seite.
Sie spürt, wie sich die schwere Rosshaarmatratze absenkt,
hört, wie er seine Stiefel auszieht.

Sie sagt leise: »Geht es dir gut? Ich hatte dich nicht zurück-
erwartet.«

»Er lebt immer noch. Wir müssen ihn loswerden.«

»Wie?«, fragt sie.

»Hat sie denn kein Morphin?«

»Nein. Und selbst wenn, so etwas würde sie nie tun. Das
weißt du auch.«

»Dann vielleicht ein Kissen auf sein Gesicht?«

»Und wer soll das bitte machen?«

Sie hört, wie seine Stiefel mit einem dumpfen Geräusch
auf den Boden plumpsen, fühlt, wie er sich aufs Bett legt,
neben sie, auf die Decke.

»Pawel weiß Bescheid«, sagt sie.

»Wie denn das?«

»Er hat durch die Tür geschaut. Er weiß, wie ernst es ist.
Ich hab es ihm klargemacht. So sehr, dass er geweint hat.«

»Der weint doch ständig. Und daran bist du schuld.«

»Ich?«

»Du musst ständig die Übermutter spielen.«

»Die Übermutter?«

»Du musst ihn groß werden lassen. Stark.«

»Ein Mann?«

»Genau.«

»Dann solltest du vielleicht mehr den Vater spielen. Wenn du mehr hier wärst, dann wüsste er, was ein Mann ist.«

»Ich bin genug hier.«

»Nein.«

»Du weißt, was ich da draußen tue.«

Sie hält inne. Ja, das weiß sie. Und damit hat er das letzte Wort. Mal wieder. Sein Gewicht zieht die Decke und die Steppdecke über ihren Füßen ganz stramm. Wie in einer Falle.

»Mein Atelier ist weg«, sagt er.

»Weg?«

»Zerstört. Ausgebrannt. Alles ist weg.«

Sie reagiert nicht sofort. Sie holt Luft, atmet seinen Geruch ein: Tabak, Körpergerüche, Alkohol, Nächte. Sein Atelier ist also weg. Sie denkt an all die Nächte, in denen sie in diesem Bett lag und auf ihn wartete, all die Nächte, in denen er spät heimkam, all die rätselhaften, unruhigen Nächte, all die Nächte, für die er ihr eine Erklärung schuldig blieb. Sein Atelier, weg. Ungeheuerlich. Sein Atelier.

Er wendet ihr seinen Körper zu und legt ihr den Kopf auf die Brust, auf das weiche Kissen ihrer Brüste.

*

Pawels rote Lippen sind leicht geöffnet, und ein dünner Speichelfaden sickert ihm aus dem Mundwinkel, dringt durch den Stoff des Kissens, durchs Kissen, in die Daunen darunter. Seine Augen zucken unter den Lidern. Er hebt eine Hand an den Mund, gräbt sich die Knöchel in die Lippen, Speichel läuft zwischen seinen Fingern hindurch. Die Geräusche draußen werden lauter. Bomben. Ein Flugzeug.

Er setzt sich auf in seinem dunklen Zimmer und ruft laut:

»Mama!« Aber niemand ist da. Er schält sich aus seiner Decke und geht barfuß durchs Zimmer, findet die Tür und tastet sich durch den Treppenflur bis zum Türknauf des Elternschlafzimmers. Er macht die Tür auf.

Mama flüstert durchs dunkle Zimmer. »Geh wieder ins Bett.«

»Ich kann nicht schlafen.«

Und dann erhebt sich eine Gestalt vom Bett. Man hört eine Stimme, tief und hallend. »Geh raus.« Pawel macht einen Schritt rückwärts. Wieder die Worte: »Geh raus.« Papa.

Er macht die Tür zu. Geht am Geländer entlang zu seinem Zimmer. Am Fenster vor seinem Zimmer bleibt er stehen und schaut hinaus. Über dem Mietshaus gegenüber ist der Mond aufgegangen, er sitzt auf dem Dachfirst. Pawel drückt seine Nase an die Scheibe, starrt ihn an. Sein Magen knurrt.

Er verlässt seinen Platz, geht über den Treppenflur zur Treppe. Er fasst nach dem Geländer und ertastet sich Stufe für Stufe seinen Weg nach unten. Dann ist er auf dem Treppenflur vor dem Salon, und lauscht der Uhr, die immer noch tickend die Zeit misst. Er geht die nächste Treppe hinunter, die zur Wohnungstür führt. Die Tür von Großmamas Zimmer ist zu, und er ergreift den Knauf, dreht ihn. Er tritt ein, geht an der Gestalt auf dem Tisch vorbei und stellt sich unter die Glassteine. Er blickt hinauf. Der Mond dort oben scheint hindurch, seine Form wird in Fragmente zerlegt. Pawel schaut sich im Zimmer um: Alles ist schwarz und grau und silbern, und er kann die weiße Baumwolldecke und die Umrisse darunter erkennen. Zwei Beine, ein Brustkorb, Arme. Die Decke ist ein verschneiter Berg.

Das schwarze Haar unter den Armen ist der Wald. Die Haare auf dem Kinn sind Baumstümpfe oberhalb der Schneegrenze, die Unterlippe ist eine Piste. Die Nasenlöcher sind Höhlen, in denen unterirdisch lebende Tiere hausen, und die zwei Ohren sind Höhlen, in denen sich Fledermäuse vor dem Licht verstecken. Und dann noch zwei Augen.

Zwei Augen. Pawel starrt hin. Die Augen sind offen.

Sie sind offen. Und sie beobachten ihn.

*

Sein Körper liegt schwer auf ihren Brüsten, und sie weiß nicht, ob er schläft oder wach ist. Ihre Hand berührt sein Haar, fühlt, wie rau es ist, sie kann riechen, dass sich sämtliche Gerüche der Nacht darin gefangen haben: die dunkle Luft, der Rauch, Zerstörung. Sie beginnt ihn zu streicheln, streicht ihm das Haar glatt aus dem Gesicht, immer wieder, als wäre er ein Kind. Wie lange ist es her, dass sie ihn so zärtlich berührt hat? Vielleicht ist das die Definition von Ehe: das langsame Wegsickern der Zärtlichkeit. Oder ist das nur in ihrer Ehe so?

Vielleicht bleiben andere Ehemänner und Ehefrauen ja zärtlich. Streichle ihm das Haar, das Gesicht. Sein Atelier ist zerstört.

»Gott sei Dank hast du die deine Gemälde hergebracht«, sagt sie.

»Ich wünschte, ich hätte es nicht gemacht. Ich wünschte, sie wären mitverbrannt.«

Zofia runzelt die Stirn. »Das versteh ich nicht.«

»Als ich hinkam, war es noch zu heiß, um näher ranzugehen. Ich stand da und schaute es an und dachte mir, wieso reg ich mich so darüber auf? Ein paar Leinwände und Papierbögen. Ich dachte, meine Arbeit wäre politisch, sie würde wirklich etwas bewirken, aber es war einfach nur bourgeoiser, nichtiger Dreck.«

»Das glaubst du doch nicht im Ernst?«

»Doch. Das ist nicht das echte Leben. Das weiß ich jetzt.«

»Verstehe. Und du glaubst, Krieg ist das echte Leben?«

Er nickt. »Ja«, sagt er. »Das ist das Echteste, was ich jemals gemacht habe.«

Sie hört den Ton seiner Stimme. Das Adrenalin. Die Welt des Krieges und der Männer, die denken, dass sie endlich tun, wozu sie auf der Welt sind. Kämpfen. In all den Jahren, die sie ihn nun schon kennt, haben sie sich über Kunst unterhalten, seine Kunst. Sie haben sich über Pinsel unterhalten und welcher besser ist, Zobel oder Nerz; sie haben sich über Ölfarben unterhalten, über die Farbwahl; sie haben sich über die Geschichte der Farbe unterhalten; sie haben sich darüber unterhalten, welche Leinwand ihm am liebsten ist für seine Bilder; sie haben sich über Linie und Ton unterhalten; sie haben sich über Grade der Abstraktion unterhalten und die Bewegungen in West- und Osteuropa. Sie hat sich das alles jahrelang angehört, und jetzt ist alles weg. Stattdessen werden sie sich jetzt über die Farbe von Blut unterhalten, von zerfetztem Fleisch. Sie werden sich über Gewehre und Fallschirme unterhalten.

»Zofia?«

»Was?«

»Es hat mich verändert. Ich werde nie wieder derselbe Mensch wie damals sein. Es geht nicht mehr um mich. Jahrelang ging es um mich, nur um mich. Jetzt geht es um uns. Um uns.«

Eine Sekunde lang glaubt sie, er meint uns, dich und mich, uns, die Familie, aber dann wird ihr klar, dass das überhaupt nicht gemeint ist. Er meint uns, die Leute, mit denen ich die Nächte verbringe. Uns, die Männer, die mit mir kämpfen.

»Eines Tages wird es vorbei sein«, sagt sie. »Dann wirst du etwas vollbracht haben.«

»Genau. Ich werde etwas vollbracht haben.«

»Ich finde dich tapfer«, sagt sie. »Wirklich. Aber eines Tages wird das vorbei sein, und dann geht das normale Leben wieder weiter. Und dann wirst du auch wieder malen wollen.«

»Das ist mein altes Leben. Ich gehe nicht zurück.«

Eine Weile liegen sie schweigend nebeneinander. Dann spricht sie:

»All die Nächte habe ich hier gelegen und auf dich gewartet. Du bist so spät heimgekommen, und ich wusste, wo du warst. Du kannst mir nichts verheimlichen.«

Sie weiß selbst nicht, warum sie das gesagt hat, und sowie sie die Worte hinausgeflüstert hat, bereut sie sie schon wieder. Warum jetzt? Wo sie doch gerade über solche großen Dinge reden, solche gewaltigen Dinge – Krieg, das Leben eines Künstlers, den Sinn des Lebens –, warum hat sie da dieses Thema auf den Tisch bringen müssen? Mal wieder.

Aber seine Reaktion ist anders, als sie gedacht hat. »Ich war grausam zu dir«, sagt er.

»Du gibst es also zu?«

»Ja. Ich geb es zu, ja.«

»Warum jetzt?«

»Ich hab es dir doch gerade gesagt. Ich hab mich verändert. Ich bin nicht mehr der Mann, der ich mal war.«

Sie überlegt kurz. Er legt die Hand schwer auf die Steppdecke, und sie spürt ihr Gewicht durch die Decken, ihr Nachthemd. Sie ruht auf ihrem Bauch.

»Es tut mir leid«, sagt er. »Das hattest du nicht verdient.«

So wenige Worte. So viele Jahre, die sie darauf gewartet hat.

»Ich dachte«, sagt sie, »dass du das machst, weil ich dir nicht genügt habe.«

Er schüttelt den Kopf. »Das war es nicht. Es war die Spannung. Das Verbotene daran.«

»Und jetzt ist der Krieg an diese Stelle getreten, oder? Du bekommst deine Spannung auf andere Art.«

»Vielleicht. Vielleicht hast du recht.«

Er fängt an, die Decke wegzuziehen, umfasst mit der hohlen Hand ihre Brust durch die Baumwolle ihres Nachthemds. Sucht nach ihrem Mund.

»Hör auf«, sagt sie. »Hör auf.«

»Warum?«

»Fass mich jetzt nicht an«, sagt sie. »Ich bin wütend.«

»Aber ich hab mich doch entschuldigt. Das wolltest du doch.« Er fängt an, ihr das Nachthemd aufzuknöpfen. »Im Krieg machen die Menschen auch Liebe.« Er greift unter die Decken, die schwere Steppdecke, die Bettdecke und die Laken. »Gerade im Krieg.«

*

Unten beobachtet Pawel, wie sich die Lippen des Mannes voneinander trennen. Sie ziehen Speichelfäden, die schließlich reißen. Ein Wort kommt hervor, mit starkem Akzent: »Wasser.«

Pawel starrt ihn an. Was?

Der Mann wiederholt es. Pawel begreift. Wasser. Er holt die Emaille-Schüssel vom Tisch und hält sie dem Mann hin, der nur mit Mühe den Kopf heben kann. Das Wasser läuft durch seine geöffneten Lippen, läuft ihm aber auch übers Gesicht, aufs Kissen.

Pawel stellt die Schüssel auf den Boden. Der Mann wendet sich ihm zu. »Wo bin ich?«

»In Großmamas Zimmer.«

»Wer ist Großmama?«

»Sie ist Ärztin.«

Die Lider des Mannes schließen sich über den gelblichen Augäpfeln und der grauen Iris.

Pawel spricht weiter. »Wirst du sterben?« Er wartet auf eine Antwort, aber es kommt keine. Er wartet darauf, dass die Augen wieder aufgehen, aber das tun sie nicht. Er verliert die

Geduld und geht zurück zur Stelle mit der Glasdecke, schaut hoch zum silbernen Mondlicht, zu den Silhouetten der toten Blätter auf dem Gehweg. Gähnend schlurft er zur offenen Tür hinaus, geht die Treppe hoch, und danach die zweite Treppe. Vor Mamas Zimmer bleibt er stehen, legt die Hand auf den kalten Metallgriff, aber dann fällt ihm Papas Stimme wieder ein. Er lässt den Knauf los. Geht über den Treppenflur zurück, über Dielen und Teppich, geht durch die offene Tür, steigt ins Bett, wickelt sich in die Wolldecke und legt den Kopf aufs Kissen, tastet nach dem roten Satinstreifen, streicht mit der Hand darüber, auf und ab, und die Bewegung seiner Finger ähnelt den Bewegungen des Bogens auf den Saiten seiner Geige. Er schließt die Augen.

*

Am nächsten Morgen, als Zofia die Augen aufschlägt, sieht sie das Zimmer nur verschwommen, als würde sie noch träumen. Während sie aufwacht, gewinnt es langsam Konturen.

Dort, dieses braune Brett, das ist das Ende des Holzbetts. Dort, dieser kleine Hügel, das ist die Form ihres eigenen Beins unter den Decken. Dort, dieses rote Rechteck an der Wand, das ist Karols Bild. Dort, auf dem Frisiertischchen, liegt das Bürstenset, das auf jenem Bild vorkommt. Und dort, dieses senkrecht stehende blassgrüne Rechteck, ist die geschlossene Tür.

Sie hat tief geschlafen. Sie zieht die Arme unter den Decken heraus, streckt sich. Und dann, als die Formen im Zimmer gerade scharf geworden sind, fällt ihr langsam wieder ein, wo sie ist und was passiert ist. Karol, gestern Nacht. Das Gewicht seines Kopfes auf ihrer Brust. Das Gespräch, ihre Wut, und wie er ihr dann das Nachthemd auszog. Sie dreht sich zur Seite, aber er ist weg.

Vor dem Zimmer sind Schritte zu hören, und sie marschieren direkt in ihre Gedanken. Der Türknauf dreht sich, und die Tür geht eine Spaltbreit auf; sie weiß, was er da macht, er will nachschauen, ob sie allein ist. Die Tür geht ganz auf, und er geht auf ihr Bett zu, setzt einen Fuß auf das metallene Bettgestell und klettert auf die weiche Matratze. Er kommt zum Eingang in die warme Welt unter den Decken, hebt die Decke an und schlüpft darunter, dann hebt er ihren Arm, so dass er sich darunterkuscheln kann, in die Kuhle.

Sie liegen im Bett, in dem er empfangen und geboren wurde. Zofia fühlt seine Haut auf ihrer. Erst letzte Nacht lag sie neben dem Mann, der dieses Kind zeugte, und jetzt liegt sie hier mit dem Kind, das eines Tages auch einmal ein Mann sein wird. Ein Mann ist in ihren Körper eingedrungen, und ein anderer Mann ist aus ihr hervorgegangen.

Der Gedanke überwältigt sie.

Von der Straße dringen Geräusche herauf. Gewehrfeuer. Das Geräusch löst eine Erinnerung in Pawels Kopf aus. Er setzt sich auf. Er schaut seiner Mama in die Augen.

»Mama.«

»Was?«

»Der Mann ist aufgewacht«, sagt er. »Er hat mich um Wasser gebeten, und ich hab ihm welches gegeben.«

Zofia setzt sich ebenfalls auf. »Wann?«

»Ich bin in der Nacht runtergegangen.« Ihm geht auf, was er da gerade gesagt hat, und fügt hastig zu seiner Verteidigung hinzu: »Ich konnte nicht schlafen, Mama.«

Aber seine Begründung interessiert sie gar nicht. Sie schiebt energisch die Decken von sich, steht auf und ist im nächsten Moment verschwunden.

Zofia schaut zu, wie ihre Mutter ihm das Stethoskop auf die Brust setzt, ihm die Finger aufs Handgelenk drückt, um seinen Puls zu fühlen.

Der Mann blickt zu ihr hoch. Spricht in seinem akzentschweren Polnisch. »Danke«, sagt er.

»Sprich nicht«, sagt ihre Mutter. »Spar dir deine Energie auf.«

Sie schaut ihm prüfend in die Augen, zieht ihm die Lider zurück, dann wendet sie sich ab und legt ihr Stethoskop auf den Tisch. Zofia schaut zu Joanna hinüber, die dort in ihrem Nachthemd steht, das Haar offen auf den Schultern. Pawel steht neben ihr, er starrt den Mann an. Zofia sieht, wie er näher an den Tisch herantritt, dann hört sie ihn sprechen.

»Großmama wollte dich in Stücke zerlegen«, sagt er.

Zofia macht einen Satz nach vorn und packt ihn fest am Oberarm. Pawel schreit auf und versucht, sich ihr zu entziehen, aber sie schleift ihn aus dem Zimmer, über den Flur, in die Küche. Sie macht die Tür hinter ihnen zu und lässt ihn los. Er reibt sich den Arm.

»Du hast mir wehgetan, Mama.«

»Das kannst du doch nicht zu ihm sagen.«

»Aber es stimmt doch. Sie wollte ihn in Stücke schneiden. Deswegen ist er doch hier.«

»Aber du kannst das doch nicht so sagen.«

»Es ist aber die Wahrheit.«

»Du kannst nicht immer die Wahrheit sagen. Das weißt du.«

Er reibt sich den Arm. »Aua. Das tut weh.« Zofia wendet sich ab. Er wiederholt es, lauter diesmal. »Aua.« Aber sie weigert sich, sich umzudrehen und ihn zu trösten. Er streckt die Hand aus, greift ihr Nachthemd und zieht.

Sie schiebt ihn weg. »Lass mich los.«

»Mama«, sagt er. Seine Stimme geht einen Ton nach oben. »Mama.«

»Geh dich anziehen.«

»Komm mit. Ich hab Angst.«

»Nein. Los. Hoch mit dir.«

Sie wendet ihm immer noch den Rücken zu. Sie schaut aus dem Fenster, aber da ist nichts. Da sind nur die rote Ziegelmauer, die undichte Regenrinne, die grünen Farnblätter.

»Mama.«

Sie dreht sich um. Schnauzt ihn an. »Geh. Geh.«

Und er dreht sich um und rennt aus dem Zimmer und über den Flur und die Treppen nach oben.

Zofia lehnt sich ans Waschbecken. Sie hebt beide Hände ans Gesicht, reibt es, entfernt alle Spuren von Schlaf. Er ist aufgewacht. Er ist am Leben. Was jetzt? Was jetzt?

ein rotes kleid

PAWEL schaut durch den Türspalt. Er kann die Tischkante
sehen, ein paar Dielen, die Fußbodenleisten und die Wand.
Und er kann etwas Rotes erkennen.

Er streckt die Hand aus und drückt die Tür auf. Tante Joanna steht mitten im Zimmer. Sie hat ihr rotes Kleid an und hat
sich die geflochtenen Zöpfe zu einer Art Krone hochgesteckt;
hinter ihr sitzt der Mann auf einem Stuhl. Pawel beobachtet,
wie seine Tante die weiße Baumwolldecke vom Tisch nimmt
und zusammenlegt. Dann dreht sie sich um, um Pawel anzuschauen, der immer noch auf der Schwelle steht. »Ich weiß,
dass du hier bist, also komm doch am besten gleich ganz
rein.« Sie nimmt das restliche Bettzeug vom Tisch und legt
es sich über den Arm. »Du kannst kurz Krankenschwester
spielen, Pawel, während ich rausgehe und mich um das hier
kümmere.«

Als sie aus dem Zimmer geht, schleift ihr rotes Kleid über
den Boden. Wie gut, dass Kleider keine Flecken hinterlassen,
denkt Pawel, sonst wären an jeder Tür im Haus bunte Spritzer,
wie von nasser Farbe.

Die beiden sind allein im Zimmer. Der Mann spricht als
Erstes. »Du bist also Pawel.«

»Hat Joanna Ihnen meinen Namen gesagt?«

»Ja.«

»Geht es Ihnen besser?«

»Bald.«

Pawel schaut sich im Zimmer um. Alles ist aufgeräumt, sauber. Er schaut den Mann wieder an. »Was muss eine Krankenschwester machen?«, fragt er.

Der Mann lächelt. »Schreckliche Dinge.«

»Zum Beispiel?«

»Beine abschneiden, den Menschen Blut abnehmen.«

Pawel schüttelt den Kopf. »Das ist Großmamas Aufgabe. Die macht eklige Sachen mit den Leuten. Ich weiß, wie du heißt. Michael.«

»Sehr gut.«

»Du sprichst komisch.«

»Weil ich Engländer bin und Polnisch gelernt habe.«

Pawel nickt. Er geht zur Glasdecke, schaut nach oben. Keine Blätter zu sehen. Keine Schuhsohlen. Er wendet sich wieder zu Michael. »Großmama sagt, dass du in einem Flugzeug warst und vom Himmel gefallen bist.«

»Das stimmt.«

»Ich hätte Angst, wenn mir so was passieren würde. Ich hasse Krieg. Ich mag den Lärm nicht, und die Männer da draußen auch nicht. Und das Essen ist nicht so gut. Weißt du, früher haben wir Kuchen mit Sahne gegessen und sind mit unseren besten Hüten in den Park gegangen.«

Michael lacht.

»Warum lachst du mich aus?«

»Ich lache dich nicht aus. Aber du bist witzig.«

»Ich warne dich, ich mag es gar nicht, wenn man sich über mich lustig macht.«

»Ich werd mich nicht über dich lustig machen. Aber manchmal sind Kinder witzig, wegen der Art, wie sie die Dinge betrachten.«

»Ich bin nicht witzig. Und ich bin kein durchschnittliches Kind.«

Michael lächelt, aber Pawel wendet ihm den Rücken zu,

geht zu dem Skelett, betrachtet das Hüftgelenk, dann den Schädel. Beide haben die Form einer Schale, man könnte mit Sicherheit aus ihnen trinken.

»Zumindest«, sagt Michael, »ist im Krieg keine Schule.«

Pawel fährt herum. »Doch. Ich muss in eine geheime Schule gehen.« Oh nein. Wieder ein Geheimnis verraten. »Das darf ich eigentlich gar keinem erzählen.«

»Keine Sorge, ich werd es nicht verraten.«

»Tut dein Bein noch weh?«

»Ein bisschen.«

Pawel nickt. »Hattest du einen Fallschirm? Hat es gebrannt? Ist das Flugzeug abgestürzt?«

»So viele Fragen.«

»Großmama sagt immer, ich bin neugierig.«

»Das ist doch gut.«

»Ich möchte gerne alles Mögliche wissen. Warum hat deine Haut eigentlich solche Punkte?«

»Das sind Sommersprossen.«

»Hast du Hunger?«

»Ja, ich habe solchen Hunger, dass ich das Gefühl habe, ich habe eine Ratte hier drin.« Michael tätschelt sich den Bauch.

Pawel schüttelt den Kopf. »Wenn du eine Ratte im Bauch hättest, würde sie deine Eingeweide fressen. Sie würde so viel fressen, dass sie durch deine Haut explodieren würde.«

Michael starrt ihn an. »Du hast eine düstere und abstoßende Fantasie.«

Die Tür geht auf, und Joanna erscheint in ihrem roten Kleid. Sie hat ein Tablett mit einem Glas Wasser und einer Schüssel Suppe in der Hand. Sie stellt es auf den Tisch, zieht sich einen Stuhl heran, so dass sie Michael gegenüber sitzt, dann stellt sie sich das Tablett auf den Schoß. Sie reicht ihm die Schüssel und den Löffel und schaut ihm beim Essen zu. Als die Suppe ganz aufgegessen ist und sie ihm den Löffel und die leere Schüssel abgenommen hat, sagt sie: »Du brauchst Fleisch, um wieder zu Kräften zu kommen.«

»Nein, ich darf euch nichts wegessen.« Er starrt sie an. »Ihr hättet mich liegen lassen sollen.«

Joanna schüttelt den Kopf. »Bitte sag so was nicht.«

»Sobald ich wieder bei Kräften bin, gehe ich weg.«

»Du kannst so lange bleiben wie nötig. Hier findet dich niemand. Bei mir bist du sicher.«

Pawel lehnt sich gegen Großmamas Tisch und schaut zu. Die beiden sehen sich an. Joanna streicht sich das Haar glatt, schiebt sich eine verirrte Strähne zurück in den Zopf. Dann stellt sie die Schüssel aufs Tablett und hält es Pawel hin. »Bring das mal in die Küche.«

»Du glaubst wohl auch, ich bin einer von den Dienstboten, die wieder zurückgekommen sind«, sagt er. Er wartet auf eine Antwort, aber sie sagt nichts. Sie hält ihm einfach nur das Tablett hin.

Er seufzt, stößt sich vom Tisch ab, nimmt ihr das Tablett ab und verlässt das Zimmer.

Großmama steht beim schwarzen Ofen, und Papa steht an der Spüle und starrt aus dem Fenster. Sie haben ihm beide den Rücken zugewandt. Pawel stellt das Tablett auf den Tisch und macht ein Geräusch.

»Großmama.«

»Was?« Sie dreht sich immer noch nicht um.

»Hier, ich hab das Tablett gebracht.«

»Lass es einfach da stehen.«

Er schaut wieder zu seinem Papa, aber der hat sich auch nicht umgedreht. Pawel schaut von ihnen weg, entdeckt sein Buch auf der Anrichte, der blaue Leinenrücken mit den geprägten Buchstaben ist ihm zugewandt. Er holt sich das Buch, legt es auf den Tisch und streicht den Buchdeckel mit der flachen Hand glatt.

»Ich hab es dir gleich gesagt«, sagt Papa.

Pawel blickt auf. Papa dreht ihm immer noch den Rücken zu. Mit wem redet er? Wer hat wem was gesagt? Pawel schaut wieder auf das Buch hinunter, schlägt es auf. Da ist das rote Vorsatzpapier mit der Marmorierung.

»Ich weiß, dass du es gesagt hast.« Großmamas Stimme. Als er aufschaut, hat sie sich auch nicht umgedreht. Er schaut wieder auf sein Buch hinunter. Blättert um. Die Titelseite. Das Inhaltsverzeichnis. Die erste Illustration.

»Er muss etwas essen«, sagt Großmama.

»Er muss gehen«, sagt Papa.

»Er ist noch nicht so weit, dass er gehen könnte.«

»Dann werd ich ihn eben tragen. Hier kann er nicht bleiben.«

»Du hast ihn zu uns gebracht. Verdammt noch mal, du hast ihn zu uns gebracht.«

Pawel schaut seine Großmama an. Sie hat das Wort benutzt. Dieses Wort benutzt sie sonst nie. »Großmama?«, sagt er.

»Halt den Mund«, sagt Papa. Er hat sich jetzt umgedreht. »Für so etwas haben wir hier keinen Platz. Da muss man hart sein.« Er durchquert das Zimmer, geht aus der Küche. Die Tür knallt hinter ihm zu.

Pawel schaut zu seiner Großmama. Sie hat ihm immer noch den Rücken zugewandt. Er blättert um, schaut die Illustration in seinem Buch an. Sie zeigt den zugewucherten Garten und die Türmchen des Hauses, die Rosenbüsche und die Beeren und Dornen. Schwarze Vögel fliegen von Ast zu Ast, und in den weißen Wolken über dem Haus sieht man noch mehr Vögel. Er starrt den Baum ganz rechts an. Da ist etwas, was er zuvor noch nie bemerkt hat, zwischen den Zweigen. Es ist ein Vogelnest, dort schauen kleine Köpfe heraus, mit offenen Schnäbeln. Sie warten auf Nahrung, warten auf ihre herbeifliegende Mama.

Seine Großmama verlässt den Ofen und nimmt das Tablett vom Tisch. Pawel beobachtet, wie sie zur Spüle geht, die Schüssel und den Löffel abwäscht.

»Großmama«, sagt er. Seine Stimme ist zögerlich.

»Was?«

»Was würde passieren, wenn sie ihn hier finden würden? Wenn diese Männer da draußen reinkommen würden?«

»Mach dir darüber keine Gedanken. Das ist nichts, worüber du dir Gedanken machen solltest.«

»Aber warum ist er in einem Flugzeug aus England gekommen?«

»Es gibt Leute da draußen in der Welt, die wissen, was hier passiert. Sie versuchen, uns zu befreien, sie helfen uns, Widerstand zu leisten.«

Pawel nickt, überlegt. »Wann werden wir wieder frei sein?«

»Das weiß niemand. Wir müssen es abwarten.«

»Michael ist also gekommen, weil er versuchen wollte, uns zu retten.«

Großmama nickt. »Ja.«

»Und jetzt hängt er mit uns in unserer Wohnung fest. Also können wir nicht gerettet werden. Also bleiben wir für immer hier. Also wird die Welt abbrennen, und all die Leute da draußen werden sterben, und wir werden hier drinnen bleiben und langsam verhungern, bis unsere Rippen rausstehen und unsere Beine so dünn sind, dass sie zerbrechen, wenn wir die Treppe hochgehen, um uns schlafen zu legen.«

»Der nächste russische Roman.«

»Sag das nicht, ich weiß nicht, was du damit meinst. Ich weiß nicht, was ein Roman ist.«

»Ein Roman ist ein Buch. Eine Geschichte über erfundene Dinge.«

»Also lauter Lügen?«

Sie lächelt. »Nein. Lauter Geschichten. Geschichten sind wichtig. Mit ihrer Hilfe versuchen die Menschen zu verstehen, warum es die Welt gibt, und warum es uns gibt.«

»Weißt du, warum wir hier sind, Großmama?«

»Das weiß niemand.«

»Warum bin ich dann ein russischer Roman?«

»Nicht mal du könntest ein ganzer Roman sein. Du bist eine Figur aus einem russischen Roman.«

»Warum russisch?«

»Weil Russland ein großes Land ist und eine schwere Geschichte hat. Die Leute hatten ein schweres Leben. Ihre Schriftsteller schreiben davon. Da ist viel Dramatisches passiert.«

»Und hier, in unserem Land?«

»Hier auch, Pawel. Hier auch. Wir leben zwischen zwei mächtigen Ländern, das ist unser Problem. Sie respektieren unsere Grenzen nicht, nehmen uns Teile unseres Landes weg. Sie marschieren bei uns ein. Sie glauben, sie können uns benutzen, wie es ihnen gefällt.«

Pawel runzelt die Stirn. »Warum halten wir sie nicht davon ab?«

»Sie sind größer als wir. Aber eins musst du dir merken: Nichts bleibt für immer so, wie es ist.«

»Das hast du schon mal gesagt.«

»Na, aber es stimmt ja auch. Nichts ist unveränderlich, Pawel.«

Pawel überlegt kurz. »Weißt du, was ich glaube?«

»Was?«

»Ich glaube, Michael wird gar nicht am Fenster stehen können. Für den Fall, dass ihn jemand sieht.«

»Das stimmt.«

»Und wir sollten auch nicht an den Fenstern stehen. Wir

müssen in der Wohnung herumrobben.« Er schaut auf zu seiner Großmama, seine Augen leuchten. »Aber ich glaube nicht wirklich, dass wir sterben oder verhungern.«

»Das werden wir auch nicht.«

»Papa wird uns zu essen bringen.«

»Natürlich wird er uns etwas bringen.«

»Aber ich glaube, dass die Bäume um uns herum anfangen zu wachsen, und die dornigen Büsche werden die Gehwege erobern, und dann wird niemand jemals erfahren, dass wir hier wohnen.«

Er schaut zum Fenster, schaut auf die Wand draußen im Hof, auf den Farn, der grün aus einer Ritze zwischen zwei Ziegeln herauswächst, wo der Mörtel Wind und Wetter zum Opfer gefallen ist.

Es hat bereits begonnen.

ein blaues hemd

ZOFIA schaut Michael an, der in seinem Bett auf dem Tisch schläft, mit geschlossenen Augen, die Arme seitlich neben dem Körper. Seine Atemzüge sind tief und gleichmäßig.

Sie sitzt auf dem Stuhl neben ihm, gähnt. Ihr war nicht mal bewusst, dass sie müde ist, bis sie zu Ende gegähnt hat. Sie schaut auf ihre Hände, die in ihrem Schoß liegen, leicht nach innen gekrümmt, zwei reglose Tiere, die auf der grauen Seide ihres Kleides ruhen. Sie öffnet sie, legt sie flach hin und schaut ihre Handflächen an, die hineingegrabenen Linien, ihr mutmaßliches Schicksal. Sie schaut auf ihre Fingerspitzen. Jede hat ihre eigenen Wirbel, Linien, die sie von jedem anderen lebenden Menschen unterscheiden. Sie ist ein Individuum: Sie fühlt sich einmalig, die Art, wie sie die Welt sieht, fühlt sich einmalig an, aber wenn eine der Metallbomben vom Himmel fiele und auf ihrem Haus landete, wäre diese Einmaligkeit verschwunden. Natürlich würde es die richtige Welt immer noch geben, und sie wäre bereit für den Wiederaufbau, aber Zofias einzigartige Art, die Welt zu betrachten, gäbe es nicht mehr. Sie spürt es so tief, so stark, dass sie Teil der Welt ist, in der sie lebt, doch all das hat ihr gezeigt, dass sie nicht wichtig ist, sie ist nur eine Ameise in einem aufgestörten Ameisennest.

Sie schaut hinunter auf das Silberarmband an ihrem linken Handgelenk, das sie heute Morgen angelegt hat. Schmuck ist das Letzte, was sie im Moment braucht, aber sie weiß: Sie hat es aus Trotz angelegt. Es ist Schönheit um der Schönheit willen. Es ist Teil der Familiengeschichte, sie hat das Armband von Karols Mutter bekommen, die es wiederum von ihrer eigenen Schwiegermutter bekommen hat. Sie spielt damit, dreht es um ihr Handgelenk.

Da hört sie etwas, ein Geräusch aus einer Kehle. Michaels Augen gehen auf, und er schaut sich um, sieht sie. Graue Augen, dunkle Wimpern. Er lächelt. »Ich bin wieder eingeschlafen.«

»Stimmt.«

Er braucht einen Augenblick zum Wachwerden, reibt sich die Augen, blickt hoch an die Decke, schaut sich im Raum um, der schummerig und dunkel ist an den Stellen, wo kein Licht mehr hinkommt. Woran denkt er?

»Habt ihr Wasser?«

Sie lächelt. »Natürlich.« Sie holt ein Glas vom Tisch, und er stützt sich auf einen Ellbogen auf, während er trinkt. Die Decke ist ihm heruntergerutscht, und seine Brust ist unbehaart, die Haut so blass wie die Unterseite der bemalten blau-goldenen Teller.

»Ich möchte aufstehen«, sagt er.

Sie nimmt ihm das Glas ab, stellt es auf den Boden. Er hält sich das verletzte Bein, das jetzt genäht und verbunden ist, und schwingt es ganz langsam herum und vom Tisch herunter. Das andere Bein folgt. Seine Füße berühren den Boden nicht ganz, und sie stützt ihn am Ellbogen, während er herunterrutscht. Er legt sein Gewicht auf das gute Bein und hüpft zum Stuhl. Frischer Schweiß bricht ihm aus, neben seiner Nase, auf seiner Stirn. Zofia wickelt ihm die Decke um die Schultern, nimmt noch eine Decke und legt sie ihm gewissenhaft auf die Beine.

Die Decke rutscht ihm von den Schultern, und er hält sie fest, zieht sie wieder um seinen Oberkörper zusammen. Er wendet sich zu ihr und lächelt. »Tut mir leid, dass aus dem

Plan nichts geworden ist – nun sind die scharfen Messer deiner Mutter doch nicht zum Einsatz gekommen.«

»Mein Sohn. Tut mir leid. Ich hab versucht, ihm den Unterschied zwischen der Wahrheit und einer Notlüge beizubringen.«

»Du musst dich nicht für ihn entschuldigen. Ich finde ihn lustig. Deine Schwester ist schuld, dass ich überlebt habe. Sie hat mich zu gut gepflegt.«

»Das stimmt. Sie hat sich geweigert zu akzeptieren, dass du sterben könntest.«

Zofia nimmt das Glas vom Boden. Sie spielt damit. »Michael«, sagt sie.

»Ja.«

»Ich hab Angst um sie.«

»Weil ich hier bin?«

»Und weil sie ist, wer sie ist. Sie hat dich stundenlang nur beobachtet. Ich konnte sie nicht dazu bewegen, das Zimmer zu verlassen.«

Er nickt.

»Sie ist …« Zofia weiß nicht, was für ein Wort sie benutzen soll. Wie soll man mit einem Wort beschreiben, wie ein Mensch ist? Joanna ist komplex, ändert sich ständig, und dann steht sie hier und sucht nach einem einzigen Wort.

Michael macht einen Vorschlag. »Nicht so robust?«

»Ja. Genau.« Er hat recht. Joanna ist weiß Gott vieles. Aber robust ist sie nicht.

Er nickt. »Ich gehe bald weg. Karol wird mir Bescheid sagen, wann. Entschuldige. Ich weiß, dass ich euch alle in Gefahr bringe.«

»Du brauchst dich nicht zu entschuldigen«, sagt sie.

Sie schaut hinunter auf die Decke, die ihm wieder von den Schultern gerutscht ist. »Ich geh dir mal ein paar Sachen holen.«

Ihre Sachen hängen links im Schrank, die von Karol rechts. Sie sind aus verschiedenen Stoffen, in verschiedenen Farben. Sie sieht den Rand eines grünen Plisseekleids, das sie an ihrem ersten Hochzeitstag zum Abendessen angehabt hat. Das tiefblaue Kleid, das sie für ihren ersten Tanz gekauft hat. Das blaugraue Kleid, das sie an dem Tag anhatte, als sie sich in der Wohnung seiner Mutter kennenlernten, wo Karol sie vom Flur aus beobachtete.

Ihre Schuhe stehen aufgereiht unter ihren Kleidern, alle schön vom Dienstmädchen mit Papier ausgestopft.

Seine Sachen hängen neben ihren. Handgenähte Anzüge, Hemden. Sein bester Mantel. Seine Schuhe stehen ebenfalls darunter, die Ledersohlen fühlen sich so weich an wie ihre eigene Haut, wenn man sie mit den Fingerspitzen berührt. Nichts davon wird jetzt getragen.

Sie starrt auf die Farben und Stoffe. Das sind jetzt nur noch Kostüme für ein anders Leben. Dieses Haus war einmal ein Theater mit einer Bühne und einem Bereich hinter den Kulissen, und sie war einmal eine Schauspielerin, die durch diese Kulissen spazierte. Hinter der Bühne wurden die Requisiten (Mahlzeiten, saubere Kleidung) vom Personal bereitgestellt. Jetzt haben sie ein neues Theater. Das Theater des Krieges. Zofia fertigt ihre Requisiten jetzt selbst.

Sie hört etwas von draußen. Ein Gewehr? Ein Flugzeug? Ihre Hand wandert zu ihrer Kehle.

Sie zwingt sich, in den Schrank zu schauen, schiebt ihre Hand zwischen Karols Sachen, bewegt sie zur Seite, findet das blaue Hemd. Sie zieht es heraus und nimmt es vom Holzbügel, den sie wieder an die Stange hängt. Nein, so herum gehört der Bügel nicht. Sie nimmt ihn wieder heraus, dreht ihn um. So gehört das. Details. An jedem bisschen Ordnung festhalten, das noch geblieben ist.

Das Hemd ist hellblau, es hat keinen Kragen, die steifen

Krägen liegen in der Schublade. Die Manschetten sind lang und haben handgenähte Knopflöcher für die goldenen Manschettenknöpfe, die im Emaillekästchen auf dem Frisiertisch liegen.

Sie legt sich das blaue Hemd behutsam über den Arm, schließt erst die linke Schranktür, dann die rechte. Sie wendet sich ab, macht drei Schritte auf die Zimmertür zu, und in dem Moment hört sie es.

Man hört Bersten, Fallen, Krachen. Und dann ist es wieder still. Das Geräusch war hier im Inneren der Wohnung.

Sie zwingt ihre Beine zum Gehen. Erst das eine, dann das andere. Sie rennt aus dem Schlafzimmer zum Treppenabsatz. Ein Stockwerk hinunter. Vor dem Salon bleibt sie stehen. Streckt die Hand aus, um die Tür aufzumachen, da hört sie jemand von unten heraufkommen. Er ruft: »Mama, Mama.«

Sie sieht einen Kopf von oben, dann ein Gesicht. »Geh runter«, sagt sie. »Geh wieder runter.«

Aber Pawel rührt sich nicht. Er starrt sie an, seine Mama vor dem Salon, mit Papas blauem Hemd über dem Arm. Wo ist Papa? Wer hat die Scheibe eingeschlagen, wer hat sich gewaltsam einen Weg in ihr Haus gebahnt?

Ein Gewehr ist zu hören. Es ist draußen. Nah.

»Geh runter«, sagt Zofia.

Aber er kann sich nicht rühren. Er sieht zu, wie sie den Messingtürknauf dreht. Als die Tür aufgeht, sieht man das Zimmer. Er folgt ihr, seine kleine Gestalt hinter ihrer, in ihrem Schatten. Er kann unter ihrem Arm an ihr vorbeischauen. Er kann sehen, was sie sieht:

Die grüne Flügeltür ins Esszimmer ist aufgerissen. Die Fenster zur Straße sind zerschmettert, und Glas liegt auf dem Zimmerboden verstreut. Der Teppich ist aus Glas. Der Tisch ist mit Glas bedeckt. Die Spitzengardinen blähen sich in der kalten Luft.

Die Veränderung im Zimmer bewirkt Veränderungen im Inneren ihrer Körper. Ihre Herzen schlagen zu schnell, ihr Blut kommt ins Stocken.

Zofia schaut sich um, sieht die zwei Holzinstrumente. Ihr Cello und Pawels Geige stehen zusammen in der Ecke, und Form und Größe der beiden Instrumente ahmen Mutter und Sohn nach. Sie macht einen Schritt zurück und stößt gegen Pawel. Sie schiebt ihn zurück, aus dem Zimmer, macht die Tür hinter ihnen zu. Sie dreht sich um, geht die Treppe hinunter, die eine Hand auf dem Geländer, die andere hält Pawels kleine Hand. Sie hat weiche Knie. Stufe für Stufe gehen sie hinunter, bis sie unten sind, dann gehen sie in Großmamas Zimmer. Zofia zieht die Tür hinter ihnen zu.

Sie sind alle dort drin: Tante Joanna, Großmama, Michael.

»Was war das?«, fragt Joanna. Ihre Stimme ist hoch, verängstigt.

Als Zofia antwortet, ist ihre Stimme leicht und unbekümmert: »Nur die Fenster.«

»Die Fenster?«, sagt Joanna.

»Es ist niemand verletzt worden.« Zofia reicht ihr das blaue Hemd. »Hier. Kannst du Michael helfen, das anzuziehen? Ich glaube, es ist seine Größe, aber die Ärmel wirst du wohl aufkrempeln müssen.«

»Die Fenster sind eingeschlagen worden«, sagt Joanna.

»Macht nichts«, sagt Großmama. »Wir können sie zunageln.«

»Es kommt näher«, sagt Joanna. Zofia will etwas darauf erwidern, will sie beruhigen, aber sie kann nicht. Es gibt nichts zu sagen.

Großmama spricht. »Wir müssen nach unten ziehen«, sagt sie. »In dieses Zimmer und die Küche.«

ein buch

MAN hat ihm ein Bett auf dem Boden von Großmamas Zimmer hergerichtet. Aus den Polstern aus dem Salon ist eine Matratze geworden, darüber hat man Laken und eine Steppdecke und Tante Joannas gestrickte Decke gebreitet. Pawel legt sein Kissen darauf und das Buch neben das Bett.

Als er seinen Pullover auszieht, bleibt er mit dem Kopf darin hängen. Er kann die Kerzenflamme durch die Wollmaschen erkennen: Sie ist unscharf, feine Linien laufen darüber. Er schaut sich im Zimmer um, erkennt die Tür, das Bett, das Skelett. Von seinem Atem wird die Wolle ganz heiß, und die Feuchtigkeit bildet kleine Tröpfchen. Blinde Menschen sehen weniger als das. Er wäre lieber taub als blind, dann würde er die Gewehre nicht mehr hören. Er zieht den Pullover wieder herunter, schiebt die Hand unter die Wolle und hebt sie übers Kinn, dann übers Gesicht. So. Frei.

Er zieht Hose und Hemd aus, dann zieht er seinen Schlafanzug an. Er wickelt sich in die Decke, dann schlüpft er zwischen die Betttücher, die nach Rauch riechen, weil sie über dem Kohlenofen getrocknet wurden. Das Buch ruht in seiner Hand, die Kerzenflamme beleuchtet das Cover. Er fährt mit der Handfläche darüber, er fährt mit den Fingern den Buchrücken entlang, fühlt jede Kerbe, jeden Buchstaben. Er schlägt es auf und betrachtet das Vorsatzpapier, die aufgedruckten marmorierten Muster. Er weiß, wie sie gemacht werden: Tinte wird auf Wasser gegossen und dann ineinander verwischt,

127

man legt ein anderes Blatt Papier darauf und hebt es dann hoch.

Er blättert zur nächsten Seite, das Papier bleibt unten ein bisschen hängen, wo das Buch auf seinem Schlafanzug ruht. Die Titelseite. Er blättert um. Inhaltsverzeichnis. Er blättert. Die erste Illustration. Er schaut sie an, geht weiter. Noch mehr Illustrationen. Bei der Zeichnung eines Mädchens, das in einer Küche anschürt, hält er inne. Seine Augen suchen nach jedem Detail, mustern jede Linie. Er schaut, bis er sehen kann, wie sich die Flammen bewegen. Er kann hören, wie das Feuer brennt, das Knacken der Flammen, das Geräusch, mit dem das Holz in die Asche plumpst. Er kann den Holzrauch riechen. Und dann beginnt sich das Mädchen zu bewegen. Auf ihrem Bein und ihrem Gesicht hat sie Schmutzspuren. Sie ist barfuß, und er weiß, wie sie sich fühlt, wenn sie so durchs Zimmer geht: die kalten Fliesen unter den Fußsohlen, das kleine Stückchen Glut, auf das sie getreten ist.

Es gibt keinen Unterschied zwischen der Welt im Buch und der Welt draußen. Für Pawel ist es ein und dieselbe.

Das Mädchen versorgt das Feuer, sie weiß, dass ihre Stiefschwestern sich oben im Schlafzimmer gerade zum Ausgehen fertigmachen. Sie tragen Seidenkleider wie seine Mama, und malen sich mit rotem Puder Kreise auf die Wangen.

Er blättert weiter, bis er bei der nächsten Illustration ist. Ein Fenster. Draußen sitzt ein Vogel auf einem Zweig, der in schwarzer Tinte gemalt ist, die Flügel sind angehoben, als wäre er gerade erst gelandet. Seine Krallen sind ausgestreckt, graben sich in die Ritzen in der Rinde. Sein Schnabel ist grausam, mit einem einzigen Federstrich aufs Papier geworfen.

Pawel blickt auf, weg von der Seite. Seine Augen sind glasig und verlagern ihre Konzentration nur langsam auf die Dinge im Zimmer, auf diese Welt. Es liegt eine leichte Kühle in der Luft, und er sitzt seit einer ganzen Weile still. Seine

Arme sind kalt. Er schaut hoch zu den Glassteinen in Großmamas Decke. Sie sind aus Glas, genau wie das Fensterglas,
das ein Stockwerk höher eingeschlagen wurde.

Er schaudert. Es ist zu kalt. Glas ist sehr dünn.

Vom Flur aus kann er sehen, dass der Ofen brennt, und dass
um seine offene Tür ein Halbkreis aus Stühlen angeordnet ist:
Großmama, Zofia, Tante Joanna und Michael. Sie starren in
die Flammen und reden. Er bleibt stehen und lauscht.

»Aber sind da denn überhaupt Leute?«, fragt Zofia.

»Ja, aber man sieht sie nicht so oft. Es ist nicht so wie eine
Stadt.«

»Gibt es da Bäume?«, fragt Großmama.

»Eine Menge Bäume. Und Vögel.«

»Was für Vögel?«, fragt Tante Joanna.

»Viele verschiedene Vögel. Spatzen, das sind so kleine
Braune, die in den Sträuchern leben. Rotkehlchen mit roter
Brust, die einem zuschauen, wenn man den Garten umgräbt.
Amseln, die singen, wenn die Sonne aufgeht.«

»Wie ist es in der Nacht?«, fragt Joanna.

»Dunkel. Es gibt keine Straßenlaternen. Manchmal hört
man eine Eule schreien. Manchmal einen Fuchs, während der
Paarungszeit.«

Vögel. Eulen. Füchse. Pawel kommt einen Schritt näher,
legt seiner Mama eine Hand auf die Schulter, spürt die Seide
ihres Kleides. Sie dreht sich um, sieht ihn. »Wir dachten, du
schläfst.«

»Mir war kalt. Und ich hatte Angst. Und ich dachte, ich
höre jemand auf der Straße.«

Michael lächelt ihn an. »Du warst sicher dort. Nichts und
niemand kann dir etwas anhaben.«

Pawel lehnt sich an seine Mama. »Auf den Schoß«, sagt er.

»Hol dir einen Stuhl«, sagt Großmama.

»Du bist zu alt, um auf dem Schoß zu sitzen«, sagt Michael.

»Komm, hol dir einen Stuhl«, sagt Großmama. Sie rückt zu Tante Joanna auf und macht ihm Platz. Pawel nimmt einen Stuhl bei der Lehne und zieht ihn über den Holzboden. Er schaut seine Mama an, seine Großmama. Normalerweise würden sie ihm sagen, dass die Stuhlbeine Kratzer auf dem Boden hinterlassen, aber sie sagen nichts. Er stellt seinen Stuhl zwischen Michael und Großmama, dann schaut er sich um: So ist es besser. Jetzt ist er genau hier, mittendrin. Er baumelt mit den Beinen, schaut nach unten auf den Kreis aus Füßen. Michael trägt Papas dicke Wintersocken, und sein schlimmes Bein hat er auf einen Stuhl gelegt. Großmama trägt ihre hellbraunen Schnürschuhe, Mama ihre Hausschuhe, schwarz mit einem kleinen, feinen Absatz. Tante Joannas Füße sind die kleinsten, und sie trägt ihre flachen Pumps. Sie hat die Beine bei den Knöcheln überkreuzt. Selbst der Ofen hat Beine: metallen, schwarz.

Pawel zeigt auf den Topf auf dem Ofen: »Ich hab Hunger«, sagt er.

»Du hast schon gegessen«, sagt Zofia. »Außerdem ist nichts mehr übrig.«

»Wir haben alles aufgegessen«, sagt Michael.

Pawel schaut ihn an. »Gieriges Schweinchen.«

Michael lacht und macht das Grunzen eines Schweins nach.

»Stell dir vor««, sagt Pawel, »wenn der Topf jetzt voll mit Pilzsuppe gewesen wäre. Und stell dir vor, wenn im Ofen ein Blech mit Backhühnchen wäre.«

Joanna schaut Pawel an. Sie lächelt. »Und stell dir vor«, sagt sie, »wenn im Ofen auch noch eine Schweinshaxe mit Pflaumensauce wäre.«

»Und ein ganzer Fisch auf einer Platte«, sagt Pawel. »Mit Augen und allem Drum und Dran.«

Joanna schlägt die Hände zusammen. »Und wenn wir jetzt in unserem Haus auf dem Land wären.« Sie wendet sich zu Michael. »Da war überall Wald. Aus jedem Fenster konnte man nur Wald sehen. Bäume, Bäume und nochmals Bäume.«

»Und noch mehr Bäume«, sagt Pawel.

»Es ist schön dort«, sagt Zofia.

»Vielleicht so grün wie England«, sagt Großmama.

»Kommt, wir tragen den großen Tisch auf die Waldlichtung«, sagt Joanna.

»Jeder nimmt einen Stuhl«, sagt Zofia.

»Und dann das Geschirr«, sagt Joanna.

»Das weiße Porzellan«, sagt Großmama zu Michael.

»Und dann breiten wir das weiße Tuch aus«, sagt Zofia. »Holen die silbernen Kerzenständer raus.«

»Keine silbernen«, sagt Joanna. »Kommt, wir gehen in den Wald und sammeln ein paar alte Äste. Die höhlen wir aus und machen Kerzenständer draus.«

»Das Gras ist lang und kitzelt mich an den Knöcheln«, sagt Pawel.

»Der Tisch steht unter den Bäumen«, sagt Joanna.

»Ich setz mich hin«, sagt Pawel. »Ich hab Hunger.«

»Dann iss was«, sagt Joanna. »Es ist jede Menge da für dich. All deine Lieblingsgerichte. Schau«, Joanna deutet zum Fenster, »die Sonne geht unter. Der Mond geht auf, und er ist schon voll genug, um Schatten zu werfen. Komm, wir zünden die Kerzen ein. Du schenkst den Wein ein, Michael.«

»Lass die Schale mit den Kirschen vom Baum rumgehen«, sagt Zofia. »Die Glasschale.«

»Die Glasschale ist zerbrochen«, sagt Großmama.

»Ach, Mama«, sagt Joanna. »Jetzt mach es doch nicht kaputt. Hör gar nicht hin, Michael. Die Schüssel ist wieder ganz, und die Luft riecht süß von den Pollen. Und die Motten flattern um uns herum, und die Fledermäuse fliegen geräuschlos ihre Bögen am Rand der Bäume im Wald. Und dann geht meine Schwester ihr Cello holen.«

Zofia nickt. »Genau.«

»Und Pawel holt seine Geige und setzt sich neben sie, und wir hören den ersten Klang des Cellos, und es klingt wie ein Vogel oben in den Zweigen. Und wir schauen hoch, und die Zweige treffen sich über unseren Köpfen wie das Dach einer Kathedrale. Wir sind in einer anderen Welt.«

Sie hält inne. Es herrscht Stille.

Pawel starrt in die Flammen, sieht sie aber nicht. Alles um sie herum – seine Mutter, seine Tante, diesen Mann, der aus der Luft gefallen ist, Großmama, den Tisch, die Stühle unter ihnen, die Anrichte, die leeren Gläser, die leeren Schüsseln, das Fenster zur Ziegelwand und diesen einen Farn – all das nimmt er nur am Rande seines Bewusstseins wahr.

Die Welt da draußen, die Bomben und Gewehre und marschierenden Füße, das zersplitterte Glas und die bröckelnden Wände – das alles ist verschwunden.

ein kaltes laken

PAWEL hält den emaillierten Kerzenhalter mit der Kerze und sieht zu, wie Joanna Michael an die Tischkante hilft, wo er einen Augenblick stehen bleibt, bevor er sich in eine sitzende Position hinaufhievt. Sie hilft ihm, sein linkes Bein hochzuheben, und er zieht eine Grimasse, entblößt seine Zähne.

»Ich hab dir wehgetan«, sagt sie.

»Nein.«

»Ich finde es furchtbar, wenn ich dir wehtue.«

»Es geht mir gut.«

Tante Joanna dreht sich um, sieht Pawel, der sie beobachtet. »Sieh zu, dass du ins Bett kommst«, sagt sie. »Na los.«

Pawel wickelt sich wieder einmal in seine Decke und schlüpft ins Bett. Die Laken sind kälter als vorher: Die Nacht ist kälter als vorher. Er sieht zu, wie Michel sich zurücklegt und seinen Kopf aufs Kissen legt, wie Tante Joanna dann die weiße Baumwolldecke über ihn zieht und den unteren Teil seines Beins freilegt. Sie legt noch eine Decke über seinen restlichen Körper, dann flüstert sie: »Brauchst du sonst noch etwas?«

»Nein.«

Und dann sieht Pawel, wie sie eine Hand ausstreckt und sein Haar berührt. Die Bewegung ist langsam, bedächtig. Dann dreht sie die Hand um, und sie lässt ihre Knöchel langsam, zärtlich über seine Wange gleiten. Michael hebt den Arm, berührt ihre Hand mit seiner, nimmt ihre Hand und zieht sie an seine Lippen.

Die Tür geht auf, und sofort lässt Michael Tante Joannas Hand fallen, sie tritt vom Tisch zurück. Zofia kommt herein, schaut sich im Zimmer um, sieht Pawel auf seiner Matratze und Michael, der sich schlafen gelegt hat. »Es ist schon spät«, sagt sie zu Joanna.

»Ich weiß.«

»Du musst ins Bett.«

Pawel fragt: »Wo schläfst du, Mama?«

»In der Küche«, sagt sie. »Bei Joanna und Großmama. Und jetzt brauchst du ein bisschen Schlaf, also mach die Augen zu. Und halt Michael nicht die ganze Nacht wach.«

»Gibst du mir noch einen Gutenachtkuss?«

Zofia kommt zu ihm und bückt sich zum Boden, um ihn zu küssen. Seine Arme fliegen hoch und schließen sich hinter ihrem Nacken, dass sie fast vornüberkippt. »Vorsicht.« Sie steht wieder auf und schaut zu Joanna. »Komm, wir machen unsere Betten.«

»Ich bleib hier noch eine Weile sitzen.«

Zofia schüttelt den Kopf. »Nein. Pawel braucht seinen Schlaf.« Sie nimmt die Kerze und hakt Joanna unter, manövriert sie zur Tür. Und dann sind sie weg, die beiden Schwestern, und die Tür ist zu.

Es dauert eine Weile, bis ihre Augen sich an die Dunkelheit gewöhnt haben, und sie merken, dass ein bisschen Mondlicht durch die Glassteine dringt. Michael ergreift als Erster das Wort.

»Ich hoffe, du schnarchst nicht.«

Pawel runzelt die Stirn. »Kinder schnarchen nicht.«

»Woher willst du das denn wissen?«

»Mama würde es mir sagen, wenn ich schnarche.«

»Aber woher sollte sie das denn wissen?«

»Ganz einfach: Ich komme nachts in ihr Bett.«

»Du schläfst noch bei deiner Mama?«

Pawel lacht. »Nein, natürlich nicht.« Er hält kurz inne. »Na ja, manchmal muss ich zu ihr ins Schlafzimmer. Wenn ich schlecht geträumt habe oder nicht schlafen kann. Oder friere. Oder traurig bin. Oder wenn es laut ist. Oder wenn es zu leise ist.«

Michael lacht. »Klingt ja so, als gäbe es da eine Menge Gründe.«

»Lachst du mich aus?«

»Natürlich nicht.«

»Wenn Papa im Bett ist, mag er das nicht. Er sagt dann immer, ich soll wieder in mein eigenes Bett gehen.«

»Vielleicht beißt du ihn ja.«

Pawel starrt auf die dunkle Gestalt auf dem Tisch, dem Mann darauf. »Ich beiße nicht.«

»Woher willst du denn wissen, dass du nicht beißt? Vielleicht beißt du die Leute ja im Schlaf und weißt es gar nicht. Du lehnst dich einfach rüber und beißt mal rein. Und die merken dann nur, dass sie am nächsten Morgen Zahnabdrücke haben. Hast du schon mal von dem berühmten Fall in London gehört, wo sie einen Mörder gefunden haben, weil er auf dem Arm eines Opfers Bissspuren hinterlassen hat?«

Pawel setzt sich auf. »Was ist da passiert?«

»Sie haben das Muster dieser Bissspuren mit den Zähnen des Nachbarn abgeglichen, und sie waren identisch.«

»Wie Fingerabdrücke?«, fragt Pawel.

»Genau. Unsere Zahnabdrücke und unsere Fingerabdrücke sind ganz individuell. Du bist nicht dumm, stimmt's?«

»Ich weiß nicht«, sagt Pawel. »Zahlen fallen mir schwer. Und Schreiben fällt mir schwer. Und Lesen fällt mir schwer. Und Papa sagt, ich weine zu viel.«

»Glaubst du das auch?«

Pawel zuckt mit den Schultern. Seine Schultern fühlen sich schwer an. »Mama sagt, ich bin sensibel.«

»So wie deine Tante.«

»Ja. Wie Tante Joanna«, sagt Pawel. »Großmama sagt, ich bin eine Figur aus einem russischen Roman.«

Michael muss lachen. »Entschuldige, ich lache dich nicht aus.«

»Ich glaube schon, Michael.«

»Du bist ein bisschen … na ja, du hast so etwas Ernstes, Dramatisches.«

Pawel erwidert nichts. Er denkt über die Worte nach. Ernst. Dramatisch. Wirkt er von außen so? Aus Michaels Perspektive? Er kommt sich gar nicht so vor. Er kommt sich einfach nur vor wie er selbst. Pawel. Sohn von Mama und Papa. Neffe von Tante Joanna. Enkel von Großmama. Pawel. Der Mittelpunkt seiner eigenen Welt. Das ist alles, was er weiß.

»Was ist?«

»Nichts.«

»Du bist ganz still geworden. Na, sag schon. Hab ich irgendwas Falsches gesagt?«

»Nein.«

»Doch.«

»Ich hab dir gesagt, dass ich mich nicht gerne aufziehen lasse.«

»Das mach ich nur, weil ich dich mag. Und weil du interessant bist.«

»Kann ein Kind interessant sein?«

»Oh ja«, sagt Michael. »Es sind nicht alle Kinder gleich.«

»Ich mag nicht alle Kinder.«

Michael lächelt. »Da kann ich dir keinen Vorwurf machen. Ich mag nicht alle Erwachsenen.«

»Aber uns magst du.«

»Stimmt. Allerdings mag ich euch alle. Aber Pawel, du

weißt schon, dass ich wieder von hier weg muss. Sobald dein Papa das alles organisiert hat.«

»Es ist gefährlich, solange du hier bist, das weiß ich schon.«

Michael nickt. »Das stimmt. Ich bin eine Bombe, die jeden Moment explodieren kann.«

Pawel starrt ihn an. Er sieht gar nicht aus wie eine Bombe, egal ob explodiert oder nicht. Er legt sich wieder hin, den Kopf aufs Kissen. »Ich will nicht, dass du weggehst.«

»Das ist nett von dir, danke. Aber ich habe keine andere Wahl, weißt du.«

Das Licht im Zimmer kommt Pawel jetzt heller vor, nachdem sich seine Augen daran gewöhnt haben. Er schaut sich um. Es kommt ihm vor, als würden die Schatten sich bewegen und die Wände leben. Er tastet nach dem roten Satinstreifen, streicht darüber. Seinen anderen Daumen führt er zum Mund.

Halt. Nicht hier. Das machst du doch gar nicht mehr.

»Du bist so still.«

Michaels Stimme reißt ihn aus seinen Gedanken.

»Darf ich dich mal was fragen?«

»Was immer du willst.«

»Hast du Angst gehabt, als du vom Himmel gefallen bist?«

»Ganz ehrlich? Ja.«

»Hast du geweint?«

»Ich glaube, dafür war keine Zeit. Ich war zu sehr damit beschäftigt, dass der Fallschirm aufgeht. Dass ich die Stelle finde, die wir vorher zum Landen für mich ausgesucht hatten. Ich hatte Angst davor, wer mich finden würde. Dass mich am Ende die falschen Leute finden und mich ausliefern würden.«

»Was hätten die dann mit dir gemacht?«

»Ich glaube, darüber sollten wir nicht mal nachdenken.«

»Was? Sag.«

»Sie hätten versucht, aus mir rauszukriegen, warum ich

137

hier bin. Woher ich gekommen bin. Was ich vorhatte. Aber es ist ja nicht passiert. Ich hab mir das Bein verletzt, und sie haben mich versteckt, dann hat dein Papa mich hergebracht.«

»Du bist nur hergebracht worden, damit du zerlegt werden kannst.«

»Ja, zum Zerlegtwerden. Daran erinnerst du mich zu gern, stimmt's?«

»Es ist bloß die Wahrheit.«

»Ich weiß.« Michael schweigt einen Augenblick. »Ist schon eine komische Welt, oder? Erst bin ich noch oben am Himmel und du hier unten. Und jetzt liegen wir hier im selben Zimmer.«

Pawel schaut hinüber, wo Michael auf seinem Bett liegt. Er kann so gerade erkennen, dass der Mann die Arme hinter den Kopf gelegt hat, und unter seinen Armen sieht man die dunklen Schatten der erwachsenen Welt. »Wie ist England so?«

»Wir sind mitten im Meer, auf einer großen Insel, aber es sind ganz schön viele Menschen dort. Und das Land hat eine lange Geschichte, genau wie dein Land.«

»Ich hab noch nie das Meer gesehen. Wie sieht das aus? Sind da immer Wellen?«

»Nicht immer. Manchmal ist es auch ganz ruhig.«

»Spielen da wirklich Kinder im Sand?«

»Ja.«

»Das würde ich gerne mal machen.«

»Vielleicht kannst du das ja eines Tages.«

»Vielleicht könnte ich nach England kommen.«

»Das wäre schön. Ich könnte dich an den Strand mitnehmen.«

»Irgendwann wird das alles mal vorbei sein, oder?«

»Natürlich«, sagt Michael. »Nichts bleibt, wie es ist, nicht mal das hier. Alle Kriege sind irgendwann mal vorbei.«

»Das sagt Großmama auch.«

»Sie hat recht.« Er gähnt. »Wir sollten jetzt lieber schlafen.«

»Ich bin nicht müde.«

»Kein Kind gibt zu, dass es müde ist.«

»Michael?«

»Ja?«

»Vielleicht sind sie bis morgen früh alle verschwunden. Vielleicht ist der Krieg morgen früh schon vorbei. Hältst du das für möglich?«

»Eher nicht.«

»Warum denn nicht?«

»Na ja, ich schätze, unmöglich ist es wohl nicht.«

»Gut.«

Und dann werden Pawel in seinem Bett die Glieder ganz schwer. Die Augen fallen ihm zu. Er liegt in einem dunklen Zimmer, aber diesmal ist er nicht allein. Hier ist noch jemand bei ihm, und wenn er in der Nacht Angst bekommt, kann er rufen, und es wird ihm jemand antworten.

Seine Lider schließen sich, gehen wieder auf, schließen sich. Seine Atemzüge werden langsamer, und dann ist er eingeschlafen.

ein glassplitter

ZOFIAS Augen sind offen. Sie schaut sich im Schlafzimmer um, sieht die verschiedenen Grautöne, die die Morgendämmerung an die Wände malt. Das Rot in Karols Gemälde an der Wand ist dunkelgrau. Das Silber ihrer Haarbürste und ihres Kamms auf dem Frisiertischchen ist hellgrau. Ihre eigene Haut ist hellgrau.

Die Vorhänge sind nicht ganz zugezogen, und sie betrachtet die Linie aus Licht. Sie haben also nicht unten geschlafen, und sie sind immer noch am Leben. Karol hatte recht. Sie schaut zur Seite, wo er liegt. Er atmet schwer.

Sie schaut auf die Decken. Sie hat die Hände auf der Brust gefaltet, die Beine ausgestreckt. Sie nimmt wenig Raum ein und liegt ganz still. Sie ist wie die steinerne Frauenstatue auf einem Grab, aber sie fühlt sich nicht so, als wäre sie aus Stein; sie fühlt sich zerbrechlich, aus weichem Fleisch, erfüllt von Blut. Sie fühlt sich, als könnte sie jeden Augenblick zerquetscht werden.

Heute Nacht wird er gehen. Sobald es dunkel wird. Es ist alles arrangiert, hat Karol ihr erzählt.

Sie wird es Joanna sagen müssen. Wieder schaut sie auf die Linie aus Licht zwischen den Stoffbahnen. Zerbrich dir jetzt nicht den Kopf darüber, wie du es ihr beibringen sollst. Du hast Zeit. Lieg einfach hier und schau zu, wie die Grautöne immer heller werden. Warte auf einen neuen Tag, der kommt sowieso, egal, was du tust. Mal sehen, ob du hier liegen bleiben und an nichts denken kannst. Mal sehen, ob das überhaupt möglich ist.

Der Augenblick dauert nicht an. Der Schrei kommt ganz plötzlich, kommt von unten, in der Wohnung. Sie springt sofort aus dem Bett, Karol ebenfalls, er ist innerhalb einer Sekunde aus seinem tiefen Schlaf erwacht. Die beiden rennen die Treppen hinunter, hinunter zum Flur vor dem Salon – die Tür ist immer noch zu – und die nächste Treppe auch noch hinunter. Sie kommt zur Tür ihrer Mutter, und sie ist schon offen. Karol und sie treten ein.

Pawel steht in der Zimmermitte. Joanna ist im Nachthemd und hat den Arm um ihn gelegt. Michael liegt auf dem Tisch und stützt sich auf einen Ellbogen.

Pawel sieht seine Mama und reißt sich von Joanna los, er stürzt ihr entgegen.

»Mama«, sagt er, mit jämmerlicher, hoher Stimme. Er umklammert seine Hände. »Glas«, sagt er.

»Er hat sich einen Splitter eingezogen«, sagt Joanna.

»Einen Splitter?«, fragt Zofia.

Großmama erscheint auf der Schwelle hinter Zofia und Karol. Pawel sieht sie. »Fass ihn nicht an«, schreit er. Und dann sieht er, wie sein Vater ihn anstarrt.

»Du bist doch erbärmlich«, sagt Papa. »Hör auf damit. Sofort.« Pawel verstummt. Karol dreht sich um und geht aus dem Zimmer.

Zofia nimmt Pawels Hand. Sie schaut darauf, untersucht sie. »Da ist doch kaum Blut.«

»Er steckt innen drin. Richtig in mir drinnen.«

»Pawel, hör auf jetzt«, sagt Großmama. »Es ist bloß ein Splitter.«

»Er hat Angst«, sagt Joanna. »Das ist alles.«

»Angst?«, sagt Zofia.

Großmama tritt vor. Pawel beobachtet, wie sie zu ihrem

Tisch geht und die lange Pinzette hervorholt. Pawel legt die Hand auf den Rücken. »Nein«, schreit er.

Zofia schüttelt den Kopf. »In Gottes Namen.« Sie packt Pawels Hand und hält sie ganz fest. Großmama kommt und zieht mit der Pinzette das Ende des durchsichtigen Glassplitters heraus. Pawel brüllt, aber er kann sich nicht bewegen, er kann überhaupt nichts machen. Es wird nie aufhören, und sie wird seinen ganzen Finger zerlegen.

Großmama hält den Splitter hoch. »Er ist draußen.«

Pawels Geschrei verstummt augenblicklich. »Draußen?«

»Schau. Der muss vom Fenster oben gewesen sein. Da war wohl noch etwas vom Glas auf dem Polster.«

Zofia lässt seinen Arm los. Pawel mustert das Glas am Ende der Pinzette. »Das hat wehgetan«, sagt er. Er mustert seinen Finger. Ein winziger Blutstropfen ist auf seiner Haut zu sehen. Mehr nicht.

Er schaut auf zu seiner Mama. »Mama«, sagt er. »Mama.«

Zofia wendet sich ab. Sie ist angewidert von der ganzen Szene. Sie weiß, dass er nun mal so ist, und nach allem, was da draußen passiert, heißt das ja auch nicht, dass er keine Angst haben dürfte, aber sie kann ihm einfach nicht geben, was er braucht.

»Du hast mehr Drama wegen dieses winzigen Glasstückchens veranstaltet«, sagt Großmama, »als dieser Mann, nachdem er vom Himmel geplumpst war.«

Pawel schaut zu Michael. Er begreift nicht, was das eine mit dem anderen zu tun haben soll. Er weiß nur, dass seine Hand wehtut und das Glas darin war. Unter der Haut. In ihm. Es war ein Splitter. Ein Splitter.

Zofia verlässt das Zimmer, lässt sie alle dort stehen. Sie geht über den Flur in die Küche.

Es ist immer noch dunkel hier drinnen, und ihre bloßen Füße sind kalt auf den Fliesen. Der Ofen ist aus. Graue Asche liegt unten in der Aschelade. Es ist kein Brennholz da, mit dem man ein Feuer machen könnte, sie werden wieder losgehen und Holz aus zerstörten Häusern sammeln müssen. Sie werden Türen verbrennen, Fensterstürze, Pfeiler. Alle Gebäude abbrennen, um ihr eines Gebäude warmzuhalten. Es ist, als würde die Stadt sich selbst verzehren.

Heute wird sie Joanna mitteilen müssen, dass er weggeht.

Sie sitzt auf einem Stuhl, der neben dem erkalteten Ofen stehen geblieben ist. Kalter Stuhl, kalter Boden. Sie zieht die Knie bis ans Kinn, zieht das Nachthemd über die Beine und stützt die Füße auf den Stuhl. Holz wird nie so kalt wie Fliesen, wie Wände.

Das Schniefen. Sie spürt ihn neben sich, dreht sich aber nicht zu ihm um, um ihn anzuschauen. Sie spürt seine Hand auf der Schulter. Sie spürt sein warmes Gewicht, wie es sich an sie lehnt.

Er sagt nichts, er weiß, dass das jetzt unklug wäre. Er spürt eine dumpfe Scham in sich, als hätte er zu schwer gegessen. Er weiß, dass er zu laut war, alle aufgeweckt hat. Er weiß jetzt, dass sein Finger, sein Splitter, kein ausreichender Grund war, um so zu schreien. Er weiß, dass es jetzt unklug wäre, etwas zu sagen.

Zofia spürt sein Gewicht an sich. Er ist warm, und seine Wärme wärmt sie. Sie bleiben ein paar Minuten so stehen, dann stupst er sie mit dem Kopf an, wie ein Tier. Er tut es wieder und wieder, und schließlich gibt sie nach, hebt den Arm hoch, so dass er seinen Kopf darunter durchschieben kann, dann seinen Körper, bis er auf ihren Schoß krabbeln kann. Er rollt sich zusammen, legt ihr einen Arm um die Taille, den anderen um ihren Hals. Er spielt mit ihrem Haar.

Schweigend sitzen sie vor dem kalten Feuer. Alle beide.

Ihre Haut riecht nach Keksen, nach etwas Selbstgemachtem, hier in der Küche Gemachtem. Sie spürt selbst, wie sie weicher wird, als wäre ihr Herz wieder aus Wachs und er wieder die Flamme. Sie hebt einen Arm, legt ihn um seinen Körper. Dann hebt sie die andere Hand, streicht ihm das Haar von der Stirn. Er fasst sie noch fester um die Taille, legt ihr den Arm noch fester um den Hals.

Sie sind wieder ein Körper.

Sie fährt ihm mit der Hand vom Haar über die Wange, fasst ihn unters Kinn. Sie hebt sein Gesicht an, und sie schauen sich an. Sie hält sein Gesicht, sein ganzes Gesicht, seine ganze Welt, wie es scheint, in ihrer Hand.

nadel und faden

ALS sie so auf dem Stuhl vor dem kalten Feuer sitzen, hört
Zofia ein Geräusch. Ein wiederholtes Geräusch, ein Klopfen.
Sie schaut sich um. Die Küchentür ist geschlossen, es kommt
vom Flur, von der Wohnungstür. Ein Nachbar oder ein Freund
kann es nicht sein: Es hat Dringlichkeit, es hat Nachdruck.

Ihr Herz stolpert kurz. Sie lässt Pawel los, steht auf. Er
gleitet zu Boden. Sie geht zur Küchentür und macht sie auf,
hört Karol die Treppe hinunterrennen, sieht ihn die letzten
Stufen hinunterspringen. Er dreht sich um, erblickt Zofia, legt
sich einen Finger auf den Mund, um sie zum Schweigen zu
ermahnen, bedeutet ihr mit einer Handbewegung, dass sie
wieder in die Küche gehen soll. Sie geht hinein, macht die Tür
zu. Sie lauscht, als er die Wohnungstür aufmacht, hört seinen
Teil des Gesprächs.

»Ja, das stimmt. Sie ist unterwegs. Bald. Gut, ich werde ihr
sagen, dass er kommt. Ja, sie wird hier sein.«

Sie hört, wie die Wohnungstür wieder zugeht. Sie macht
die Küchentür auf, stürzt heraus. Er geht in Großmamas Zimmer. Sie folgt ihm.

»Sie kommen zurück«, sagt er. Er wendet sich zu Großmama. »Sie wollen, dass du jemand behandelst. Hol deine
Tasche. Geh nach nebenan. Los.« Er wendet sich zu Joanna.
»Du gehst hoch in dein Zimmer. Komm nicht raus, bevor ich
dich hole.« Und an Michael gewandt: »Ich werde die Tür
abschließen.«

Sie verlassen das Zimmer. Karol schließt sie hinter sich zu, zieht den Schlüssel ab und lässt ihn in die Tasche eines Mantels an der Garderobe fallen. Er scheucht Joanna die Treppe hoch. »Geh. Beeil dich.«

Sie rennt barfuß die Stufen hoch. Pawel steht auf dem Flur und schaut zu. »Komm in die Küche«, sagt Papa. Er legt ihm eine Hand auf den Rücken und schiebt ihn den Flug entlang.

Sie sind alle dort: Zofia, Großmama, Karol, Pawel. Papa stellt den Stuhl an den Tisch und setzt Pawel darauf, legt das Buch vor ihn. »Setz dich da hin und lies dien Buch, und wenn die Männer kommen, sagst du nichts. Du liest einfach nur.«

»Was für Männer?«

»Das ist jetzt nicht wichtig. Hast du verstanden, was ich gesagt habe? Egal was passiert, du liest einfach nur dein Buch.«

Pawel nickt.

»Zofia, an die Spüle. Du, dahin.«

Sie folgen seinen Anweisungen. Zofia stellt sich an die Spüle, als würde sie gerade abwaschen; ihre Mutter setzt sich mit einem Tuch und einem Stapel Gabeln an den Tisch und beginnt sie zu polieren.

Und dann geht es los. Das Hämmern an der Tür. Pawel schaut zu, wie sein Papa einen letzten Blick auf die unschuldige häusliche Szene wirft, die er gerade geschaffen hat, dann geht er auf den Flur und ruft: »Komme schon, komme schon.«

Pawel hört, wie der Schlüssel im Schloss gedreht wird; Zofia hört, wie der Schlüssel im Schloss gedreht wird. Die Tür geht knarrend auf, nach innen, in ihr Zuhause. Sie schauen alle angestrengt auf den Boden, scheinen ganz in ihre Tätigkeiten versunken, aber sie lauschen auf jeden Atemzug, jede Silbe.

»Kommen Sie rein.« Papas Stimme. Füße, noch mehr Füße. Und noch ein Geräusch. Ein scharrendes. Die Tür geht zu. »Kommen Sie. Hier entlang.«

Die Füße nähern sich über den Flur, näher, lauter. Sie sind nicht im Gleichschritt. Ungeordnet. Das Gewicht schwerer Stiefel auf den Bodendielen. Das Geräusch von Metallstollen auf den Bodendielen. Und das scharrende Geräusch.

Karol kommt als Erster herein, hält die Tür auf, als würde er Gäste zum Abendessen hereinführen. »Hier rein.« Er spricht neue Worte, die neue Sprache. Neue Worte in ihrem Zuhause. Seine Stimme ist hell; würden Zofia und Pawel ihn sonst so hören, sie würden nicht ahnen, dass dies nicht der harmlose Besuch eines Nachbarn ist. Würden nicht ahnen, dass es kein alltägliches Ereignis ist. Würden nicht ahnen, dass das alles eine Vorstellung ist, ein Moment, in dem einem das Herz fast stehen bleibt und die Luft sich nicht mehr bewegen mag.

Sie kommen über die Schwelle und in die Küche. Sie sind zu dritt. Alle in Uniform. Jacken, Hosen, hohe schwarze Schnürstiefel. Einer von ihnen hat einen Hund an der Leine, dessen Krallen man auf dem Boden kratzen hört.

Pawel steht auf und weicht zurück.

»Der Junge mag keine Hunde«, sagt Papa. »Er hat Angst vor ihnen.« Pawel hört Papas Stimme an, dass er lacht. Jungen sollten eigentlich Männer sein und keine Angst haben. »Setz dich wieder hin«, sagt Karol. Seine Stimme ist hart, und Pawel gehorcht. Er schaut in sein aufgeschlagenes Buch.

»Doktor«, sagt der große Mann. Ein Wort.

Karol deutet auf Großmama, die am Tisch sitzt. »Doktor«, sagt er.

Großmama wendet sich zu ihnen. »Wie kann ich Ihnen helfen?«, fragt sie.

Pawel beobachtet, wie der kleinste Mann seinen Mantel auszieht. Er sieht, dass er ein Gewehr in den Bund geschoben hat. Pawel will aufstehen und aus dem Zimmer rennen, aber er hat keine Beine mehr, nur noch Watte.

Der Mann hat seinen Arm freigelegt. Seine Wunde blutet, es läuft ihm die Hand entlang und auf den Boden. Großmama steht auf, bietet ihm einen Stuhl an. »Setzen Sie sich.«

Der Mann schüttelt den Kopf.

»Sie müssen sich hinsetzen, damit ich Ihre Wunde ansehen kann.« Großmama greift sich ihre Arzttasche und stellt sie auf den Tisch. Der Mann setzt sich.

Pawel schaut auf den Hund am Ende der Leine. Sein Maul ist geöffnet, die Zähne gelb, das Zahnfleisch gescheckt mit kleinen blauen Malen. Geifer tropft auf den Boden. Blut tropft auf den Boden.

Großmama wendet sich zu Zofia, die immer noch an der Spüle steht. »Ich brauche eine Schüssel Wasser. Mit Salz.« Sie zieht ein sauberes Handtuch aus dem Stapel mit den Stoffresten, legt es auf den Tisch, legt den Arm des Mannes darauf. Das Blut läuft aufs Handtuch, versickert im Stoff. Zofia füllt die Emailleschüssel mit Wasser und rührt eine Handvoll Salz hinein, reicht sie ihrer Mutter.

Großmama taucht ein sauberes Stück Stoff ins Salzwasser, beginnt die Wunde zu säubern. Alle schauen ihr zu. Sie wischt das frische Blut von der Hand, dann vom Handgelenk, nähert sich der Wunde. Als das Salzwasser an die offene Wunde kommt, zuckt der Mann zusammen. »Das ist ziemlich schlimm. Das muss ich nähen.«

»Tun Sie es einfach«, sagt der große Mann.

Großmama nimmt Nadel und Faden aus ihrer Arzttasche. Fädelt sie ein, macht einen Knoten ans Ende.

Sie wendet sich zu Zofia. »Du hältst ihn.«

»Das ist nicht nötig«, sagt der Mann.

»Sie soll mir helfen«, sagt Großmama, »sie muss die beiden Seiten der Wunde zusammendrücken.«

Zofia legt je eine Hand rechts und links an den Arm des Mannes und drückt ihn so fest zusammen, dass sich die Haut über der offenen Wunde berührt. Sie wendet das Gesicht ab. Sie ist dem Mann so nah, kann seine Wärme spüren, seinen Schweiß riechen. Großmama sticht mit der Nadel direkt ins Fleisch und zieht den Faden durch, bis der Knoten ihn anhält. Der Mann stößt ein hohes Jaulen aus und der große Mann und der Mann mit dem Hund lachen ihn aus. »Tut dir die Dame weh?«

»Nein.«

Großmama hält inne. »Möchten Sie, dass ich aufhöre?«

Der Mann schüttelt den Kopf. »Nein. Machen Sie. Schnell.« Er wendet das Gesicht ab und beißt sich auf die Lippe.

Großmama sticht mit der Nadel hinein und zieht sie wieder heraus, immer weiter. Pawel meint das Geräusch zu hören, mit dem der Faden durch die Haut gleitet. Seine Hände zittern. Er könnte das nicht so wie sie, so ruhig und so säuberlich.

Sie macht einen letzten Knoten und greift zur Schere, um den Rest des Fadens abzuschneiden. Dann holt sie Verbandsmull aus der Tasche und wickelt ihn behutsam um seinen Arm. Sie schneidet das Endstück längs auf, macht zwei lange Bänder daraus, die sie jeweils in eine andere Richtung klappt, und schließlich stopft sie die Enden unter den Verband.

»So«, sagt sie. »Sie sind fertig.«

Der Mann steht auf und nimmt seinen Mantel. Sie gehen aus dem Zimmer, erst der Mann mit dem Hund, dann der verbundene Mann, dann der große Mann. Es fällt kein Wort. Karol folgt ihnen durch den Flur. Zofia sieht ihnen nach, wie sie zur Wohnungstür marschieren. Sie sieht die ersten zwei hinausgehen, dann sieht sie, wie der große Mann an der Tür zu Großmamas Zimmer zögert. Er streckt eine Hand aus, greift nach dem Türknauf, dreht ihn. Die Tür geht nicht auf.

149

»Lagerraum«, sagt Karol.

Der Mann schaut Karol an, schaut dann wieder durch den Flur in die Küche. Zofia schaut ihm in die Augen. Dann ruft eine Stimme von der Straße seinen Namen. Er zögert, dann geht er hinaus, und die Tür wird hinter ihm zugemacht.

ein blutfleck

IN der Wohnung ist es ganz still. Keiner spricht. Keiner rührt sich.

Zofia steht auf der Schwelle zur Küche. Sie schaut erst in die eine Richtung, zu Karol, der vor Großmamas Zimmer steht, dann in die andere, zu ihrer Mutter, die neben dem Küchentisch steht, mit beiden Händen auf ihrer Arzttasche, und zu Pawel, der auf dem Holzstuhl sitzt. Sie sind ganz reglos, wie erstarrt.

Erst das Geräusch von Joannas Schritten auf der Treppe löst ihre Erstarrung. Karol geht zum Mantel an der Garderobe, in dessen Tasche er den Schlüssel gesteckt hat. Zofia hebt beide Hände und reibt sich das Gesicht, als könnte sie auf die Art wegreiben, was gerade passiert ist. Großmama nimmt die Hände von ihrer Arzttasche und beginnt auf Pawel zuzugehen. Pawel steht auf und geht weg vom Tisch, von allem, weicht in die Zimmerecke zurück.

Zofia hört, wie Karol mit Michael spricht. »Du musst gehen.«

Die beiden Männer gehen über den Flur zur Küche, zu Zofia. Joanna folgt ihnen.

Karol ergreift das Wort. »Wir müssen alle weg. Noch heute Abend.«

Die Worte werden laut gesagt, aber obwohl Pawel sie hört, versteht er sie nicht. Er starrt auf den Boden. Wo der Hund saß, hat er einen Speichelfleck auf den Dielen hinterlassen.

Und neben dem Tisch ist ein Blutfleck. Ein Tropfen vom Arm des Mannes. Pawel steht auf, bückt sich. Es ist kein Fleck, wenn man ihn aus der Nähe betrachtet. Es ist ein Spritzer, richtig dickes rotes Blut in der Mitte und ein Bogen aus winzigen Spritzern rundherum, als hätte man einen Pinsel kräftig ausgeschlagen.

Wir müssen alle weg, hat Papa gesagt. Aber wie sollen sie denn weg? Dies ist ihr Zuhause.

Zofia fragt: »Wo können wir denn hin?«

»Ich weiß nicht. Ich muss irgendeinen Platz finden.«

Zofia starrt ihn an. Sie zittert; ihre Hände ihre Beine. Ihre Stimme.

»Ich muss irgendeinen Platz für uns organisieren«, sagt Karol. »Ich komm danach wieder, aber ihr müsst euch in der Zwischenzeit fertigmachen.«

Fertigmachen. Sie müssen sich fertigmachen. Was bedeutet das? Sie schaut ihren Sohn an, der auf dem Boden kniet und die Dielen betrachtet. Er hat den Kopf gesenkt, und sie sieht sein Genick. Sie kann nicht klar denken. Niemand kann klar denken. Sie würde am liebsten im Kreis rennen wie ein Tier, würde am liebsten in Panik davonrennen.

»Keine Panik«, sagt Karol, als würde er es wissen. »Tut, was ich euch sage.«

Dann packt er sie bei den Handgelenken. Zwingt sie, ihn anzuschauen. Zwingt sie, ihm zuzuhören. »Joanna soll sich anziehen. Und du hilf deiner Mutter. Pack zusammen, was du brauchst. Was ihr alle braucht.«

»Was ich brauche?«

Sie hat das Gefühl, als wollte ihr das Herz gleich aus dem Mund springen; sie will, dass er für immer ihre Handgelenke festhält. Doch er lässt sie los. »Ich muss gehen«, sagt er. »Ich komme zurück, so schnell ich kann.« Er dreht sich um, rennt den Flur hinunter, geht hinaus. Die Tür knallt zu, es hallt.

Wieder Stille. Eine Weile bleiben sie alle, wo sie sind.

Joanna hat die Hände an die Kehle gehoben und spielt mit dem weißen Band an ihrem Nachthemd.

Fertigmachen. Was heißt das? Eine Tasche packen?

Ihre Mutter spricht als Erste wieder. »Zieht euch an. Wir müssen uns alle anziehen.«

Michael steht neben dem Tisch. Er stützt sich auf eine Stuhllehne, um sein Bein zu entlasten. Er trägt Karols hellblaues Hemd. »Es tut mir leid«, sagt er.

Joanna schreit auf: »Das muss es nicht.«

Großmama wiederholt ihre Worte. »Zieht euch an.«

»Mama«, sagt Pawel. »Was ist denn los?«

Zofia schaut ihn an. Sie würde ihm gern etwas Beruhigendes sagen, diese nackte Haut in seinem Nacken bedecken.

»Du musst dich anziehen«, sagt sie. »Und die Sachen zusammensuchen, die du brauchst.«

»Wie meinst du das?«

Großmama macht einen Schritt nach vorn und will etwas sagen, da hören sie das Geräusch von splitterndem Glas.

eine tür

ES ist nicht das helle, spröde Geräusch von splitterndem Fensterglas. Es ist ein anderes Geräusch: tiefer, dunkler. Etwas Schweres landet im Zimmer, und der Boden in der Wohnung erzittert. Zofia weiß, was das ist. Noch bevor sie es weiß, weiß sie es.

Sie dreht sich um, sie drehen sich alle um, zur offenen Tür, die auf den Flur führt. Zu dem Geräusch.

Und dann quillt der Staub aus dem anderen Zimmer. Er bewegt sich auf die Küche zu.

Sie schaut sich um. Es gibt nur das eine Fenster, und das geht auf den verschlossenen Hof hinaus. Sie können nirgendwo anders hingehen. Es gibt nur einen Weg hinaus.

Sie setzt sich in Bewegung, einen Fuß vor den anderen. Sie geht durch den Staub, spürt, wie er ihr in den Mund dringt. Sie tritt auf Trümmer, steht auf der Schwelle zum Zimmer ihrer Mutter. Die Glassteine sind kaputtgegangen. Blätter werden hereingeweht, fallen langsam, segeln durch die Luft nach unten. Sie schaut hinauf, durch die zerschmetterten Blöcke, sieht die Welt da draußen, den Himmel. Und sie sieht Stiefel, Beine.

Die Füße kommen durch das Loch nach unten, fallen. Im gleichen Augenblick hört sie, wie an die Wohnungstür gehämmert wird. Das Holz splittert.

Zofia weicht von der Schwelle zurück, rennt zurück zur Küche. Macht die Tür zu. Sie zerren den Tisch vor die Tür.

Michael packt Zofia, schiebt sie an die Rückwand der Küche, wo Großmama, Joanna und Pawel stehen. Das Geräusch kommt näher, dann zerbricht die hölzerne Küchentür mit einem einzigen Schlag. Die Männer sehen Michael. Man hört den Hund bellen, man hört das Geräusch von Stiefeln, die über die zersplitterte Tür hinwegsteigen. Kalte Luft erfüllt die Küche. Die Welt von draußen ist ins Innere eingedrungen, und sie können nirgendwohin fliehen. Der Tisch wird aus dem Weg gestoßen. Stimmen. »Hier, hier ist er.«

Sie packen ihn, drehen ihm die Arme auf den Rücken. Michael leistet keinen Widerstand. »Es ist nicht ihre Schuld«, sagt er in ihrer Sprache. »Ich habe sie gezwungen, mich aufzunehmen.«

Sie zerren ihn rückwärts aus der Küche, so dass er sie noch sehen kann, so dass sie ihn sehen können. Sie zerren ihn den Flur entlang zur Wohnungstür. Joanna schreit: »*Nein.*« Wieder und wieder. »*Nein. Nein. Nein. Nein.*« Sie rennt ihnen nach, und Zofia folgt ihr, packt Joannas Nachthemd, doch Joanna ist so wild und wie von Sinnen, sie hat die Kraft eines Mannes. Die Baumwolle reißt, legt ihre Haut bloß, ihren blassen Rücken.

Die Männer packen sie, halten ihre Arme fest, bändigen ihre Raserei.

Großmama tritt vor. Ein anderer Ansatz. Ruhig. Vernünftig. Sie wendet sich an den Mann, dem sie vorhin den Arm genäht hat, den Mann, der den Männern mit einer Geste den Befehl gegeben hat, Joanna festzuhalten.

»Bitte«, sagt sie. »Bitte.« Der Mann starrt sie an, aber sein Blick ist nicht zu deuten. Sie deutet auf Joanna. »Ihr Arm. Ich habe Ihnen vorhin geholfen.«

Der Mann schaut sie an, dann zeigt er in den Flur, das gesplitterte Holz, auf die Stelle, wohin sie Michael geschleift haben. »Sie haben ihn gerettet.«

»Ich hatte keine andere Wahl«, sagt sie.

»Jeder hat eine Wahl.« Die Stimme des Mannes ist ganz ruhig.

Großmama passt sich seinem Ton an. »Ich bin Ärztin. Alle Ärzte leisten einen Eid, und ich habe geschworen, dass ich meine Fähigkeiten einsetzen werde, um jedem zu helfen, der in Not ist. Egal, wer es ist. Ich habe Sie schließlich auch gerettet, nicht wahr?«

»Würden Sie einen Juden retten?«

Einen Augenblick lang gar nichts. Stille. Der Raum lauscht, wartet auf ihre Antwort. Und dann: »Ich würde jeden retten, der mich braucht.«

Der Mann schaut zu seinen Männern, die Joanna festhalten. Er zeigt auf Großmama. »Nehmt sie auch mit.«

Zofia stürzt nach vorn, stellt sich vor ihre Mutter. »Nein. Bitte.«

Ein Arm fegt sie zur Seite, und sie fällt zu Boden. Ein Stiefel hält ihren Körper am Boden. Sie sieht, wie zwei Männer die Arme ihrer Mutter fassen. Sie führen sie hinaus. Ihre Mutter sagt kein Wort.

Der Stiefel wird von ihrem Körper genommen. Der letzte Mann geht hinaus.

Sie rappelt sich auf und rennt ihnen nach, den Flur hinunter, durch die Eingangshalle, zur Haustür auf die Straße. Sie handelt, ohne zu überlegen, sie würde alles tun, um sie aufzuhalten. Aber auf der Schwelle zum Haus steht der Mann mit dem Hund und verstellt ihr den Weg.

Sie kann sehen, was sich hinter ihm abspielt. Sie stehen auf dem Gehweg am Fuß der Steintreppe. Ihre Mutter. Ihre Schwester. Das zerrissene Nachthemd, ihre Haut.

Sie schreit: »Bitte. Lassen Sie mich vorbei.«

Aber er lässt sie nicht. Der Hund knurrt, und der Mann hält sie zurück. Dort steht ein Lastwagen, und die Heckklappe ist heruntergeklappt, und sie heben die zwei Frauen hinein. Der Motor springt an, und der Lastwagen setzt sich in Bewegung. Der Mann und der Hund rennen los und springen hinten auf den Wagen auf. Sie rennt ihnen nach, die drei Steinstufen hinunter, aber der Lastwagen fährt davon. Sie rennt, aber sie kann sie nicht einholen, und der Lastwagen biegt ab. Der Lastwagen fährt davon. Sie sieht nur noch die leere Straße.

»Mama.«

Sie schaut sich um. Er rennt hinter ihr her, schreit dabei. »Mama, Mama.« Ihr Sohn, Pawel. Er hat alles mit angesehen.

staub

ZOFIA tritt durch das zersplitterte Holz, geht wieder in die Wohnung. Sie schaut ins Zimmer ihrer Mutter, auf die Trümmer und die zerbrochenen Glassteine. Sie geht weiter den Flur entlang, dann bleibt sie stehen, als sie im Staub etwas glitzern sieht. Sie bückt sich. Ein bisschen Glas. Ein bisschen Metall. Die Brille ihrer Mutter. Die Linsen sind ganz geblieben. Sie hebt sie auf, klappt die Metallbügel ein, drückt sie an sich.

Pawel folgt ihr. Sie treten durch noch mehr gesplittertes Holz in die Küche. Da ist die Spüle, dahinter das Fenster und die rote Backsteinmauer; da ist die Anrichte mit den Fächern voll mit blau-goldenem Porzellan, den Schubladen mit dem Silberbesteck, den leeren Marmeladengläsern. Da sind der kalte Ofen und der leere Kohleneimer.

Ihre Sachen sind mit Staub überzogen. Die Luft ist kalt, füllt die Wohnung. Es riecht nach Putz, nach kaputtem Holz. Es riecht nach alten Ziegeln.

»Mama«, sagt Pawel. »Wo sind sie hin?«

Zofia schaut ihren Sohn an. Ihr ganzer Körper ist steif, und ihr Mund will sich nicht bewegen, um ihm beruhigende Worte zu sagen. Sie kann nicht antworten. Sie kann nicht denken, weiß nicht, was sie tun soll. Ihr Körper will die Verfolgungsjagd fortsetzen, rennen, aber ihr Kopf weiß, dass es sinnlos ist. Sie geht ans Fenster, starrt hinaus auf die Ziegelmauer.

Pawel beobachtet sie. Er versteht nicht, warum sie nichts tut. Er schaut sich um, kann immer noch den Blutfleck unter dem weißen Staub erkennen. Er will seinen Papa. Papa wird das alles in Ordnung bringen, er wird wissen, was jetzt zu tun ist. Er wird sie alle zurückholen und die Türen wieder reparieren.

Und dann bewegt sich seine Mama. Sie geht durch die Küche, an ihm vorbei. Sie geht auf den Flur, durch den Staub. Sie beginnt die erste Treppe hochzugehen. Er folgt ihr rasch. Sie geht die Stufen hoch bis zum ersten Treppenflur, wo sie immer noch das Ticken der Uhr hören können. Sie steht vor der Tür zum Salon, legt die Hand auf den Türknauf, dreht ihn. Die Tür geht auf, und sie sehen die zwei verbundenen Zimmer, die Türen nach hinten gedrückt wie Flügel, in einem Grün, das aussieht wie die Spitzen von jungem Weidelgras im Frühling.

Der Wind dringt durch das zerbrochene Glas herein; die Vorhänge bewegen und blähen sich. Glas wird vom Wind bewegt, fällt vom Tisch auf den Glasscherbenhaufen auf dem Boden. Das Geräusch von Glas, das auf Glas fällt, ist hoch und scharf.

Zofias Körper setzt sich in Bewegung, als wäre er von irgendetwas übernommen worden, sie hat auf Muskelgedächtnis gestellt, auf Handeln ohne Beteiligung des Verstandes. Sie geht in die Ecke des Zimmers, greift sich ihr Cello und den Bogen, setzt sich hin. Sie öffnet die Beine, stellt das Cello dazwischen.

Pawel tut es ihr nach, nimmt seine Geige, klemmt sie sich unters Kinn. Er greift nach seinem Bogen.

Zofias Arm beginnt sich zu bewegen, Pawels Arm beginnt sich zu bewegen. Das glatte Holz, ihre Körper greifen ineinander.

Der Wind wird stärker und wirbelt Staub auf und bewegt

Glasscherben, und Herbstlaub kommt herein und wird durchs Zimmer geweht.

Sie beginnen zu spielen, denn das ist alles, was sie im Moment tun können.

wald

betula pendula

SCHNEEFLOCKEN fallen vom weißen Himmel; manche kommen kerzengerade herunter, andere fliegen parallel zum Boden, als wollten sie niemals landen. Wie viel Schnee kann es eigentlich geben? Pawel schaut in beide Richtungen über den Weg, nach links, dann nach rechts. Er schaut geradeaus auf den Wald, der sich hinter dem fallenden Schnee in die Dunkelheit erstreckt. Er schaudert, knöpft seinen Mantel bis obenhin zu, wie seine Mama es ihm so oft eingeschärft hat, dann zieht er seine Pelzhandschuhe über. Er tritt auf den Weg und marschiert nach rechts. Während er dahingeht, ist das einzige Geräusch, das er hört, der Schnee, der zusammengepresst wird, wenn er ins Profil seiner Stiefelsohle kommt. Seine Füße schleudern den weißen Schnee in kleinen Bögen hoch. Er schaut nach links, und der Wald flackert vorbei: silberne Baumstämme, dunkle Äste, weißer Schnee.

An der Biegung verlässt er den Weg und geht in den Wald. Die Stämme und Zweige schließen sich hinter ihm. Es sind so viele, es ist eine richtiggehende Stadt aus Bäumen. Während er immer weiter hineingeht, beginnt das Silber auf den Baumstämmen zu verschwinden, als wäre es nur eine dünne Schicht, wie auf einem Teegeschirr, die bereits begonnen hat abzublättern. Auf einer kleinen Lichtung bleibt er stehen und schaut nach oben, sieht die Linien der Zweige, die den weißen Himmel in geometrische Formen teilen. Er dreht sich im Kreis, ohne den Blick von den Baumkronen vor dem Himmel zu nehmen. Er dreht sich weiter, bis er stolpert. Er bleibt stehen, streckt eine Hand nach einem Baum aus, bis die Welt wieder stillsteht. Er schaut den Baumstamm an: Rundherum ziehen sich feine dunkle horizontale Linien, und stellenweise ist er mit Flechten und Moosen bewachsen. Pawel schaut nach unten. Unter seinen Füßen liegt Schnee, und darunter Schichten von Blättern, ganze Jahrgänge, ganze Jahrhunderte. Ein paar Schneeflocken finden ihren Weg durch die Bäume und fallen auf den Boden und fallen auf ihn.

Er schaut sich um, um sich zu vergewissern, dass ihn niemand sieht, obwohl er zwischen den Bäumen versteckt ist, und obwohl die einzigen Menschen hier seine Mama und Baba sind. Er zieht seine Handschuhe aus, knöpft sich den Mantel auf, öffnet die Hose. Er pinkelt auf den Schnee, schaut zu, wie der heiße Urin einen gelben Trichter hineinbrennt.

Ein jäher Windstoß erzeugt ein Geräusch in den Zweigen über ihm, ein leises Pfeifen. Pawel macht die Hose zu, schaudert. Es hört sich an, als würde jemand seinen Hund rufen. Er blinzelt, schaut sich um. Und wenn es nun gar nicht der Wind war? Wenn es nun ein Mensch war?

Er knöpft seinen Mantel zu und zieht sich die Handschuhe an.

Wieder ein Geräusch. Sein Herz hämmert, und er denkt an seine Mama in ihrem Bett in der Scheune. Warum ist er nicht bei ihr geblieben?

Er geht in die Richtung, in der er den Weg vermutet, wo das Licht ist. Da, wieder das Geräusch. Noch ein Schritt, noch ein Geräusch. Sein Herz ist das Herz eines Vogels, und es hämmert und klopft und flattert mit den Flügeln in seiner Brust. Er will seine Mama. Er dreht sich um und schaut hinter sich. Da sind nur Bäume. Egal, wo er hinschaut, es ist überall dasselbe. Bäume haben ihn geschluckt. Er weiß nicht, wo es zum Weg zurückgeht.

Er versucht zu überlegen. Er muss die Stelle finden, wo es am hellsten ist. Er schaut nach links, sieht, dass es in der Ferne dunkel ist. Er schaut nach rechts, sieht, dass es dort auch dunkel ist. Er schaut auf den Boden. Was haben noch mal die zwei Kinder gemacht? Sie haben eine Spur aus Brot gelegt, die jedoch von den Vögeln gefressen wurde. Dann haben sie eine Spur aus Steinen gelegt. Das hätte er auch tun sollen, aber der Schnee hätte die Steine ja genauso geschluckt.

Wo sind denn seine eigenen Fußspuren? Nach denen sollte er Ausschau halten. Er macht einen Schritt nach vorn. Noch ein Geräusch. Bei jedem Schritt ein Geräusch. Er schaut nach unten. Tritt in den Schnee und stellt fest, dass er über tote Zweige geht. Sein Herz beruhigt sich wieder. Er hat das Geräusch selbst gemacht. Er, Pawel. Und dann sieht er auch seine eigenen Spuren, die in den Wald hineinführen. Er orientiert sich an ihnen, geht durch Stämme und Zweige, bis er Licht sieht. Er bahnt sich den Weg hinaus und kommt dort wieder heraus, wo er auch hineingegangen ist.

Er ist wieder in der Welt.

Er geht weiter. Wieder Stille, die nur vom Geräusch seiner Füße im Schnee und seinen Atemzügen durchbrochen wird. Er geht, bis er das rote Backsteinhaus mit der Steintreppe erreicht. Er tritt auf die unterste Stufe, klopft sich den Schnee von den Füßen. Er geht noch eine hoch, dann noch eine, streift mit den Füßen den Schnee von allen Stufen.

Er hat Hunger, und der Wind kriecht ihm zwischen die Knöpfe und durch die Maschen seines Pullovers. Er hat Hunger, und ihm ist kalt. Und er kann nichts machen. Da ist die Stufe, auf der er steht, da ist dieses rote Backsteinhaus, da ist die Scheune, in der seine Mama schläft, und da sind Bäume und Schnee.

Er schaut hinunter auf die oberste Stufe. Da liegt ein kleiner Stein. Er hebt ihn auf und sieht die scharfe Kante, dreht ihn um und überlegt, ob man damit Haut schneiden könnte. Er drückt ihn in seine behandschuhte Hand und stellt sich vor, wie er durch den Pelz schneidet, in die Haut, bis ins rote Innere. So ein Schnitt müsste genäht werden, zusammengenäht werden, wie ein Stück Stoff.

Er wirft den kleinen Stein von der Stufe, und er verschwindet im Schnee. Pawel streicht den Mantel unter sich glatt und setzt sich. Ein Käfer klettert seitlich an der Treppe herauf, kommt neben ihm hoch. Seine Beine sind so dünn wie die Grashalme, die über den Schnee herausragen, der harte Panzer seines Körpers glänzt schwarz. Er marschiert über die Stufe auf Pawel zu, und der kniet sich auf die Stufe darunter, so dass er ihn näher anschauen kann. Er ist so gefangen genommen von den Bewegungen des Käfers, dass er die Kälte des Steins gar nicht spürt.

Als das Tier die Kante der Stufe erreicht, tastet ein schwarzes Bein nach vorn, fühlt die Leere darunter. Es macht kehrt und schlägt eine andere Richtung ein. Pawel schaut zu: Der Käfer überquert Hindernisse, zieht durch Straßen und biegt um Ecken.

Da kommt ein lauter Schrei von oben, und Pawel blickt nach oben. Er späht in den weißen Himmel, über das Dach des Hauses. Ein großer Vogel segelt vorbei, die Flügel weit ausgebreitet. Es ist ein Vogel, aber es ist auch ein Flugzeug. Er muss sich verstecken. Er schaut den Käfer an: Er könnte sich unter dem schwarzen Panzer seines Außenskeletts verstecken. Er stellt sich vor, wie er den Rücken aufklappt, hineinsteigt und es sich im Dunkeln bequem macht.

Er kann durch die Augen des Käfers schauen, sieht, wie er zielt, schießt. Das Flugzeug wird in tausend Stücke geschossen, die vom Himmel fallen. Nur dass es gar kein Flugzeug ist. Es ist ein Vogel. Federn kreiseln durch die gewichtlose Luft. Blut fällt herab, roter Regen. Es läuft am Dach herunter, tropft von der Dachrinne.

Er schließt die Augen. Macht sie wieder auf. Der Vogel ist verschwunden. Der Käfer ist verschwunden. Und er ist immer noch hier, mit kalten Knien, auf der Steinstufe vor dem roten Backsteingebäude.

Er steht auf, geht die Treppe wieder hinunter und auf den Weg. Er wendet sich nach rechts, geht weiter. Schnee, Bäume, Himmel. Schnee, Bäume, Himmel. Er geht um die nächste Biegung, dann sieht er es. Er bleibt stehen. Da, da ist es. Er schaut auf die Tür, die zwei Fenster, den Schornstein auf dem moosbedeckten Dach. Fehlen wirklich nur noch die Steine vor der Haustür, die Gesichter der Kinder am Fenster.

Der Korb steht neben der Tür, der Inhalt ist mit einem blau-weißen Tuch abgedeckt. Er geht den Pfad hoch, näher ans Haus. Er lauscht: nichts. Er verlässt den Pfad, tritt in den Schnee und geht ans Fenster. Das Glas ist staubig, und unten rechts hat die Scheibe einen Sprung. Er lauscht: nichts. Er späht hinein. Ein Zimmer. Man kann eine Erhöhung erkennen, mit einer Felldecke und einer strohgefüllten Matratze, dort kann jemand schlafen. Man kann ein Holzregal erkennen, das sich ganz oben an der Wand entlangzieht, rundherum um den ganzen Raum; darauf stehen Geweihe, Schädel, Vogelnester, Eier. Beim Kamin steht ein Schrank, der über und über mit Blumen und Blättern bemalt ist, deren Umrisse mit Schwarz aufgemalt und dann mit Farbe ausgefüllt wurden.

Da hört er hinter sich ein Geräusch und fährt zusammen. Er schaut sich um: nichts. Er geht zur Tür, packt den Griff des Korbes, hebt ihn hoch. Nichts wie weg hier.

Er rennt den Pfad von der Haustür zurück zum Weg, nach hinten zur Scheune, wo seine Mama schon auf ihn warten wird.

solanum tuberosum

ZOFIA sieht, wie die Scheunentür aufgeht. Sie wartet, bis das Gesicht ihres Sohnes erscheint, wo sie es sich vorstellt, ungefähr auf der Höhe der Klinke. Doch als er eintritt, ist er viel kleiner, als sie dachte: Zwischen seinem Scheitel und der Unterseite der Klinke liegen gut und gerne zehn Zentimeter. Er ist so klein, immer noch so jung. Es kommt ihr vor, als würde sie ihn zum ersten Mal sehen.

Er macht die Tür rasch zu, wie sie es ihm beigebracht hat, aber sie fühlt trotzdem noch den kalten Luftzug an den Beinen. Er stellt den Korb auf den Boden und stampft mit den Stiefeln auf, dass der Schnee in die Rinne fällt, durch die der Pferdeurin abfließt. Er schaut zu ihr auf, wie sie vor dem Ofen steht und sich die Vorderseite ihres Körpers wärmt. »Hallo, Mama.«

Sie hört seinen Ton. Sanft, vorsichtig, nicht ganz sicher, wie sie reagieren wird. Statt ihn mit einem freundlichen Wort zu beschwichtigen, geht sie zum ihm und nimmt ihm den Korb ab, trägt ihn zur provisorischen Arbeitsplatte, die nicht mehr ist als ein Brett auf zwei Holzblöcken. Sie hebt das blauweiße Tuch hoch, mustert den Inhalt. Ein paar Kartoffeln, die gerade anfangen zu keimen, ein Stück Wurst, ein ganzer Kohlkopf. »Warum hast du so lang gebraucht?«

Pawel zuckt mit den Schultern.

»Ich hab es dir schon so oft gesagt. Du sollst nicht trödeln.«

»Ich hab's vergessen, Mama.«

Zofia wäscht die Kartoffeln in der Emailleschüssel, tut sie ins kochende Wasser auf dem Ofen.

»Mama«, sagt Pawel.

»Was?«

»Ist es nicht nett von Baba, dass sie uns das ganze Essen schenkt?«

Zofia dreht sich um und schaut ihn an. »Nett? Sie bekommt Geld dafür.«

Pawel runzelt die Stirn. »Geld?«

»Ja. Geld. Sie wird bezahlt.«

»Wer bezahlt sie?«

»Wir.«

»Oh. Das wusste ich gar nicht.«

»Sie würde es nicht machen, wenn sie kein Geld bekommen würde.«

Zofia weiß, dass ihre Stimme scharf klingt, dass der Klang jedes Wortes eine scharfe Kante hat, aber die Sätze kommen einfach so aus ihrem Mund. Sie kann nicht anders. Sie macht sich daran, den Kohl aufzuschneiden, schlitzt das weiche äußerste Blatt auf und legt die überkreuzte Anordnung blasser Schichten frei, die sich ineinander verschlingen, manche stellenweise dicker als die anderen, ein ineinandergreifendes Muster von einem Blatt über dem anderen. Sie schneidet die Wurst in kleine Stücke, überall in dem gewürzten Fleisch sind Klumpen aus weißem Fett verteilt. Sie weiß, dass Pawel sie beobachtet, darauf wartet, dass von ihrer Zunge ein Wortkrümel für ihn abfällt. Sie merkt, wie Gereiztheit sie befällt; sie kann nicht allen Bedürfnissen anderer Menschen gerecht werden.

»Deck bitte den Tisch.«

Sie hört, wie er die Holzkiste über den Boden zieht. Er stellt sie vor die Bank aus Stroh. Er hebt den Deckel an, holt das rote Tuch mit der weißen Schlingenstich-Stickerei heraus, die zwei Löffel, die zwei blau-goldenen Tassen, die sie aus der Wohnung mitgenommen haben.

Er macht den Deckel wieder zu, breitet das rote Tuch darauf aus, wobei er sorgfältig darauf achtet, es ganz akkurat auszurichten, und dann legt er die zwei Gedecke nebeneinander.

Er schaut zu seiner Mama. Sie steht am Ofen, hat ihm den Rücken zugewandt. Sie trägt ihr graues Kleid und darüber ihren blauen Mantel. Der Stoff ist ein farbiger Block, unnahbar.

Sie weiß, dass er sie anschaut, wartet. »Hol uns mal ein bisschen Holz.«

Er geht zur Scheunentür, macht sie auf und gleitet hinaus, und passt auf, dass er sie gleich wieder hinter sich zumacht, um die Wärme nicht hinauszulassen. Er greift sich zwei Scheite, klemmt eines unter jeden Arm und geht wieder hinein, legt sie neben den Ofen. Das wiederholt er, bis er einen kleinen Haufen trockenes Holz hereingebracht hat. Sie dreht ihm immer noch den Rücken zu.

Er geht nach hinten in die Scheune, vorbei an dem Stand, in dem die Decke vor dem Metalleimer hängt, bis zum letzten Stand, wo das Pferd sich ausruht. Er schaut ihm zu, wie es sein Heu frisst.

Zofia sieht zu, wie das Essen kocht. Das Wasser kocht wieder, es rollt um die Kartoffeln. Die Leute behaupten ja immer gern, dass ein Wasserkessel, den man im Auge behält, nie anfängt zu kochen. Das stimmt nicht. Ein Kessel, den man ununterbrochen im Auge behält, fängt im gleichen Moment an zu kochen wie einer, den man nicht im Auge behalten hat. Verändert ist in diesem Fall nur unsere Wahrnehmung der Zeit.

Sie beobachtet die Veränderungen in den Lebensmitteln, als würde sie ein wissenschaftliches Experiment durchführen.

Der Zustand der Materie verändert sich. Harte Kartoffeln werden weich: Was genau geschieht da eigentlich mit der Molekularstruktur? Sie weiß nichts. Hier, wo sie ganz allein ist, ist ihr Wissen zum Erliegen gekommen. Sie kann niemand fragen, sie kann in keinen Büchern nachschlagen.

Die Haut der Kartoffeln platzt im kochenden Wasser auf, und das weiche, weiße Innere gibt etwas nach außen ab und trübt das Wasser. Die Wurst ist auch geschwollen, die Haut hat sich vom Fleisch zurückgezogen. Der Kohl ist durchsichtig. Der Geruch hat alles durchdrungen. Sie nimmt den Topf vom Feuer und schöpft das Gemisch auf zwei Blechteller, zusammen mit ein bisschen Kochwasser.

Sie setzen sich nebeneinander auf den Strohballen. Pawel schaut auf seinen Teller herab. Zwei Kartoffeln, drei winzige Stückchen Wurst, ein bisschen Kohl. Dampf steigt vom Essen auf. Er schaut seiner Mutter ins Gesicht. Sie starrt geradeaus, in die Flammen im Ofen.

»Mama?«

Sie wendet den Kopf nicht.

Er schaut wieder auf seinen Teller. »Das ist heiß.«

»Ich weiß, dass es heiß ist. Das sagst du jeden Tag.«

»Das sag ich, weil es jeden Tag heiß ist, Mama.«

»Du weißt doch, dass du warten musst, bis es abgekühlt ist. Oder ein bisschen vom Tellerrand nehmen und pusten musst. Warum muss ich dir immer alles zweimal sagen?«

Pawel hebt den Blechteller an einer Seite leicht an und hält seinen Löffel schräg, um ein bisschen Flüssigkeit aufzunehmen. Er hebt den Löffel an den Mund und pustet. Die Oberfläche kräuselt sich. Er pustet wieder. Es ist wie ein kleiner See, und er macht die Wellen. Er stellt sich vor, wie ein Boot – ein winziges Boot – über die Flüssigkeit segelt. Er pustet noch einmal, aber diesmal zu heftig, und die Flüssigkeit läuft vom Löffel auf seinen Schoß. Sie sickert durch seine

Hose, und er fühlt, wie es auf seinem Bein brennt. Er springt auf. »Aua.« Seine Mama sagt nichts, und er sagt es noch einmal. »Aua. Ich hab mir das Bein verbrannt.«

Seine Mama sagt immer noch nichts. Er steht auf, stampft mit dem Fuß auf. Aua, aua. Aber immer noch keine Reaktion. Die Flüssigkeit auf seiner Hose ist jetzt abgekühlt, und er ist enttäuscht: Es ist kein dauerhafter Schaden entstanden, nichts, was ihre Aufmerksamkeit verdienen würde. Er setzt sich wieder hin. Schaut auf seinen Teller mit dem Essen. Schaut auf zu seiner Mama. Sie hat den Kopf gesenkt und bläst auf ihren Löffel und nippt vorsichtig. Er schaut wieder auf sein Essen, streckt den Finger aus, um eine Kartoffel zu berühren und festzustellen, wie heiß sie ist.

Es ist, als würde diese Bewegung Zofia endlich aufwecken. »Lass das.«

»Was?«

»Das Essen mit den Fingern anfassen.«

»Ich wollte bloß schauen, wie heiß es ist.«

»Benutz deinen Löffel. Wir leben vielleicht in einer Scheune, aber Tiere sind wir noch nicht.«

Sie schweigen. Pawel benutzt den Löffel, teilt sich ein Stück von der Kartoffel ab, wartet darauf, dass es abkühlt.

»Mama«, sagt er.

Wieder diese Stimme, diese ebenso vorsichtige wie bohrende Stimme. Sie hasst sie, obwohl sie weiß, dass sie deren Ursache ist. Sie hasst sie, weil sie die Ursache ist und weil sie weiß, dass sie auch das Heilmittel ist. »Was?«

»Wenn wir keine Tiere sind, was sind wir dann?«

»Wir sind Menschen.«

»Was ist der Unterschied zwischen einem Menschen und einem Tier?«

»Hast du das Pferd schon mal reden hören?«

»Nein.«

»Hast du schon mal Tiere gesehen, die Messer und Gabel benutzen?«

»Sie könnten sie ja gar nicht greifen.«

Sie schluckt ein kleines Stückchen Wurst. Sie denkt über Messer und Gabeln nach, wie die Menschen ihre Hände benutzen, die besten Werkzeuge, die es gibt, um andere Werkzeuge herzustellen.

»Sind das die einzigen Unterschiede, Mama? Sprechen und Messer und Gabel benutzen?«

»Nein. Es gibt viele Unterschiede.« Sie hört ihren Ton, die Art, wie ihre Worte die Unterhaltung abwürgen. Hör auf jetzt, sagen sie ihm. Wir sind jetzt fertig mit diesem Thema, obwohl es noch so viel mehr zu sagen gäbe. Sie hat so viele Gedanken in ihrer inneren Welt, aber so wenig davon dringt nach außen. So wenige Anhaltspunkte für dieses Kind, das neben ihr sitzt. Das ist ihr auch alles bewusst, sie will etwas dagegen tun, ihm helfen, aber sie kann nicht. Sie starrt auf ihr Essen, führt es Löffel für Löffel zum Mund. Konzentrier dich auf das Profane, auf die Dinge, die du gerade vor dir hast.

»Mama?«

»Was?«

»Was glaubst du, wie lange wir hier noch sind?«

»Du kannst dieselbe Frage beliebig oft stellen, aber du wirst immer dieselbe Antwort bekommen.«

»Das weiß niemand.«

Sie nickt. »Genau. Das weiß niemand.« Sie führt den letzten Bissen zum Mund, legt ihren Löffel auf den Teller.

»Hat es dir geschmeckt, Mama?«

»Hmmm.« Sie schaut auf seinen Teller, sieht, dass er kaum angefangen hat. »Iss auf.« Sie steht auf und geht zum Fenster. Die Scheibe ist blind vom Staub, über eine Ecke spannt sich ein Spinnennetz. In den Spinnweben haben sich Heuhalme verfangen, eine tote Fliege.

Pawel schaut auf sein Essen. Es ist so ungerecht. Wenn er aufgestanden wäre, bevor sie aufgegessen hat, hätte er Ärger gekriegt. Erwachsene machen die Regeln, brechen sie dann aber selbst, wann es ihnen passt.

Er fängt an zu essen, beginnt mit dem, was er am wenigsten mag, dem Kohl. Er sucht nach jedem Stückchen, schaut unter den Kartoffeln nach. Dann isst er die Kartoffeln, die er zu Mus zerdrückt, so dass sie den Saft aufsaugen. Am Ende ist nur noch die Wurst übrig. Er schiebt sich jedes Stück in den Mund und wartet so lange, wie er kann, bevor er anfängt zu kauen. Dabei schaut er die ganze Zeit zu seiner Mutter hinüber, aber die steht reglos dort, so reglos, dass sie nicht mal ein Luftmolekül bewegt. Er isst sein letztes Stück Wurst, kaut und schluckt.

Zofia schaut durch den Staub, auf die dunklen Umrisse der Bäume gegenüber. Auf die Welt dort draußen. Auf den Schnee, der immer noch herabfällt. Lautlos. Wird es jemals ein Ende nehmen? Natürlich wird es ein Ende nehmen: Der Winter ist nur eine der vier Jahreszeiten und wird auch vorübergehen. Aber sie haben so gefroren. Sie atmet ein, kann das Pferd und seinen Urin riechen. Ammoniak. Sie schließt die Augen. Das Pferd wird verschwunden sein, sobald der Schnee weg ist. Es wird ein Ende nehmen. Alles. Sie hebt ihre Hand zum Fensterbrett, fährt mit dem Finger durch die dicke Staubschicht. Unter ihrem Finger bildet sich ein kleiner Haufen. Sie schaut wieder hinaus. Die dunklen Umrisse der Bäume. Der lautlos fallende Schnee.

brassica oleracea

DER Korb steht nicht dort. Da ist die Vortreppe und die Tür und das Fenster, aber kein Korb. Pawel schaut sich um. Hat sie ihn irgendwo anders hingestellt? Er schaut sich um, aber da ist nichts. Er tritt in den tiefen Schnee, geht ans Fenster und wischt den Staub mit dem Handschuh weg, um ins Haus zu schauen. Da ist die Erhöhung, auf der sie schläft, der bemalte Schrank, das Regal, das einmal ums ganze Zimmer läuft. Und dort, auf dem Tisch, neben dem blau-weißen Tuch, steht der Korb.

»Was machst du da?«

Pawel fährt zusammen, dreht sich um, rutscht im Schnee aus, alles auf einmal. Da steht sie, nicht viel größer als er, einen Schal fest um den Kopf gewickelt. Zwei winzige graue Augen. Eine Kanne Milch in der Hand.

»Ich mach gar nichts.«

»Sieht mir nicht so aus, als hättest du gar nichts gemacht.«

Er steht auf, klopft sich den Schnee ab. »Ich hab den Korb gesucht.«

»Hab ich noch nicht fertig gemacht.«

Er schaut zum Weg, in die Richtung, wo die Scheune und seine Mama sind. »Ich komm später wieder.«

»Nein. Ich mach ihn jetzt gleich.« Sie geht zur Tür ihres Häuschens, macht sie auf. »Willst du, dass die Wärme rauszieht?«

Pawel starrt sie an.

175

»Komm rein. Du kannst warten, während ich ihn fertig mache.«

Er stapft durch den Schnee und folgt ihr ins Haus. Sie macht die Tür hinter ihnen zu, und sie stampfen sich den Schnee von den Füßen. Er ist drinnen, blickt nach draußen aus dem staubigen Fenster, durch das er noch vor wenigen Augenblicken hineingespäht hat. Er sieht noch die Spur, wo er es abgewischt hat. Sie wirft ein Scheit aufs Feuer, Asche wird aufgewirbelt, legt sich wieder. Sie wirft noch eins in die Glut.

Drinnen ist es dunkel, die Wände sind dick, das Fenster klein. Er schaut sich um, auf das hohe Regal, auf die Schädel und Eier.

»Ich darf nicht lange bleiben«, sagt er. »Meine Mama wird schon auf mich warten.«

»Mama? *Mama?*«

Er spürt, wie ihm die Röte in die Wangen steigt, seine Gesichtshaut wärmt. Sie deutet auf einen Schemel am Feuer. »Da kannst du dich aufwärmen«, sagt sie, aber er rührt sich nicht vom Fleck. Sie schüttelt den Kopf. »Ich fress dich schon nicht.«

Sie macht eine kleine Tür an der hinteren Wand des Häuschens auf, verschwindet. Er ist allein. Er schaut sich um, betrachtet das Bett auf der Erhöhung, die Geweihe auf dem Regalbrett, die Schädel mit ihren Zahnreihen. Er geht zum Feuer, stellt sich davor, um sich aufzuwärmen. Der bemalte Schrank steht gleich neben ihm, und er streckt eine Hand aus, fährt die Abbildungen der Blumen und Blätter nach.

Da geht die kleine Tür wieder auf, und sie kehrt ins Zimmer zurück, mit beladenen Armen, und macht die Tür mit dem Fuß hinter sich zu. Sie leert ihre Arme auf den Tisch, fängt an, die Dinge in den Korb zu legen: ein paar Kartoffeln, einen kleinen Kohlkopf, eine Handvoll eingeweichte Pilze.

»Du kannst Baba zu mir sagen«, sagt sie.

Pawel nickt. »Baba. Warum hast du gesagt, dass du mich nicht fressen wirst?«

»Weil ich nicht glaube, dass du gut schmecken würdest.«

»Oh.« Er überlegt kurz. »Isst du wirklich kleine Jungen?«

»Den letzten kleinen Jungen, der sich hier versteckt hat, hab ich gegessen.«

»Wirklich?«

»Ich hatte eine Woche lang Bauchschmerzen.«

Er macht einen Schritt zur Tür. »Ich muss jetzt wirklich.«

Sie dreht sich zu ihm um und sieht ihn an. Lacht. »Glaubst du alles, was man dir erzählt?«

Pawel blinzelt.

»Nein, ich esse keine kleinen Jungen.« Sie gießt etwas Milch in eine Flasche, stopft einen zusammengefalteten Lappen in die Öffnung, stellt sie in eine Ecke des Korbes. Legt einen Brocken Brot hinein. Deckt alles mit dem blau-weißen Tuch zu. »Ich hab gesehen, wie du dich ans Fenster geschlichen hast. Was hast du angeschaut?«

Er deutet auf das Regal. »Das da alles.«

Sie nickt. »Das hab ich alles da draußen gefunden.«

»Zwischen den Bäumen?«

»Ja. Es gibt eine Stelle bei den Bäumen, wo die Rehe sterben. Ihr Friedhof. Aber wenn man im Bett bleibt, so wie du, findet man natürlich nie irgendwas. Bis du dich aufgerafft hast und rausgegangen bist, ist der halbe Tag vorbei.«

»In der Scheune ist es so dunkel.«

»Dunkel oder hell, du musst lernen, wann die Sonne aufgeht. Du musst auch lernen aufzustehen. Ihr Stadtmenschen wisst überhaupt nichts.«

»Hier ist es anders.«

»Das nehm ich auch stark an.«

Sie deutet auf den Korb. »Nimmst du den dann mit? Aber trag ihn vorsichtig, sonst verschüttest du die Milch.«

Pawel schaut sie an. »Baba?«

»Was?«

»Ich hab ein bisschen Hunger.«

»Tatsächlich, Hunger hast du?«

»Ja.«

»Du willst also was?«

»Was Kleines.«

»Nächstes Mal wirst du mir gleich die Haare vom Kopf fressen.«

»Warum sollte ich Haare essen?«

Sie runzelt die Stirn und schüttelt den Kopf.

»Schau mich doch mal an«, sagt Pawel. »Ich bin ein Junge im Wachstum.«

»Ich muss dich wohl oder übel anschauen. Du stehst ja in meinem Haus hier.«

»Du hast mich selbst reingebeten.« Pawel legt seine Hände aufeinander, als würde er beten. »Hast du nicht mal eine Brotrinde für einen kleinen Jungen?«

Sie muss lachen. »Du würdest mir noch mein letztes bisschen Essen abbetteln.«

Er macht ein ernstes Gesicht. »Stell dir vor, wenn ich dein ganzes Essen aufessen würde, jedes letzte Bröckchen, und wenn ich dann wieder zu dir käme, dann würdest du da drüben auf deinem Bett liegen, zusammengerollt, zu dünn, um dich zu bewegen.«

»Schon gut, schon gut.«

»Und wenn ich dich dann rüttle, um dich zu wecken, kannst du dich nicht bewegen, weil du nämlich tot bist, und ich bin schuld. Und dann musst du begraben werden, und ich bin nicht groß genug oder stark genug, um die Grube zu graben.«

Sie hebt eine Hand. »*Schon gut, schon gut.* Ich geb dir was, wenn du aufhörst, von meinem Tod zu reden.«

»Ich hab doch bloß Spaß gemacht, Baba. Das würde ich

dir niemals antun. Ich würde nicht wollen, dass du verhungerst.«

Sie macht den kleinen Schrank mit der Gittertür auf und holt eine Brotrinde heraus, die sie Pawel in die Hand drückt. Er lächelt, nimmt sie entgegen. »Danke. Du bist nett zu mir.«

»Ich weiß nicht, warum.«

»Weil du Geld dafür bekommst.«

Sie starrt ihn an. »Du bist ein seltsamer kleiner Junge.«

»Ja?«

»Ja. Und jetzt geh lieber und bring das da alles deiner Mutter mit. Deiner *Mama*.«

Er schluckt das Stück Brot herunter, das er sich in den Mund gesteckt hat, deutet auf eine Schüssel auf dem Küchentisch. »Was ist das da? Kann man das essen?«

»Man kann nicht alles essen. Das ist zum Malen.«

»Was willst du denn malen?«

Sie zuckt mit den Schultern. »Weiß ich noch nicht. Ich hab gerade Farben gemischt.«

»Wie macht man das?«

»Da tut man dies und jenes in eine Schüssel.«

»Was ist dies und jenes?«

»Zeug eben.«

»Was für Zeug?«

Sie seufzt. »Du willst aber auch alles wissen.«

»Ich bin ein neugieriges Kind.«

»Allerdings bist du das. Verdammt neugierig. Jetzt geh. Kusch. Ich hab Dinge zu erledigen, und wenn du dich jetzt nicht langsam auf den Weg machst, wirst du noch deine eigene Mutter halb verhungert im Bett finden.«

Er nimmt den Korb, hält ihn ganz vorsichtig, um die Milch nicht zu verschütten. Er geht zur Tür, dann dreht er sich um, schaut zurück zu ihr. »Ich hatte Angst vor dir, Baba, aber das brauchte ich gar nicht, stimmt's?«

»Ich könnte dich immer noch essen.«

»Du könntest mich durch den Wald jagen und mich fangen und mich in dein Haus sperren.«

»Könnte ich.«

»Aber du hast gesagt, ich würde nicht gut schmecken.«

»Glaube ich auch nicht.«

»Baba?«

»Du kriegst nichts mehr zu essen.«

»Ich wollte dich auch gar nicht um Essen bitten. Ich wollte dich fragen, ob ich morgen auch wieder reinkommen darf.«

boletus edulis

ZOFIA schaut hoch zur Unterseite des Scheunendachs, auf das Muster der gebogenen Dachziegel, die auf den hölzernen Sparren liegen. Sie haben alle leicht unterschiedliche Rottöne, und bei einem ist eine Ecke abgebrochen. Dachziegel auf Dachziegel auf Dachziegel. Wer hat sich diese Form der Dachziegel ausgedacht, wie sie sich überschneiden, um die kalte Luft draußen zu halten? Wer hat entdeckt, wie man Dachziegel herstellt? Wer hat entdeckt, dass ein Klumpen nasser Ton, wenn man ihn auf die richtige Temperatur erhitzt, fest und wasserdicht wird? Spinnweben hängen von den Sparren, kleine Hängematten. Dort sieht man auch ein Bündel getrocknete Blumen, verkehrt herum aufgehängt, die Farbe längst aus den vertrockneten Blütenblättern gewichen.

Die Decke zu Hause bestand aus Putz, mit einer Rosenblüte in der Mitte und einer Leiste rundherum, wo die Wände an die Decke stießen. Blumen, Muster, kleine Cherubengesichter. So viel Ornamentik. Diese Dachziegel hier, über ihr, sind unbearbeitet, schlicht, so wie sie aus dem Brennofen gekommen sind.

Sie versucht, sich auf diese zwei Dinge zu konzentrieren, den Kontrast zwischen den beiden Decken, aber es will ihr nicht gelingen, und sie beginnt, sich immer tiefer in ihre Gedankengänge zu verwickeln. Die Brille, die sie aus dem Staub gezogen hat, die verbogenen Bügel und das gesprungene Glas. Blind ohne sie.

Hör auf. Sofort.

Schau an die Decke. Schau dir an, wie die Dachziegel angeordnet sind. Vielleicht sind sie nicht besonders dekorativ, aber sie funktionieren. Sie verhindern, dass der Schnee auf sie fällt. Sie verhindern, dass ihr das Blut in den Adern gefriert.

Glassteine, die einstürzen. Schnee, der ins Haus eindringt.

Sie schließt die Augen. Du musst aufhören zu denken, hör auf, dir das anzutun. Konzentrier dich darauf, wo du bist: das Gefühl des spitzen Strohs unter deinem Rücken; der Geruch des Pferdes, das Geräusch, wie es sein Gewicht von einem Bein aufs andere verlagert und das Heu zwischen seinen flachen Backenzähnen zermalmt; das unterbrochene hohe Surren einer Fliege, es hört immer wieder auf, sobald sie auf einer Oberfläche landet, und setzt ein, wenn sie weiterfliegt.

Pawel schläft wohl immer noch auf seinem Strohbett.

Schlafen, wachen, waschen, essen. Das ist alles, was ihnen noch geblieben ist.

Sie liegt reglos auf ihrem Strohbett: Sie hat sich so eine neue Reglosigkeit erworben, eine neue Fähigkeit, sich stundenlang nicht zu rühren. Das Gute an der Reglosigkeit ist, dass man besser hören kann. Man kann jedes Geräusch hören, das zu einem dringt.

Und eigentlich gibt es ja auch nichts mehr, wofür man aufstehen sollte. Keine Bücher zum Lesen. Keine Erwachsenen zum Unterhalten. Kein Instrument zum Spielen. Es gibt nichts. Sie denkt sich, dass die Welt hinter dem Wald immer noch da ist, aber vielleicht stimmt das ja gar nicht. Es kann sein, dass der Krieg immer noch weitergeht, aber er könnte auch schon zu Ende sein. Die Stadt könnte immer noch existieren, oder auch nicht. So ist es um ihren Verstand bestellt. Hin und her. Hin und her. Er ist wie unter Wasser, den Strömungen und Bewegungen des Wassers unterworfen. Seegrasstücke schwimmen vorbei. Ab und zu mal ein Fisch. Es gibt keine Schlussfolgerungen. Es gibt kein Entkommen, außer im Schlaf.

Dieser endlose Gedankenstrom ist der Grund, warum die Menschen den Wunsch entwickelt haben, ihre Decken zu verputzen und mit Stuckrosen zu verzieren.

Und deswegen leiden die Menschen auch, weil sie nicht einfach nur erleben und dann weitermachen können, als wäre nichts gewesen. Alles ist immer noch hier drinnen, in ihrem Inneren. Sie kann das alles da drinnen spüren, während sie ihre Tage alleine verbringt. Es ist das Sediment, das aus den Tiefen aufsteigt. Bruchstücke von Melodien ziehen ihr durch den Kopf. Alte Unterhaltungen kehren zu ihr zurück: der Ton, das Muster, die Sätze. Bücher, die sie gelesen hat, und das Gefühl des Lesens, wie ihr Körper an einem Ort blieb, während in ihr eine andere Welt aufblühte.

Dinge, die sie gesehen hat, Dinge, die sie gehört hat. Der Verstand speichert das alles, und der Verstand holt es alles wieder herauf, damit man es immer und immer wieder erleben kann.

Vielleicht kann sie den ganzen Tag hier auf ihrem Strohbett liegen bleiben. Es nie verlassen. Und doch und doch. Sie will sich nicht bewegen, aber sie verspürt trotzdem den Zwang, sich zu bewegen, in die Stadt zurückzukehren, um sie zu suchen. Es ist ein tief sitzender Instinkt, so stark wie der Instinkt, den ein Zugvogel in sich spürt. Sie stellt sich vor, wie sie von ihrem Strohbett klettert und die Scheunentür aufmacht, sich nach links wendet und dem Weg zur nächsten Straße folgt, wo sie wartet, dass jemand sie mitnimmt. Sie stellt sich vor, wie sie das Pferd losbindet und auf seinen Rücken steigt, aus der Scheune reitet und der Stadt zu. Sie stellt sich vor, wie sie dahingeht, über den Weg, über die Straßen, Tag und Nacht dahingeht, bis ihre Füße bluten, eine Wallfahrt zurück, um sie zu finden. Aber sie weiß nicht, wo die beiden sind, und sie weiß nicht, wo sie sie suchen sollte. Sie weiß ja nicht mal, wo sie selbst ist.

Diese zwei widerstreitenden Impulse – für immer hier liegen zu bleiben oder aufzustehen und wegzulaufen – wohnen gleichzeitig in ihr. Sie bekämpfen einander, ringen so wild miteinander, dass sie manchmal fürchtet, ihre Haut könnte aufplatzen wie bei einer Schmetterlingspuppe.

Sie gestattet es ihrer Hand, an der Seite herunterzufallen, das Stroh unter sich zu betasten, es ist scharfkantig unter ihren Fingern. Es ist dasselbe Material, auf dem auch das Pferd schläft. Sie zupft ein paar Halme heraus, befühlt die glänzende, harte Oberfläche. Sie gräbt ihren Nagel hinein, spaltet ihn. Innen, unter der harten Oberfläche, ist der Halm blass, weicher.

Sie sollte jetzt aufstehen, den Eimer benutzen, bevor Pawel aufwacht.

Sie schiebt ihre Felldecke von sich, zieht ihren Mantel an und schlüpft in die Stiefel. Sie geht zum Ende ihres Verschlags, vorbei an dem von Pawel und bis zum nächsten, den sie mit einer Decke abgehängt haben, dem letzten vor dem Verschlag für das Pferd. Sie hebt die Decke an und schlüpft darunter durch. Zieht Rock und Mantel hoch und kauert sich über den Eimer, den sie vorher mit Stroh ausgelegt hat, damit es kein Geräusch gibt. Sie wischt sich mit Stroh ab, wobei sie sorgfältig darauf achtet, das nichts auf der Haut bleibt. Diese Lektion hat sie gelernt.

Sie steht auf, zieht die Unterhose hoch und ihr Kleid und den Mantel nach unten. Geht um den Verschlag herum, dann zögert sie am Fußende von Pawels Strohbett. Sie macht einen Schritt auf ihn zu. Sie tastet nach der Felldecke, tastet nach der Form seiner Beine. Aber die Decke liegt ganz flach auf dem Stroh. Sie hebt sie hoch, zieht sie zurück. Darunter liegt nur ein Kissenbezug mit einem roten Satinstreifen.

Er ist schon gegangen, um ihr Essen zu holen.

Und wenn er gegangen ist, heißt das, dass er auch wieder zurückkommen wird. Und wenn er mit dem Korb zurückkommt, wird sie nicht kochen können, es sei denn, sie macht jetzt ein Feuer. So stark ist ihr Leben zusammengeschrumpft. Feuer, Essen, ein Dach über dem Kopf. Sie legt seine Felldecke wieder hin, streicht sie glatt.

Die Zeit ist rückwärts gelaufen. All die Jahrhunderte der Entwicklung menschlichen Lebens, wie zurückgespult.

Der Kienspan will erst nicht recht Feuer fangen, aber am Ende schlagen die Flammen doch höher, und das blasse Holz wird schwarz, während es verbrennt. Sie legt ein paar größere Scheite obendrauf, ihr Gewicht drückt von oben, und Funken stieben heraus. Ein kleiner roter Funken landet vor dem Ofen auf dem Ziegelboden. Sie sieht zu, wie er verlischt und dann erstirbt. Sie hebt einen dünnen Zweig vom Boden auf und wirft ihn in die Flammen. Er fängt rasch Feuer, verbrennt und ist verschwunden. Jetzt ist das Feuer kräftig genug, dass es auch Hitze abgibt, dass sie die Wärme spürt.

Sie bleibt, wo sie ist. Sie schaut zu, wie sich das Feuer selbst verzehrt. Alles, was sie hineinlegt, verschwindet in einen Aschehaufen. Anscheinend kann man alles so zusammenschrumpfen lassen. Alles, was wir bauen, alles, was wir haben, können wir zerstören. Sie beugt sich vor und macht die Ofenklappe zu, damit das Holz nicht so schnell verbrennt.

Draußen hört man ein Geräusch. Ihr Herz reagiert, beschleunigt seinen Takt. Sie hört auf zu atmen. Sie glaubt, die Schritte wiederzuerkennen, aber ein Hauch Ungewissheit bleibt doch immer; nie wieder wird sie entspannt bleiben können, glaubt sie, wenn sie einen Menschen vor ihrer Tür hört.

Die Tür geht auf. Ja, es ist Pawel. Sie kann weiteratmen.

Er trampelt sich den Schnee von den Füßen, reicht ihr den Korb. Sie zieht das blau-weiße Tuch weg, holt die Milch heraus, die Pilze, das Brot.

»Heute war ich schneller«, sagt Pawel.

Zofia nimmt das Gemüse heraus.

»Bist du zufrieden mit den Sachen, die ich mitgebracht habe?«, fragt Pawel.

»Das ist schon ganz gut.«

Zofia nimmt die Pilze einzeln heraus und säubert sie, entfernt ein bisschen Moos und eine Tannennadel. Sie wischt sie mit den Fingern ab, entfernt noch die letzten Schmutzreste, dann erhitzt sie die Pfanne und lässt ein wenig Fett darin zergehen. Als es geschmolzen ist, wirft sie die Pilze hinein.

Pawel zieht die Kiste vor ihre Strohbank und hebt den Deckel. Er holt die Sachen heraus, eine nach der anderen. Das rote Tuch, zwei Löffel, zwei blau-goldene Tassen. Die Kiste ist mit einem kleinen Deckchen ausgekleidet, und er nimmt auch das heraus, sieht sein Buch darunter. Er greift hinein, holt es heraus. »Mama! Ich wusste ja gar nicht, dass wir das hier dabeihaben.«

»Ich auch nicht.«

Er setzt sich aufs Stroh und legt sich das Buch auf den Schoß, streicht über den Buchdeckel, fühlt den blauen Stoff. Er schlägt es auf. Marmoriertes rotes Vorsatzpapier, Titelseite, Inhaltsverzeichnis. Zofia beobachtet sein Gesicht, als er umblättert, die erste Illustration anschaut.

Sie überlässt ihn der Welt des Buches und klappt den Deckel der Kiste zu, faltet behutsam das rote Tuch auseinander und breitet es darauf aus, sorgt dafür, dass es überall gleichmäßig herunterhängt, überall derselbe Abstand zwischen dem Saum des Tuchs und dem Boden liegt. Sie glättet es mit der Hand, streicht jede Falte heraus, bis es perfekt aussieht.

Details, ermahnt sie sich selbst. Halte an den Details fest. Sie stellt die Blechteller auf das Tuch, die blau-goldenen Tassen, die Löffel, dann geht sie zurück zu den Pilzen, die in der Butter und der Hitze zusammengefallen sind. Sie bricht das Brot mit der Hand, legt es auf die zwei Teller, schüttet die Pilze und den Bratensaft darüber. »Pawel. Pawel.« Doch er hört nichts. Sie nimmt ihm das Buch vom Schoß und klappt es zu. Sie setzt sich neben ihn.

Er schaut auf seinen Teller. »Ich glaube, ich mag keine Pilze.«

»Die meisten Kinder mögen sie nicht«, sagt sie. »Aber hier haben wir keine Wahl. Entweder essen wir, was wir kriegen, oder wir verhungern.«

Der Löffel erfasst ein wenig Brot, das vom Bratensaft leicht eingeweicht ist, und ein paar Pilze. Sie kostet. Es kommt aus der Erde, von der Welt dort draußen. Darin liegen Schichten von vermoderten Blättern, der ewige Kreislauf von fallendem Herbstlaub, Schnee, Tauwetter, neuen Blättern.

Sie sieht, dass Pawel den Löffel in die Luft hält und seinen Inhalt mustert. »Was ist eigentlich ein Pilz, Mama?«, fragt er.

Sie kennt die Antwort, aber kann kaum die Energie aufbringen, um zu antworten, um Worte zu einem Satz zusammenzusetzen. Was ist ein Pilz?

»Sie sind wie Obst«, sagt sie. »Der Hauptteil der Pflanze ist unterirdisch, und die Frucht, die Pilze, wachsen heraus und dem Licht entgegen.«

»Die haben wir früher immer gesammelt, wenn wir in unserem Landhaus waren, Mama.«

Sie nickt.

»Gehen wir mal wieder dahin zurück?«

Einen Augenblick sagt sie nichts. Die Fragen eines Kindes, so einfach sie sind, können die schwierigsten sein.

»Ich weiß es nicht.«

»Wir sind hier, weil es sicherer ist, stimmt's?«

»Ja.«

»Ich denk an Großmama. Und Tante Joanna. Und Michael. Du auch?«

»Natürlich.«

»Wir sollten versuchen, sie zu finden.«

Sie holt tief Luft. Wie oft kann sie es ihm noch erklären? »Wir wissen nicht, wo sie sind. Papa bemüht sich, irgendwas herauszufinden.«

Pawel nickt. »Papa wird sie finden. Papa wird das schaffen. Ganz bestimmt.«

Sie hört diese drei Sätze, wie er sich mit der Wiederholung selbst überzeugen muss. Er wird. Er wird. Er wird. Sie beneidet ihn um seine Gewissheit und sagt nichts, womit sie ihm diese nehmen könnte. Wir alle haben das Recht auf ein bisschen Trost, egal, wo wir ihn hernehmen.

Sie essen in der fast völligen Stille der Scheune. Zofia wischt mit ihrem letzten Stück Brot den Teller sauber.

»Mama«, sagt Pawel, »das fandst du lecker, oder?«

»Ja.«

»Es war mal was anderes für dich.«

»Ja, stimmt.«

»War es das beste Essen, das jemand überhaupt jemals gegessen hat?«

Zofia sagt nichts. Sie nimmt ihren Teller und stellt ihn auf seinen.

Pawel schaut sie an: sie beide auf diesem engen Raum. Seine Augen hängen an ihr.

»Mama? War es das beste, Mama?«

Sie seufzt innerlich. Lässt ein klein wenig Luft aus ihren Lungen. Was soll man da sagen? Sie fühlt sich schwer, als würde das alles auf ihren Schultern lasten, sie in die Strohbank drücken, auf den Ziegelboden der Scheune. Was soll man schon sagen zu so ein paar Pilzen? Sie sollte die Frage nicht so wortwörtlich nehmen: Sie sollte ihm einfach sagen, was er hören will, ihm etwas erzählen, um ihn zu beruhigen, ihn zu trösten. Ihn zu beschwichtigen.

Sie lächelt. »Das war es, Pawel.«

triticum aestivum

PAWEL folgt Baba durch die Tür in der Rückwand ihres Häuschens. Dahinter liegt ein langer, schmaler Raum, und die Luft darin ist so kalt, als wäre man draußen. Er schaut sich um: Regale vom Boden bis zur Decke, alle voller Einweckgläser und Kisten und Rupfensäcke. Die Einweckgläser haben verschiedene Farben, je nach Inhalt: weiße Bohnen, grüne Erbsen, braune Pilze, weiße Pilze. Da stehen blassrote und hellgelbe Früchte in Sirup. Er späht in die Kisten, sie sind mit sandiger Erde angefüllt, unter der lichtgeschützt Karotten und rote Bete lagern. Die Säcke enthalten Kartoffeln, die ihre Keime ins Dunkel recken, in der Hoffnung, irgendwo auf Erde zu stoßen. Kohl, roter und weißer, liegt in Reihen auf den Regalen. Dort stehen noch mehr Dosen: Mehl, Zucker, Reis. Zwiebelzöpfe hängen von Haken an der Vorderseite der Regale. Würste liegen auf Wachspapier. Auf dem Steinboden stehen Steinguttöpfe mit Gewürzgurken und Sauerkraut.

»Baba«, sagt er.

»Was?«

»Schau dir doch mal dieses ganze Essen an.«

»Das verschwindet schneller, als du glaubst.«

»Aber schau dir das doch mal an. Unsere Gläser in der Stadt waren alle leer.«

»Weil dort zu viele Menschen sind, und man keine Möglichkeit hat, Nahrungsmittel anzubauen.«

»Hast du das alles selbst angebaut?«

»Einiges hab ich angebaut, anderes gesammelt. Wenn der Winter kommt, muss man den Vorratsschrank füllen, dass die Bretter ächzen.«

Pawel betrachtet die verschiedenen Pilze in ihren Einmachgläsern: getrocknete Scheiben, blasse Lamellen unter braunen Kappen, kleine Bruchstücke, die aussehen wie vertrocknete Schwämme. »Hast du die alle selbst gesammelt?«

»Vor dem Schnee.«

»Sind die nicht giftig für den Menschen?«

»Diese nicht.«

»Woher weißt du, welche man essen kann?«

»Das hat mir meine Mutter beigebracht. So hab ich alles gelernt, was ich weiß.«

»Woher wusste sie, welche sicher sind, Baba?«

»Von ihrer Mutter.«

»Aber ich meine davor?«

»Ich schätze, irgendwann hat mal jemand einen Pilz gegessen und ist daran gestorben.« Sie lacht. »So einen würde man dann nicht noch mal probieren, oder?«

Pawel geht weiter, sieht noch mehr volle Gläser, deren Inhalt jeweils verschiedene Farben hat.

»Was sind das für welche?«

Sie deutet auf das erste Glas, das mit kleinen Blüten angefüllt ist (er sieht die vertrockneten, staubigen Köpfe, die gebogenen Blütenblätter). »Kamille. Die tut gut, wenn man Beschwerden im Bauch hat, und sie hilft einem, die Augen zuzumachen und den Kopf auszuschalten, wenn man ins Bett geht.« Sie deutet auf das Glas daneben mit den aufgerollten grauen Blättern. »Salbei, der reinigt Leber und Nieren.« Ein Glas, dessen Inhalt aussieht wie kleingehacktes Heu. »Johanniskraut. Wenn die Verrücktheit kommen will.« Sie deutet auf das nächste. »Beifuß gegen Frauenleiden.«

Pawel starrt auf das Glas mit den getrockneten, pudrigen Blättern. »Was für Leiden haben Frauen denn?«

»Das weißt du doch.«

Er runzelt die Stirn. »Weiß ich nicht.«

Baba winkt ab. »Na, brauchst du auch gar nicht zu wissen.« Sie nimmt das Glas herunter, macht es auf, lässt ihn schnuppern. Er wendet sich ab: zu stark, zu intensiv. »Hexen und Teufel tun, was du gerade getan hast. Sie mögen den Geruch nicht und halten sich fern.«

»Gibt es hier denn Hexen?«

»Es wären welche hier, wenn ich das hier nicht gehabt hätte. Auf die Art weiß man, dass es funktioniert, weißt du? Weil keine da sind.«

»Sind das diese Pflanzen, die auch in der Scheune aufgehängt sind?«

»Ganz genau. Die hängen da, weil die Hexen sonst die Milch stehlen.«

»Die Kuh ist doch aber gar nicht in der Scheune.«

»War sie aber, bis ihr Mistbienen gekommen seid und sie rausgeschmissen habt. Für euch alle war nicht genug Platz.«

Sie deutet auf das nächste Glas: »Leinsamen, der wird in Milch eingeweicht, so lange, wie es dauert, dass einmal die Sonne und einmal der Mond auf- und untergeht. Danach wirkt er gegen Verstopfung. Und das hier sind Lindenblüten.« Sie holt das Glas vom Regal und schraubt den Verschluss auf, zeigt ihm die getrockneten Blüten und Blätter. »Daraus kann man einen Tee machen. Dann bekommt man keinen Husten und keine Erkältung, und wenn man schon eine hat, dann vertreibt er sie.«

Sie schüttet ein paar Lindenblüten in eine kleine Schale und reicht sie ihm. Sie holt drei kleine Gläser vom Regal und führt ihn zurück in die Küche, in die Wärme. Sie legt die

Lindenblüten in seinen Essenskorb und stellt die drei kleinen
Gläser auf den Tisch, holt vier saubere Schalen, einen Krug
Wasser und zwei Eier.

»Schaust du gut zu?«

Pawel nickt, stellt sich neben sie, schaut ihr zu, wie sie das
erste Glas öffnet und zwei Löffel von einem rot-braunen Pulver herausholt, die sie in die erste Schüssel gibt.

»Was ist das?«, fragt er.

»Erde. Von einer Stelle auf der anderen Seite des Waldes.«
Sie greift nach dem nächsten Glas, entnimmt ihm zwei Löffel
schwarzes Pulver. »Das ist Ruß, den ich von der Innenseite
des Kamins geschabt habe.« Schließlich macht sie das dritte
Glas auf, entnimmt ihm ein wenig weißes kalkartiges Pulver.
»Und das ist von gebackenen Knochen.«

Er schaut sie an. »Sind die von den kleinen Jungen, die du
gekocht und gegessen hast?«

Baba lacht. »Du lernst schnell. Das sind Tierknochen.
Schwein vom letzten Jahr.«

Sie schlägt ein Ei auf der Kante der vierten Schüssel auf.
Sie zeigt Pawel, wie er die Hände krümmen soll, und sie lässt
das Ei in seine Hände laufen, so dass das Eiweiß zwischen
seinen Fingern hindurchrinnt und nur der Dotter übrig bleibt.
Sie zeigt ihm, wie er das Eigelb herumrollen lassen muss, von
einer Hand in die andere und wieder zurück, während das
Eiweiß weiter herabrinnt und dann trocknet. Er fühlt, wie sich
die Flüssigkeit im Inneren des Dotters bewegt. Alle paar Minuten betastet sie ihn, um zu prüfen, ob er schon genug getrocknet ist, und als die Haut um den Dotter irgendwann run-
zlig wird, sagt sie: »So. Fertig.« Sie zieht seine hohlen Hände
über die erste Schüssel mit der rot-braunen Erde. Sie zwickt
das Eigelb auf, so dass es dick und gelb über die Oberfläche
der pulvrigen Erde läuft, Spuren hinterlässt, eine Einbuchtung
in die Spitze macht. Sie mischt den Dotter mit einem Holz-

löffel unter die Erde, rührt alles glatt. Pawel starrt das Ganze an. Farbe. Sie haben Farbe hergestellt.

Als alle drei Pasten glattgerührt sind, drückt sie Pawel einen Pinsel in die Hand, der aus einem Stab und Tierhaaren gefertigt ist. Sie gehen zur leeren Wand neben der Haustür. Sie zeigt ihm, wie er den Pinsel in die Farbe tauchen und den Überschuss abwischen, dann an der Innenseite der Schüssel entlangstreichen muss, bis das Ende weich und zugespitzt ist. Sie beginnt, auf die Wand zu malen: den dunklen Umriss einer Blume.

Er schaut ihr erst zu, dann tritt er selbst vor. Er taucht den Pinsel ins Schwarz, füllt ihn richtig mit Farbe, dann zieht er ihn an der Innenseite der Schüssel entlang. Er geht zur Wand und schaut die freie Fläche an, dann fängt er an. Er zeichnet einen Baumstamm, holt sich noch einmal ordentlich Farbe, zeichnet den Zweig, der vom Stamm abgeht und sich teilt. Er tritt zurück, um sein Werk anzuschauen, nimmt sich wieder neu Farbe, fügt noch einen Ast hinzu. Und dann zeichnet er die Silhouette eines Vogels, wie er ihn in seinen Büchern gesehen hat. Er hockt auf dem Baum und schaut auf sie beide herunter.

triticum aestivum

ES gibt nur eine Brotrinde zu essen. Sonst nichts. Zofia trägt sie ans Fenster, untersucht sie. Auf der Landschaft aus Teig ist ein Riss zu sehen, wo er beim Backen aufgeplatzt ist; da ist auch ein kleiner Weizenhalm, der beim Mahlen entwischt ist und aus dem Brot ragt wie ein kleiner Baum; oben auf dem Laib erhebt sich der scharfgratige Berggipfel der harten Kruste. Sie dreht das Brot um. Schau. Da. Ein Fleck aus Schimmel, wie eine kleine Flechte auf einem Felsen. Sie kratzt ihn ab, legt die Rinde auf die staubige Fensterbank.

Die Zeit vergeht. Sie weiß es, denn das ist nun mal so, aber sie muss es sich immer wieder vorsagen.

Die Zeit vergeht.

Sie bricht das Brot, steckt sich ein kleines Stück in den Mund. Es ist trocken, und während sie kaut, bleibt es ihr am Gaumen kleben, an der Zunge, an den Zähnen. Sie versucht zu schlucken, aber es will nichts in ihre Kehle rutschen. Es bleibt klumpig schwer in ihrem Mund. Sie kaut noch etwas, diesmal lässt sich eine kleine Menge schlucken. Sogar das Essen von Brot ist verlangsamt in dieser Scheune im Wald, wo die Zeit verwischt und eindickt.

Zeit ist ein subjektives Konstrukt. Die Worte kommen ihr in den Sinn, als vollständiger Satz. Sie verspürt den Drang, diese Aussage zu diskutieren, sie näher zu untersuchen – wie sich unser Erleben von Zeit je nach Stimmung, je nach unserem Gefühlsleben verändert, obwohl sie sich ja in regelmäßigem Takt vorwärtsbewegt – aber sie hat hier niemand, mit dem sie solche Gedanken teilen könnte. Solche Gedanken kommen nicht mehr als ausformulierte Worte heraus, sondern bleiben in ihrem Kopf. Wo sie herumspielen, mal an die Oberfläche kommen, dann wieder abtauchen. Es sind vereinzelte Gedanken, wie ein Soloinstrument, das ruft und ruft, aber nie eine Antwort bekommt und daher niemals Teil eines größeren Klanges wird, niemals mehr wird als es selbst. Der Gedanke behält etwas Ungelöstes. Während sie am staubigen Fenster steht und immer noch an ihrem Brot kaut, denkt sie über die frühen Menschen nach. Bevor es Sprache gab, müssen sie einander ja auch gerufen haben, wie es Tiere tun, aber als sie Sprache entwickelten, müssen sie herausgefunden haben, dass sie in ihren Erkenntnissen einen großen Sprung nach vorn machen konnten, indem sie miteinander sprachen, durch den Dialog, indem einer den anderen ermunterte. Soloinstrument versus Orchester.

Das Pferd ist ganz still. Sie beneidet es um seine Fähigkeit, die Dinge einfach zu akzeptieren, um seinen dumpfen Zustand. Sie würde alles darum geben, dass Frieden in ihren Geist einkehren könnte. Sie würde alles darum geben, ihre Erinnerungen zu löschen, einen weißen Raum zu schaffen, in dem es keine Erinnerungen an ihr eigenes Leben mehr gibt, oder an das, was geschehen ist, bevor sie hierherkamen.

Sie weiß, dass ihr Geist unaufhörlich in Bewegung ist, erfüllt von Worten, von der Musik der Syntax. Und jetzt hat er die Erinnerung an das, was sie gesehen und gehört hat, zum Herumspielen. Und jetzt kann er die Fragen stellen: Wo sind sie? Wie geht es ihnen? Was passiert ihnen gerade? Die Gedanken sind ebenso unerträglich wie hartnäckig.

Sie hört, wie das Pferd sein Gewicht von einem Bein auf ein anderes verlagert, hört die Hufe auf dem Ziegelboden, dann das Plumpsgeräusch seiner Pferdeäpfel, das Entweichen der Luft, die *Arschtrompete*, wie Pawel und sie das mittlerweile nennen.

Sie schließt die Augen. Die Welt, in der sie lebt, ist klein, so klein. Sie ist klein, und sie ist angefüllt mit Scheiße. Das hat sie hier im Wald gelernt: Bei aller Verzierung und Verfeinerung, die wir dem menschlichen Körper angedeihen lassen, wenn wir Abnäher an einem Kleid anbringen, sorgfältig Haarsträhnen arrangieren, eine filigrane Silberkette anlegen, die Gabel korrekt benutzen, den Mund zulassen, wenn wir kauen, die Ellbogen nicht auf den Tisch stützen – er ist letztlich doch nur ein Gefäß, das durch den Mund befüllt, durch den Arsch entleert und durch Sex vervielfältigt wird. Wir sind alle Tiere.

Endlich kann sie das letzte Stück Brot schlucken.

Es wird Zeit, wieder ans Feuer zu gehen (auf welch großartige Ereignisse sie sich hier freuen kann: essen, schlafen, vom Fenster zum Feuer gehen) und vor den Flammen zu stehen. Vielleicht werden sie so viel Holz verheizen, dass sie den ganzen Wald verbrannt haben, wenn sie lang genug bleiben und der Winter lang genug dauert. Das ist schließlich das, was die Menschen tun: Sie verbrauchen den Planeten, um darauf überleben zu können. Sie steht zu nah am Feuer, kann die Hitze auf den Beinen spüren. Sie hört die Stimme ihrer Mutter, die ihr sagt, dass sie von der Hitze marmorierte Haut bekommen wird, aber es ist ihr egal. Es ist ihr herzlich egal.

Wo ist Pawel? Es kommt ihr vor, als würde er täglich später kommen, obwohl sie die Zeit nicht messen kann und die Zeit ihr eigenes subjektives Konstrukt geworden ist. Die Zeit gehört jetzt ihr. Da, schon wieder kommt dieser Gedanke an die Oberfläche. Hör auf, Verstand. Bitte.

Die Hitze an den Beinen wird ihr zu viel. Sie hat keine Angst vor marmorierter Haut, aber sie mag die Vorstellung nicht, dass sie langsam gegart wird, wie eine Keule. Zwei Menschenbeine.

Sie setzt sich auf die Bank aus Stroh und beobachtet die Flammen; währenddessen wandert ihre Hand nach unten, befühlt die rauen Halme. Sie zupft eine Handvoll heraus und hebt sie hoch, um sie näher zu untersuchen. Sie sortiert und sortiert aus, bis sie nur noch drei Strohhalme übrig hat, alle gleich lang und dick. Außen ist jeder Halm mit einer harten gelben Schicht überzogen, und durch das Dreschen längs aufgerissen, so dass er sein blasses Inneres zeigt. Sie nimmt die drei Halme und beginnt sie übereinander zu legen. Ein Flechtenzopf. Sie fährt fort, wechselt ab, verwebt sie, so wie sie ihnen immer die Haare geflochten hat. Joannas dunkles Haar, glatt, aber rutschig; das graue Haar ihre Mutter, rau, aber gut frisierbar.

Hör auf.

Sie hat hier einfach nur Stroh in der Hand. Das ist alles. Eine Pflanze, die getrocknet und gedroschen und durch eine Mühle geschickt wurde. Eine Pflanze, die aus dem Boden wuchs, die nichts fühlte. Sie fährt fort, flicht die drei Halme bis zum Ende. Als sie fertig ist, lässt sie ein Ende los, und die Flechte beginnt sich aufzulösen, sie bewegt sich von selbst, als wäre sie lebendig.

Sie würde ja etwas unternehmen, würde sie suchen, aber sie weiß einfach nicht, wo sie sind. Sie weiß nicht mal, wo sie selbst ist.

Sie wirft den geflochtenen Zopf ins Feuer. Er verbrennt rasch. Ihr Magen knurrt, und der Ärger regt sie noch weiter an, angetrieben von dem unablässigen Wunsch zu essen. Wo ist er? Sie springt auf die Füße, knöpft sich den Mantel zu, wickelt sich den Schal um den Hals und zieht sich die Mütze übers Haar. Sie schaut nach dem Feuer, dann geht sie über den Ziegelboden zur Flügeltür. Sie macht eine auf, und dort liegt die Außenwelt. Wie lange ist es her, dass sie die Scheune zum letzten Mal verlassen hat? Sie blinzelt: Es ist heller, als sie es in Erinnerung hatte. Die Luft ist nicht so kalt, wie sie sie in Erinnerung hatte. Sie tritt über die Schwelle und zieht die Tür hinter sich zu. Ein Wassertropfen fällt ihr auf den Kopf. Sie blickt hoch, sieht einen Schneeklumpen über die roten Dachziegel nach unten gleiten. Pawel hat also recht, das Wetter ändert sich.

Sie tritt aus dem Schatten der Scheune, auf den Weg. Die Sonne scheint, und es sieht aus, als hätte man ein Licht angeknipst. Gleißend wird es vom Schnee zurückgeworfen. Zwischen den silbrigen Baumstämmen im Wald kann sie Flecken saftiger brauner Erde und grüne Grashalme erkennen. Das erste Tauwetter. Sie geht los, und ihre Beine fühlen sich an, als wären sie schwächer geworden, während sie dort in der Scheune saß, ihre Knochen im Inneren weicher als früher. Ihre eigenen Schritte sind ihr fremd, und sie hat das Gefühl, ihren Körper daran erinnern zu müssen, wie man geht: Erst diesen Fuß anheben und nach vorn bewegen, dann den anderen anheben und den auch nach vorn setzen. Unter ihren Füßen ist der Schnee weich geworden, und ihre Füße sinken durch die oberste Kruste.

Die Luft ist ganz klar. Nachdem sie jetzt draußen ist, spürt sie den Rauch des Feuerholzes in der Brust, eine gewisse Beklemmung, wie von einer geschluckten Wolke. Ein Vogel fliegt hoch über ihr dahin, mit ausgebreiteten Flügeln. Zwei weitere Vögel fliegen auf Schulterhöhe vorbei, den Weg entlang, folgen der Linie der Bäume. Das Gehen fällt ihr mittlerweile leichter, sie muss sich nicht mehr ständig innerlich Anweisungen erteilen. Ihr Körper weiß, wie es geht. Sie schaut sich um, betrachtet die Welt, und für einen Augenblick, nur einen Augenblick, wirkt sie lebendig, weil es taut, weil der Wechsel der Jahreszeiten bevorsteht, weil das Jahr neu geboren wird.

Doch dann wandert ihr Geist sofort wieder zu ihrer unbe-

wohnten Wohnung. Tauende Rohre. Wasser, das über Holzböden und Teppiche läuft. Ihr Cello.

Hör auf.

Hör auf, daran zu denken. Hör auf, der Vergangenheit zu
gestatten, dich unablässig zu begleiten. Du musst lernen, diese
Gedanken abzuschneiden, und du musst lernen zu überleben.
Schau dort hoch. Beobachte diesen Vogel, der über deinen
Weg fliegt, und in die Bäume. Sieh ihn und sonst nichts. Schau
nach unten. Beobachte, wie deine eigenen Füße sich bewegen,
sich einer nach dem anderen durch den schmelzenden Schnee
bewegt. Schau zu dem roten Backsteingebäude, der Treppe
davor.

Die Treppe zu ihrer Wohnung.

Hör auf.

Sie weiß, was sie tun muss. Es gibt eine geistige Ange-
wohnheit, die sie tröstet und in der sie sich selbst verlieren
kann. Träume von Essen. Stell dir einen kleinen blau-goldenen Porzellanteller vor, einen saftigen Schokoladenkuchen,
einen Klacks weiße Sahne. Versenke die Seite einer Gabel
darin, spieße ihn auf, heb ihn an den Mund. Mach die Lippen
auf und leg ihn auf die Zunge. Butter und Zucker lösen sich
auf der Zunge. Ein Teller Chruściki, kross frittiertes Gebäck.
Brich einen in der Mitte durch. Beiß rein. Leck dir den Zu-
ckerguss von den Fingern.

Der Weg endet.

Vor ihr liegt das kleine Haus mit seiner Tür und dem Fenster und dem rauchenden Kamin. Zofia sieht Bewegung im
Inneren, einen Schatten hinter dem Glas. Sie verlässt den Pfad,
geht zum Fenster, späht hinein. Dort stehen zwei Gestalten
an einer Wand und drehen ihr den Rücken zu. Die eine Gestalt
dreht sich um und geht mit einer Schale in der Hand auf den
Tisch zu. Pawel. Er blickt auf und zum Fenster, sieht ihr Gesicht, wie sie hereinblickt. Zofia sieht, wie er ihren Namen

sagt: Mama. Er tritt aus ihrem Blickfeld, und sie tritt zurück auf den Pfad. Die Haustür geht auf, und da steht er, als wäre dies sein Haus und er würde Gäste willkommen heißen.

»Mama«, sagt er. »Du bist ja hier.«

»Ich weiß, dass ich hier bin.«

Pawel dreht sich um und deutet auf die Wand, auf die Frau, die gerade den Umriss eines Blattes malt. »Ich hab bloß Baba geholfen.«

Zofia schaut sich um: Sie ist nur einmal hier gewesen, als sie ankamen, als es dunkel war und die Kerzenflamme das meiste im Verborgenen ließ, den bemalten Schrank und die Wände, die hohen Regale mit den Tierschädeln, Eiern, Steinen, Nestern.

Die Frau hält inne, legt ihren Pinsel in der Schale ab. Sie dreht sich um, wischt sich die Hände am Rock ab. »Komm lieber rein.«

Zofia tritt ein. Pawel macht die Tür hinter ihr zu.

Die Frau mustert sie von oben bis unten. »Sind Sie also doch endlich mal rausgekommen.«

Zofia nickt. »Ich hatte Hunger.«

»Sie sehen dünn aus.«

»Es geht mir gut.«

»Ihre Sachen schlottern Ihnen ja um den Leib. Ich habe Ihrem Mann versprochen, dafür zu sorgen, dass Sie genug essen. Butterjunge, hol deiner Mutter ein bisschen Brot.«

»Butterjunge?«, sagt Zofia.

»So nennt sie mich«, sagt Pawel. »Sie sagt, ich bin so weich wie Butter. Sie sagt, ich bin ein Stadtjunge.«

»Bist du ja auch«, sagt Baba. Sie deutet auf einen Stuhl. »Setzen Sie sich lieber mal da hin.«

Pawel holt etwas Brot vom Küchenregal und legt es auf den Tisch. Zofia schaut es an. Kein Teller, nur das Brot auf dem Holz, neben einem Jagdmesser mit hölzernem Griff. Vor ihr steht ein Einmachglas. Ein Holzteller mit einem Klumpen leuchtend gelber Butter.

»Im Glas ist Marmelade.«

Marmelade. Butter. Zofia bricht das Brot, schmiert sich mit dem Jagdmesser Butter darauf, macht das Marmeladenglas auf. Sie kann die Früchte riechen. Kirsche? Pflaume?

»Pflaume«, sagt Baba.

Zofia schiebt es in den Mund. Ihre Zunge schmeckt sofort den Zucker, das süße Fruchtfleisch.

Pawel steht vor ihr. »Das ist lecker, oder, Mama?«

Sie schaut zu ihm auf. »Du hast das schon mal gegessen.«

Er nickt, spürt eine Welle von Schuldgefühl. Ihm wird ganz warm. Er wendet den Blick ab. Baba hat sich wieder dem Malen zugewendet, und er tritt neben sie, greift zu seinem Pinsel und beginnt, ein Blatt farbig auszumalen.

Zofia nimmt das nächste Stück Brot, bestreicht es mit Butter und Marmelade, isst.

Pawel dreht sich um und schaut sie an. Er beobachtet, wie sie ins Brot beißt. »Ich mag es nicht«, sagt er, »wenn Baba mich Butterjunge nennt.« Er dreht sich wieder um und malt weiter.

Sie beißt noch einmal ab. Sie weiß, warum er das gesagt hat. Die Leute sind oft so durchschaubar, wenn man ihre Motive versteht. Schuldgefühl. Schuldgefühl, weil er Marmelade gegessen hat und sie nicht. Schuldgefühl, weil er neben der alten Frau steht und mit ihr malt. Er hat es gesagt, um sich von dieser Frau zu distanzieren und sich seiner Mama anzuschließen.

Zofia isst das letzte Stück Brot. Endlich gibt ihr Magen Ruhe. Sie nimmt das Jagdmesser, betrachtet die Spuren von Butter und glänzenden Marmeladenresten. Sie fährt mit dem Finger darüber, wobei sie darauf achtet, den Finger ganz flach zu halten und sich nicht zu schneiden, sie streift alles herunter, steckt sich den Finger in den Mund, kostet die letzte Süße.

Sie beobachtet die beiden. Pawel malt den unteren Teil der Wand aus, Baba den oberen. Zwei Schüsseln Farbe: die eine ein mattes, stumpfes Schwarz, die andere Grün. Es ist völlig still im Zimmer: Die einzigen Geräusche kommen von den Pinseln, die am rauen Putz der Wände hängen bleiben, und von den Flammen, die das Holz auf dem Kaminrost verbrennen. Sie denkt an die Geräusche, die sie gewöhnt ist: das stetige Ticken der Uhr, das Einstudieren eines Musikstücks, das Absetzen und Wiederanfangen, Stimmen, die von Zimmer zu Zimmer rufen, Füße, die die Treppe hinauf- und hinunterlaufen.

Baba ist fertig mit dem Malen, sie legt ihren Pinsel in die Schüssel. Sie hebt den Korb auf den Tisch. Zofia beobachtet, wie sie durch die Tür in der Rückwand des Häuschens verschwindet. Pawel malt immer noch, er hat sich jetzt dem nächsten Blatt zugewandt. Zofia schaut ihm zu: Er ist ganz versunken, verloren, folgt der schwarzen Linie, achtet darauf, nicht über den Rand hinauszumalen. Sie kann nur seinen Hinterkopf sehen, aber sie weiß, dass er die Zunge zwischen den Lippen hat, dass man ihre rosa Spitze sieht. Sie beneidet ihn um seine Fähigkeit, sich ganz in etwas zu verlieren, und verspürt einen Drang, eine scharfe Bemerkung zu machen, den Augenblick zu zerstören, aber sie hält sich zurück. Es würde ihn nur daran erinnern, dass er sich elend fühlen soll, und davon würde es ihr auch nicht besser gehen, sie würde sich vielmehr Vorwürfe machen und sich dann noch schlimmer fühlen. Dieses ewige Infragestellen ihrer eigenen Motive ist ermüdend. Hör auf. Schau weg. Gestatte ihm diese Flucht. *Wir müssen uns unseren Trost holen, wo wir ihn finden.*

Baba kommt wieder herein, hat einen Sellerie im Arm und ein kleines Glas eingemachte Quitte. Das stellt sie in den

Korb, zusammen mit einem Stück Brot und einem Stück Wurst, das ein klein wenig größer ist als normal.

»Sie müssen wirklich ein bisschen Fleisch auf die Rippen bekommen.«

»Danke.« Zofia räuspert sich. »Ich hab mir gerade gedacht, ob ich wohl mehr mitnehmen und es bei uns lagern könnte? Unsere eigenen Vorräte?«

Baba starrt sie an. »Mehr?«

»Es ist nur, weil ich ständig auf ihn warten muss, bis er mir die Sachen bringt. Ich hab das Gefühl … als ob ich mir Sorgen machen müsste, dass uns das Essen ausgeht.«

»Es wird Ihnen nicht ausgehen. Er kommt es schließlich immer holen, oder?«

»Ja, aber es wäre doch einfacher, nicht wahr?«

»Am Ende würden Sie alles auf einmal aufessen.«

»Nein.«

»Das kann ich aber nicht wissen.«

»Ich verspreche es.«

»Ein Versprechen bedeutet überhaupt nichts. Sie wissen ja nicht, wie schnell das gehen kann. Wenn nichts mehr da ist, ist nichts mehr da.«

»Ich kann doch sowieso nirgendwo anders hin. Ich weiß ja nicht mal, wo ich bin.«

»Im Wald.«

»Mein Mann bringt doch Geld, oder? Das ist doch alles bezahlt.«

»Er hat schon seit einer Weile kein Geld mehr gebracht.«

Die Frau, Baba, starrt sie immer noch an. Zofia schaut zur Tür der Vorratskammer. Sie macht es nicht absichtlich, aber Baba sieht es. »Ich mache es so wie bisher«, sagt sie. Aus ihren harten Worten klingt die Endgültigkeit.

Zofia nickt. »Wie Sie wollen.«

Baba senkt den Blick, greift zu ihrer Schüssel und dem

Pinsel, geht wieder zur Wand und fängt an zu malen. Zofia schaut ihr zu. Baba zeichnet in Schwarz vor, erst leicht, mit nur wenig Farbe, die sie über den rauen Putz verteilt. Dann tritt sie einen Schritt zurück und begutachtet es, bevor sie die Linie richtig nachzieht.

An den Wänden zu Hause hatten sie auch Gemälde, Ölgemälde auf Leinwand, aufgespannt, gefirnisst, in Goldrahmen. Nun sind wir wieder beim Bemalen von Wänden, beim Leben in Höhlen, wo wir die Farbe direkt auf den getrockneten Schlamm klecksen.

Sie steht auf. »Pawel«, sagt sie.

»Hmmm.« Er dreht sich nicht um.

»Wir müssen zurück. Ich koche für dich.«

Und dann dreht er sich um. »Ich hab aber schon gegessen.«

Sie schaut ihn an, schaut die Frau an. Ja, ja, natürlich. Natürlich hat er schon gegessen. Sie ergreift den Korbhenkel. »Gut, ich gehe jetzt zurück.«

Pawel nickt. »Ich komme zurück, wenn ich fertig bin.« Er wendet sich wieder der Wand zu und dreht ihr den Rücken zu. Er tränkt seinen Pinsel mit grüner Farbe, beginnt sie auf die Wand aufzutragen, bewegt sich an der Kante der schwarzen Linie entlang und malt ein Blatt aus.

boletus edulis

DIE Kerze ist ausgeblasen worden, und die Scheune wird von den sterbenden Flammen des Herdfeuers erleuchtet. Pawel kann gerade noch das Muster unter den gebogenen roten Dachziegeln erkennen, die Linien, die im flackernden Licht aussehen wie wogende Meereswellen. Angenommen, das Meer und das Land wären an der Decke und der Himmel am Boden. Angenommen, die Welt würde auf dem Kopf stehen. Würde er dann dort oben entlanggehen oder würde er hier unten im Himmel schwerelos dahinschweben?

Er liegt auf seinem Strohlager, und seine Hände kommen unter der Decke hervorgekrochen, um seine Felldecke zu streicheln. Es fühlt sich genauso an wie heute Morgen, als er das Pferd gestreichelt hat, als er ihm mit der Hand über den Hals fuhr. Er streicht in die andere Richtung über die Decke, wie er es auch bei dem Pferd gemacht hat, und das Fell leistet Widerstand. Wenn die Welt Kopf stehen würde und das Dach der Scheune das Meer wäre, dann würden dort oben Seepferdchen leben. Das richtige Pferd ist jetzt nicht mehr in der Scheune, es ist auf die Weide gelassen worden. Er versucht sich das Pferd in der Nacht dort draußen vorzustellen. Grasen Pferde auch im Mondlicht?

Er hebt die Hand vors Gesicht, atmet ein. Da ist immer noch ein Hauch von Pferdegeruch, nach Blut und heißem Schlamm. Er denkt an die Stute, wie Baba ihr am Morgen das Seil vom Hals genommen hat und sie erst im Kreis herumgaloppiert ist, sich dann auf der Erde gewälzt hat, alle vier Beine gen Himmel gereckt, der ja das Meer wäre, wenn die Welt Kopf stehen würde.

Wenn er morgen früh losgeht, um das Essen zu holen, wird er bei der Stute vorbeigehen und ihr ein paar Löwenzahnblätter geben. Er wird den Weg entlanggehen, vorbei an den letzten Schneeresten in den Tiefen der überschatteten Hecken, wird zum Weidegatter gehen und sich daraufstellen, sich gegen das Holz lehnen und die Hand flach ausstrecken, damit er nicht gebissen wird. Er macht ein klickendes Geräusch.

»Na komm, Mädchen.«

»Mit wem redest du denn da?« Mamas Stimme kommt aus dem Verschlag nebenan, wo sie auf ihrem eigenen Strohbett liegt.

»Ich rede mit dem Pferd, Mama.«

»Der ist doch gar nicht mehr hier.«

»*Sie*«, sagt er. »*Sie* ist nicht mehr hier.«

»Na gut, sie. Aber warum redest du mit ihr, wenn sie gar nicht hier ist?«

»Weil ich nicht schlafen kann.« Er überlegt einen Augenblick. »Warum schlafen Leute eigentlich, Mama?«

»Um sich auszuruhen.«

»Das ist doch seltsam, oder? Jede Nacht legen wir uns hin und machen die Augen zu, und dann wissen wir nichts mehr.«

»Es ist seltsam, wenn man darüber nachdenkt, ja.«

»Was passiert, wenn man nicht schläft?«

»Den Menschen geht es dann schlecht. Ihr Verstand arbeitet nicht mehr richtig. Im Krieg benutzt man das als Methode, um den Menschen Informationen zu entlocken. Man hält sie die ganze Nacht wach.«

»Machen sie das auch mit Tante Joanna und Großmama?«

Eine Pause. Diese Lücken, die von der Phantasie gefüllt werden.

»Ich weiß es nicht. Ich weiß nichts von ihnen.«

»Werden sie uns finden und das auch mit uns machen?«

»Nein. Deswegen verstecken wir uns ja.«

»Ich versteh nicht, wie die Leute so grausam sein können.«

Wieder die Worte eines Kindes, denkt Zofia. Direkt zum Kern der Sache. »Die meisten Menschen sind gut«, sagt sie.

»Aber sie kämpfen alle im Krieg.«

Sie schaut an die Decke, auf die roten Dachziegel. Er hat recht. In Friedenszeiten können die Menschen gut sein, aber sobald Krieg ausbricht, ist alles anders. Wir glauben, uns als Menschen zu kennen, aber wir kennen uns immer nur so, wie wir in diesem Augenblick sind. Wir wissen nicht, wie wir sein werden, wenn Krieg ausbricht, wenn wir Gefahren ausgesetzt sind. Wir wissen nicht, wie wir reagieren werden, bis wir reagieren. Wir sind leichter zu verformen, als wir wissen.

Die roten Dachziegel werden von den Flammen des Herdfeuers beleuchtet. Ebenso die Sparren und die Bündel aus getrockneten Blumen, die kopfüber von einem Stück Schnur baumeln. Zu Hause hatten sie einen Kronleuchter aus geschliffenem Kristallglas, aber der wird mittlerweile verschwunden sein, kaputt oder gestohlen. Alles wird mittlerweile verschwunden sein. Die Wohnung wird mit Glasscherben übersät sein. Glas. Brillengläser zwischen Schutt und Staub.

Hör auf.

Hör auf hör auf hör auf.

»Mama«, sagt Pawel. »Ich glaube, ich kann heute Nacht nicht schlafen. Kannst du bitte rüberkommen?«

Seine Worte sind eine Erleichterung. Sie hat zwar das Gefühl, dass sie die Ursache für sein Unbehagen sein könnte, weil sie immer so direkte, allzu wahrheitsgemäße Antworten gibt, und weil sie sich weigert, ihn von all dem abzuschirmen (sie hat nicht die erforderliche Energie, um zu lügen oder Theater zu spielen), aber indem er ihr jetzt sagt, dass er sie braucht, hat er ihr Gedankenkarussell zum Stillstand gebracht und ihr eine neue Rolle gegeben. Mutter sein, beschwichtigen und beruhigen, das bedeutet, dass man Abstand von sich selbst nimmt, und manchmal, so hat sie gemerkt, ist das tatsächlich tröstlich. Früher einmal war sie die Sonne, aber jetzt ist sie ein Planet. Ihr Sohn ist jetzt die Sonne, der Mittelpunkt ihres Universums. Sie schiebt ihre Felldecke weg und steht auf. Ihre Fußsohlen sind kalt auf dem Ziegelboden, und sie bewegt sich rasch.

Pawel sieht, wie sie am Ende seines Verschlags auftaucht, sieht ihre Silhouette vor der Dunkelheit. Er rutscht ein Stück zur Seite, um ihr auf der Kante seines Strohbetts Platz zu machen. Sie kann ihn im dunklen Licht erkennen, tastet mit den Händen, um sicher zu gehen, dass sie sich nicht auf ihn setzt, wenn sie sich auf sein Bett setzt. Sie zieht die Beine unter sich, hebt ihre Füße auf den Strohballen.

»Mama.«

»Ja.«

»Manchmal denk ich mir, was passiert wäre, wenn sie dich auch mitgenommen hätten. Dann wäre ich ganz allein im Haus. Nur ich und der ganze Staub, und ich würde überhaupt nicht wissen, was ich tun soll, und es gäbe nichts zu essen, und die Kälte würde ins Haus kommen.«

Sie streckt einen Finger aus, berührt seine Nasenspitze. »Hör auf«, sagt sie. »Es gibt überhaupt keinen Grund, so etwas zu denken. Wir sind jetzt zusammen hier. Alles ist gut.«

»Du und ich.«

»Ja.«

»Und Baba auch.«

»Ja, Baba auch.«

»Ich bin in diesen Raum hinten in ihrem Haus gegangen, und sie hat mir die ganzen Sachen gezeigt.«

»Was ist da drin?«

»Sachen, um die Hexen abzuhalten. Sachen für Frauen. Sachen für schlechte Köpfe. Sie hat Flaschen mit toten Blumen drin. Giftige Pilze.«

»Ich bin sicher, sie sammelt nur essbare Pilze.«

»Ich glaube, sie sammelt welche, die so giftig sind, dass sie jemand töten können, wenn er nur ein winziges Stück davon isst. Und wenn dir irgendwelche Leute wehtun, Mama, dann hol ich was aus diesem Pilzglas und geb es ihnen zu essen.«

»Ich wüsste nicht, wie du das anstellen solltest.«

»Ich tu es irgendwo anders rein, zum Beispiel in einen Keks. Oder ich tu es ihnen in ihre heiße Milch. Baba weiß alles über Pflanzen und Vögel und die ganze Welt da draußen.«

»Alles vielleicht auch wieder nicht.«

Er schaut sie an. »Nein, wirklich. Sie weiß jede Kleinigkeit. Sie hat gesagt, sie wird mir ein paar Sachen beibringen, dass ich die ganzen Pflanzen kenne und was für Pilze ich im Herbst sammeln kann. Sind wir dann noch hier, Mama?«

Sie beugt sich vor, streichelt ihm das Haar, streicht es ihm aus der Stirn. »Frag mich nicht schon wieder. Du weißt, dass ich das nicht weiß.«

Sie beugt sich noch näher über ihn, atmet ein, riecht seine Haut. Er riecht nach Backen, nach Mehl und Zucker und Fett. Er streckt die Arme nach ihr aus und umschlingt ihren Nacken, zieht sie zu sich herunter. Er ist warm, und sie atmet wieder seinen Geruch ein.

Und dann pflückt sie sich seine Arme vom Hals, erst den einen, dann den anderen, ignoriert sein gemurmeltes »bleib noch, Mama, bleib da«, und deckt ihn mit der Felldecke zu, küsst ihn zart auf die Stirn. »Schlaf jetzt«, sagt sie, aber er ist sowieso schon eingeschlummert.

Sie schaut sein entspanntes Gesicht an. Sie mustert ihn

genau. Seine geschlossenen Augen, die dunklen Wimpern, die sich so deutlich von seiner Haut abheben. Seine klar konturierten roten Lippen. Sein Haar, das auf dem Kissen ruht. Was für eine Macht sie über dieses Kind hat. Alles, was er gebraucht hat, war der richtige Tonfall, die Berührung ihrer Hand. Aber was für eine Macht er auch über sie hat. Es macht ihr Angst. Sie hat schon zu viel verloren und weiß, dass es keine Sicherheiten mehr gibt. Alles, was wir wirklich wissen, ist das, was der gegenwärtige Moment enthält. Sie muss sich selbst vor der Zukunft schützen und vor dem, was sie am Ende bringen könnte. Liebe macht uns verletzlich. Sie ist so, als würde man eine Hautschicht entfernen, das Nervensystem freilegen.

Mach dich hart. Dreh dich weg. Steh auf. Setz die Füße auf den kalten Boden. Geh zurück zu deinem Bett aus Stroh, über eine Steinfliese nach der anderen. Schließ die Augen. Tritt in die Welt des Schlafs ein, in der du nichts von all dem hier weißt, nichts von dem, was du bereits verloren hast, nichts von dem, was du eines Tages verlieren könntest.

Später in der Nacht, als das Feuer bis auf ein letztes rotes Glimmen ausgegangen ist, wird Zofia von einem Geräusch von draußen geweckt. Sie bleibt ganz still liegen. Sie lauscht. Ein Tier? Es ist kalt in diesen Stunden, die noch nicht zur Morgendämmerung zählen, denn bevor der nächste Tag anbricht, sinkt die Temperatur noch einmal ab. Das ist der Augenblick, in dem die meisten natürlichen Tode eintreten, in dem Körper sich dem Sog der Dunkelheit vor der Dämmerung ergeben. Da. Wieder das Geräusch. Es ist ein Rascheln, irgendetwas dort draußen. Und jetzt ein Rütteln, der Riegel bewegt sich auf und ab. Eine Faust klopft gegen die Holztür. Sie rutscht in ihrem Strohbett erschrocken nach hinten, bis sie aufrecht sitzt. Sie schaut sich um, obwohl sie kaum etwas erkennen kann, hält Ausschau nach einem Versteck, einer Fluchtmöglichkeit, aber sie weiß, dass dies die einzige Tür ist. Jetzt kann sie jeden Moment aufgebrochen werden, eingetreten, und dann werden sie hereinkommen. Ihr Herz rast. Und dann hört sie eine Stimme. »Lass mich rein.« Neuerliches Klopfen, Rütteln. Wieder die Stimme. »Zofia.« Sie wiederholt: »Zofia.« Sie ist unverwechselbar.

Sie schiebt die Felldecke von sich und tritt mit bloßen Füßen auf den kalten Steinboden. Überquert den kalten Boden, schiebt den Metallriegel zurück, macht auf. Karol schlüpft durch den Spalt, macht die Tür hinter sich zu und verriegelt sie.

Zofias Herz klopft viel zu schnell; sie hat ganz weiche Knie. »Ich wusste nicht, wer du bist.«

»Ich hab deinen Namen gerufen.«

»Erst, nachdem du gegen die Tür gehämmert hast.«

»Wer hätte es denn sonst sein können?«

»Jeder?«

»Es hätte niemand sonst sein können. Niemand weiß, dass du hier bist.«

»Pssst. Du musst flüstern. Pawel schläft. Ruf nächstes Mal einfach gleich meinen Namen. Hast du Neuigkeiten?«

»Ich brauch was zu essen.«

»Sag es mir einfach. Bitte.«

»Niemand weiß etwas. Keine Neuigkeiten.«

Sie wendet das Gesicht ab. Keine Neuigkeiten. Wieder. Sie senkt den Kopf, ihre Schultern sacken herab. Sie würde sich am liebsten auf den Boden fallen lassen. Keine Neuigkeiten. Sie spürt, wie er ihre Hände in seine nimmt: Seine Haut ist trocken und kalt. Er greift fester zu und zieht sie an sich. Er legt die Arme um sie, hält sie fest. Ihr Gesicht lehnt an seinem rauen Mantel. So bleiben sie stehen, wortlos. Dann schiebt er sie zu der Strohbank vor dem Ofen und kauert sich vors Feuer.

Er legt ein bisschen dürres Holz auf die Glut, und sie schauen beide, wie es schwarz wird, dann anfängt zu rauchen und schließlich richtig Feuer fängt. Er legt noch mehr trockenes Holz auf die Flammen, dann setzt er sich neben Zofia aufs Stroh. Er legt den Arm um sie, und sie kriecht auf seinen Schoß. Er hält sie fest, und sie ist wieder ein Kind, das auf dem Schoß ihrer Mutter sitzt, die die Arme um sie geschlungen hat und sie festhält.

Als sie zu Ende geweint hat, löst sie sich aus seinen Armen und steht auf. »Ich mach dir was zu essen.« Sie sucht den Topf heraus, in dem noch die Reste des Eintopfs sind, und stellt ihn auf. Während sie wartet, dass er warm wird, schaut sie ihn im Feuerschein an, sein ungekämmtes Haar und den langen Bart. Er sieht müde aus. Müde, älter, wilder, wie eine uralte Version seiner selbst. Sie holt etwas Wasser aus dem großen Eimer, stellt es auf den Herd, um es zu kochen. »Ich habe keinen Kaffee.«

Pawel zuckt mit den Schultern. »Ist mir egal.«

»Die Frau hat mir das hier gegeben. Das sind gemahlene Löwenzahnwurzeln.«

»Wonach schmeckt das?«

»Nach Löwenzahn.«

Karol lächelt. Seine Hand hängt zwischen seinen ausgestreckten Beinen herunter.

»Wie lange bleibst du?«, fragt sie.

»Morgen früh gehe ich wieder.«

»Musst du denn?«

Er nickt. »Ich muss zurück.«

»Warum? Warum du?«

»Frag das nicht. Du weißt, ich kann davor nicht davonlaufen.« Er schaut sie an. »Frag mich nichts. Je weniger du weißt, umso besser.«

»Ich will es aber wissen.«

»Ich will nicht, dass du irgendwelche Informationen hast.«

»Aber ich bin hier völlig nutzlos. Ich weiß nicht, was vor sich geht, ich kann niemand helfen.«

Er schüttelt den Kopf. »Wir haben genau das Richtige getan.«

Sie wendet sich ab. Der Eintopf ist jetzt warm genug. Sie füllt ihn auf den Blechteller und reicht ihn Karol mit einem Silberlöffel und einem Stück Brot. Sie setzt sich neben ihn vor die Flammen und sieht ihm beim Essen zu, während der Feuerschein sein Gesicht beleuchtet. Er isst schnell, bricht das letzte Stück Brot ab und wischt die Schüssel damit sauber. Als er fertig ist, wendet er sich zu ihr und schaut sie an. Sie weiß Bescheid, ohne dass ein Wort gesprochen werden muss. Sie nimmt ihn bei der Hand, und sie stehen auf, gehen um das Ende der Trennwand zwischen den Verschlägen, gehen zu ihrem Bett aus Stroh. Er legt sich hin, immer noch in seinem Mantel und seinen Sachen, er riecht nach Tagen und Nächten ohne Kleiderwechsel, nach zerstörten Straßen. Sie weiß, dass er nicht als Einziger so riecht. Sie weiß, dass auch ihr Körper den Geruch ihrer neuen Tierbehausung verströmt, nach zu lange getragenen Sachen, nach dem Wald und nach Stroh.

Er fährt mit der Hand seitlich an ihrem Körper hoch. Befühlt die Stelle, wo ihr Bein an der Pobacke endet, wo ihre Taille eine Kurve macht, wo ihre Brust schwillt.

»Leise«, flüstert sie. »Pawel schläft.«

Sie macht die Augen zu. Sie wollte Neuigkeiten, nicht das hier. Trotzdem, sowie er sie berührt, verrät ihr Körper sie und reagiert. Hier, inmitten von all dem und während ihr Sohn im Verschlag nebenan liegt, gehorcht ihr Körper immer noch dem Trieb, die menschliche Art zu erhalten. Ihr Mund berührt seinen, ihre Zunge berührt seine. Er zieht ihren Mantel aus, knöpft ihr das Kleid auf und zieht es ihr von den Schultern, legt ihre Brüste frei. Er klettert auf sie und küsst sie, und dann verliert sie jeden Begriff davon, wo sie ist, sie vergisst alles. Doch sobald sie wieder zu sich selbst zurückgekehrt ist und sie auf dem Stroh unter der Felldecke liegen, kehrt auch die Welt wieder zurück.

»Karol«, flüstert sie.

»Was?«

»Ich hab nachgedacht.« Während sie spricht, hat Zofia Schuldgefühle, als würde sie ihren Sohn verraten, der nur ein, zwei Meter neben ihr schläft. »Ich könnte ihn hier bei der Frau lassen. Sie würde das schon machen, wenn wir ihr genug zahlen. Und ich könnte mit dir gehen.«

»Nein.«

»Er würde gut zurechtkommen.«

»Nein. Ich will dich dort nicht haben. Du bist meine Frau, und dadurch bist du in Gefahr. Du musst hier bleiben und dich um ihn kümmern.«

Und mit diesem endgültigen Urteil macht er die Augen zu. Seine Atemzüge werden langsamer und sein Körper schwer und still. Zofia bleibt wach, so klar, als wäre es Morgen. Sie fühlt sich, als könnte sie nie wieder schlafen; so ist es immer, nachdem sie miteinander gelegen haben. Sie überlegt, ob das etwas ist, was von den ersten Menschen geblieben ist, als die Frau aufblieb, um Wache zu halten, während der Mann schlief, bevor er auf die Jagd ging. Oder vielleicht weckt es etwas tief in ihrem Inneren, wenn sie miteinander schlafen, etwas, was normalerweise ruht. Sie schaut sich in der Scheune um, die jetzt schon deutlicher vom neu angefachten Feuer erleuchtet wird. Dachziegel, Dachbalken, die Trockenblumensträuße. Sie fühlt sich so lebendig, so angeregt. Sie spürt alles, kann über alles nachdenken. Sie kann ihren eigenen Körper riechen und seine Haut und seinen Atem, kann den Staub der Scheune einatmen, kann die Bewegung des Lichts auf den Dachbalken verfolgen, kann das Stroh unter sich spüren. Sie erlebt alles aus den Grenzen ihres eigenen Körpers heraus, durch ihre eigenen Augen, ihren eigenen Tastsinn, Geschmack, Geruch, Hören. Aber sie kann sich auch von außen sehen: eine Frau auf einem Strohbett in einer riesigen Welt.

Sie kann wirklich nicht schlafen. Vielleicht ist es ja so, sie bewacht den Eingang ihrer Höhle. Die Menschen glauben, sie sind auf einem unendlichen Marsch in die Entwicklung und Verfeinerung, aber in unserem Inneren leben immer noch die uralten, gekrümmten Fossilienmänner und -frauen, die Dinge wissen, die wir nicht wissen. Die eine Gegenwart in ihrem Rücken spüren können. Die wissen, dass wir mit dem Rücken zur Wand sitzen sollten, damit wir sehen, wenn sich der Feind nähert. Die sich bei der ersten Begegnung verlieben, geleitet von unsichtbaren, unmerklichen Gerüchen.

Sie, Zofia, weiß all das: Wie schnell sich die Verfeinerung auflöst, wie schnell sich die Fossilienfrau entfalten kann.

Am Morgen werden sie davon geweckt, dass die Scheunentür geöffnet wird. Zofia steht zuerst auf, klettert aus dem Bett. Karol folgt ihr.

Pawel steht auf der Schwelle, mit einer Fellstola um den Hals, das lange Haar hängt ihm ums Gesicht, der Damenmantel geht ihm fast bis zu den Füßen, und er hat einen Korb in der Hand. »*Papa*«, sagt er. »Bist du gerade erst gekommen?«

Karol schaut seinen Sohn an. Seine Augen mustern ihn von Kopf bis Fuß. »Kommst du rein oder willst du die ganze Wärme hinauslassen?«

Pawel geht durch die Tür, zieht sie hinter sich zu. Er reicht seiner Mama den Korb, die wiederum schaut Karol und Pawel an. »Nimm deinen Sohn in den Arm«, sagt sie.

»Mach ich auch, wenn er das da mal alles ausgezogen hat«, sagt Karol.

»Es ist immer noch kalt«, sagt sie. »Wir hatten fast nichts dabei, als wir kamen. Wir leben in einer Scheune.«

Pawel beobachtet die beiden. Er schaut vom einen zum anderen und wieder zurück. Er legt die Fellstola ab, drapiert sie über das Ende von Mamas Verschlag. Schüttelt den Mantel von den Schultern, legt ihn auf Mamas Bett.

»Seine Haare«, sagt Karol. »Er sieht aus wie ein Mädchen.«

»Dein Haar ist auch lang, Papa«, sagt Pawel.

»Das ist was anderes.«

»Warum?«

»Weil ich es sage.«

»Nimm ihn in den Arm«, sagt Zofia.

Karol macht einen Schritt nach vorn, legt die Arme um Pawel, klopft ihm hastig auf den Rücken, lässt ihn wieder los. Pawel bleibt stehen, wo er ist; sein Papa wendet sich wieder ab, setzt sich auf die Strohbank.

»Papa?«, fragt Pawel.

»Was?«

»Bist du aus der Stadt gekommen?«

»Ja.«

»Hast du Großmama und Tante Joanna gefunden?«

»Nein.«

»Michael?«

»Nein.«

Pawel schaut seine Mama an. Sie hat sich über die Töpfe gebeugt, das offene Haar hängt ihr ins Gesicht. »Weiß denn niemand, wo sie sind?«

»Nein.«

»Ich versteh das nicht«, sagt Pawel. »Menschen können doch nicht einfach so verschwinden, oder?«

Keiner seiner Eltern antwortet. Pawel schaut vom einen zum anderen: Wenn der Rest seiner Familie verschwinden

217

kann, was soll dann werden, wenn er eines Morgens aufwacht und hier ganz allein ist. Er weiß, was dann passieren würde. Er würde zu Babas Haus gehen und die Tür zu ihrer Vorratskammer aufmachen und anfangen zu essen. Er würde jedes einzelne Lebensmittel dort drinnen essen, und dann, wenn es alles aufgegessen wäre, würde er immer noch Hunger haben, und er würde in den Wald gehen und nie wieder hinausfinden. Er würde gehen, bis sein Körper zu schwach wäre, und er würde sich aufs Moos legen. Er würde schwächer und schwächer werden, bis sein Herz aufhören würde zu schlagen. Eines Tages würde dann jemand in den Wald kommen und einen Haufen Knochen finden.

»Pawel.«

Er blickt auf: Sie sind noch da. Seine Mama hält ihm ein Stück Brot hin, und er nimmt es und isst. Sie alle essen. Das frische Brot, ein paar Eier. Als sie fertig sind, bindet sich Papa die Stiefel. Er umarmt Pawel hastig, tätschelt ihm wieder den Rücken, sagt: »Pass gut auf deine Mutter auf.«

»Wohin gehst du?«

»Zurück in die Stadt.«

»Ist es dort sicher?«

»Ich komm schon zurecht.«

Pawel beobachtet, wie er seine Mama umarmt und sie küsst.

»Geh keine Risiken ein«, sagt sie.

Er erwidert nichts, sondern geht zur Tür, schlüpft hinaus. Die Tür schließt sich hinter ihm, und er ist verschwunden. Keiner von beiden erwähnt den Umstand, dass sie nicht Auf Wiedersehen gesagt haben, dass im Krieg Auf Wiedersehen und Hallo nicht dasselbe sind wie in Friedenszeiten.

brassica oleracea

PAWEL und Baba lehnen sich ans Gatter an der Pferdeweide.
Der letzte Schnee ist verschwunden: Jedes kleine Fleckchen
Weiß, sogar an den Hecken, die die Nordseite begrenzen, ist
in die Erde geschmolzen. Die Welt ist wieder grün. Baba schaut
in den Himmel. Pawel tut es ihr nach. Der Himmel ist blau,
und sie können die schwarzen Umrisse fliegender Vögel ausmachen.

»Die weißen Vögel werden bald wieder zurück sein«, sagt
sie.

»Was für weiße Vögel, Baba?«

»Die, die immer kommen. Nach denen kann man die Uhr
stellen.«

Pawel runzelt die Stirn, denkt an das laute Ticken in der
Wohnung. »Was für eine Uhr? Du hast doch gar keine Uhr.«

»Brauch ich auch nicht. Hab die Sonne und die Vögel, um
mich aufzuwecken. Keine Ahnung, was daran so wichtig sein
soll, dass man die Uhrzeit weiß. Macht doch sowieso keinen
Unterschied für dich, oder?« Sie wendet sich vom Gatter ab,
marschiert los.

»Wo gehst du hin?«, ruft Pawel.

»Hab zu tun.«

Pawel rennt ihr hinterher. »Ich komm mit.«

Er folgt ihr zu ihrem Häuschen, und sie gehen seitlich daran vorbei, zu dem Grundstück dahinter, wo sie ihr Gemüse

anbaut. Er schaut ihr zu, wie sie in den Schuppen geht und Spaten und Grabegabel herausholt. »Was machst du denn?«

»Nachdem der Schnee jetzt weg ist, wird der Boden langsam warm. Wird Zeit zum Säen.«

»Was säst du denn an, Baba?«

»Dasselbe wie jedes Jahr.« Sie rammt die Gabel in den Boden. Lässt sie los. »Wenn du mir helfen willst, kannst du dort anfangen. Du musst den Boden umgraben, alles rausholen, was hier wächst.«

»Aber das sind doch Pflanzen.«

»Das ist Unkraut.«

»Was ist Unkraut?«

»Eine Pflanze, die du nicht haben willst. Reiß sie alle raus.«

Sie zeigt ihm, wie er die Grabegabel in die Erde bohren und den Boden lockern und dann das Unkraut herausziehen muss. Sie reicht Pawel die Grabegabel: Das Gerät ist fast genauso groß wie er. Er schaut ihr nach, wie sie den Ziegelpfad zwischen den Beeten entlanggeht. »Und was machst du?«

»Ich überleg mir, was wo hinkommt. Jedes Jahr muss man die Pflanzen in ein anderes Beet setzen, man kann sie nicht in der gleichen Erde ziehen wie im Vorjahr, sonst kommen die Krankheiten.«

»Also graben wir zuerst.«

»Danach tun wir den Pferdemist drauf, der auf dem Misthaufen gereift ist. Und dann setzen wir die Pflanzen.«

»Kann ich jetzt die Pflanzen setzen?«

»Jetzt?« Sie lacht. »Du kannst einpflanzen, wenn die Arbeit getan ist. Und die Arbeit wird nicht davon fertig, dass du da so rumstehst, mein Butterjunge.«

»Nenn mich nicht so.«

»Ich werd dich nicht mehr so nennen, wenn du mit der Arbeit anfängst.«

Pawel greift nach dem Griff der Grabegabel und zieht sie

aus der Erde. Er bückt sich, packt ein Unkraut und wirft es auf den Boden. Baba ruft: »Nicht auf den Boden. Tu sie alle in den Eimer, sonst wachsen sie doch wieder neu.«

»Baba«, sagt Pawel. »Woher weißt du eigentlich, wie man das alles macht?«

»Wenn ich es nicht wüsste, hätten wir nichts zu essen. Das ist keine Geheimwissenschaft. Du musst dich einfach nur um den Boden kümmern und ihn gut ernähren, dann wissen, wo du die Samenkörner aussäen musst und wie tief sie gerne im Boden stecken mögen.« Sie geht zu dem Bereich, den sie bereits umgegraben hat, und steckt ein Stück Holz in den Boden, wickelt ein bisschen Schnur ab und bindet sie an einem anderen Stück Holz fest, so dass sie sich zu einer geraden Linie spannt. An der Seite macht sie einen flachen Graben ins Erdreich und zieht etwas aus der Tasche.

Pawel lässt seine Grabegabel in der Erde stecken und geht zu ihr. »Was hast du da?«

Sie öffnet die Hand, zeigt ihm die getrockneten Samen.

»Was ist das?«

»Bohnen.«

»Wo hast du die her, Baba?«

»Die wachsen doch von selbst. Du lässt einfach welche vom letzten Jahr reif werden und erntest sie und lässt sie trocknen, und wenn du sie dann in die Erde steckst, wachsen sie wieder.«

»Wie machen die das?«

Baba lächelt. »Das passiert eben einfach. So wächst jede Pflanze auf der Welt. So haben sie es schon immer gemacht, seit der ersten Pflanze. Sie wachsen, bringen Samen hervor, die Samen fallen in den Boden und wachsen. Es ist ein Kreislauf.«

Sie bückt sich, legt die erste Bohne in den Graben. Sie lässt die nächste hineinfallen, ein paar Zentimeter daneben. »So weit müssen sie auseinander stehen.« Sie gibt Pawel eine Handvoll. »Jetzt mach du. Immer alle im selben Abstand.«

Pawel bückt sich, steckt sie in die Erde, jeweils eine halbe Spanne voneinander entfernt. Die blassen Samen liegen auf der dunklen Erde. Baba greift zum Spaten, zeigt ihm, wie er die Erde darüberschieben muss, genug, um sie zu bedecken, nicht so viel, um sie so tief zu begraben, dass sie das Licht nicht mehr wahrnehmen können. Als er fertig ist, reicht sie ihm einen Stock. »Steck den da hinten rein, damit du weißt, dass du da was reingetan hast, und es nicht aus Versehen wieder ausgräbst. Und jetzt geh ins Haus und hol ein Ei.«

Er läuft hinein, kommt wieder zurück. Baba gräbt ein Loch ans Ende der Bohnenreihe, legt das Ei hinein. Dann wirft sie Erde auf die weiße Schale, bis sie nicht mehr zu sehen ist.

»Wächst da jetzt ein Eierbaum?«, fragt Pawel.

Baba gibt ihm einen leichten Klaps auf die Schulter. »Sei doch nicht blöd.«

»Warum haben wir das dann gepflanzt?«

»Damit der Teufel wegbleibt und alles schön wächst.«

»Du weißt wirklich alles, Baba. Wenn du nicht wärst, würden wir alle verhungern.«

»Ich weiß nicht alles. Kann nicht lesen und schreiben. Ich nehm an, du hast es gelernt, oder?«

»Schon, aber ich bin nicht sehr gut. Ich schau mir die Bilder an. Hat man es dir denn nicht beigebracht in der Schule?«

»Bin nie in die Schule gegangen.«

»Oh. Hast du ein Glück. Die Schule ist nicht schön, sie sagen einem, was man tun soll, aber egal, wie man es macht, sie sagen jedes Mal, es ist falsch. Baba, hast du mit deiner Mama und Papa hier gewohnt?«

»Mutter und Vater. Ja, ich hab mit ihnen hier gewohnt. Und ich hatte noch eine Schwester, aber die ist auch weg.«

»Sind sie alle gestorben?«

»Ich bin die Einzige, die übrig ist.«

Pawel starrt sie an. »Das ist ja furchtbar.«

Baba zuckt mit den Schultern. »Ist schon lange her. Es war nicht schön, aber was willst du machen? Man muss weiterleben. Der Schnee schmilzt immer noch, die weißen Vögel kommen immer noch, du musst immer noch die Saat in den Boden bringen, weil du was zu essen haben musst.«

Pawel schaut sie verblüfft an. »Aber was hast du denn mit ihnen allen gemacht?«

»Mit allen was?«

»Mit den Leichen?«

Sie starrt ihn an. »Sie begraben.«

»Aber wo?«

»Oben bei der Kirche.« Sie schaut ihn an und lacht. »Was glaubst du denn, was ich gemacht hab? Du dachtest, ich hab sie im Gemüsegarten verbuddelt, oder was?«

Pawel merkt, wie er rot wird. »Hab ich nicht.«

»Jeder muss anständig beerdigt werden. Ein toter Körper ist genauso wichtig wie ein lebendiger.« Sie hebelt ihren Spaten aus der Erde.

»Nachdem sie gestorben waren, warst du also alleine hier, oder?«

»War ich, bis so ein kleiner Junge daherkam und mich meine Ruhe und meinen Frieden gekostet hat.«

Pawel starrt sie an. »Ich glaube, du willst mich nur ärgern.«

»Kann sein.«

»Was hast du gemacht, als du allein warst? Ich glaube, das würde mir nicht gefallen.«

Baba zuckt mit den Achseln. »Ich hatte keine andere Wahl. Ich hab die Arbeit gemacht, die ich zu machen hatte, dann hab ich ein bisschen die Wände bemalt. Und ich hab mir immer Geschichten erzählt. Hab ich mir selbst ausgedacht.«

»Was für Geschichten?«

»Weiß nicht. Über mein Leben hier. Über das Haus. Das alles hier.«

»Erzähl mir eine.«

Baba schüttelt den Kopf. »Ich kann mich nicht mehr erinnern.«

»Die Erwachsenen sagen immer, dass sie sich nicht erinnern können, dabei weiß ich ganz genau, dass sie es können. Sie wollen bloß immer nichts erzählen.«

Baba lacht. »Ich dachte, ich bin die, die alles weiß. Jetzt bist auf einmal du der große Schlaumeier.«

Ein Vogel fliegt von einem Baum, pickt suchend in der frisch umgegrabenen Erde. »Will der jetzt die Saat fressen?«, fragt Pawel.

»Er hat es auf Würmer abgesehen, aber wenn er die Bohnen findet, wird er sie auch fressen.«

»Baba.«

»Was?«

»Bitte erzähl mir eine Geschichte. Eine von denen, die du dir selbst erzählt hast.«

Sie blickt auf die frisch gerechte Erde, die Stöckchen, die die Pflanzreihe markieren. Sie schüttelt den Kopf. »Die hab ich noch nie einem anderen Menschen erzählt.«

»Aber ich bin es doch.«

Baba seufzt, hebt Spaten und Gabel auf, trägt sie zum Schuppen. Sie geht zur Haustür. Pawel folgt ihr. »Bitte«, sagt er.

»Komm, wir gehen rein.«

Er folgt ihr ins Haus. Sie wirft zwei Scheite aufs Feuer, setzt sich auf den Schemel vor den Flammen. Er setzt sich auf den Schemel gegenüber.

»Was für eine Geschichte möchtest du hören?«

»Ich weiß nicht, was für Geschichten du hast.«

»Also gut.«

Pawel beugt sich vor. Er hält den Atem an, obwohl er es gar nicht merkt. Er beobachtet Baba, wie sie in die Zimmerecke schaut, wo die Decke auf die Wände trifft: Ist das der Ort, wo sie alle Geschichten aufbewahrt? Sie holt tief Luft.

»Also gut. Es war einmal ein kleiner Junge, der lebte mit seiner Großmutter in einem kleinen Haus im tiefen Wald. Den ganzen Winter über schneite es, und den ganzen Sommer über wuchsen die Pflanzen so hoch, dass der Junge nicht über sie hinwegschauen konnte. Das Haus hatte zwei Zimmer, eines, in dem die Tiere schliefen, eines, in dem die Menschen schliefen. Im Ofen hatten sie ein Feuer, und das brannte im Winter die ganze Nacht über, damit ihnen das Blut nicht einfror.«

»Kann Blut denn einfrieren?«

»Wenn dir kalt genug wird. Der kleine Junge wachte eines Tages auf, und als er sein Frühstück aß, gefiel es ihm nicht, wie es sich anfühlte, wenn ihm das Essen durch die Kehle rutschte. Es fühlte sich an, als würde er Steine schlucken. Er wurde dünner und dünner, und seine Großmutter sagte, er soll Milch trinken, damit er nicht verhungert, aber er beschloss, dass ihm der Geschmack nicht zusagt. Er wurde so dünn, dass seine Beine aussahen wie Streichhölzer.«

»Und seine Arme?«, fragte Pawel.

»Seine Arme sahen aus wie kleine Streichhölzer.«

»Wie hieß er?«

Baba schaut Pawel an. »Ist das jetzt deine Geschichte oder meine?«

»Es ist deine Geschichte, Baba. Du hast sie dir ausgedacht, als du alleine hier warst.«

»Dann lass sie mich in Ruhe erzählen. Als die Wochen vergingen, wurde der kleine Junge so dünn, dass er ohne Milch gestorben wäre. Seine Großmutter versuchte alles, aber nichts funktionierte. Da stand eines Tages eine alte Frau vor der Tür. Die Großmutter des Jungen ließ sie herein, und sie setzte sich neben den Jungen auf sein Strohbett. Sie erzählte ihm eine Geschichte von dem Wesen, das im Wald lebte, aber als sie mittendrin war, verstummte sie. Der Junge wollte, dass sie weitererzählte, aber sie meinte, sie würde die Geschichte nur zu Ende erzählen, wenn er einen Schluck Milch trinken würde. Das tat er, und sie erzählte ihm das nächste Stück von der Geschichte. Die Großmutter war so glücklich, und dann kam die alte Frau am nächsten Tag wieder. Und das Ganze wiederholte sich. Sie erzählte ihm das nächste Stück der Geschichte, dann hörte sie mittendrin auf. Der Junge trank die Milch, und sie redete weiter. Und das ging jeden Tag so. Und bis sie die Geschichte ganz zu Ende erzählt hatte, hatte der Junge zugenommen und war wieder ganz stark.«

»Und ist die alte Frau dann gegangen?«

»Das hat sich der Junge auch gefragt, also ist er aufgestanden und hat aus dem Fenster geschaut, und er sah, wie sie in ihr Häuschen ging, und dann hat es sich auf die Beine gestellt und ist davongeflogen.«

»War das die Baba Jaga?«

»Vielleicht, ja.«

»Und die Geschichte handelte von einem Wesen im Wald?«

»Ja.«

Pawel nickt. Ein Wesen. Im Wald.

Pawel geht den Weg zurück, zurück zu seiner Mama und ihrem Zuhause in der Scheune. Während er so dahingeht, denkt er an den Jungen im Strohbett, dessen Beine zu dünn zum Stehen waren. Und er denkt an Geschichten, und wie er auch welche in seinem eigenen Kopf erfindet. Er erreicht die Wegbiegung, doch statt ihr nach links zu folgen, Richtung Scheune, geht er geradeaus weiter, taucht ein zwischen die silbernen Baumstämme.

Er geht in die Dunkelheit, direkt ins Waldinnere. Der Boden ist weich und voll vermodertem Laub, und er fängt an zu rennen, seine Hände streifen die Baumstämme. Morsches Holz zerbricht knackend unter seinen Füßen. Er rennt, greift nach Baumstämmen, ändert immer wieder die Richtung, läuft im Zickzack, bis ihm ganz schwindlig ist und er schwitzt. Er bleibt stehen und lehnt sich an einen Baumstamm. Er schaut nach oben. Der Himmel über den Bäumen ist blau. Er denkt an die Samen, die in der Erde schlummern. Er denkt an die bemalten Wände. Die Linien der Zweige über ihm sehen aus wie Venen. Der Wald ist ein riesiges Tier, das atmet, lebt, existiert. Es hat Venen und ein Herz. Er schließt die Augen.

Er denkt an das Wesen. Lautlos kriecht es heran auf seinen Füßen mit den weichen Ballen. Es hat ein zotteliges Fell und schleicht sich an, mit seinen gelben Augen, in denen die Pupillen wie schwarze Schlitze stehen. Es schlängelt sich durch Bäume, mit geschmeidigem Körper, und seine Nase schnuppert, wohin es auch geht. Es sieht den kleinen Jungen, der an einem Baum lehnt. Es bleibt stehen, reckt witternd die Nase in die Luft.

Er schlägt die Augen auf. Oh. Was sieht er denn da? Das Wesen. Dort, genau dort. Es macht einen kleinen Schritt nach vorn, und seine Füße mit den weichen Ballen machen kein Geräusch auf den Blättern und zerbrochenen Zweigen. Es hebt den Kopf, und seine Augen sind grau-gelb.

»Tu mir nichts«, flüstert Pawel.

Das Wesen starrt ihn an. Das Schwarz seines Auges verengt sich, das Gelb wird größer. Es macht das Maul auf, und Pawel kann seinen Atem riechen. Er lehnt sich noch weiter zurück, sein Puls geht inzwischen doppelt so schnell.

»Ich tu dir nichts«, sagt das Wesen.

Pawel starrt das Maul des Wesens an. Die gelben Zähne drücken sich in seine Zunge, hinterlassen Einkerbungen im rosa Fleisch. Es könnte einen Satz nach vorn machen und ihm die Kehle herausreißen.

»Wie heißt du?«, fragt es.

»Pawel.«

Es legt den Kopf auf die Seite. »Du kannst dich hier mit mir treffen.«

»Wann?«, fragt Pawel.

»Jederzeit. Du kannst immer kommen, wenn du mich sehen willst.«

»Und du tust mir nichts?«

»Nein.«

Pawel schließt die Augen. Er lehnt sich an die raue silberne Rinde des Baumes hinter sich. Er kann das Wesen riechen, seinen Pelz, seinen fleischigen Atem. Er schlägt die Augen auf. Da ist nichts mehr. Es ist verschwunden.

solanum tuberosum

ZOFIA steht zwischen den offenen Scheunentüren. Sie
scheint auf die silbernen Bäume mit den neuen Blättern zu
starren, aber sie sieht sie nicht wirklich. Ihr Körper mag reglos dastehen, aber in ihr lebt eine ganz andere Welt. Sätze,
Sprachfragmente, Gedanken an Gegenwart und Zukunft. Sie
steigen auf, ungeachtet ihrer Wichtigkeit: Mal überlegt sie,
was sie zum Abendessen kochen soll und ob es irgendeine Art
gibt, die fünf immergleichen Zutaten anders schmecken zu
lassen; im nächsten Moment denkt sie an ihren schmerzenden
Finger, an dem der Nagel bis ins Nagelbett hinunter eingeris-
sen ist; und dann überlegt sie, wie lang es noch dauern wird,
bis Pawel der alten Frau fertig geholfen hat und zur Scheune
zurückkommt. Und dann verändern sich ihre Gedanken, und
ihr Geist verfinstert sich, wie ein Nachmittagshimmel über
den Bäumen des Waldes. Die Vergangenheit kehrt zu ihr zurück: ihr Cello, die Gestalt der Köchin, die am Tisch stand
und den Teig auswalkte, ihr Kleiderschrank voller Sachen,
und dann kommen ihr die zwei Frauen in den Sinn, als wären
sie auf eine Bühne getreten. Ihre Mutter, ihre Schwester.

Sie gebietet ihren Gedanken Einhalt.

Hör auf.

Sie lernt jetzt endlich, wie man das macht, dass man einen
Gedanken abschneidet, als wäre es ein Zweig von einem Baum.
Sie weigert sich, den Frauen zu folgen, sich auszumalen, wo
sie jetzt sind, in diesem Moment. Sie muss sich den Glauben

bewahren, dass nach all dem, wenn die Gewehre endlich schweigen und sie in die Stadt zurückgehen kann, sie diese Vortreppe hochgehen wird, den Schlüssel (den sie am Boden eines Holzkästchens verwahrt) ins Schloss schieben und herumdrehen wird. Sie muss sich den Glauben bewahren, dass ihre Mutter in ihrem Sprechzimmer sitzen wird, über den Schreibtisch gebeugt, und Notizen macht. Sie muss sich den Glauben bewahren, dass Joanna an der Spüle stehen wird, gerahmt wie ein Gemälde, in ihrem gelben Kleid, die Schürzenbänder auf dem Rücken zur Schleife gebunden, das dunkle Haar hochgesteckt, mit einer Strähne, die ihr auf den Rücken hängt.

Sie muss sich den Glauben daran bewahren.

Sie hält an diesem Bild fest (es ist nicht wirklich ein Bild, denn ihr Verstand arbeitet nicht in Bildern, er beschwört vielmehr das *Gefühl* von Leuten herauf: Wenn sie an sie denkt, *sieht* sie sie nicht): wie ihre Mutter schreibt, wie Joanna in der Küche steht. Wenn sie sich die beiden so vorstellt, wenn sie sich gestattet, in dieser Vorstellung zu schwelgen, bei ihnen zu sein, sind sie Wirklichkeit. Ihr Geist kann sie wiederauferstehen lassen: Nur weil ein Mensch nicht vor ihr steht, heißt das noch lange nicht, dass sie nicht immer noch eine Beziehung zu ihm haben kann. Sie weigert sich, sich von dem beschränken zu lassen, was um sie herum ist, vor ihr, in unmittelbarer Reichweite. Wenn wir die Menschen nicht mehr sehen können, sind sie noch längst nicht verschwunden.

Sie macht die Augen zu. Konzentriert sich auf den Hinterkopf ihrer Mutter, die Bewegung ihrer Hand, die Schrift auf dem Block. Sie konzentriert sich auf ihre Schwester, bittet sie insgeheim, sich umzudrehen, ihr in die Augen zu schauen und mit ihr zu sprechen, ohne Worte, denn die brauchen sie nicht. Doch sie hat die Bilder nicht ganz unter Kontrolle, und die

Angst und die Unsicherheit kehren zurück. Ihre Gedanken verflüchtigen sich.

Hör auf.

Sie hatte gedacht, sie hätte dem ein Ende gesetzt, aber irgendwie haben ihre Gedanken sie doch wieder dorthin mitgenommen.

Hör auf.

Es reicht, Zofia. Schau geradeaus, hier in den Wald. Schau geradeaus. Schau auf die Bäume. Schau, wie die Blätter kommen, frisches, chlorophyllgesättigtes Grün. Jedes kleine Stück Rinde hängt dort wie ein kleiner Stofffetzen. Es sind kleine grüne Tupfer, die sich bewegen und schimmern. Denk an die Gespräche, die du mit Karol geführt hast, über die Schwierigkeit, die Bewegung eines Baumes einzufangen, seinen ganzen Umfang. Denk daran, wie die Maler ihre Darstellung verändert haben, vom mühseligen Aufwand, jedes Blatt einzeln zu malen, bis zu den kühnen Klecksen der Impressionisten. Kneif die Augen halb zu, wie er es dir beigebracht hat, sieh die Variationsbreite der Farbtöne, sieh die Formen reduziert und vereinfacht.

Jetzt schlag die Augen wieder ganz auf und schau zu den Vögeln, die dort oben kreisen. Hör ihnen zu, wie sie schreien, in ihrer eigenen Schnabelsprache sprechen. Ruf, Antwort. Ruf, Antwort. Wie Noten. Höre sie, höre sie so richtig, und dann wiederhol sie im Geiste, transponier sie eine Oktave nach unten, wiederhole das Muster. Zieh den Ton in die Länge, verkürze ihn. Leg die Töne übereinander. Mach Schleifen, Wiederholungen.

So war es für die Menschen, natürlich war es so. Sie haben gehört und sie haben gesehen. Sie haben Muster in menschlichen Sätzen gehört, im Ruf der Vögel, im Trappeln der Füße, in den Schreien der Welt. Sie begannen nachzuahmen, zu orchestrieren. Sie wurden dazu angeregt, selbst Klänge zu erzeugen. Haben Farben und Töne gesehen, haben beobachtet, wie sich die Blätter von Grün zu Rot verfärbten, haben das Licht auf der Flanke eines Berges spielen sehen. Und sie begannen, Erde anzurühren, sie auf Steinwände aufzutragen. In Ton zu ritzen.

Was du jetzt spürst, Zofia, ist dasselbe. Der Drang, etwas zu tun. Zu erschaffen. Er kommt von unten, von innen, von ganz tief unten.

Aber sie ist hier, in dieser Scheune, und hat nichts.

Sie wendet sich vom Wald ab, geht zurück in die Scheune. *Tu etwas.* Sie lässt die Türen offen, geht zu der Holzkiste und nimmt das rote Tuch ab. Es hat einen Fleck. Sie macht das Feuer an, füllt einen Topf mit Wasser. Sie wird es kochen, wird es sauber bekommen. Während das Feuer anfängt zu brennen und das Wasser langsam heiß wird, greift sie sich den Besen und fängt an zu fegen. Sie beginnt neben dem Feuer, holt die Asche zu einem Häufchen zusammen, dann macht sie weiter, fegt lose Strohhalme auf, Staub. Die Reiser des Besens kratzen über den Boden, ihr Herz schlägt, und ihre Arme und Beine bewegen sich. Geräusch und Rhythmus und Muster. Klangfäden bewegen sich und verweben sich ineinander, und ihr Geist haucht ihnen Leben ein. Sie beginnt zu summen, fängt mit den Rhythmen an, die sie hört, dann verändern sich die Töne, neue Muster kommen dazu, Bruchstücke von Musik, die sie kennt.

Musik.

Mit dem Fegen ist sie fertig; aber das Summen geht weiter. Sie geht in ihren Verschlag, faltet ihre Felldecke auf dem Bett zusammen. Sie schüttelt das Stroh auf. Ordnet ihre wenigen Kleidungsstücke, legt ein paar beiseite, die sie waschen muss. Sie geht in Pawels Verschlag und macht sein Bett, dann nimmt sie seine Ersatzhose, die einmal dem Vater der alten Frau gehört hat. Sie hebt sie an die Nase. Schnuppert. Und fährt in derselben Sekunde angewidert zurück: Warum macht sie das? Es ist nicht das erste Mal, dass sie an seinen Sachen schnuppert, um festzustellen, ob sie sauber sind, aber jedes Mal geniert sie sich anschließend. Es hat etwas von einem Tier, etwas Instinkthaftes. Ganz egal, für wie verfeinert wir uns halten, wir fallen doch zurück, wir finden dieses tierische Selbst in uns. Sie wirft die Hose auf den Boden zur restlichen Schmutzwäsche.

Sein Buch liegt auf seinem Strohbett. Sie hebt es hoch, blättert es durch. Das ist alles, was er hat. Ihr wird klar, dass sein Leben darauf reduziert worden ist, sich diese paar Seiten anzuschauen und mit der alten Frau Unsinn zu reden. Sie hat nichts mit ihm zusammen gemacht, sie hat nur dafür gesorgt, dass er durch die Tage kommt, das weiß sie. Und sie weiß auch, warum: Sie war nicht in der Verfassung, irgendetwas anderes für ihn zu tun.

Fühl dich nicht schuldig, Zofia. Schneide diesen Gedanken ab. Wieder fällt ein Zweig.

Sie legt das Buch auf sein Kissen, dann entdeckt sie, dass sich das Ende des roten Satinbands von der weißen Baumwolle gelöst hat. Sie muss es wieder annähen, aber sie hat keine Nadel.

Als sie wieder am Herd steht, hält sie einen Finger in den Topf, in dem das Wasser jetzt heißer ist als Blut. Bevor sie das rote Tuch und ihre Sachen wäscht, will sie sich selbst waschen. Sie trägt das Wasser in den Verschlag fast am Ende der Scheune, den, der mit der Decke abgehängt ist. Sie stellt den Topf neben den Eimer, zieht ihre Sachen aus, bis sie nackt ist. Sie macht einen Lappen nass und reibt sich damit über den Körper; sie beginnt mit Gesicht und Hals, reibt ihre Arme, ihre Hände ab, zwischen allen Fingern. Sie wäscht ihre Brüste, den Bauch, geht weiter nach unten zu ihren Beinen, dann den Füßen. Sie spült den Lappen aus, dann wäscht sie sich zum Schluss die Achselhöhlen, wäscht sich zwischen den Beinen.

Ihren Körper lässt sie an der Luft trocken, sie bekommt eine Gänsehaut in der Kälte. Sie zieht sich eine saubere Unterhose und Hose an, ihr grünes Kleid, das sie zwischen ihren anderen Sachen gefunden hat. Sie gießt das Wasser aus, spült den Topf. Sie zieht Stiefel und Mantel an, schaut sich in der sauberen Scheune um, ihrem aufgeräumten Zuhause, dann geht sie hinaus, biegt rechts auf den Weg und geht zum Haus hoch.

Das frische grüne Laub raschelt an den Bäumen; die Vögel zwitschern im Vorbeifliegen. Nichts ist reglos oder still. Ihre Schritte, ihr Herzschlag, der Gesang der Vögel, das alles ist orchestriert. Sie schaut sich um. Sie ist jetzt hier, und das sollte sie sich bewusst machen. Es anschauen, richtig hinschauen. Sich selbst darin verlieren. Das Grün ihres Kleides ist das Grün des frischen, schneegetränkten Grases. Die Musik in ihrem Kopf ist die Musik der Vögel. Gedanken ziehen ihr durch den Sinn und bleiben hängen wie Blätter, die in ihrem Kopf umhergeweht werden; die Brise lässt nach, und dann sinken sie langsam auf den Boden ihres Schädels, sammeln sich zu Häufchen an. Ein regloses Blatt auf einem anderen reglosen Blatt.

Um die Kurve, vorbei an den Stufen, zum Ende des Weges, zum kleinen Haus. Die Tür ist zu. Sie geht übers Gras zum Fenster hoch und späht durch die Schichten aus Staub und Glas. Der Tisch, voll mit Schüsseln und Pinseln. Die Erhöhung, auf der sie schläft. Die bemalte Wand. Keine Menschen. Sie tritt einen Schritt zurück aufs Gras, geht wieder zum Weg, dann hört sie eine Stimme. Sie bleibt stehen. Neben dem Haus wird gesungen. Eine flache, tonlose Stimme.

Sie geht hinters Haus in den Garten, sieht die Frau in den Gemüsebeeten knien.

Sie räuspert sich. Ruft: »Morgen.«

Die Frau schaut sich um. Ihre Augen wandern von Zofias Gesicht zu ihren Sachen, bis nach unten zu ihren Füßen. Zofia weiß, wie sie für die Augen eines anderen aussieht. Sie trägt ihr grünes Seidenkleid unter ihrem blauen Mantel. An den Füßen hat sie Männerstiefel. Sie weiß, dass sie aussieht wie eine Frau, die aus einem Irrenhaus davongelaufen ist, um auf den Ball zu gehen.

»Na, sind Sie doch mal rausgekommen?«, sagt die Frau.

»Ich wollte Sie fragen, ob Sie Hilfe brauchen.«

Die Frau schaut auf die frisch umgegrabene Erde, die Stöcke, die die neuen Pflanzreihen markieren. Sie deutet mit der Hacke auf ein paar kleine Sprossen. »Bei den Bohnen dort muss gejätet werden.«

Zofia schaut auf die Pflanzen. »Woher weiß ich, was das Unkraut ist?«

Die Frau schüttelt den Kopf. Steht auf und kommt zu ihr, deutet auf eine Pflanze, die genauso grün ist wie die anderen Pflanzen, die Blätter hat wie die anderen Pflanzen. »Alles, was nicht so aussieht wie die hier, muss raus.«

Zofia greift sich eine kleine Grabegabel und ein Holzbrett, das sie auf die Erde legt. Sie kniet sich hin, starrt auf die grüne Masse, die aus dem Boden drängt, dann schaut sie sich die Pflanze genauer an, die die Frau ihr gezeigt hat. Sie studiert sie. Die Blätter sind ganz leicht nach innen gerollt, als hätten sie ihre Form davon bekommen, dass sie aus der Erde gekommen sind. Jedes Blatt hat Falten, die neuen jungen Blätter sind noch nicht geöffnet. Das Grün ist blass, einen Hauch blasser als die anderen Blätter. Sie schaut die Masse von Pflanzen an, die sie vor sich hat, sucht nach einer anderen, die haargenauso aussieht. Dort. Und dort. Jetzt schaut sie – sie schaut wirklich hin (Karol wäre stolz auf sie) –, und sie kann sie sehen. Sie gräbt die Gabel in die Erde, um sie zu lockern, und zieht dann die Grünpflanzen in der Umgebung heraus, die nicht so aussehen wie die Bohnen. Sie arbeitet sich um zwei von den neuen grünen Schösslingen herum, und danach stehen sie allein da, umgeben von sauberer Erde. Sie macht weiter, macht noch zwei und hat jetzt schon eine Linie aus vier Pflanzen. Sie stehen in einer geraden Reihe, die von dem Stock weggeht. Sie hat ein Muster geschaffen, eine Ordnung, und ist überrascht, wie sie das befriedigt. Der Boden ist kalt und feucht, und ihre Hände sind bereits schmutzig, und unter ihren Nägeln sitzt die Erde, aber sie ist hier, und sie ist draußen. Sie *tut* etwas.

Sie zieht das Unkraut heraus, schüttelt die Erde von den Wurzeln, legt sie auf einen Haufen. Die Gabel fährt in die Erde, lockert Boden. Wurzeln werden freigelegt, und dann sieht sie etwas Weißes. Wie Reiskörner. Da bewegt sich etwas. Ameisen. Und die weißen Dinger sind Ameiseneier. Die Ameisen sammeln ihre Eier zusammen und tragen sie weg, formieren sich neu, bringen sich in Sicherheit. Sie sind genauso wie Menschen, in Kriegszeiten ziehen sie sich zurück und ordnen ihre Welt neu.

»Schauen Sie.«

Die Stimme überrascht sie. Sie blickt von den Ameisen auf, zu der Frau, die aufs Hausdach deutet. Dort kreisen zwei weiße Vögel, sie landen neben dem Schornstein. Sie lassen sich nieder und falten die Flügel eng an den Körper.

Zofia hört nicht, wie Pawel den Garten betritt, aber er sieht sie und ruft überrascht ihren Namen. »Mama. *Mama*.« Er kommt auf sie zugelaufen, die nackten Knie schlammbedeckt, das Gesicht rosig. Sein Haar ist noch länger – sie muss es irgendwie schneiden – und bewegt sich auf und ab, wenn er sich bewegt. Sie beobachtet ihn, jedes Detail an ihm. Ihr Sohn. Sie starrt ihn an, und dann blitzt eine Sekunde lang eine kristallklare Erkenntnis in ihr auf. Nämlich, wie unglaublich es ist, dass er in ihrem eigenen Körper zu wachsen begann und als winziges Baby herauskam, aber eines Tages größer sein wird als sie, er wird ein Mann sein, verheiratet, der selbst kleine Kinder hat, die vielleicht ganz rote Lippen haben werden und dieselben Haare.

Erst im Näherkommen nimmt Pawel richtig wahr und hält jäh inne. Es sieht komisch aus – sein Körper kommt ruckartig zum Stehen, und er fällt beinahe hin. Seine Haare fallen nach unten. Sein Mund öffnet sich. »Oh, Mama, dein Kleid.«

Er geht die letzten Schritte zu ihr, streckt die Arme vor, als würde er schlafwandeln, und er befühlt den Stoff. Die Seide unter den Fingerspitzen. Dieses Gefühl, dieses Gefühl. »Ich dachte, das hättest du dagelassen«, sagt er.

»Dachte ich auch.«

Er kann es gar nicht loslassen. Er befühlt es immer weiter. Seine Hände auf dem Stoff. Und dann geht es ihr plötzlich auf die Nerven: Er ist zu, zu … zu was eigentlich? Sinnlich? Feminin? Sie weiß, dass die Frau sie beobachtet, dass sie ihre kleinen Augen auf sie gerichtet hat. Zofia wischt Pawels Hand mit einer schnellen, groben Bewegung weg.

Pawel zuckt zusammen. »Warum hast du das getan, Mama?«

»Hier ist Gartenarbeit zu tun. Schau.« Sie wendet sich von ihm ab, deutet auf die Linie von Bohnen, die sie schon bearbeitet hat.

Pawel ist immer noch verwirrt. »Mama?«, sagt er. Seine Stimme klingt klagend, bittend.

Zofia greift nach der kleinen Gabel und wirft sie ihm zu, als wollte sie Abstand, einen Gegenstand zwischen sie legen, etwas, womit er seine Hände beschäftigen kann, damit sie von dem Stoff ihres Kleides ablassen. »Du kannst mithelfen.«

Pawel nimmt das Gerät, und es baumelt von seiner Hand.

Zofia bewegt sich flink, kniet sich wieder auf das Brett, zieht das Unkraut mit der bloßen Hand heraus.

Baba lenkt ihn schließlich ab. »Hast du schon gesehen, da oben?«, fragt sie.

»Was?«, fragt Pawel.

»Auf dem Dach. Schau.«

Er hebt den Kopf, schaut nach oben, wo sie hindeutet. Da. Neben dem Schornstein. Zwei weiße Vögel. Augenblicklich hat er vergessen, dass seine Mama ihn weggeschubst hat. »Sie sind gekommen.«

»Sie kommen immer«, sagt Baba. »Hab ich dir doch gesagt. Das Gras wird bald grün sein. Die Ernte wird reich ausfallen. Die Tiere werden alle gesund sein.«

»Woher sind sie gekommen?«

Baba zuckt mit den Schultern. »Ich weiß nur, dass sie wegfliegen. Sie kommen wieder. Und fliegen wieder weg.«

»Ich glaube, sie ziehen den Winter über in ein heißes Land«, sagt Zofia. »Und kommen zurück, um sich zu paaren.«

»Von so weit weg kommen sie?«, fragt Pawel.

»Ich glaube schon.«

»Aber woher wissen sie denn den Weg?«

»Die wissen immer, woher sie kommen.«

»Aber woher?«

»Vielleicht von den Sternen?«, meint Zofia.

Von den Sternen? Pawel schaut zum Himmel. Von den Sternen? Aber die verschwinden doch tagsüber, und überhaupt glaubt er nicht, dass die Vögel in der Dunkelheit so weit fliegen würden. Sie müssen doch Dinge sehen und wiedererkennen und auf die Art merken, wo sie sind. Er schließt die Augen. Sie fliegen um den Erdball, wie Wolken. Sie segeln über Land, über Berge, dann, wenn sie näherkommen, sehen sie den Fluss und fliegen über ihm entlang, biegen über dem Wald rechts ab, fliegen ganz dicht über die Baumkronen. Und dann sehen sie den Weg, die Scheune, das Gebäude mit der Treppe, und schließlich Babas Haus mit dem Dach und dem Schornstein. Sie gleiten hinunter und legen die Flügel ganz dicht an den Körper, und dann landen sie endlich mit vorgereckten Beinen. Zu Hause, sie sind zu Hause.

Zu dritt sitzen sie in dem kleinen Haus, die Bäuche voll mit Roggensuppe und Brot. Baba schiebt die leeren Suppenschüsseln beiseite, steht auf und holt einen Korb aus dem Hinterzimmer. Darin liegen lauter ausgeblasene Eier, in die mit der Nadel an beiden Enden Löcher hineingestochen wurden, die leeren Schalen trocken und zerbrechlich. Sie haben alle möglichen Farben: natürliches Weiß und Braun, aber auch Rosa, Gelb und Grün.

»Wie haben Sie die gefärbt?«, fragt Zofia.

»Mit roter Bete gekocht.« Sie nimmt ein gelbes heraus. »Diese hier mit Zwiebel.« Sie nimmt ein grünes. »Und das hier ist wilder Knoblauch.«

Sie hält das grüne Ei in der hohlen linken Hand, holt den Tannenzapfen vom Regal, den sie als Nadelkissen benutzt. Sie zieht eine Nadel heraus und zeigt ihnen, wie sie auf der Schale die oberste Farbschicht wegkratzen können, so dass ein Muster aus weißen Linien entsteht. Pawel nimmt ein gelbes Ei in die Linke, eine Nadel in die Rechte. Er beginnt zu kratzen, malt die Umrisse eines Baums hinein, die Wurzeln nehmen ihren Ausgang am unteren Ende, die Zweige laufen seitlich rundherum über das Ei. Zofia nimmt ein rosa Ei. Es wiegt nichts in ihrer Hand, man könnte es so leicht zerbrechen. Sie fängt an, Linien zu ziehen, eine nach der anderen. Fünf parallele Linien übereinander. Sie kratzt einen kleinen Kreis zwischen zwei Linien, malt einen Schwanz dran. Sie kratzt noch mehr kleine Kreise, und dann setzt sie an den Anfang der Linien eine Spirale, die nach oben geht, eine Schleife dreht und wieder nach unten läuft, durch die Spirale. Der Notenschlüssel. Notenlinien. Noten.

Baba hat ihr Ei fertig. Sie reicht es Pawel, und er hält es zwischen Daumen und Zeigefinger, einen oben, einen unten. Er dreht es, betrachtet eingehend die eingekratzte Szene eines Baums mit dem kleinen Haus, einem Vogel auf dem Dach, drei Menschen vor der Tür. Er untersucht jede Spur in der grünen Schale. Eine kleine Welt, aus dem Nichts erschaffen. Erst ist nichts weiter da als eine leere Schale, und dann ist da plötzlich ein Haus, in dem man leben kann, Menschen, ein Vogel.

Als er aufschaut, sieht er, dass Baba und seine Mama den Tisch abgeräumt haben. Sie sitzen an gegenüberliegenden Enden, Baba hat eine Schere in der Hand. Sie hat ein großes Blatt Papier vor sich, das sie immer weiter zusammenfaltet. Dann bearbeitet sie es mit der Schere und dreht es beim Schneiden hin und her. Als sie fertig ist, faltet sie das Blatt auseinander, faltet es neu zusammen, schneidet noch einmal weiter. Sie legt die Schere weg, benutzt ein scharfes Messer zum Nacharbeiten. Ihre Hände bewegen sich flink. Schneiden, auseinanderfalten, neu zusammenfalten, schneiden.

Pawel beobachtet jede ihrer Bewegungen. Schließlich hört sie auf. Legt Schere und Messer beiseite. »Gut, dann wollen wir mal nachschauen, was das geworden ist.«

Sie beginnt es vorsichtig auseinanderzufalten, hilft mit den Fingern nach, wenn sich das Papier in den ausgeschnittenen Schichten verfängt. Als das Muster erscheint, beobachtet Zofia das Gesicht ihres Sohnes. Er verfolgt jede Bewegung, völlig gebannt. Die Zeit ist verschwunden. Die Welt ist verschwunden. Es gibt nur noch ein Blatt Papier, das vor seinen Augen auseinandergefaltet wird.

Baba breitet das geschnittene Papier auf dem Tisch aus, streicht es glatt. Man sieht Blumen, Blätter, Gockel. Sie überprüft es noch einmal, schneidet mit dem Messer kleine Stückchen überflüssiges Papier weg.

»Das ist schön«, sagt Zofia. »Wo haben Sie das gelernt?«

Baba zuckt mit den Schultern. »Das hat mir meine Mutter beigebracht. Wir sind zu den Häusern gegangen, um sie zu verkaufen, wir haben das für die Fenster gemacht.«

»Für die Fenster?«

»Zum Aufhängen. Damit die Leute nicht reinschauen können.«

»Wie Spitzenvorhänge?«

»Ja. Wie Spitzenvorhänge, bloß für Leute, die kein Geld für Spitzenvorhänge haben. Alle sechs Monate nimmt man den alten ab und verbrennt ihn, hängt einen neuen auf.«

»Verbrenn das nicht«, ruft Pawel.

»Baba öffnet und schließt die Schere. Das Metall schnappt zu. »Ich kann jederzeit wieder ein neues machen.«

»Nein. Sag das nicht.«

»Schon gut«, sagt sie. »Du kannst es haben.«

Pawel beugt sich über das ausgeschnittene Papier. Fährt mit einem Finger die Schwanzfedern des Gockels nach.

»Pawel?«, sagt Zofia.

Nichts.

»Pawel? Pawel.«

Dann lässt sie es. Es hat keinen Sinn, wenn sie versucht, jetzt mit ihm zu reden. Er ist ganz weit weg.

betula pendula

PAWEL trägt den Korb, und seine Mama geht neben ihm. Im Korb liegen Kartoffeln, ein Kohlkopf, zwei Stücke Wurst, ein Töpfchen Sahne, Kümmel, ein paar Trockenpflaumen, ein paar getrocknete Blätter in einem zusammengefalteten Blatt Papier, und das grüne Ei mit der Waldszene, es ist in ein Eckchen Schaffell gewickelt, damit es nicht zerbricht.

Im Korb liegt alles, was Pawel will.

Der Weg ist von Furchen durchzogen, und er geht oben entlang, der getrocknete Schlamm zerbricht unter seinen Füßen und bröselt weg. Seine Mama geht in einer Furche, und er reicht ihr fast bis zur Schulter. Ihr Kleid macht ein Geräusch beim Gehen: Seide auf Gras, und Seide auf Seide. Es ist später Nachmittag, und die Sonne ist hinter den Baumkronen versunken, die Zweige teilen das hindurchfallende Licht, und für sie sieht es im Gehen so aus, als würde es flackern. Licht, Schatten, Licht, Schatten. Vögel sind überall. Sie fliegen in choreografierten Bögen, rufen einander. Sie haben beide gar nicht gewusst, dass Vögel so viel Lärm machen können.

»Mama?«

»Ja.«

Eine Weile sagt er gar nichts. Seine Hand streift über die Spitzen der langen Grashalme, und er pflückt sie, fühlt die zerbrochenen Halme in der Hand, lässt sie fallen. Er pflückt weiter.

»Pawel? Was wolltest du gerade sagen?«

Er wirft die Gräser weg. Schaut zu seiner Mama auf, lächelt. »Ich wollte sagen, dass ich natürlich glücklich wäre, wenn der Krieg vorbei wäre und Großmama und Tante Joanna und Papa und Michael alle in einem großen Auto die Straße hochgefahren kämen, um uns abzuholen und zu unserer Wohnung zurückzubringen, aber ich würde das hier alles auch vermissen.«

Zofia sagt nichts.

»Mama? Hast du mich gehört?«

»Ja. Ich hab dich gehört.«

Seine kleine Hand sucht und berührt ihre, ergreift sie. Sie fühlt seine klebrige Handfläche auf ihrer.

»Geht es dir genauso, Mama?«

Ihr innerer Monolog spricht: Sag es einfach, Zofia. Du brauchst ihm dabei ja nicht in die Augen zu schauen. Sag einfach die Worte, die er hören muss. Sie öffnet den Mund zum Sprechen, und tatsächlich kommen die Worte heraus: »Ja. Ja, mir würde es natürlich auch so gehen.«

Er nickt. »Ich dachte mir, dass du das sagen würdest.« Er reicht ihr den Korb. »Wir sehen uns dann bei der Scheune, Mama.« Und er rennt davon.

Sie schaut seinem Rücken nach, als er in den Wald rennt, schaut zu, wie sich das letzte bisschen seines blauen Mantels zwischen den silbernen Baumstämmen verliert, in der Dunkelheit des Waldes. Er ist verschwunden.

Sie geht weiter, lässt den Korb vorsichtig hin und her schwingen, so dass der Boden über das lange Gras streift. Die Vögel sind laut, stoßen ihre Rufe aus über den Baumkronen. Es ist eine unablässige Musik. Einer fliegt über ihren Kopf mit einem Zweig im Schnabel. Nestbau. Frühling.

Sie biegt um die Ecke, vorbei an dem Gebäude mit der Treppe, geht weiter auf dem Weg, bis sie die hintere Wand der Scheune erkennen kann. Sie bleibt stehen, stellt den Korb ab, wendet sich zu den Bäumen. Ihre Rinde ist silbern mit horizontalen braunen Streifen, und sie löst sich ab. Eine dünne Lackschicht. Versilberung.

Sie tritt zwischen die Bäume, in den Schatten. Schau dich um: Silber, Braun, Grün. Schau auf den mit altem Laub übersäten Boden. Rieche: saubere Erde, verfaultes Holz.

Sie bleibt stehen. Schaut sich um, um sich zu vergewissern, dass niemand da ist. Absurd: Wer sollte schon hier sein, mitten zwischen den Bäumen? Sie zieht Mantel und Rock hoch, hält beides fest und geht in die Hocke. Pinkelt. Dampf steigt auf, und der Urin erweckt die Gerüche der Erde zum Leben, macht sie üppiger, dichter. Schau sich einer an, wer sie geworden ist: eine Frau, der so etwas gefällt. Die daraus Sinn ziehen kann. Sie sammelt ein paar Moosballen zusammen und wischt sich ab. Steht auf, zieht ihre Sachen zurecht. Sie geht weiter, ins Dunkel. Bleibt stehen. Lehnt sich mit dem Rücken an einen Baumstamm. Schaut nach oben. Sieht die Fragmente von blauem Himmel, die braunen Zweige, die Blätter, lauter verschiedenes, sich bewegendes Grün. Es ist komplex. Hier drinnen lebt eine ganze Welt. Und sie ist ein Teil davon.

Sie lässt sich am Stamm hinuntergleiten, setzt sich auf den nackten Boden, lehnt sich zurück. Sie weiß, wie sie aussieht, stellt sich ihr Bild von außen vor, was für ein Bild sie malt. Ihr Kleid, ihr Mantel. Ihr ungekämmtes Haar. Schmutzige Hände. Ihre Augen sind von demselben Blau wie der Himmel. Sie sitzt hier in der Wildnis, die willkürlich gewachsenen Bäume von Vögeln gepflanzt, von der Natur, von der Welt selbst; sie sitzt hier in ihrem Seidenkleid, dem Stadtkleid. Sie zieht die Beine an, dann lässt sie die Knie auseinanderfallen. Dort, dort würde ihr Cello ruhen, auf dem Schoß ihres Kleides, das Holz an der Innenseite ihrer Oberschenkel. Sie schließt die Augen, fühlt es. Das Gewicht. Die Form. Sie hört die Noten, den Ruf, den Schrei.

Heb eine Hand. Halt es. Spür seinen Hals. Heb die andere
Hand. Halt den Bogen. Beweg deine Finger auf den Saiten.
Beweg den Bogen. Da.

Musik.

Ihre Augen sind immer noch geschlossen Sie fühlt etwas
Körperliches, den Boden unter sich, die Rinde des Baums am
Rücken; es ist emotional, etwas, was sich tief in ihrem Inneren
verschiebt. Es ist wie eine Blase, die nach oben steigt, wie
eingeschlossene Luft.

Ist es Freude? Ist es Hoffnung? Ist es Glaube?

Diese Worte sind für sie immer abstrakt gewesen, sie bedeuten alles und zugleich nichts. Es sind bloß Worte. Aber
heute ist es anders. Zum ersten Mal erfasst sie wahrhaftig den
Begriff »die menschliche Existenz«. Der menschliche Geist
ist unverwüstlich, wird sich wieder erheben, egal was passiert,
egal was man macht.

Pawel, der schon tiefer im Wald ist, bewegt sich langsam zwischen den Bäumen voran. Er hört Keuchen, lauter als sein
eigenes, und sieht die Augen des Tieres aus dem Dunkel auf
sich zukommen. Sie sind wie Lampen, die einen Pfad beleuch-
ten. Gelb. Schwarz. Sie kommen näher, und der Körper wird
sichtbar, als er langsam zwischen den Bäumen herauskommt.
Der Geruch. Näher näher näher. Es bleibt stehen, starrt ihn an.

»Hilfe«, sagt Pawel.

»Was?« Seine Stimme ist so tief, dass die Blätter zittern
und zu Boden fallen.

»Sie kommen mich holen.«

»Wer?«

Seine Stimme ist so tief, dass Pawel sie auf der Haut spürt,
durch seine Haut, in den Bauch.

»Sie«, sagt er. Dann macht er den Mund auf, um auszufüh-
ren, wer sie sind, aber ihm fehlen die Worte. Sie sind sie.

»Du bist in Sicherheit.« Und das aus dem Munde eines
Tieres mit krummen, dunkelgelben Zähnen, dessen Atem nach
verfaultem Fleisch stinkt.

Pawel setzt sich auf den feuchten Waldboden. Das Geschöpf kommt näher, seine Pfoten tappen, es rollt sich um ihn
herum zusammen, so dass es ihn ganz umhüllt und Pawel in
einem Kreis aus dickem, warmem Pelz und Blut sitzt, neben
einem Herzen, das im gleichen Takt schlägt wie seines.

Zofia hat das Feuer angemacht, und die Kartoffeln stoßen im
Topf gegeneinander. Als sie gar sind, gießt sie sie ab, zer-
drückt sie mit der Sahne. Sie brät die Wurst mit Pflaumen und
Kümmel. Ein neuer Geschmack. Ein Festmahl.

Die Scheunentür ist offen, und Pawel kann sehen, dass
seine Mama kocht. Er kann es riechen, konnte es im Heran-
kommen schon vom Weg aus riechen. Er tritt ein, zieht die
Kiste vor die Strohbank, klappt sie auf und holt Teller und
Besteck heraus, blau-goldene Tassen. Er hält nach dem roten
Tuch Ausschau.

»Das hab ich gewaschen«, sagt sie. »Ich hab es zum Trocknen aufgehängt.«

Er geht zum letzten Verschlag, holt es und legt es auf die
Kiste, deckt den Tisch. Zofia bringt die Teller, und sie setzen
sich zum Essen hin.

Durch die offen stehenden Türen können sie beobachten,
wie Vögel auf dem Boden landen, im Gras picken, wieder
wegfliegen. Sie hören sie rufen und auf die Rufe der anderen
antworten. Die beiden essen langsam. So viel neuer Geschmack, jeder Mundvoll wird genossen. Sie kratzen die
Sauce auf ihren Tellern zusammen, und als nichts mehr da ist,
steht Zofia auf und geht zum Herd. Pawel sieht, dass sie Erde
am Kleidersaum hat, wo sie im Garten auf dem Boden ge-
kniet hat. Sie setzt einen Topf Wasser auf. Er springt auf.

»Mama. Lass mich die Getränke machen.« Sie setzt sich wieder.

Er nimmt das kleine Papierpäckchen vom Boden des Korbs und faltet es auf. Er entnimmt die getrockneten Blüten und legt sie in die beiden Tassen. Als das Wasser gekocht hat, gießt er es darüber und trägt die Tassen zum Tisch.

»Was ist das?«, fragt sie.

»Lindenblütentee.«

Sie schauen zu, wie die getrockneten Blüten im heißen Wasser aufquellen und sich entfalten, dann das Wasser blassgelb färben.

»Weißt du, wozu man diesen Tee trinkt, Mama?«

»Nein.«

»Er verhindert, dass man krank wird, und macht einen stark. Und ich glaube, er hält auch den Teufel fern.«

Zofia schaut ihren langhaarigen Sohn auf seinem Strohsitz an, er hat die Tasse in der Hand und ein Bein über das andere gelegt. »Hat Baba dir das erzählt?«

»Sie hat gesagt, es macht einen stark. Ich glaube, sie hat auch das mit dem Teufel gesagt.«

Sie lächelt. Er nippt einmal; der Geruch ist vollmundig, und die Flüssigkeit hat eine gewisse Öligkeit, die nicht unangenehm ist. Zofia nippt auch von ihrer Tasse.

»Wie findest du ihn?«, fragt Pawel, als würden sie in einem Salon sitzen und Tee aus einer silbernen Kanne trinken.

»Er ist erfrischend.«

»Ja, find ich auch.«

Schweigend sitzen sie eine Weile nebeneinander. Die Sonne ist hinter den Bäumen versunken, und sie sehen die letzten Strahlen, die von den silbernen Baumstämmen zerteilt werden. Noch ein Stück, dann wird sie in die Erde verschwinden. Die Vögel fliegen allmählich zurück zu ihren Ästen, um sich für die Nacht einzurichten.

Pawel trinkt seinen Tee aus, schaut in die Tasse und betrachtet die Blüten. Er hat von Leuten gehört, die Teeblätter lesen und vorhersagen, was die Zukunft bringen wird. Er glaubt nicht daran. Woher sollten sie wissen, was in einer Welt passieren wird, in der Männer mit Stiefeln und Hunden und Gewehren einfach in Städte einfallen können, und die Menschen fliehen müssen? Er setzt die Tasse ab, rutscht ein kleines Stück näher an Mama heran. Seine Hand kriecht zu ihr hinüber, sucht den Stoff ihres Kleides. Er streichelt ihn.

Zofia weiß, was er tut. Sie schaut auf seine Hand hinunter. Sie sollte ihn zurückhalten, aber sie tut es nicht.

Zerstör den Augenblick nicht. Lass es zu.

Sie trinkt ihren Tee ebenfalls aus und stellt die Tasse ab. Sie betrachtet ihre Hand: Dort sind die dunklen Linien, die die Erde um ihre zerbrochenen Nägel hinterlassen hat, unter ihren Nägeln. Sie schaut Pawels Hand an, die den Stoff ihres Kleides berührt. Sie ist schmutzig. Seine Nägel sind zerbrochen. Sie schaut durch die Türen auf die Silhouetten der Bäume und Vögel.

Woher werden sie es erfahren, wenn das alles vorbei ist?

Wenn Karol nun etwas zustoßen würde und er nicht kommen könnte, um ihnen Bescheid zu geben?

Wenn sie nun Jahre hier bleiben würden, und ihre Mutter und Schwester in die Wohnung zurückkehrten, um sie zu suchen, und sie wären nicht da? Die zwei Frauen würden sie verzweifelt suchen; und in der Zwischenzeit würden Pawel und sie hier hocken, Tee trinken und hätten keine Ahnung. Oh, sie weiß, dass das nicht passieren wird. Es ist eine unwahrscheinliche, unmögliche Geschichte, aber sie gestattet sich trotzdem, sie sich auszumalen.

»Mama«, sagt Pawel. Sie dreht sich zu ihm und schaut ihn an. Er schaut aus den Türen in die dunkle Nacht.

»Ja?«

»An dem ersten Tag, als wir hier waren, Mama, da hab ich rausgeschaut, und ich hab nur Schnee und Bäume gesehen, und ich dachte, dass da sonst nichts mehr ist. Ich hab mich schwer getäuscht, stimmt's?«

Zofia sieht ihn an, diesen ihren Sohn. Das lange Haar, das ihm quer über die Stirn hängt, die Ponylocke, diese Lippen. »Ja«, sagt sie. »Allerdings.«

Kochbuch

kleinstadt

staub

DAS Zimmer ist still, kein Lüftchen regt sich. Sonnenlicht
fällt durchs Fenster. Wenn es so leise ist, wenn die Nachbarn
zur Arbeit gegangen sind, fühlt sich Sofia, als könnte die Welt
genauso gut untergegangen sein. Die einzige Verbindung zwischen ihr und London dort draußen besteht in ihrem Briefkasten. Sie fühlt sich wie die Eremiten, die sich in ihre Zimmer
einsperrten, um zu beten, und sich ihr Essen durch Schlitze
in der Wand hineinschieben ließen. Seltsam, dass man sie als
Heilige betrachtete, wenn ihre Taten gar nicht unbedingt zur
Verbesserung der breiten Allgemeinheit beitrugen. Wir alle
wissen doch, wohin Zurückgezogenheit und Verzicht auf
soziale Verantwortung führen.

Sie seufzt. Hör sich einer diese Frau an. Was ist das nur für
eine Stimmung, die sie hier befallen hat? Sie denkt angestrengt nach, denkt an heute Morgen, denkt an gestern.
Irgendetwas hat das ausgelöst, und sie will wissen, was es ist:
Sie schält nur zu gern ein Gefühl vom nächsten herunter, identifiziert jedes einzelne korrekt, verfolgt sie zurück bis zu ihrer
Wurzel. Sie seziert nur zu gern ihr Innenleben mit dem Skalpell.

Ihre Diagnose heute Morgen: Zu viel Zeit allein und zu viel
Zeit zum Nachdenken. Jetzt hat sie ja schon angefangen,
übers Nachdenken nachzudenken.

Schau aus dem Fenster. Na, das ist doch schon besser. Beobachte, ohne nachzudenken. Einfach beobachten. Drei Vögel

fressen die Krümel, die sie auf dem Tisch ausgelegt hat: klein, braun, sie picken, hüpfen, picken. Aber was sind es für welche? Sie kennt ihre Namen nicht auf Englisch, nur auf Polnisch. Seltsam, wie manches nie übersetzt wird, dafür aber in der Muttersprache bleibt, als wäre es nie in das neue Leben mitübersetzt worden.

Ein neuer größerer Vogel gesellt sich zu ihnen (wie der heißt, weiß sie: Taube), und die drei braunen Vögel fliegen weg. Wie fühlt es sich an, wenn man einer von ihnen ist, wenn man sein eigenes Körpergewicht nach Belieben vom Boden heben kann, in die Luft hochsteigen und auf all das hinunterschauen kann? Wenn sie ein Vogel wäre, würde ihr das sehr gefallen: überall hinfliegen und hinunterschauen, die Details vernachlässigen und die Form des Ganzen sehen. Aber sie tun das nicht. Vögel mögen zwar die Möglichkeit haben, überall hinzufliegen, aber sie bleiben an einem Ort. Diese Taube hier auf ihrem Tisch könnte überall leben, aber sie bleibt in London. Liegt es daran, dass sie hier ausgebrütet wurde? Oder weil sie Angst hätte, ihr Revier zu verlassen?

Und dann gibt es noch die Zugvögel: geboren an einem Ort, fliegen sie an einen anderen, an dem sie nie zuvor gewesen sind. Woher kommt dieser Drang? Und wie machen sie das? Sie sind doch nur kleine Bündel aus hohlen Knochen und Federn mit erbsengroßem Gehirn, aber trotzdem finden sie sich auf der ganzen Welt zurecht. Sie wissen nichts und alles.

Schau sie einer an, da denkt sie schon wieder; sie kann ihrem Geist keinen Einhalt gebieten, das konnte sie noch nie. Endloses Gedankengeschnatter. Endlose Selbstbeobachtung. Sie muss sich bewegen, etwas *tun*. So lenkt man sich ab, durch Handeln.

Der tägliche Dialog beginnt:

Sitz nicht einfach hier rum und starr aus dem Fenster. Du

bist erst achtundfünfzig Jahre alt. Du hast noch ein paar gute Jahre vor dir. Willst du die verschwenden, indem du hier hockst und deine Gedanken wandern lässt, zuschaust, wie die Vögel Nestbaumaterial sammeln, während darüber wieder ein Jahr hingeht?

Ich beobachte gerne Vögel. Ich denke gerne.

Aber die Zeit verstreicht. Du bist keine dumme Frau, und du hast nicht genug mit deinem Leben angefangen.

Ich habe ein Kind geboren, ich habe zweimal geheiratet, ich habe den Tod gesehen, und ich habe den Krieg gesehen. Was gibt es sonst noch?

Aber was ist mit deinen Fähigkeiten?

Ich bin eine Frau. Ich bin fast sechzig. Lass mich in Ruhe.

Es ist nicht zu spät. Du wirst die Zeit noch bereuen, die du hier herumgesessen hast. Wer hat etwas von diesem Nachdenken?

Ich kann nicht nicht denken. So bin ich eben.

Aber es könnte sein, dass du es bereuen wirst, nichts getan zu haben. Eines Tages blickst du vielleicht auf diese Zeit zurück und fragst dich, warum du nichts *getan* hast.

Aber wenn ich etwas tue, woher weiß ich dann, ob es das Richtige ist?

Sei mutig. Probier etwas aus.

Es ist aber gar nicht nötig, dass ich etwas tue. Für meine finanzielle Sicherheit hat Peter gesorgt. Das Haus gehört mir. Und ich ziehe meine Einsamkeit der Einsamkeit vor, die ich in Gesellschaft der falschen Leute empfinden würde.

Du hast gerade das Wort einsam benutzt.

Hab ich nicht.

Doch. Du bist einsam.

Bin ich nicht.

Doch.

Es ist still hier. Das muss ich zugeben. Es fühlt sich an, als

wäre die Welt untergegangen. Und ich muss zugeben, wenn
ich nicht denken würde, dass ich wirklich etwas tun sollte,
dann würde ich nicht jeden Tag diese Unterhaltung mit mir
führen.

Genau.

Ich soll also irgendetwas tun?

Genau. Das machen Witwen so.

Aha, das bin ich jetzt also? Eine Witwe?

Ja.

Eine Witwe, denkt Sofia. Ich bin eine Witwe.

Hier sitze ich am Fenster auf diesem Holzstuhl an diesem
Holztisch, halte mich für ein Gemälde einer ruhigen häus-
lichen Szene, die Art, um die die Menschen wenig Getue
machen, aber die das vielsagende Leben einer Frau zeigen.
Ein Gemälde mit einem Titel wie *Frau an einem Fenster* oder
Frau am Küchentisch oder *Frau im Morgenlicht*. Doch in
Wirklichkeit bin ich abgebildet auf einem Gemälde mit dem
Titel *Witwe an einem Fenster. Frau, die ihre Zeit verschwen-
det*.

Handeln bedeutet: tun.

Fang damit an, dass du nicht ständig deinen eigenen Nabel
beschaust. Sieh dich im Zimmer um: so viele *Dinge*.

Sieh dir nacheinander jedes davon an. Aber das ist schon
das Problem: der Tisch – ausgesucht von Peters verstorbener
Frau. Die Stühle – die Stühle von Peters Mutter. Der Spiegel
über dem Kamin – den hat Peters Tante ihm geschenkt. Das
Sideboard – hat einmal der Mutter von Peters verstorbener
Frau gehört. Nur das Sofa und ein paar Bücher und zwei der
Gemälde hat Sofia selbst ausgesucht.

Ein Haus voller *Sachen* und nichts von ihrer eigenen Vergangenheit, ihrer eigenen Familie. All diese Besitztümer,
diese Dinge, alle verschwunden. Verloren in den Trümmern
des Krieges.

Hör auf. Du weißt sehr gut, dass du darüber nicht nachdenken darfst.

Steh auf. Tu jetzt was. Hör auf mit diesem endlosen Nachdenken und deinen Ausflüchten. Fang an zu tun, was du versprochen hast, entsorge ein paar von diesen Sachen. Meinst du nicht, es wäre an der Zeit, es ganz zu deinem zu machen? Du bist die Einzige, die noch übrig ist, und kannst jetzt genau das machen, was du willst.

Sie fängt mit Peters Schreibtisch an. Überall Papiere. In den Schubladen, im Posteingangsfach. Da liegen Rechnungen, Briefe, Pässe, Versicherungspapiere, Steuererklärungen. Sie räumt alles heraus und trägt Papier und Akten zum Tisch. Sie setzt sich hin und fängt an, alles auf zwei Stapel zu sortieren: behalten und wegwerfen.

Sie beginnt mit den ältesten Dokumenten. Ein Brief von dem Krankenhaus, in dem seine verstorbene Frau lag, das Datum eines Termins. Hat er nichts weggeschmissen? Noch mehr Briefe vom Krankenhaus, noch mehr Termine. Und dann ein handgeschriebener Zettel: *Du brauchst nicht auf mich zu warten, ich sperr mir selbst auf und schlafe im Gästezimmer. Dein Peter.*

Oh Gott. Sie weiß, was das bedeutete, warum er spät nach Hause kam, natürlich weiß sie es. Sie fühlt es in ihrem Inneren. Schuldgefühl. Leg den auf den Stapel, der weg soll.

Noch ein Zettel mit Peters Handschrift, eine Liste von Sachen, die er erledigen musste: alle möglichen Sachen, die mit dem Auto zu tun hatten, die Namen auf der Kfz-Versicherung überprüfen, den Dachdecker wegen des fehlenden Dachziegels anrufen.

Sie schaut seine Handschrift an. Jeder einzelne Buchstabe ist so eindeutig von ihm wie seine Fingerabdrücke. Die Art, wie die Tinte kleine Pfützchen über jedem i bildet, die ausladenden Schleifen unter jedem y und g.

Das bringt die Erinnerungen zurück. Sein frisch rasierter Geruch, das Geräusch seiner Füße auf den Stufen, sein Räuspern.

Sie schließt die Augen.

Wenn wir nur den Inhalt unseres eigenen Kopfes durchsortieren könnten, wie wir Papiere durchsortieren können. Wenn wir nur Erinnerungen entsorgen könnten und Tage und Wochen und Monate und Jahre ganz neu anfangen könnten.

Aber das können wir nicht. Stattdessen filtert und speichert unser Geist unbegrenzt, im Wachen wie im Schlafen. Er prüft die Gegenwart, was er vor sich sieht. Er prüft die Zukunft, stellt Mutmaßungen über künftige Ereignisse an. Er brütet über der Vergangenheit, prüft und prüft immer noch einmal.

Unser Geist schafft Spannungsbögen, Kapitel, Konsequenzen, bringt Sinn ins Chaos.

eine tür

PAUL schließt die Tür hinter den Männern von der Umzugs-
firma. Er ist in Versuchung, so zu tun, als wäre er eine Car-
toonfigur, sich umzudrehen und an der Tür nach unten gleiten
zu lassen, bis er ebenso erleichtert wie erschöpft auf dem
Boden landet. Stattdessen atmet er durch, dann noch einmal.
Er ist jetzt hier. Geschafft.

Er schaut sich um: breiter Flur, Treppenhaus, Dielen, nackte
Wände. Und Kisten. Überall Kisten. Wo soll er anfangen?
  Vom Flur gehen vier Türen ab, jeweils zwei zu beiden Sei-
ten der Treppe, und er geht der Reihe nach durch alle Zimmer.
Die zwei vorderen Zimmer sind das Wohnzimmer und das
Esszimmer, beide mit großen Fenstern und originalen Fens-
terläden. Man sieht an den hellen Quadraten und Rechtecken
auf der Tapete, wo einmal Gemälde gehangen haben; die Tep-
piche tragen die Abdrücke vergangener Möbel; Türen und
Lichtschalter sind mit schmutzigen Fingerabdrücken übersät.
Andere Leben. Die zwei hinteren Zimmer, die auf den Garten
hinausgehen, sind das Arbeitszimmer und die große Küche
mit der Speisekammer.
  Paul liebt die Speisekammer, ihre Marmorablage für das
Fleisch, ihren Einbauschrank mit der Gittertür für den Käse,
ihren Regalen, die vom Boden bis zur Decke reichen, alles,
um Lebensmittel für den Winter zu lagern. Er liebt dieses
Wort: Speisekammer. Der Rhythmus, die Kadenzierung.

Spei-se-kam-mer. Er hat vor, sie von der Decke bis zum Boden mit Einmachgläsern zu füllen.

Als er wieder auf dem Flur steht, legt er die Hand auf das Ende des Geländers, das sich zu einer Spirale aufdreht. Das Holz ist glatt, abgenutzt von all den Händen, die es berührt haben. Er fährt die Fugen zwischen den verschiedenen Holzteilen nach. Er kann keine Nägel erkennen. Hatten die damals schon Klebstoff?

Er geht die Treppe hoch.

Das Fenster auf dem Treppenabsatz ist ein hohes Bogenfenster, das fast bis zur Decke reicht. Es ist rundherum mit einem Zierrand aus dunkelblauem Glas eingefasst. Er tritt näher, sieht die Lufteinschlüsse im Material. Er berührt das Blau mit der Fingerspitze. Stellenweise ist das Glas heller, wo es dünner ist: War das schon so, als es hergestellt wurde, oder ist es erst später passiert, ist das Glas nach unten gerutscht? Aber warum sollte das Glas nach unten rutschen? Geht das überhaupt? Vielleicht ist Glas ja gar nicht so fest. Es sieht fest aus, aber er hat so ein Gefühl, dass das vielleicht gar nicht stimmt.

Er tritt einen Schritt zurück, schaut auf die fünf Türen, die vom Treppenflur abgehen. Vier Zimmer, zwei vorne, zwei hinten, dazwischen ein Badezimmer. Es ist ein streng symmetrisches Haus, wie ein zusammengefalteter Rorschach-Tintenklecks, wie ein architektonisches Palindrom. Wie die Kinderzeichnung eines Hauses. Alles ist genau so, wie es geplant wurde, nirgendwo haben die Bewohner im Laufe der Jahre irgendwelche Anbauten oder Veränderungen vorgenommen. Es kommt ihm unglaublich vor, dass man etwas so Schönes kaufen kann, dass man es *besitzen* kann.

Es gibt noch eine weitere Treppe.

Er geht hoch, Stufe für Stufe, tritt in den Raum unter dem Dach. Er ist groß, einmal die Grundfläche des ganzen Hauses.

Es riecht nach frischer Farbe: sämtliche Wände und Fenster sind strahlend weiß gestrichen worden, die einzige Renovierung, die sie vor dem Umzug vorgenommen haben.

Sein Schreibtisch und der Stuhl stehen in der Mitte des Zimmers, und dahinter der große Arbeitstisch, wie verlangt. An der Wand steht der breite Architektenschrank und die neuen Einbauregale, ebenfalls weiß gestrichen.

Auf dem Boden und neben den Regalen stehen gestapelt die Umzugskisten.

Er geht zum ersten Fenster. Von hier blickt man in den Garten hinterm Haus, der von Mauern aus flechtenbewachsenem roten Backstein umgeben ist. Von hier oben sieht es aus wie ein weiteres Zimmer, aber eines mit einem Teppich aus Erde und Gras, und einem Baum statt einer Stehlampe.

Am Ende steht ein kleines hölzernes Treibhaus, und vor dessen Tür zwei zerbrochene Schornsteinaufsätze, aus denen oben Rhabarberblätter herausragen. Er kann erkennen, wo früher das Gemüsebeet war. Er muss es einmal umgraben und sich ein bisschen abgelagerten Mist besorgen. Und er braucht Schnüre, um gerade Furchen zu ziehen. Und Kletterhilfen für die Bohnen. Oh, und er muss auch ein paar Samen kaufen: Es ist noch nicht zu spät, etwas zu pflanzen. Für nichts ist es zu spät.

Er schließt die Augen. Das hat er sich so lang gewünscht.

Das andere Fenster bietet einen weiteren Ausblick. Man sieht Häuser, Dächer, dann, hinter den von Menschenhand geschaffenen Bauten, grüne Hügel. Er kann aus seiner eigenen Haustür marschieren, die Hauptstraße entlang, noch mal eine Straße hinunter und dann steht er zwischen den Feldern. Deswegen hat er London verlassen. Er kann sein eigenes Essen anbauen, hat ein riesiges Zimmer, in dem er nachdenken kann, und er kann sich aufs Land flüchten, ohne sich ins Auto setzen zu müssen.

Zwischen den Dachfirsten kann er gerade noch die Bogenruinen von Glastonbury Abbey erkennen. Dahinter einen langen niedrigen Hügel. Einen weiteren, höheren Hügel. Und er
kann den Kirchturm sehen. Glastonbury Tor. Er hätte überall
hinziehen können, aber er ist hierher gekommen, weil es
keine gewöhnliche Stadt ist. Dies ist Glastonbury, eine Stadt
voll englischer Legenden und englischer Geschichte, eine
Stadt der neuen Musik, der neuen Ideen. Der Hippies und
Radikalen und Regelbrecher. Der Männer mit Haaren, die so
lang sind, dass sie darauf sitzen könnten. Der Hosen, die so
einen weiten Schlag haben, dass man darin wohnen könnte.

Es ist unmöglich, hier zu leben und nichts zu schaffen. Paul
weiß, dass ihm in diesem Zimmer die Einfälle kommen werden. Er weiß zwar nicht, was für Einfälle, er weiß nur, dass
sie kommen werden.

Er tritt von den Fenstern zurück, geht zum Stapel mit den
Umzugskisten. Er klappt den ersten Karton auf. Bücher für
seine Recherchen. Landhäuser, Möbel, Schmuck, Kostüme
durch die Jahrhunderte, Gemälde, Schriftarten, Architektur.
Er packt sie aus, stellt sie ohne eine spezielle Ordnung auf,
dann packt er die nächsten aus. Die leeren Kartons faltet er
zusammen und legt sie auf den Treppenabsatz.

Jetzt den nächsten Stapel. Der erste Karton ist mit großen
schwarzen Skizzenbüchern angefüllt. Jedes hat einen roten
Leinenrücken mit einem Titel und zwei Daten, und in jedem
steht ein Theaterstück, zu dem er die Ausstattung gemacht
hat. Darin ist alles enthalten: frühe Notizen nach der ersten
Lektüre des Skripts, Skizzen erster Ideen, Notizen von Besprechungen mit den Regisseuren, weitere Designideen, fer-
tige Designideen, dann windschiefe Notizen, die er während
der Vorpremiere im dunklen Theatersaal ins Buch gekritzelt
hat.

Er reiht sie auf, mit den Rücken nach hinten. Er schlägt sie nicht auf. Sein Londoner Leben. Das andere Leben. Das, vor dem er davongelaufen ist.

In der nächsten Kiste befindet sich seine Ausrüstung: Stifte, Pinsel, Tusche, Paletten, hölzerne Kästchen mit Tuschefedern, Papierklemmen. Er arrangiert sie auf seinem Schreibtisch und in den Schubladen. Er packt die nächste Kiste aus: Rollenweise Papier und Malerkrepp, das er auf den Arbeitstisch legt. Eine weitere Kiste mit Zeichnungen und glatten Papierbögen, die alle in die Schubladen des Architektenschranks wandern.

Sein Zeichenpult lehnt am Schreibtisch. Er nimmt es und stellt es auf den Tisch, untersucht es. Farbspuren, Tuschespuren, Tintenkleckse von Farbtests, Fetzen von Malerkrepp und altem braunen Klebeband. Er nimmt ein Blatt dickes Zeichenpapier hervor und legt es glatt darauf. Er macht einen Schwamm nass und befeuchtet damit das Papier, er befestigt das Blatt mit dem braunen Klebeband ganz stramm am Tisch. Dann legt er es beiseite. Morgen wird es trocken sein und straff gespannt wie ein Trommelfell.

Das ist schon mal was, eine Absichtserklärung in diesem leeren Raum.

Er schaut hoch. Die weißen Wände sind wie die Gegenwart, wie ein leeres Blatt Papier. Er hat alles aufgegeben, um hierherzuziehen und zu schauen, was dabei herauskommt. Die Strukturen sind verschwunden, jetzt gibt es nur noch seinen Geist und diesen Raum. Er will wissen, was das wirklich bedeutet, was passiert, wenn man kreative Freiheit hat.

Ein Gefühl fasst in ihm Fuß. Es ist so ähnlich wie das Gefühl, das er hatte, wenn er als Kind Musik machte. Es beginnt ihm in die Hände zu kriechen, breitet sich in seine Finger aus. Sie wollen sich bewegen. Sie wollen etwas *machen*.

Die Empfindung wächst, wird unangenehm, bis man sie beim besten Willen nicht mehr ignorieren kann.

Er holt ein Blatt weißes Papier heraus und spitzt einen Bleistift, beginnt zu zeichnen. Das Fenster erscheint auf der Seite, mitsamt dem Ausblick auf die Dächer, die oberen Ränder der Bogenruinen des Klosters. Ein neuer Ausblick für sein neues Leben. Keine Besprechungen mehr, keine Zusammenarbeit mehr mit Regisseuren, die nicht dieselbe Sprache sprechen, die ihm sagen, was er fühlen soll und wie er reagieren soll. Keine Konflikte mehr zwischen seiner äußerlich entgegenkommenden Miene und dem, was er wirklich fühlt. Von jetzt an gibt es nur noch Paul und das, was Paul machen will.

Er betrachtet die Linien, die er gezeichnet hat, die Art, wie er die nahe und die ferne Welt ausbalanciert hat, die Art, wie er die gläserne Grenze zwischen ihnen sichtbar gemacht hat. Es ist effektvoll, gut gezeichnet, aber es ist nur das, was er sieht, mehr nicht. Es ist ein Partytrick.

Nur weil er das tun kann, heißt das noch lange nicht, dass er es tun muss. Er muss dieses Kratzen an der Oberfläche einstellen und sich nach innen durchbohren, einen Stollen in sein eigenes Inneres graben. Herausfinden, was dort drinnen ist.

Es sollte mehr bedeuten als das hier. Es sollte *wehtun*.

ein blutfleck

SOFIA beobachtet die Vögel. Drei sind es, alle braun. Könnten es wieder dieselben sein, und warum sind es immer drei? Eine Vogel-Ménage-à-trois vielleicht, drei Vögel in einer komplizierten Beziehung.

Sie hat ihren Toast aufgegessen. Sie hat ihren Tee getrunken.

Heute wird sie nicht hier am Fenster sitzen. Heute hat sie eine ganze Liste von Erledigungen: Da ist noch der Rest der Papiere zu sortieren, dann wird sie die Bücher durchschauen und die Regale umstellen, um Platz für die Bücher zu finden, die auf dem Boden gestapelt sind. Heute wird sie sich ihre Welt so gestalten, wie sie sie möchte, denn es gibt niemand, dessen Meinung sie berücksichtigen müsste. Keine Kompromisse mehr.

Doch bevor sie das alles in Angriff nimmt, wird sie sich ein Musikstück anhören. Sie steht auf, gießt sich noch eine Tasse Tee ein, geht damit ins Musikzimmer. Sie blättert durch ihre Platten. Das macht sie immer so, sie sucht nach dem Musikstück, das genau zu ihrem Inneren passt. Nicht zu laut, nicht zu melancholisch. Etwas, das ihre Stimmung hebt, das sie für ihre Räumarbeiten im Haus vorbereitet.

Sie schüttelt den Kopf. Lächelt. Hör dir bloß mal zu, du bist doch lächerlich. Leg einfach irgendein Stück auf. Und hör auf, immer alles endlos zu kommentieren.

Das Busch-Quartett. Beethoven. Nummer 12, 14 und 16.

Sie hebt den Plastikdeckel ihrer neuen Stereoanlage hoch, zieht die erste der beiden schwarzen Platten heraus, die Nummer 12. Immer mit dem Anfang anfangen.

Sie hält die schwarze Scheibe ganz am Rand fest, sucht die Spindel, senkt die Platte ab. Sie überprüft die Nadel auf Staub, schaltet den Spieler ein, und als die Schallplatte sich so schnell dreht, dass das runde Label nicht mehr lesbar ist, legt sie die Nadel auf die Rille. Sie setzt sich hin, schaut zu den Türen hinaus. Und es fängt an.

Sie bleibt die ganze Zeit reglos sitzen.

Als es zu Ende ist, bleibt sie auf dem Stuhl sitzen. Die Musik hat keinen Effekt auf ihren physikalischen Körper gehabt – sie hat immer noch genau dieselbe Haltung – aber ihre innere Welt hat sich neu geordnet. Sie ist gehobener Stimmung, empfänglich für Gefühle. Die Musik hat ihre Konturen durchlässiger gemacht, hat die Außenwelt hineingelassen, hat sie empfänglicher gemacht. Sie ist das Glas der Türen. Sie ist das Blau des Himmels dort draußen. Sie ist der Boden, und sie ist die Decke. Sie ist alles, aber sie ist auch komplett sie selbst: ihr Herzschlag, ihr Puls, sind durch die Noten gekräftigt worden. Die Musik hat sowohl weniger als auch mehr Mensch aus ihr gemacht.

Sie hat das Unkraut der Witwe endlich ausgerissen. Das Schwarz ist verschwunden. Sie spürt es in sich: Das Leben wird weitergehen. Wie außergewöhnlich die Existenz eines Menschen doch ist. Der Tod ist der unaussprechliche, der geflüsterte Besucher, und sie weiß jetzt, dass sie es überleben kann. Sie hat es schon früher geschafft, könnte es wieder schaffen.

An manchen Tagen spielt sie ein Spiel mit ihrem eigenen Verstand. Es ist eine Art Gedächtnistest, wie das Spiel, bei dem man bestimmte Gegenstände mit einem Tuch abdeckt und sie dann dreißig Sekunden lang zeigt. Die Aufgabe besteht daran, sich an möglichst viele zu erinnern. Sie hat immer gewonnen, immer.

Bei diesem Spiel erinnert sie sich an alles. Einen Moment nach dem anderen holt sie sich wieder vor Augen.

Sie könnte es jetzt tun, wenn sie wollte.

Nur diese eine Geschichte, die erste Begegnung mit Peter. Soll sie? Warum nicht? Die Papiere können warten, die Bücher können warten. Sie schließt die Augen.

Gib dir selbst die Erlaubnis.

Die Uhr schlägt sechs, ein perfektes Cis. Es wird gefolgt von einem Klingeln der Türglocke, als wäre es bewusst so orchestriert. Geh in den Flur, Sofia, und drück auf den Knopf, der die Tür im Erdgeschoss öffnet.

Warte. Es dauert eine Weile, von der Haustür bis zur Wohnungstür hochzugehen. Wirf noch einmal einen prüfenden Blick in den Spiegel. Steck ein verirrtes Haar in deine dauergewellten Locken. Schau nach, ob der Lippenstift verwischt ist.

Jetzt mach die Tür auf, genau.

Und da steht er. Wie er war. Wie er vor ihrem geistigen Auge immer noch ist.

Ein dunkler Hut. Ein Regenmantel, sehr leicht, mit einem Gürtel in der Taille. Glatte, gebräunte Haut. Er nimmt den Hut ab, streicht sich dunkles Haar aus dem Gesicht. »Mrs. Palinski? Ich bin Peter Young.«

»Bitte, kommen Sie rein.«

Sie lächelt. Hör dir bloß zu. Dein Akzent ist genauso wie in den frühen Jahren. Du weißt, wie es klingt, und du weißt, dass du ihn nur verbessern kannst, indem du mehr redest, deinen eigenen Ohren noch mehr wehtust.

Tritt beiseite, lass ihn eintreten. Deute ins Wohnzimmer dieser Wohnung hoch oben zwischen den Bäumen, aus deren Fenstern man auf Himmel und Blätter schaut, und sag: »Hier entlang.« Und dann zögerst du, fügst hinzu: »Bitte.«

Diese Wörter, diese Bitte- und Tut-mir-leid- und Danke-Wörter, verwirren dich, sie verwirren dich bis heute. Du hast sie überall eingestreut, bis du sicher warst, wie sie eingesetzt werden. Nur eines wusstest du ganz sicher, dass es nämlich verzeihlich ist, sie zu oft zu benutzen, doch unverzeihlich, sie wegzulassen.

Jetzt stehst du im Wohnzimmer. Deute auf einen Stuhl, lass ihn darauf Platz nehmen. Leg seine Aktentasche neben ihn. War es eine Aktentasche? Ja. Braunes Leder, mit Schnallen. Setz dich gegenüber von ihm hin und lächle. »Catherine hat mir erzählt, Sie wollen mehr über Musik lernen, aber mehr hat sie nicht gesagt.«

Er erwidert das Lächeln. »Ich höre Musik, aber ich hätte gerne ein tiefergehendes Verständnis. Ich will verstehen, wie sie zusammengesetzt ist, wie sie ihre Wirkung erzielt.«

Nicke und überlege, was er gesagt hat. Du erinnerst dich daran, deine Unsicherheit hinsichtlich der Gründe seines Kommens. »Vielleicht wollen wir damit anfangen, dass wir gemeinsam ein Stück anhören und dann darüber sprechen. Wäre das zu einfach?«

Er nickt. »Das wäre perfekt.« Ja, sie ist sicher, dass er sich so ausgedrückt hat. *Perfekt.*

Er macht seinen Aktenkoffer auf, hebt den Lederdeckel und holt ein kleines Notizbuch heraus.

Und jetzt erlaube es dir. Ihn anzuschauen. Richtig anzuschauen.

Aber während du ihn anschaust, hebt er den Kopf und schaut dich an. Seine Augen haben dieselbe Farbe wie sein Haar und wie seine Lederaktentasche.

Dieser Augenblick, das, wird für immer bleiben.

Das erste Stück: Sie weiß noch genau, was sie ausgesucht hat. Es hat die Musik für sie für immer verändert. Musik verändert das Erlebnis; das Erlebnis verändert die Musik. Jedes

Mal, wenn sie Bachs Goldberg-Variationen spielt, ist sie wieder dort, in diesem Zimmer. Sie kann es schmecken, riechen.

Zurück ins Zimmer. Hol die Schellackplatte heraus, spür das Gewicht in den Händen – so anders als die Platten heute, so schwer, so zerbrechlich –, dann leg sie flach auf die Hand, such die Spindel, schieb das Loch darüber. Die Platte dreht sich, 78 Umdrehungen pro Minute. Die Worte auf dem Label verwischen. Senk die Nadel herab, lausch dem vielversprechenden Knistern.

Und dann setzt die Musik ein. Spiel die ersten Noten im Geiste in diesem Zimmer. Du kennst sie, jede von ihnen. Du kannst fühlen, wie deine Hände sie spielen, obwohl sie sich nicht bewegen. Er sitzt dort, du ihm gegenüber. Eine Variation nach der anderen: Wiederholungen, Echos.

Er macht sich Notizen. Beobachte seine Hand, seinen Stift. Die Seiten füllen sich, und dann ist die Musik zu Ende. Steh auf und nimmt die Nadel von der Platte, sonst wird sie sich immer weiter drehen. Setz dich wieder hin und hör zu, während er dir vorliest, was er geschrieben hat. Hör, wie er sagt: »Jede hat ein anderes Gefühl in mir hervorgerufen.«

Lächle ihn an. Lächle, denn nach diesen Worten weißt du schon, dass er das Eine begreift, was du ihm nicht beibringen kannst: Wie man fühlt. Dann sag zu ihm: »Sie brauchen gar nicht zu mir zu kommen.«

Schau zu, wie er sein Notizbuch zuklappt. Hör, wie er sagt: »Ich muss schon zu Ihnen kommen.«

So ein Nachdruck in einem Satz aus sechs schlichten Worten aus dem Munde eines Engländers. *Ich muss schon zu Ihnen kommen.*

Reagier nicht. Lächle. Steh auf. Streich dir den Rock glatt, biete ihm Tee an. Geh in die Küche, wo schon ein Tablett vorbereitet ist, mit zwei Tassen und Untertassen, einem Sieb, Honig. Lass das Wasser im Kessel noch einmal aufkochen, gieß das heiße Wasser in die Kanne. Du hast vergessen, einen Löffel aufs Tablett zu legen, also zieh die Schublade auf, taste nach einem Griff, zieh.

Daran kannst du dich erinnern. Daran gibt es überhaupt keinen Zweifel.

Als du nach unten schaust, siehst du, dass es kein Teelöffel ist, sondern ein Dessertlöffel. Aus gehämmertem Silber, mit verzierten Buchstaben auf dem Griff eingraviert. Du betastest ihn, spürst die scharfen Kanten des Metalls.

Du weißt, was es ist.

Hastig legst du ihn zurück zu den anderen Löffeln, die sich von oben bis unten nahtlos aneinanderschmiegen. Knall die Schublade zu, dränge alles zurück ins Dunkel.

Geh zurück ins Zimmer, mit dem Tablett in der Hand. Er sitzt immer noch dort, sein Notizbuch auf dem Schoß. Stell den Tee ab, damit er ziehen kann.

Er beobachtet dich. Du spürst es. Sei ehrlich. Es ist da, in diesem Zimmer, zwischen euch beiden. Setz dich wieder hin, tu so, als wäre es nicht da.

Du redest. Er fragt dich nach dir, nach deiner Arbeit in der Buchhaltung, in der auch Catherine arbeitet, die Freundin seiner Frau. Hör zu, wie er sagt, er könnte sich nicht vorstellen, dass du dort arbeitest. Und hör zu, wie er ganz richtig rät:

»Sie sind nach dem Krieg rübergekommen.«

»Ja.«

Gieß ihm Tee ein, reich ihm die Tasse. Er hebt die Tasse und schnuppert, kostet. »Was ist das?«

Und du sagst es ihm. Lindentee. Lindenblüten. Du bietest ihm Honig an, aber er mag ihn so, wie er ist. Er schmeckt ihm.

Schau in deine Tasse. Dort schwimmen Fragmente von Blüten, eine kleine Wolke am Grund der gelben Flüssigkeit. Das hält den Teufel fern. Schließ ganz kurz die Augen. Die Erinnerung ist so reich, sie ist immer noch in dir. Ihre Intensität macht dir Angst, denn nichts kann jemals vergessen werden. Nichts.

Zurück in die Gegenwart.

Sofia blickt auf und schaut sich im Zimmer um, durch die Glastüren, die in den Garten führen, sie sieht die Blumen. Sie wendet sich zur Seite, sieht die neue Musikanlage mit dem Plastikdeckel.

Die Erinnerung an diesen Moment, als sie Tee im Wald tranken, liegt in dem Moment, als sie mit Peter in der Wohnung zwischen den Bäumen Tee trinkt, und sie liegt auch in diesem Augenblick, jetzt und hier, in dem sie mit Tasse und Untertasse neben sich in diesem Zimmer sitzt. Eine Erinnerung in einer Erinnerung in der Gegenwart.

Es ist zu viel. Hör einen Moment auf. Trink noch ein bisschen Tee, auch wenn er schon kalt ist. Stell die Tasse wieder ab. Und jetzt mach die Augen zu. Erinnere dich. Kehre in dieses Zimmer zurück, zum Geruch des Tees, zum Gefühl des Stuhls unter dir. Lass ihn wieder leben. Du hast ihn auf diesem Stuhl verlassen, mit dem Tee auf dem Beistelltischchen und seinem Notizbuch auf dem Schoß.

Er stellt dir eine Frage. Hör ihm zu.

»Sind Sie mit Ihrem Mann nach England gekommen?«

(Das war die verräterische Frage. Später zog sie ihn immer damit auf, und sie lachten darüber. Durchschaubar, sagte sie. Du warst absolut durchschaubar.)

»Ich bin mit meinem Sohn gekommen. Mein Mann hat den Krieg auch überlebt, aber er wollte aus politischen Gründen lieber dort bleiben.«

»Und Ihr Sohn geht anderswo zur Schule?«

»Ja. Auf einem Internat, einem sehr guten. Man hat mir Hilfe angeboten, und ich wollte, dass er eine gute Ausbildung bekommt.«

Die Sicherheit verlässt sie jetzt langsam. Eine andere,

zögerliche, aufrichtige Stimme drängt sich vor. »Ich weiß nicht, ob ich damit das Richtige gemacht habe. Sein Vater hat gesagt, wir würden immer nur Polnisch miteinander sprechen, mein Sohn und ich, und dann würde er nie richtig Englisch lernen. Er hat auch gesagt, dass er ein bisschen Abstand von mir bräuchte, um ein Mann zu werden.« Sie seufzt. »Es ist schwierig, zu entscheiden, was man machen soll, oder? Haben Sie Kinder?«

Schau, er hat seinen Tee ausgetrunken und balanciert die leere Tasse mit der Untertasse auf der Handfläche seiner linken Hand. »Nein. Meine Frau ist nicht so gesund, sie war nie sehr robust. Im Krieg sind ihre Ängste noch schlimmer geworden, wegen all der neuen Geräusche, der Unberechenbarkeit. An einem Tag glaubt man noch zu wissen, was draußen los ist, am nächsten Tag hat man keinen Schimmer. Die ganze Welt kann sich über Nacht ändern.«

Du starrst ihn an. Ja, so ist es. Genau so ist es.

Es ist unglaublich, wie viel Menschen in so wenig Worten ausdrücken können. Er hat ein Bild des Lebens im Zwanzigsten Jahrhundert gemalt, und einer Ehe.

Schau, wie er dich anschaut. Mit Augen, die dieselbe Farbe haben wie seine Haare. »Hat sonst noch jemand aus Ihrer Familie überlebt?«

Diese Direktheit, diese Schlichtheit. Er stellt die Fragen, die andere nie so recht zu stellen wagen. Er wartet auf eine Antwort, und du weißt, dass er zehn Sekunden warten kann oder auch zehn Jahre. Es beruhigt dich. Es wird dich immer beruhigen. Es bestätigt deine Wahrheiten.

»Wir haben mit meiner Mutter und meiner Schwester zusammengewohnt, aber sie haben es beide nicht geschafft. Wir wissen nicht genau, was mit ihnen geschehen ist.«

Genau so war es. Frage, Antwort. Ein Bericht von Tatsachen.

Die Sonne des frühen Abends steht schon sehr tief. Sie scheint ihm aufs Gesicht, und sie scheint auf die Wand hinter ihm.

Du fängst an zu reden, erzählst ihm deine Geschichte. Du berichtest ihm alles: von dem Flieger, dem Nähen der Wunde, der Rückkehr der Männer, dem letzten Blick auf sie, als der Lastwagen davonfuhr, der spätnächtlichen Flucht aus der Stadt mit deinem Sohn, versteckt unter den Säcken eines Lieferwagens. Du erzählst ihm vom Wald. Die Reise hierher mit dem Schiff. Wie du in dieses Land gekommen bist, in diese Stadt. In dieses neue Zuhause.

»Sie sind hierhergekommen, um in Sicherheit zu sein«, sagt er.

»Ja, und um neu anzufangen. Aber neu anfangen ist gar nicht so einfach.«

Du schaust auf deinen Schoß. Deine Hände umklammern sich, trösten einander, verhindern, dass sie anfangen zu zittern.

Schau zu ihm hoch. Die Sonne auf seinem Gesicht und auf der Wand hinter ihm, ihr Licht gebrochen von den Blättern der Bäume vor dem Fenster. Eine sich bewegende Wand aus Spitzenschatten. Schau wieder auf deinen Schoß, auf deine beiden Hände. Schau ihm nicht in die Augen, denn er hat die Gabe zu verstehen und zu wissen, was du fühlst. Und wenn du seinem Bick begegnest und deine eigenen Erfahrungen in ihnen gespiegelt siehst, wirst du erkennen, wie enorm die Geschehnisse waren.

Er steht auf. »Ich bin schon zu lang geblieben«, sagt er.

»Aber nein.«

Geht beide hinaus auf den Flur. Er zieht Hut und Mantel an. Er fragt, ob er wiederkommen darf. Nächste Woche vielleicht?

Nicke. Natürlich darf er.

Er hält ihr zum Abschied die Hand hin. Sie spürt seine

Haut, warm und trocken. Die Sicherheit und der Trost höflicher Worte und eine englische Hand.

Und dann ist er verschwunden.

Verschwunden.

Mach die Augen auf. Jetzt.

Du bist hier in diesem Zimmer mit den Türen, die in den Garten führen, in dem Haus, in dem er gelebt hat, als ihr euch kennengelernt habt, in dem Haus, in das du irgendwann eingezogen bist, nachdem seine Frau gestorben war. Du bist hier, und er ist verschwunden.

Die Witwenkleider sind abgelegt. Na komm, beweg dich. *Tu* etwas.

Da geht die Klappe des Briefschlitzes auf und fällt wieder zu. Sie hört, wie etwas auf den Boden fällt. Die Post. Sie geht aus dem Zimmer, in den Flur. Die Morgensonne scheint durchs Buntglas, beleuchtet das Herz, wirft Lichtflecken auf den Boden wie rote Blutflecken.

Zwei Briefe sind es heute. Einer vom Finanzamt, höchstwahrscheinlich geht es um den anhaltenden Streit über ihre Erbschaftssteuer. Sie weiß genau, wer den anderen geschrieben hat.

Ihr Name und ihre Adresse sind in schwarzen Großbuchstaben geschrieben. Als sie den Umschlag umdreht, sieht man eine winzige Zeichnung von einem Mann mit Bart und langen Haaren, der ein Hemd und eine Schlaghose anhat. Er hat eine Gartenschere in der Hand und steht bereit, um das Kuvert aufzuschneiden.

Sie lächelt. Nimmt die Umschläge mit ins Zimmer, setzt sich an den Tisch. Sie ignoriert den Brief vom Finanzamt und macht behutsam den anderen Brief auf, zieht das weiße Blatt heraus.

Liebe Mama. Mama, diese zwei weichen, ansprechenden Silben. Ma-Ma.

Ich bin in meinem neuen Haus und habe alles, was ich mir je gewünscht habe. Alles, was man sich überhaupt wünschen kann. Meine eigene Haustür. Meinen eigenen Garten.

An dieser Stelle kommt die erste Zeichnung. Das Haus mit seiner Eingangstür in der Mitte, rechts und links die Fenster, und da sieht sie sein eigenes Gesicht hinausschauen.

Diese kleine Stadt ist so seltsam, wie ich gehofft hatte. Eine normale Marktstadt inmitten von Äckern und Weiden.

Ein Bild von Kühen unter Bäumen.

Aber es ist auch ein Mekka für jeden, der sich für neue Denkweisen interessiert.

Eine Zeichnung von einer jungen Frau mit langem, wallendem Kleid und einem langhaarigen Mann mit Gitarre.

Aber die wirklich große Neuigkeit ist die, dass ich ein Studio auf dem Dachboden habe und mich den ganzen Tag dort oben aufhalte, wie ein Vogel auf einem Dach.

Eine Zeichnung von Paul, wie er neben dem Schornstein auf dem Dach hockt.

Etwas wirklich Wichtiges habe ich noch auf dem Herzen: Ich musste an das Buch denken, das ich im Wald mithatte. Hast Du das noch? Wenn Du es findest, kannst Du es mir dann bitte schicken?

Alles Liebe,

Dein Paul

Sie faltet den Brief zusammen und steckt ihn wieder ins Kuvert. So bewahrt sie all seine Briefe auf: intakt, in ihren Umschlägen, in chronologischer Reihenfolge. Anhand dieser Briefe kann sie seine ganze Karriere nachvollziehen: jedes Theaterstück, der erste Film, für den er die Entwürfe gemacht hat. Es ist wie ein Archiv.

Sie blickt auf, aus dem Fenster. Natürlich hat sie das Buch noch. Es liegt in der Schublade, oben im Gästezimmer.

Und dann machen ihre Gedanken einen Sprung.

Er will das Buch haben, weil er endlich jemand gefunden hat. Er denkt an Familiengründung. Vielleicht ist sie sogar schon schwanger. Er hütet sein Privatleben sehr eifersüchtig, und es würde sie nicht überraschen, wenn er schon jemand kennengelernt und es ihr gegenüber nicht erwähnt hätte. Vielleicht ist er deswegen aus London weggezogen.

Deswegen hat er nach dem Buch gefragt. Er will die Geschichten weitergeben, so wie er seine eigene DNA weitergeben will.

nadel und faden

PAUL ist im Studio. Er hat ein Notizbuch auf dem Schoß und einen 2B-Bleistift in der Hand. Er schaut auf das weiße Blatt Papier, auf diese Welt der Möglichkeiten.

Und dann blickt er wieder auf. Alexander sitzt nackt auf einem Stuhl; er hat sich Pauls Hose auf den Schoß gelegt und fädelt gerade einen passenden Faden in eine Nadel.

»Alexander?«, sagt Paul.

Er blickt auf. »Was?«

»Kannst du das jetzt mal weglegen?«

»Du hast mich gebeten, es zu machen.«

»Aber du musst es doch nicht jetzt gleich machen. Mach es später. Ich bin jetzt bereit.«

Alexander zuckt mit den Schultern, faltet die Hose zusammen und schiebt Nadel und Faden in den Stoff, damit sie nicht verloren gehen können, dann legt er sie auf den Boden. Er lehnt sich zurück, gähnt.

Paul schaut Alexanders Brustkorb an. Er hat ihn so gründlich studiert, kennt jedes Muttermal, jedes Haar, jede, jede Fläche. Aber das ist anders, denn jetzt sieht er ihn in diesem bestimmten Licht und an diesem bestimmten Tag, und wenn er in dieser bestimmten Stimmung ist. Er bringt jetzt mehr von sich selbst aufs Papier, wenn er zeichnet, er kann den Unterschied spüren. Grab tiefer grab besser. Bis es wehtut.

Er betrachtet Alexanders Hände, wie die Finger, so lang, die Stuhllehnen umklammern. Und dann seinen Kopf. Er mustert den Winkel, die Art, wie die Sonne durchs Fenster scheint. Er setzt die Spitze des Bleistifts auf die Seite und beginnt mit dem Kopf. Eine einzige, fließende Linie. Er hält inne, lässt die Spitze des Bleistifts, wo sie ist, blickt auf. Seine Augen bewegen sich hoch runter hoch runter. Zum Körper, zurück aufs Blatt.

Die Linie geht weiter. Sie zeichnet seinen Hals nach, seinen Brustkorb, zwei Arme. Sie zeichnet den Stuhl. Eine fließende Linie. Er zeichnet fertig, hält das Blatt hoch und schaut es an. Da ist etwas: Der Stuhl wirkt real, solide. Er hat Tiefe und ist stark genug, um das Gewicht des Mannes zu tragen. Der Mann ist real, solide, und sein Gewicht ruht auf dem Stuhl. Die Linie ist ungenau – die Proportionen von Alexanders Körper stimmen nicht ganz, und gleichzeitig haargenau – so sieht Paul ihn heute, in dieser Stimmung, in diesem Zimmer. Aber es ist nur eine technische Übung. Es fehlt etwas, eine Spannung, eine größere Geschichte. Pauls eigenes Innenleben.

Eine Linie reicht nicht aus.

Er weiß, was fehlt. Mehr Wald. Wald? Das Wort ist in seinem Kopf aufgetaucht, und es überrascht ihn. Was meint er damit? Die Zeichnung braucht Gewicht und Tiefe, aber sie braucht auch noch eine schwer zu benennende Qualität. Das meint er damit. Es ist der Blick zwischen den Bäumen hindurch, hinter die silbernen Baumstämme, in die Dunkelheit. Es ist das Unerforschliche, das Mysteriöse.

Er blättert um. Die nächste weiße Seite. Diesmal lässt er die Vorstellung einer einzigen ununterbrochenen Linie aus dem Spiel und kneift die Augen leicht zusammen, reduziert Alexander auf Licht- und Schattenwerte. Wo ist sein dunkelster Teil und wo der hellste?

Er bückt sich, ergreift seine Kaffeetasse, trinkt. Er hat Zimmertemperatur, mehr nicht. Andere Menschen trinken heißen

Kaffee, seiner ist immer lauwarm oder kalt. Das beschreibt ihn bestens. Kalter Kaffee, aktive Phantasie. Er verliert sich in seiner Tätigkeit.

Zurück zum weißen Blatt. Er reibt mit dem Finger darüber, verteilt das 2B-Graphit, beginnt zu schattieren, zu formen. Es wird natürlich ein Fehlschlag. Das weiß er. Es geht immer nur um Versuch und Fehlschlag. Es geht darum, die Verbindung zwischen Auge und Hand zu erlernen, nur dass man diese Verbindung nicht sehen kann. Sie wird immer im Wald sein.

Fehlschlag. Wald. Geheimnis. Paul klappt das Buch zu.

»Darf ich mal sehen?«

»Ganz sicher nicht.«

Alexander gähnt. Paul schaut der lässigen Bewegung seiner Kiefer zu: Alles ist wohlgeölt. Sein Gähnen, sein Gang, sein Kochen, Reden, Kaffeeeinschenken.

»Hast du dir jemals überlegt«, fragt Alexander, »was passiert wäre, wenn wir uns nicht kennengelernt hätten?«

»Wir haben uns aber kennengelernt«, sagt Paul.

Alexander seufzt. »Paul. Das ist eine hypothetische Unterhaltung. Was, wenn wir nie zusammengearbeitet hätten?«

Er steht auf. Streckt sich.

Wie oft hat Paul seinen nackten Körper gesehen? Er hat ihn gesehen, als sie die Kostümprobe abhielten, alle Schauspieler anschauten. Alexander zog vor ihnen allen die Sachen aus und enthüllte einen muskulösen Sportlerkörper. Er hätte auch Leistungssportler werden können, wenn er sich dafür interessiert hätte, wenn er nur nicht so zufrieden gewesen wäre, so schnell zufriedenzustellen.

Er sieht ihm zu, wie er durchs Zimmer geht und aus dem Fenster schaut.

So eine geschmeidige Lässigkeit.

Er dreht sich um und lächelt. »Du liebst das Haus hier, oder?«

»Allerdings, ja.«

Da fällt es Paul wieder ein. Er bückt sich, hebt den Umschlag auf, der neben dem kalten Kaffee liegt. »Hab ich ganz vergessen zu sagen. Der kam heute Morgen.«

»Was ist das?«

»Von meiner Mutter. Sie ist dem örtlichen Amateurorchester beigetreten, das ist eine tolle Neuigkeit. Und sie hat ein Buch gefunden, um das ich sie gebeten hatte.« Er schaut Alexander an. Sein Ton verändert sich. »Sie will runterkommen und es mir persönlich bringen.«

Eine Weile sagt keiner etwas.

»Ich werde für ein paar Tage ausziehen«, sagt Alexander.

»Das will ich aber nicht.«

»Es macht mir nichts aus. Wirklich. Gar kein Problem.«

»Aber mir macht es etwas aus. Das ist dein Haus.«

»*Unser* Haus.«

»Du hast es bezahlt.«

»Bitte sag das nicht immer. Das Haus ist auf beide Namen eingetragen, es gehört uns. Mein Geld ist dein Geld, das hab ich dir schon so oft gesagt. Es ist leichter, wenn ich einfach in ein Hotel gehe.«

»Das ist unser Zuhause.«

»Wir haben keine Wahl, Paul.«

Paul legt den Brief auf sein Notizbuch. »Ich werde ihr sagen, dass sie nicht kommen soll.«

»Sie ist deine Mutter. Du bist alles, was sie hat.«

»Ich weiß. Ich weiß.«

»Wir werden hier noch ewig wohnen, wir müssen also eine Lösung finden.«

Eine Weile schweigen sie beide. Paul nimmt seine Tasse, steht auf.

»Wohin gehst du? Paul, du kannst der Sache nicht durch Tagträumen entkommen. Wir müssen etwas tun.«

»Ich bin das alles einfach nur so satt. Wir brechen schließlich kein Gesetz.«

»Wir brechen kein Gesetz mehr«, sagt Alexander.

»Ich möchte nur meine Mutter hierher einladen und ihr zeigen, wie glücklich wir sind.«

»Das kannst du nicht machen. Du weißt, dass du das nicht machen kannst. Und wenn ich ins hintere Schlafzimmer umziehe? Sie kann das Gästezimmer haben.«

»Und, wer bist du dann?«

»Der Mensch, den du liebst.«

Paul lächelt. »Nein. Wer bist du?«

»Gescheiterter Schauspieler, toller Koch, reicher Dilettant.«

»Sehr witzig«, sagt Paul.

»Ja, oder?«

»Du bist nicht gescheitert. Du hast beschlossen, mit der Schauspielerei aufzuhören.«

»Es ist sehr nett von dir, dass du es so formulierst.«

»Was soll ich ihr sagen?«

»Sag, dass ich dein Freund und Geschäftspartner bin. Das ist keine Lüge. Weglassen ist nicht Lügen.«

»Wenn Weglassen nicht Lügen ist«, sagt Paul, »wäre es dann eine Lüge, wenn du Sex mit einem anderen Mann hast und es mir nicht sagst?«

»Nicht, bis ich gesagt hätte, dass ich immer treu gewesen bin. Dann wäre es eine Lüge.« Alexander geht zur Tür. Blickt sich noch einmal um. »Aber du weißt, dass ich dir immer treu sein werde.«

»Ich weiß.«

»Ich mach mal Kaffee.«

»Ich hab schon welchen gemacht, aber der ist kalt.«

»So eine Überraschung. Ich stell mich gleich neben dich und sorg dafür, dass du ihn trinkst, während er noch heiß ist.«

»Alexander.«

»Was?«

»Was, wenn sie mir nicht glaubt, wenn ich sage, wer du bist?«

»Wir glauben, was wir glauben wollen. Und sie wird gar nicht darauf kommen, etwas anderes zu denken. Sie wird es nicht hinterfragen.«

ein glassplitter

SOFIA sieht aus dem Zugfenster. Sie schaut auf die Abgrenzungen zwischen den Feldern, die Hecken und Gräben und
Zäune. Wie säuberlich dieses Land aufgeteilt ist. Wie höflich
es ist. Auf jedem Feld stehen Feldfrüchte in verschiedenen
Farben: das frische Grün von Weizen, das Gelb von Raps, dun-
kelgrüne Kohlköpfe. Roter Mohn und lila Lupinen wachsen
neben den Gleisen. Man sieht schwarz-weiße Kühe, verstreute
Schafe. Ein Fluss, gesäumt von Weiden, fließt mitten durch
die Felder. Männer halten ihre Angeln in einen See.

Sie hat nicht viel vom englischen Land gesehen. Das ist die
Wahrheit. Ein Stadtmädchen, das eine Stadtfrau wurde. Selbst
als sie damals im Sommer in ihrem Landhaus waren, hatten
sich die Ortsansässigen und die Dienstboten um die Land-
arbeit und den Gemüseanbau gekümmert. Ihre Hände berühr-
ten die Erde niemals. Und als sie nach London kam, war die
Wohnung zwar ganz oben zwischen den Bäumen, aber sie hat
nie ein Blatt berührt. Peters Haus, in dem sie jetzt alleine lebt,
hat einen Garten, und sie hat gelernt, den Rasen zu mähen und
die Sträucher zu stutzen, doch das ist alles. Das einzige Mal,
dass sie sich die Hände schmutzig gemacht hat, war im Wald.

Der Zug wackelt. Sie kann ihr Spiegelbild im Fenster sehen: ihr gelbes Sommerkleid, ihr Gesicht, das hinausschaut.
Sie sieht sich selbst und den Rest des Waggons, aber auch die
Glasscheibe selbst, mit dem Staub, und dahinter die Welt der
vorüberziehenden Felder. Schicht um Schicht.

Es ist heiß im Zug. Sie schaut sich um: Die anderen Passagiere scheinen es gar nicht zu fühlen. Sie fängt an zu schwitzen, und der Stoff des Sitzes klebt an ihren Beinen. Schweiß tritt ihr auf die Oberlippe, auf die Wangen, auf die Stirn. Er breitet sich unter ihrem Kleid aus, zwischen ihren Brüsten. Sie atmet tief durch. Es wird vorübergehen.

Her mit dem Roman. Sie nimmt das Lesezeichen heraus – eine Postkarte von einem Cézanne-Gemälde – und fächelt sich damit Luft zu. Noch mehr zirkulierende heiße Luft.

Sie überfliegt die linke Seite, dann findet sie, was sie gesucht hat. Als sie sich wieder hineinversenkt, verliert sie das Gefühl, in einem Zug zu sitzen, und verschwindet in die Welt des Buches: Sie ist draußen und geht mit der jungen Erzählerin spazieren, sieht die Welt durch ihre Augen. Sie bleibt unter einem Baum stehen, schaut hoch und sieht kahle Zweige, darüber einen blassen Himmel. Sie kann, zusammen mit dieser jungen Frau, den einzelnen Ton eines Vogelrufs hören.

Sie ist irgendwo anders. Irgendwo, wo es kühler ist.

Der Zug verlangsamt und hält an einem Bahnhof, und weitere Fahrgäste steigen zu. Ein Mann setzt sich gegenüber von ihr hin und schaut sie nicht mal an. Hier sitzt sie nun mit ihrem Buch in der Hand und ihrem glänzenden Gesicht und dem feuchten, farblosen Haar, das ihr am Hals klebt. Sie ist jetzt verkleidet.

Sie denkt oft daran, wie sie früher vor ihrem Schrank voller Kleider stand, die Finger über blaue Seide, grüne Seide, silbergrauen Taft gleiten ließ. Was würde ihr am meisten schmeicheln, würde ihre Augen zur Geltung bringen, würde Aufmerksamkeit erregen?

Wenn sie sich nacheinander vorstellte, wie sie in diesem oder jenem Kleid aussah, sah sie sich nicht mit ihren eigenen

Augen: Als Mädchen betrachtete sie sich zuerst aus der Perspektive ihrer Mutter und ihrer Schwester, dann, als ihr Körper heranwuchs und sich veränderte, betrachtete sie sich aus der Perspektive der Männer.

Jetzt muss sie nur noch sich selbst gefallen: Alle anderen Bemühungen sind irrelevant.

Du wirst dein gutes Aussehen einbüßen.

Das sagen sie immer zu den Frauen, aber warum sollte es das Schicksal einer Frau sein, etwas zu *verlieren*? Als sie älter wurde, hatte sie immer das Gefühl, etwas zu gewinnen: Überleben, Weisheit, Erfahrung, ihre eigenen Gedanken. Vielleicht meinen die Leute aber mit diesem Verlust einen Daseinszweck. Denn was hat sie jetzt noch für einen Sinn? Sie ist nicht mehr schmückendes Beiwerk, kann keine Kinder mehr bekommen. Es kann gut sein, dass sie keine Enkel bekommt.

Hör auf.

Schneide diesen Gedankengang ab. Du weißt, wo das hinführt, zur Nutzlosigkeit einer Frau mit einem kinderlosen Sohn und ohne weitere Verwandtschaft. Das Ende der Linie. Das Nebengleis.

Und mit diesem Gedanken hörst du auch auf. Du weißt, es wäre ebenso gut möglich gewesen, dass die Reise bereits an anderer Stelle beendet worden wäre. Als die Wohnungstür eingeschlagen wurde. Staub, Glas, hinein in den Lastwagen, ab zum Nebengleis.

Hör auf. Bitte, hör auf.

Und du weißt es doch auch gar nicht. Denk an jetzt, hier. Du wirst deinen Sohn sehen, und dies könnte die Reise sein, bei der du endlich Neuigkeiten zu hören bekommst.

Sie schaut auf ihre Hände, die das Buch halten. Ihre Gelenke fangen an zu schwellen, und ihre Finger krümmen sich. Sie starrt sie an. An manchen Tagen beobachtet sie so viel an sich, dass sie sich vorkommt wie ihr eigenes Versuchslabor. In den letzten Monaten hat sie gemerkt, wie ihre Hüfte und ihre Füße steifer werden, wenn sie morgens aufsteht. Veränderung, Veränderung.

Der Zug hält erneut, und sie betrachtet die Leute auf dem Bahnsteig, die Schlange stehen, um einzusteigen. Sie gehören allen Altersstufen an: junge Familien mit Kindern, junge Paare, ältere Paare. Zwei Freundinnen, Arm in Arm. Sie schaut sie alle an, versucht zu erkennen, welche Frau ihr im Alter am nächsten steht, damit sie sehen kann, wie sie von außen wirkt. Sie schaut sich gerne an, wie sich Frauen in ihrem Alter anziehen, denn das erfordert einiges Talent: Wenn man sich zu jugendlich kleidet, wird man verspottet; wenn man sich zu alt kleidet, verliert man jeden Sinn fürs Leben. Eine Frau zu sein ist ein unablässiger Prozess des Abwägens: Dieses Jahr kannst du dein Haar noch lang tragen, nächstes Jahr musst du es abschneiden. Dieses Jahr kannst du noch Röcke tragen, die über dem Knie enden, nächstes Jahr sind sie wadenlang. Dieses Jahr ist dein Lippenstift rot, nächstes Jahr hat es einen stumpfen Fleischton. Andererseits – wenn sie schon unsichtbar ist, warum ist es dann noch wichtig, was sie anzieht? Oder ist ihre Unsichtbarkeit ein Schutz für die anderen? Manchmal kommt es ihr vor, als würden die Körper älterer Frauen versteckt, um den Rest der Welt vor der Erinnerung an die Wahrheit zu schützen, dass junge Schönheit und Fleisch altern und eines Tages verschwinden werden. Sie ist achtundfünfzig Jahre alt. Sie muss sich nicht dafür schämen, dass aus ihrem Haar die Farbe gewichen ist, dass Falten auf ihrem Gesicht erschienen sind, wo sie gelächelt und gelacht hat, oder wo ihre genetischen Anlagen eben eine Faltenbildung bestimmt haben. Achtundfünfzig Jahre, und nun schau sich einer an, was sie in ihrem Leben erreicht hat. Sie hat den Krieg miterlebt, und sie hat ihn überlebt, indem sie sich versteckt hat. Sie hat alles verloren und neu angefangen. Neu aufgebaut, neu gelernt. Neue Kultur, neue Sprache, neue Stadt. Ein neues Leben.

Sie ist achtundfünfzig.

Ihre Mutter ist mit siebenundfünfzig gestorben, und jetzt ist sie älter als ihre eigene Mutter jemals war. Sie glaubt, dass das etwas in ihr verschoben hat: Sie kann es spüren. Sie ist älter als ihre Mutter jemals war.

Sie schaut zum Fenster: auf das Glas, auf die Landschaft dahinter, auf sich selbst. Der Staub dämpft alles. Staub und Glas und Felder und ihr Kleid. In übereinander gelagerten Schichten, wie all die Schichten der Vergangenheit in ihr. Sie schließt die Augen: diese überwältigende Komplexität des Menschseins.

Der Zug verlangsamt, und sie sieht draußen einen Mann warten. Er trägt einen Anzug und Hemd und Krawatte, trotz der Hitze. Ist es leichter für Männer? Wenn sie altern, können sie einfach von einem Anzug zum nächsten wechseln. Sie sieht den Namen des Bahnhofs. Sie springt auf, wirft ihr Buch in die Handtasche, zieht ihren Koffer herunter. Sie läuft zur Tür, zieht das Fenster herunter, greift nach draußen und drückt die Klinke. Endlose Überlegungen. Endloses Geschnatter, und nun hätte sie um ein Haar ihren Zielbahnhof verpasst. Dämlich.

Ihre Füße treten vom Zug auf den Bahnsteig. Es ist immer noch heiß, und es gibt keinerlei Anzeichen, dass ein Ende in Sicht wäre: Haare werden immer heller, Haut immer dunkler. Sie findet die Hitze heute schwieriger zu ertragen. Diese langen Tage auf dem Landhaus der Familie, wenn sie mit Joanna in der Sonne spielte – da könnte sie sich heute nicht mehr draußen aufhalten.

Sie folgt den anderen Passagieren über die Brücke, geht zum Parkplatz. Hier stehen ein paar Autos und ein Taxi, aber von Paul ist weit und breit nichts zu sehen. Sie stellt sich in den Schatten eines Baumes, setzt ihre Tasche ab.

Das Taxi fährt davon, dann das letzte Auto. Sie schiebt die Hand in die Tasche, zieht einen Zettel heraus, auf den sie den Namen dieses Bahnhofs sowie Pawels Adresse und Telefonnummer notiert hat. Sie überprüft den Namen des Bahnhofs, wirft einen Blick auf ihre Armbanduhr. Zehn Minuten gibt sie ihm noch, dann wird sie sich irgendwo ein Telefon suchen.

Der Bahnhofsvorsteher kommt aus dem Tor und schaut auf den Parkplatz, sieht sie. Er fragt, ob alles in Ordnung ist, dann bietet er ihr an, dass sie sein Telefon benutzen kann, wenn ihr Sohn nicht auftaucht.

Warum sollte irgendjemand, sie eingeschlossen, in einer Stadt leben, wenn man doch auch so leben kann, mit dieser alltäglichen Freundlichkeit? Sie schaut sich um, sieht den menschenleeren Platz, die grünen Hügel und die Felder hinter den Eisenbahnschienen. Könnte sie es?

Sie verlagert ihr Gewicht von einem Fuß auf den anderen, lässt ihre Handtasche vom Arm rutschen, stellt sie neben ihren Koffer. In der Hecke neben dem Baum sieht sie winzige unreife Beeren; jede Saison trägt die nächste schon in sich. Sie haben früher immer Brombeeren gepflückt, Joanna und sie. Ihre Finger nahmen die Farbe an, ihre Haut sog sie auf. Auf jede Beere, die sie für Marmelade pflückten, kam eine, die sie aßen, bis ihre Bäuche angefüllt waren mit schwarzer Säure.

Sie schaut hinunter auf ihren Koffer. Da ist alles drin, was sie für ein paar Tage braucht, alles, was wichtig ist. Irgendetwas daran berührt sie, aber was ist es? Sie denkt sich, dass es an diesem Schwebezustand zwischen zwei Orten liegt, ein bisschen wie ein Umzug. Es ist ein Zustand des Ballastabwerfens, der Reduzierung eines Lebens aufs Wesentliche.

Aber das ist es nicht. Sie weiß genau, warum es sie berührt. Sie weiß, wie es ist, mit allem in einer einzigen Tasche ein Zuhause zu verlassen, nur dass es damals eine Holzkiste war, und dass sie damals nicht auf offene grüne Felder, sondern in eine Welt der Bäume und der Schatten traten.

*

Er fährt unter der Eisenbahnbrücke hindurch und sieht einen Zug über seinen Kopf hinwegfahren, auf dem Weg nach Cornwall. Er ist zu spät, zu spät. Seine Schuld, das weiß er auch. Er wird niemand anders die Schuld geben, nur sich selbst. Das Dachstudio ist eine Welt für sich, und wenn er dort oben ist, funktionieren Armbanduhren und Uhren nicht wie in der Außenwelt. Wenn Alexander nicht die Treppe hinaufgerufen hätte, wenn er nicht hochgekommen und Paul buchstäblich den Stift aus der Hand genommen hätte, wäre er noch später dran gewesen. Gut möglich, dass er das Haus nie verlassen hätte.

Er will das nicht, aber seine Träume gewinnen die Oberhand und vernebeln ihm den Verstand.

Durch die Straßen, vorbei am Pub, dem Rathaus, vorbei an einem seiner Lieblingsbäume, über die Eisenbahnbrücke (wie sie ineinander verschlungen sind, die Straße und die Eisenbahnlinie) und an der Kreuzung links. Rechts abbiegen auf den Parkplatz. Da. Da steht sie, sie wartet unter dem Baum, ihr Koffer steht neben ihr auf dem Boden. Sie hat ein gelbes Kleid an, ihr Haar ist kinnlang, ergraut. Es steht ihr. Er hält neben ihr und macht den Motor aus, springt heraus.

»Tut mir leid. Der Verkehr.«

Sie zieht die Augenbrauen hoch. Deutet auf die stille grüne Welt von Somerset. »Was denn für ein Verkehr?«

Er lacht. Schuldbewusst, kindlich. »Ich hab gearbeitet. Ich hab einfach die Zeit vergessen.«

»Schon gut. Mach dir keine Gedanken.«

»Jetzt bin ich ja hier.«

Er küsst sie, auf beide Wangen, und sie umarmen sich. Er nimmt ihren Koffer, stellt ihn in den Kofferraum. Sie steigt auf der Beifahrerseite ein, und er setzt sich ans Steuer. Er schaut sie von der Seite an. »Ich freu mich, dich zu sehen«, sagt er.

Sie lächelt. »Ich mich auch. Ich freu mich jedes Mal.«

Er lässt den Motor an und fährt aus dem Tor, schlägt den Weg nach Hause ein. Sofia wirft ihm einen verstohlenen Blick zu. Seine Haare sind immer noch zu lang, und was hat er da neben dem Ohr? Sie starrt darauf. Ja, ein paar erste silbrige Strähnen. Wie ist das passiert, dass ihr eigener Sohn grau wird? Er trägt ein Hemd mit aufgekrempelten Ärmeln, und sie sieht, dass der Kragen abgewetzt ist. Seine Shorts sind mit Farbklecksen übersät. Aber sie kann nichts sagen. Wenn sie es doch tut, weiß sie, was er erwidern wird: Er mag das, und das ist alles, was zählt. Sie bewundert es, dass er sich nicht darum schert, wie andere ihn sehen, aber sie wünschte auch, sie könnte ihn ein bisschen ordentlicher herrichten. Sie muss über ihre widersprüchlichen Gedankengänge lächeln.

Er fährt gut, und sie ist überrascht. Und dann ist sie überrascht über ihre Überraschung: Warum sollte er nicht gut fahren? Tun andere Leute doch auch. Nur weil er ihr Sohn ist, überrascht es sie. Eben hat man sie noch mit dem Löffel gefüttert, und dann chauffieren sie einen plötzlich mit dem Auto herum.

Er spürt, dass sie ihn anschaut, und wendet sich lächelnd zu ihr. »Alles klar?«

»Ja. Wie weit ist es noch?«

»Nur zwanzig Minuten.«

Seine Vorstellung von zwanzig Minuten könnten auch zehn oder hundert sein, aber wenn sie dort sind, sind sie eben dort.

Sie schaut aus dem Beifahrerfenster. Felder, Grün, Grün. Hie und da ein Baum, hie und da ein Haus. Nein. Hier könnte sie nicht wohnen. Nicht genug Beton und nicht genug Leute – sie quatscht zwar auch nicht jeden Menschen an auf den Straßen von London, aber immerhin sind sie da. Jetzt, wo sie darüber nachdenkt, hat sie wahrscheinlich nicht mit so vielen Leuten Kontakt, wie sie haben würde, wenn sie hier wohnte. Wo also liegt die Anziehungskraft einer Stadt?

»Mama«, sagt Paul.

Weil sie die tiefe Einsamkeit kaschiert, die alle Menschen empfinden. Vielleicht ist eine Stadt einfach ein riesiges Ablenkungsmanöver.

»Mama?«

»Entschuldige.«

»Du warst meilenweit entfernt.«

»Ich hab nur nachgedacht.«

Paul lacht. »Zur Abwechslung. Wie war die Zugfahrt?«

»Gut. Wirklich bequem, obwohl ich dann beinahe den Bahnhof verpasst hätte. Wieder zu viel nachgedacht.«

»Hast du nicht gelesen?«

»Das auch.«

»Was liest du denn gerade?«

»Ein Buch, das Maria mir geschickt hat.«

»Ist es gut?«

»Ich mag es, ja. Es ist interessant, obwohl es nicht wirklich gut geschrieben ist.«

»Wovon handelt es?«

»Es ist die Geschichte einer Warschauer Familie über drei Generationen.«

Paul wirft ihr einen Blick von der Seite zu. »Liest du es auf Polnisch?«

»Ja.«

Er schweigt eine Weile. Sie hat immer auf Englisch gelesen,

immer. Es begann, sowie sie ankamen, sie tauschte die Sprachen aus: Sie las mit einem Bleistift in der Hand, einem Wörterbuch und einem kleinen Notizbuch auf dem Schoß. Harte, ermüdende Arbeit, die so lange weiterging, bis sie das geschriebene Englisch gemeistert hatte. Warum jetzt dieser Wandel?

Er nähert sich einer Kreuzung und verlangsamt, bevor er in beide Richtungen schaut und weiterfährt. »Wie geht es Maria?«

»Ganz gut. Ein kleines gesundheitliches Problem, aber ich glaube, das ist schon geregelt. Sie hat mich gefragt, ob ich nach Polen kommen möchte. Wir haben ein Klassentreffen.«

»Fährst du?«

»Nein.«

»Willst du irgendwann überhaupt noch mal hin?«

Sofia seufzt. »Ich weiß nicht.«

Sie will noch mehr sagen, es weiter erklären, aber sie lässt es. Wenn es zu viel zu sagen gibt, sagen wir manchmal gar nichts.

»Und du?«, fragt sie. »Hast du dich richtig eingelebt hier unten?«

Er nickt. »Ich finde es großartig hier.«

»Gut. Kommst du mit dem Geld aus?«

»Ja.«

Sofia möchte noch mehr Fragen stellen, aber sie weiß es besser. Das ist die Kunst. Zu wissen, wo deine Rolle endet. Wenn man als Mutter beginnt, ist man für alles verantwortlich, jeden Mundvoll Milch, jeden Teller Essen, jedes Kleidungsstück, das die Haut berührt, und dann, im Laufe der Jahre, muss man behutsam loslassen, bis man irgendwann für überhaupt nichts mehr verantwortlich ist.

Es ist eine Kunst.

»Wie findest du das Orchester?«, fragt er.

»Gut. Ich meine, es sind keine tollen Musiker dabei, deswegen muss ich mir schon oft auf die Zunge beißen, aber sie sind sehr nett. Es ist fast wie ein neuer Freundeskreis.«

»Das ist toll.«

»Allerdings. Es sind viele Frauen in meinem Alter dabei. Sie haben mich auch zu anderen Aktivitäten eingeladen.«

Er schaut sie an: Sie klingt fast schüchtern, zögerlich. Sie neigte nie zur Teilnahme an Gruppen. Aber er ja auch nicht. Er kann sich nur wenig Schlimmeres vorstellen, als zu neuen Bekanntschaften gezwungen zu werden.

»Frauen in meinem Alter scheinen so flexibel, so offen«, sagt sie. »Ich glaube, Männer werden steif, wenn sie älter werden. Als ob ihr Leben sich verschließt. Frauen erfinden sich neu. Wir sind jahrelang an unsere Männer gebunden und dann an unsere Kinder, aber wenn die gehen, können wir loslegen. Alles, was wir schon immer tun wollten, können wir jetzt tun. Jedes Mal, wenn wir rausgehen wollten, etwas Neues lernen wollten, mussten wir uns bremsen und die Interessen von jemand anders über unsere eigenen stellen. Wir mussten andere Perspektiven berücksichtigen, und jetzt interessieren uns nur noch unsere eigenen. Das kann ein sehr intensiver Lebensabschnitt sein.«

»Das ist echt interessant«, sagt Paul. Er wirft ihr einen hastigen Blick zu. »Es tut mir leid, dass ich dich so eingeschränkt habe.«

Sofia schüttelt lächelnd den Kopf. »Das darfst du nicht missverstehen. Du bist das Beste, was ich jemals gemacht habe. Du hast mich zu einem besseren Menschen gemacht. Bevor du kamst, war ich tatsächlich ziemlich egoistisch. Na ja, um der Wahrheit die Ehre zu geben, ich war auch noch nach deiner Geburt eine Weile ein bisschen egoistisch, aber das hat sich geändert. Irgendwann hab ich es auch kapiert.«

»Das ist schön. Ich freue mich, dass ich eine Funktion hatte.«

»Mehr als eine Funktion. Du bist alles.«

Alles? Das hat sie noch nie gesagt. *Alles.*

Eine Frau tritt auf die Straße und bedeutet ihm mit einer Handbewegung, dass er anhalten soll. Er bremst ab, und dann erscheint eine Kuh, gefolgt von weiteren, die auf dem Weg von der Weide zum Bauernhof zum Melken die Straße überqueren. Eine ganze Herde.

Er hält an und schaut ihnen in aller Ruhe zu.

»Bleiben wir jetzt einfach so hier sitzen?«, fragt Sofia.

Er lächelt. »Wir haben keine andere Wahl.«

Er wird es nie leid, ihre seidenglatten Flanken zu betrachten, die schwarz-weißen Landschaften, die schwingenden Euter, die Hunde, die neben den Kühen in die Luft schnappen, den jungen Mann, der sie führt. Zweimal täglich, jeden Tag des Jahres. Die Autos oder Straßen oder die moderne Welt bekommen keine Entschuldigung. Warum ist er nicht schon vor Jahren aus London weggezogen? Das hier gefällt ihm, hier fühlt er sich wie er selbst.

Die letzte Kuh – die lahme, langsame Kuh – verlässt das Feld und trottet über die Straße. Die Frau schließt das Gatter, und der junge Mann und sie stehen nebeneinander und nicken ihm ein Dankeschön zu. Sie haben dasselbe schmale Gesicht, braunes Haar. Sie sehen sich so ähnlich, dass es fast schon komisch ist.

Sofia spricht, das alte Sprichwort kommt auf Polnisch, in ihrer Muttersprache, in seiner Muttersprache. »Am meisten liebt einen Mann seine Mutter. Dann sein Hund. Dann sein Schatz.«

ein kaltes laken

DAS Haus ist größer und noch beeindruckender als auf seiner Zeichnung. Sofia schaut sich im beeindruckenden Eingangs-bereich um, sieht das Treppenhaus, die Holzböden mit den Teppichen, die Gemälde. Durch die offenen Türen kann sie einen Blick auf die Zimmer erhaschen: Sofas, ein Tisch, noch mehr Gemälde, noch mehr Teppiche. Violette und grüne Wände.

Er stellt ihren Koffer am Fuß der Treppe ab. »Den bringen wir dann gleich nach oben. Jetzt komm erst mal mit und schau dir den Garten an.« Er führt sie nach hinten in die Küche und durch die Tür in den Garten mit der Mauer.

Er zeigt ihr, wo er die Blumenbeete neu bepflanzen will, dann nimmt er sie mit zum Gemüsebeet, damit sie die perfek-ten Pflanzenreihen bewundern kann. In dem hölzernen Treib-haus stapeln sich die Tragen mit Setzlingen und diverse Blu-mentöpfe.

Er will gerade sagen, wir sind zu spät eingezogen, um den Garten komplett zu bepflanzen, da beißt er sich auf die Zunge. *Wir.* Er kann nicht wir sagen. Er muss ich sagen. *Ich. Ich. Ich. Ich.* »Ich war zu spät dran, um alles anzupflanzen, was ich haben wollte«, sagt er. »Aber das mach ich dann nächstes Jahr.«

Sie nickt. Sie schaut es immer noch alles an. Lässt es auf sich wirken. Ihr Sohn, der Kostümdesigner, baut Salate in dieser Kleinstadt an. Aber es ist nicht nur das: Sie weiß, woher das kommt, wo sie das alles schon mal gesehen hat. Es war damals. Auf der Lichtung zwischen den Bäumen, hinter der Hütte der alten Frau. Pawel, wie er auf dreckigen Knien in der frisch umgegrabenen Erde hockt, Bohnen in eine Furche legt, immer schön im richtigen Abstand, und sie mit feuchter Erde zudeckt. Dort. Im Wald.

»Mama?«, sagt Paul. »Komm, schau dir dein Zimmer an.«

Dort steht ein viktorianisches Bett mit einer abgenutzten Patchwork-Decke, einem kleinen blauen Teppich auf den Bodendielen, einem Waschtisch an der Wand mit einer blau-weißen Porzellan-Schüssel und einem Wasserkrug. Im Kamin stehen getrocknete Blumen statt einem Feuer, und daneben ein Stuhl mit Rattansitzfläche. Sie könnte in einem Gemälde von Van Gogh stehen.

Mode, nimmt sie an.

Sie hebt die Patchwork-Decke an, weil sie gespannt ist, was für Bettwäsche ihr eigener Sohn wohl aussucht. Sie berührt sie und fühlt kühles Leinen. Sie lässt die Steppdecke wieder sinken. Darauf hätte sie nicht getippt.

Sie hebt ihren Koffer aufs Bett und macht ihn auf. Stellt ihre Kulturtasche auf den Waschtisch. Ihre Bücher auf den Nachttisch. Es gibt keinen Kleiderschrank, aber Bügel an der Tür für Kleider und Blusen.

Ganz unten in ihrem Koffer liegen die Geschenke. Sie nimmt sie heraus und legt sie aufs Bett. In diesem prächtigen Zimmer nehmen sie sich ziemlich mickrig aus. Wie Opfergaben aus einem anderen Leben. Sie schaut sich um, denkt daran, was sie unten gesehen hat: die großen Fenster, die hölzernen Fensterläden, Kamine, alten Sofas, Gemälde. Es ist so *erwachsen*. Es will ihr nicht in den Kopf, wie er so ein Haus haben kann, wie er in so großem Stil leben kann, wie ihr Vorkriegsleben in Polen. Er lebt so, und sie in ihrem bescheidenen Londoner Heim. Woher kommt das Geld?

Ihr kommt ein polnisches Sprichwort in den Sinn: *Ein Gast sieht in einer Stunde mehr als der Gastgeber in einem Jahr.*

Sie sieht alles, versteht nichts.

Sie schaut wieder auf ihre Geschenke hinunter. Kleine Geschenke, selbstgemacht, wie Sachen, die man in der Schule gebastelt hat. Sie spürt, wie sie in dem riesigen Zimmer immer kleiner wird, als wäre sie das Kind, das einen Erwachsenen besucht.

Alexander hat alles vorbereitet, hat sogar die Teeblätter in die Kanne gelegt. Paul muss nur noch das Wasser kochen. Nichts bleibt dem Zufall oder seiner Inkompetenz überlassen.

Während das Wasser heiß wird, schaut er aus dem Fenster. Er hat ganz besondere breite Bohnen gekauft, die er im November aussähen wird, und die über den Winter wachsen werden. Aguadulce heißen sie. Sie sind in einem verschlossenen Päckchen in der Dose mit dem Saatgut im Schrank, aber er muss die ganze Zeit an sie denken. Sie können ewig in ihrer Verpackung bleiben, aber sowie sie in der Erde sind und genug Wasser bekommen, wird die feste äußere Hülle langsam weicher werden, und dann werden sie keimen. Es scheint wie ein Wunder des Alltags, ein Teil der Weise, auf die der gesamte Planet funktioniert. Ein Samen wächst zu einer Pflanze heran, die wiederum Samen entwickelt, die man behalten und einsetzen kann, um die nächste Pflanze daraus zu ziehen. Genauso läuft es mit Kartoffeln. Man steckt eine in den Boden und lässt sie eine Weile drin, dann wächst eine Pflanze. Und wenn deren Blüten langsam absterben, hat man eine Handvoll Kartoffeln unter der Erde. Das Unbekannte, das Geheimnisvolle.

Aguadulce? Agua dulce. Süßes Wasser? Die lateinischen Namen der Pflanzen gehen ihm leicht von der Zunge; das ist das Einzige, wofür er seinem kalten Internat dankbar ist.

Sie muss noch oben sein, vielleicht schaut sie sich ein bisschen um. Er wünscht sich, dass sie das alles mag: das Haus, den Garten, die Stadt, ihre Geschichten. Er wünscht sich, dass sie das Bett und die Patchwork-Decke mag, die Alexander mal auf einem Bauernhof-Flohmarkt ergattert hat, mit ihren Stoffresten aus alten Kleidungsstücken, geblümter Baumwolle von Kleidern, weißen Tischdecken, aus Flanellanzügen herausgeschnittenen Sechsecken.

Er wünscht sich, dass sie das alles bemerkt, und er wünscht sich, dass sie das alles mag. Ganz egal, wie alt wir sind, das wünschen wir uns immer. Die Zustimmung unserer Mütter. Unserer Mamas.

Das Wasser hat gekocht. Er gießt es auf den Tee und dreht sich um, um die Kanne auf den Tisch zu stellen. Und da steht sie. Auf der Schwelle, an den Türrahmen gelehnt. Gelbes Kleid, Silberhaar. Sie lächelt. Wie lange hat sie ihn schon so beobachtet?

»Ein schönes Haus ist das.«

Er lächelt zurück. »Danke.«

Das war alles, mehr wollte er gar nicht. Ein kleiner Austausch von Worten, und seine innere Welt ist wieder geordnet.

Sie tritt ein und streckt die Linke aus. Ein kleines Papierpäckchen. Er nimmt es entgegen und packt es aus, sieht die getrockneten Blätter, die zerbrechlichen Blüten. Er schnuppert. »Lindenblüten?«

»Ich dachte mir, die kriegst du hier unten sicher schlecht.«

»Stimmt. Danke, Mama.«

Und dann streckt sie die Rechte aus und reicht ihm noch etwas. Eine Pausenbrotbox aus Plastik. »Die hab ich für dich gemacht. *Chruściki*.«

Er nimmt die Box aus ihrer ausgestreckten Hand. Wie kann sie sich nur alles merken, was ihm gefällt, auch wenn er es nur einmal gesagt hat? Er hebt den Deckel etwas an. Darin ist

ein rotes Tuch. Er kann den Saum sehen. Weißer Schlingenstich.

Er starrt es an. Das Tuch. Die Farbe. Die ungleichmäßigen
Stiche.

»Paul?«

Er blickt auf.

»Was ist? Du weißt doch noch, *Chruściki*. Das sind Kekse.«

»Ja, natürlich. Aber dieses Tuch.«

»Ich weiß. Ich hab es in der Schublade mit den Geschirr-
tüchern gefunden, als ich aufgeräumt habe. Ich dachte, du
erinnerst dich vielleicht daran. Du erinnerst dich auch,
oder?«

Er nickt. »Natürlich.«

»Der Stoff war von Großmamas altem Mantel. Den Rest
hat sie für Verbände benutzt.« Sie lächelt. »Sie meinte, da
sieht man wenigstens die Blutflecken nicht. Absolut typisch
für sie. Der auf die Spitze getriebene Pragmatismus. Joanna
hat so ein Tuch daraus gemacht und es gesäumt, damit es
nicht ausfranst.«

Paul stellt die Box aus der Hand, wendet sich ab, schaltet
den Kessel noch einmal an. Er will jetzt keinen englischen
Tee. Er will Lindenblütentee. Er leert die Kanne aus, ersetzt
die Blätter mit den Lindenblüten. Er gießt das frische Wasser
darüber und setzt den Deckel auf die Kanne. Drinnen, im
Dunkeln, im kochenden Wasser, werden die Blätter langsam
weich und entfalten sich. Sie blühen auf.

Sofa schaut aus dem Fenster. Sie weiß, dass sie gerade ihre
Namen ausgesprochen hat. *Großmama. Joanna.* Sie sind so
viele Jahre unausgesprochen geblieben, aber irgendwie fühlt
sie sich jetzt in der Lage, sie in den Mund zu nehmen. Irgendetwas verändert sich.

Sie wendet sich vom Fenster ab und sieht, wie er sie anschaut. Ihr Sohn, alles, was ihr von all dem geblieben ist.

Er lächelt. »Setz dich, Mama.«

Sie nimmt gegenüber von ihm Platz.

»Danke für die Kekse und den Tee.«

»Nicht der Rede wert.«

»Schon der Rede wert. Es hat mich glücklich gemacht.«

»Schön.«

Er nimmt die Kanne, gießt den Lindenblütentee in zwei Tassen. Die Flüssigkeit ist blass bernsteinfarben und riecht nach Wald und Bäumen.

Er hebt das rote Tuch an, um das Gebäck zu betrachten. Er fühlt den Stoff zwischen den Fingern, wie er damals ihr grünes Kleid gefühlt hat. »Darin haben wir immer unser Brot eingewickelt«, sagt er.

Sie nickt. »Stimmt.«

»Und dann hatten wir es im Wald dabei.«

»Ja.«

»Es lag immer auf der Kiste. Wo wir gegessen haben. Vorm Ofen.«

»Stimmt.«

»Das war unsere Tischdecke.«

Und dann senkt er den Blick. Er kann sie gar nicht richtig anschauen. Die Emotion ist zu intensiv. Es ist die Erinnerung an all das, die Intimität, in dieser Scheune eingepfercht zu sein, mit dem Geruch nach Pferdepisse und Scheiße. Er fühlt alles gleichzeitig. Stolz darauf, dass sie überlebt haben, Aufgewühltheit wegen der Intensität der Erinnerung, Komplizenschaft wegen der geteilten Erlebnisse, Scham darüber, dass sie wie die Tiere leben mussten.

»Ich hab an den Garten und dein Gemüse gedacht«, sagt sie. »Du hast das da ja alles von der alten Frau gelernt. Baba.«

Er nickt. Baba. »Ja. Ja, allerdings.« Er lächelt. Schaut auf und begegnet ihrem Blick. Jetzt geht es ihm wieder gut: Der Moment ist vorüber. »Ich wusste, dass ich einen Garten haben will. Wenn ich in der Arbeit war, haben immer alle gesagt, was für tolle Arbeit ich mache, dass ich die Landschaft der Kostümbildnerei verändere, aber innerlich hab ich immer davon geträumt, Samen zu säen. Ich habe ein Buch darüber gekauft, wie man sich selbst versorgt und sein eigenes Essen anbaut, aber als ich herkam, hab ich es nicht mal aufgeschlagen. Ich wusste einfach, was ich machen muss.«

Sofia hebt die Tasse, trinkt den Tee. Er schmeckt nach damals, schmeckt nach dort.

»Als wir im Wald waren«, sagt sie, »hab ich nicht genug für dich getan. Ich hätte dir Lesen und Schreiben beibringen müssen. Du hast so viel Boden verloren. Deswegen hattest du in der Schule dann auch immer so viel Schwierigkeiten. Entschuldige.«

»Bitte entschuldige dich nicht«, sagt er. »Wir wissen doch, was damals gerade passiert war. Du hattest gerade alles verloren.«

Sie nickt. Wendet den Kopf ab, schaut aus dem Fenster, auf seinen Garten. Sie fühlt, wie es gegen sie anprallt, wie Wasser. Sie zwingt sich, nicht zu weinen. Nicht. Nicht.

»Kinder finden ihre Art, damit zurechtzukommen, sich abzulenken. Aber du warst eine Erwachsene.«

Sie nickt. Er weiß Bescheid. Versteht.

»Du hast dein Bestes getan«, sagt er. »Und jeder, der sein Bestes tut, ist grundsätzlich gut genug. Ich will nicht, dass du mich um Entschuldigung bittest.«

»Ich habe viel darüber nachgedacht.«

»Ich auch. Und selbst wenn ich eine perfekte Ausbildung gehabt hätte und es keinen Krieg gegeben hätte, glaube ich, ich wäre derselbe geworden, der ich jetzt bin. Mein Gehirn ist einfach nicht so. Ich war dazu bestimmt, das zu tun, was ich jetzt tue.«

»Meinst du?«

»Ja. Du weißt doch, wie verträumt ich immer bin. Aus mir wäre nie ein Anwalt oder ein Arzt geworden.«

Sie lacht. »Nein, wahrscheinlich nicht.«

»Ich glaube, in gewisser Hinsicht hat es mir geholfen, was damals passiert ist.«

»Wirklich?«

»Meine Phantasie hat sich entwickelt. Weißt du, ich glaube, dass ich letztlich tue, was ich will, was ich tun sollte.«

»Das ist wunderbar.«

»Mama?«, sagt er.

»Ja.«

»Lassen wir das mal kurz hier. Komm mit nach oben. Ich will dir was zeigen.«

ein buch

PAUL löst die schwarzen Stoffschnüre und klappt den festen Deckel der Kunstmappe hoch. Zum Vorschein kommt ein Bild von einem Haus im Wald, das aus einem dicken weißen Papierbogen ausgeschnitten ist. Es ist filigran und zart, aber auch fest. Es ist zugleich alt und modern.

Er nimmt es behutsam heraus, legt es auf die Seite. Dann nimmt er ein weißes Trennblatt aus Zellstoff aus der Mappe, unter dem eine Reihe kleinerer Abbildungen zum Vorschein kommt: ein Wolf, Blumen, Blätter. Alle per Hand ausgeschnitten. Er nimmt sie heraus, hebt das nächste Trennblatt ab, und darunter befindet sich ein Bild von einem Waldrand. Gestreifte Baumstämme und unglaublich feine Zweige, die sich dem Licht entgegenrecken. In den obersten Zweigen kann man Vogelnester erkennen. Darüber fliegen Vögel hinweg.

Er nimmt es heraus. Noch ein schützendes Trennblatt. Noch ein Bild. Eine alte Frau, die sich zwischen den Reihen in einem Gemüsebeet bückt. Kohlstrünke so hoch wie ihr Körper.

Noch ein Trennblatt, noch ein Bild. Ein kleiner Junge, seine Hand in der Hand eines Erwachsenen. Kopf und Oberkörper des Erwachsenen sind abgeschnitten. Es ist die Perspektive des Kindes. Das ist die Welt, wie das Kind sie sieht.

Paul breitet die ganzen Abbildungen auf dem großen Arbeitstisch aus. Er breitet sie aus und ordnet sie so an, dass sich die Reihenfolge einer Erzählung ergibt. Vom Anfang über die Mitte bis zum Ende.

Sofia weiß, dass sie etwas sagen müsste, aber die Worte bleiben ihr in der Kehle stecken. Sie beugt sich über die Ausschnitte, mustert die Spuren, die eine Hand daran hinterlassen hat, die winzigen Unregelmäßigkeiten, die das Ganze erst perfekt machen. Wie kann sie ihm sagen, wie schön das ist? All die Worte, die sie kennt, sind schon einmal benutzt worden. Sie legt ihm zärtlich eine Hand auf die Schulter. Er schaut sie an, und er weiß Bescheid.

»Du musst nichts sagen«, sagt er.

»Ich will aber. Alles … alles steckt da drin.«

Er nickt.

»Ich dachte, du hättest so viel davon vergessen.«

Er zuckt mit den Schultern. »Erst als ich damit angefangen habe, hab ich gemerkt, wie viel ich noch wusste. Je mehr ich gemacht habe, umso mehr Erinnerungen kamen zurück.«

Und da fällt es ihr plötzlich wieder ein. »Warte. Ich hab dir das ja noch gar nicht gegeben. Bleib hier.«

Sie läuft aus dem Zimmer. Er schaut die Bilder an, alle der Reihe nach. Seine Geschichte. Er denkt an die Unterhaltung, die sie unten geführt haben. Er konnte sich von den Geschehnissen ablenken, aber sie war eine Erwachsene. Wie musste es sich für sie anfühlen, das alles zu sehen?

Er hört sie die Treppe wieder hochkommen. Sie kommt zu ihm, reicht ihm das Buch, und er nimmt es in die Hand. Es fühlt sich zerbrechlich an, riecht nach Zeit, und sogar das Gewicht, wie es sich anfühlt, ist ihm vertraut. Er mustert den blauen Buchdeckel, dann den verblassten Buchrücken, sieht die geprägten Buchstaben, das letzte Gold längst verschwunden. Er schlägt es auf. Das rot marmorierte Vorsatzpapier. Er blättert noch eine Seite um. Die Titelseite. Blättert noch einmal. Die erste Illustration.

Er starrt sie an, nimmt jedes Detail auf. Er blättert die nächsten Seiten um, sucht nach den Illustrationen. Alle Bilder klingen in ihm an, als würden sie in ihm leben, als würden sie sich nach langer Abwesenheit wiedererkennen. Es fühlt sich an, als wären sie in seine Haut eingebrannt, nur dass das heiße Eisen durch die Epidermis durchgegangen ist, geradewegs durchs Fleisch und in die Knochen. Sie sind ein Teil von ihm. Jede Linie, Form, Farbe. Jedes polnische Wort. Seine Muttersprache. Die Grenzen zwischen Ich und Welt stürzen ein.

Alles verbindet sich – Wald, Buch, Geschichten, die Papierausschnitte, Sprache, Phantasie, Träume.

Er blättert um. Ein dunkelgrüner Holunderbaum mit roten Beeren, jede ein kleiner Punkt, als hätte man sie vom Ende eines Malerpinsels geschüttelt. Ein Bogen aus Blutflecken.

Mach das Buch zu. Er fühlt zu viel. Lehnt sich gegen den Tisch. Atmet durch.

»In dem hast du jeden Tag gelesen«, sagt Sofia.

»Darf ich es behalten?«

»Natürlich. Es ist dein Buch.«

Die Sonne ist ums Haus gewandert, scheint jetzt durch die Fenster auf der Rückseite. Paul starrt die Form an, die es auf den Holzboden zeichnet.

»Es ist alles ganz folgerichtig«, sagt Sofia und deutet auf die Papierausschnitte. »Man beobachtet seine Kinder und überlegt, was für ein Erwachsener wohl in ihnen schlummert. Ich glaube, die Hinweise sind schon in jungen Jahren da. Wenn die Teenager dann ein bisschen auf Irrwege geraten, ist es kurz weg, aber sie kehren dann doch zu ihrem frühen Selbst zurück. Du hast ständig gemalt, immer geträumt. Es hat alles auf dich gewartet, nicht wahr?«

Paul nickt. Sie versteht es.

»Die Leute glauben immer«, sagt Sofia, »dass sie ihre Kinder auf eine bestimmte Art formen könnten, aber das geht nicht. Sie können sie höchstens beschädigen. Sie können ein Kind nicht *formen*, können es nicht zurechtbiegen.«

Paul nickt. Sie versteht alles.

»Als du gesagt hast, dass du das Theater aufgibst, hab ich mir Sorgen gemacht. Ich hab an die ganze Arbeit gedacht, die du da reingesteckt hast, deine Erfolge, aber ich hab es geschafft, den Mund zu halten.«

»Hast du auch. Du warst die Einzige, die mir nicht gesagt hat, dass ich verrückt bin.«

Sie lächelt. Schaut sich im Studio um. »Bist du denn hier sicher? Ich meine, kannst du hier dauerhaft wohnen bleiben?«

Er nickt. »Ja.«

»Ich muss dich fragen – wie kannst du dir das denn leisten?«

»Ich habe einen Geschäftspartner.«

»Einen Geschäftspartner?«

»Ja. Wir haben Pläne. Ich werde ein paar Designs entwerfen, und dann drucken wir sie selbst.«

»Oh.«

»Ich zahle keine Miete. Er hat das Haus bezahlt.«

»Oh. Wo ist er?«

»Er ist nicht hier, er arbeitet. Später kommt er. Ich glaube, er wird mit uns essen.«

Sie nickt. »Verstehe. Du hattest ihn gar nicht erwähnt.«

»Hab ich doch gerade.«

»Na ja, jetzt schon.« Sie deutet auf das Buch, das er immer noch in der Hand hat. »Als du gesagt hast, dass du das Buch haben möchtest, hab ich vorschnelle Schlüsse gezogen. Ich dachte, du würdest Vater werden. Ich weiß. Es ist schon okay. Du musst nichts sagen. Es war dumm von mir. Natürlich wolltest du es, weil du diese Arbeit hier machst. Jetzt ist mir alles klar.« Sie berührt seine Wange. Sein Jungengesicht ist ein Männergesicht, mit Stoppeln, mit Bartwuchs. »Ich mach mir nur Sorgen, dass du zu einsam bist. Ich möchte nur, dass du glücklich bist, mit einer netten Frau und einer Familie.«

Er hebt die Hand und nimmt ihre in seine. Er hält sie fest. Mama, Mama. Er fühlt sich zu ihr hingezogen, wie eine Art von Heimweh. Er spürt den starken Wunsch, etwas mit ihr gemeinsam zu haben, Teil eines größeren Ganzen zu sein. Sie sind nur zu zweit, Mutter und Sohn, aber sie sind auch mehr als das.

Die Worte kommen vor den Gedanken.

»Mama«, sagt er, »ich möchte dir etwas sagen.«

»Was?«

Er hält inne. Schluckt, schaut zum Fenster, als könnte ihm das zerbrechliche Glas Kraft geben. Man spürt eine Spannung; die Luft zwischen ihnen ist heiß und dicht. Er könnte sie mit Händen greifen, formen. Sein Herz wird ihn verlassen: Kein Körper kann so etwas in sich beherbergen. Die Worte müssen heraus.

»Du weißt doch, dass du mich nie mit einer Freundin gesehen hast.«

»Hör auf.«

Er starrt sie an. Hör auf?

»Es eilt ja nicht«, sagt sie. Ihre Worte kommen schnell, als wollte sie ihn am Weitersprechen hindern. »Heutzutage lernen sich die Leute später kennen obwohl vielleicht war das schon immer so denn dein Großvater war fast vierzig als er meine Mutter kennengelernt hat deswegen ist er auch gestorben bevor du auf die Welt kamst.«

»Mama. Bitte. Hör mir zu.«

»*Nein.*«

Sie schaut sich panisch um.

»Nein«, sagt sie noch einmal.

Aber er ist jetzt auch in Panik. Und er kann sich jetzt nicht mehr bremsen, denn sein Körper kann das alles nicht mehr in sich behalten. »Mama«, sagt er, »ich werde niemals heiraten.«

»Niemand kann wissen, was die Zukunft bringt.«

»Ich werde niemals eine Frau lieben.«

Und jetzt herrscht Stille.

»Mein Geschäftspartner, Alexander – ich bin mit ihm hierhergezogen. Er hat das Haus gekauft, damit wir zusammen darin leben können. Wir lieben uns.«

Stille.

Ihr Gesicht verschließt sich. Das Licht in ihren Augen wird matt. Sie dreht sich weg, das Haar schwingt ihr übers Gesicht. Sie dreht sich weg, bis er nur noch ihren Rücken sieht. Das silberne Haar, das gelbe Kleid. Ein Block aus Stoff.

Und dann geht sie aus dem Studio. Er bleibt stehen. Er ist wie gelähmt von dem, was gerade passiert ist. Von dem, was er gerade gesagt hat.

ein blaues hemd

SOFIA drückt sich die Hand auf die Brust, als sie die Treppe hinuntergeht. Ihr Herz schlägt zu schnell, ihre Handflächen schwitzen. Sie weiß nicht, was sie mit sich anfangen soll, mit dem, was er gerade gesagt hat, mit allem. Sie sagt sich, dass sie einen Fuß vor den anderen setzen soll, erst eine Stufe hinunter, dann die nächste. Den Treppenflur entlanggehen, vorbei an ihrem Zimmer, vorbei an seinem Zimmer – denk nicht daran, lass keinerlei Gedanken in deinen Kopf – und die nächste Treppe hinunter. Durch den Flur, in die Küche.

Als sie durch die Tür gehen will, sieht sie jemand am anderen Ende des Küchentischs, der ihr den Rücken zukehrt. Ein blaues Hemd mit langen Trompetenärmeln. Sie bleibt stehen, erstarrt. Doch bevor sie kehrtmachen kann, dreht er sich um. »Hallo. Ich bin Alexander.«

Rasch gleitet ihr Blick von seinem Gesicht, hinunter zum Gebäck, das immer noch in der Plastikbox liegt, in dem roten Tuch.

»Ich hab mir einen genommen«, sagt er. »Ich hoffe, das ist in Ordnung. Die sind köstlich.«

Sie macht den Mund auf, aber es will kein Ton herauskommen. Nichts. Da hört sie ein Geräusch hinter sich. Füße auf den Stufen. Paul. Sie dreht sich um, will durch die Küchentür hinaus, aber er kommt zur gleichen Zeit herein. Ihre Körper prallen zusammen, und sie stößt ihn beiseite, schiebt seinen Körper aus dem Weg.

Im Obergeschoss macht sie ihre Tür zu und vergewissert sich, dass sie abgeschlossen ist. Sie lehnt sich dagegen, gegen ihre Sachen, die von dem Haken hängen. Sie hebt die Hände ans Gesicht, schließt die Augen.

Es kommt ihr vor, als würde sie durch ihre eigenen Sachen fallen, durch die Holztür. Als würde sie aus sich selbst herausfallen.

Sie weiß Bescheid: Sie ist nicht dumm. Der Erlass des Parlaments hat sie dreist gemacht, und jetzt meinen sie, es ist in Ordnung, es allen anderen Menschen mit Gewalt unter die Nase zu reiben.

Warum hat er überhaupt etwas gesagt? Sie spürt, wie sich eine Flamme von Wut in ihr breitmacht. Warum hat er ihr das angetan? Er hat alles besudelt.

Paul sitzt am Tisch und hat den Kopf in den Händen vergraben. Vor ihm steht die Tasse mit lauwarmem Lindenblütentee.

»Warum?«, fragt Alexander.

Paul sagt nichts.

»Wir hatten doch abgesprochen, was wir sagen.«

Nichts.

»Sag mir, was sie gesagt hat.«

»Ich weiß nicht, was sie gesagt hat.«

»Und was hast du gesagt?«

»Ich weiß es nicht mehr.«

»Du musst doch etwas wissen.«

Paul blickt auf. Er sieht Alexander an. »Ich wollte nur ich selbst sein. Mein Leben mit dem Mann leben können, den ich liebe, und meiner Familie. Jeder hat das, und ich wünsche es mir auch.«

Sofia geht von der Tür zum Bett, setzt sich hin. Den Kopf wieder in die Hände gestützt. Augen zu, als würde das helfen.

Was soll sie tun? Sie fühlt sich leer im Kopf, doch gleichzeitig überschlagen sich ihre Gedanken. Sie steht unter Schock, das ist ihr klar.

Sie nimmt die Hände weg, legt sie auf den Schoß, sie umklammern einander. Vielleicht hat sie sich nur eingebildet, dass er das gesagt hat. Ja, was hat er denn nun eigentlich wirklich gesagt? Erinnere dich daran, Wort für Wort. Vielleicht hat sie es falsch interpretiert. *Ich werde niemals eine Frau lieben.* Na, das muss noch überhaupt nichts heißen.

Wir lieben uns.

Oh Gott.

Sie denkt an seine klebrigen Hände, die immer in ihren steckten, seine Finger auf ihrem Kleid, die ständig Stoff streichelten, die Tränen, die Dramen. Eine Figur aus einem russischen Roman. Sein Vater, der immer sagte, er müsse ein Mann werden. War es schon immer so? Hatte sie schon immer den Verdacht? Ist sie deswegen jetzt so böse, weil sie irgendwo in ihrem tiefsten Inneren weiß, dass es wahr ist?

Nein.

Und was erwartet er jetzt überhaupt von ihr? Soll sie nach unten gehen und mit den beiden Tee trinken? Höfliche Konversation treiben? Werden sie vor ihr Händchen halten? Sich am Ende sogar küssen?

Wut baut sich in ihr auf.

Sie kann nicht da runtergehen und sich hinsetzen, während die Teetassen auf den Untertassen klirren, und höfliche Konversation treiben. Sie kann sich mit diesen beiden nicht im selben Zimmer aufhalten.

Sie steht vom Bett auf und klappt den Koffer auf. Sie legt die Schuhe unten hinein, ihre Sachen darüber. Ihren Kulturbeutel packt sie als Letztes ein. Sie stellt die Tasche neben die Tür, blickt zurück auf das Zimmer, das sorgfältig gemachte, unbenutzte Bett.

Paul und Alexander sind immer noch in der Küche.

»Paul«, sagt Alexander. »Sprich mit mir.«

Doch Paul weigert sich zu sprechen. Er steht am Fenster und schaut auf seinen Garten.

Er will doch nur haben, was alle anderen auch haben.

Das ist alles.

»Paul. Bitte.«

Aber er ist wie erstarrt. Er kann nichts sagen. Nichts machen.

»Paul. Wir müssen irgendwas tun.«

Nichts.

»Dann geh ich jetzt zu ihr und versuche mit ihr zu reden.«

Alexander steht auf und verlässt die Küche. Paul hört seine Füße auf der Treppe. Fuß um Fuß um Fuß.

Er hört, wie die Tür oben aufgeht und wieder zu. Und dann hört er wieder Füße auf der Treppe. Schneller. Laut auf den nackten Holzstufen.

Die Küchentür geht auf, knallt gegen die Anrichte.

Alexander steht da. »Sie ist weg«, sagt er. »Sie ist weg.«

ein rotes kleid

ES ist Abend, und Sofia sitzt allein im Dunkeln. Sie sitzt im Musikzimmer, neben den offenen Türen zum Garten. Dahinter kann sie nur den dunklen Himmel sehen, den schmalen Mond, die Straßenlaterne neben dem Haus, die ihr gelbes Licht aufs Gras wirft.

Das Zimmer ist fast kahl: Holzparkettboden, zwei Stühle, weiße Wände, ein kleines Buchregal mit Noten. Regale voller Alben, alphabetisch nach Komponist geordnet.

Die Stereoanlage spielt Musik. Klavier. Der Satz endet, und man hört das Rauschen der Platte zwischen den Stücken. Der nächste Satz beginnt.

Die Luft, die von draußen hereindringt, ist jetzt kühler. Sofia kann sie auf den Beinen spüren. Sie lauscht. Note für Note. Gefühl für Gefühl. Äußerlich ist ihr Körper völlig reglos, auf dem Stuhl im Luftzug, aber innerlich bewegt er sich, schwingt sich hoch, fällt, wiegt sich hin und her. Der letzte kurze Satz endet, und es rauscht, bevor sich die Nadel hebt und der Tonarm von selbst auf seine Stütze zurückgeht. Stille. Doch als die Sekunden verstreichen und sie sich an die fehlende Musik gewöhnt, merkt sie, dass gar keine Stille herrscht: Sie kann das leise Summen der Anlage hören, den Ruf eines Vogels draußen, eine Hupe. Sie hört ihren eigenen Atem. Ihr Herz schlägt jeden Augenblick. Könnte es jemals wahre Stille geben? Das Gehör eines Menschen ist Teil eines Körpers, der seine eigenen Klangwelten hat. Das Brausen von Blut durch

313

die Adern. Das Gurgeln der Magensäure. Die Welt der Klänge, die wir hören können, ist begrenzt. Hunde hören Dinge, die wir nicht hören. Kinder hören Dinge, die Erwachsene nicht hören. Das Wort Stille bedeutet nur, dass wir nichts hören können.

Denken, denken. Endloses Gedankengeschnatter.

Sie schaut in den Garten hinaus. Gras, gelblich im Licht der Straßenlaterne, dann dahinter, unter den Bäumen, beginnt die Dunkelheit. Äste, Blätter, der Geruch nach Erde. Sie denkt an den Garten ihres Sohnes in seinem neuen Haus, umgeben von Mauern, an die Gemüsereihen. Den Wald.

Er ist immer noch ihr Sohn.

Ihre Gedanken sind ausufernder denn je, schwieriger zu glätten, zu entwirren. Sie spürt Wut, Zorn. Aber da ist noch mehr. Wut und Zorn entstehen nicht ohne einen Grund: Keine Emotion entsteht ohne Grund.

Sie ist zornig, weil sie sich seine Worte anhören musste, weil man von ihr erwartete, dass sie etwas versteht und akzeptiert, was nicht mehr illegal ist, wie sie weiß, ja, sie weiß das durchaus. Sie ist zornig, dass man von ihr erwartet, diese neue Welt zu akzeptieren. Sie ist angewidert, und das Wort ist nicht zu drastisch gewählt.

Aber da ist mehr als das. Das weiß sie.

Sie hatte Träume von einer kleinen Hand in ihrer. Als sie ihren Koffer packte, um zu ihm zu fahren, und sein Buch einpackte, dachte sie, dass es endlich mehr werden würden, nicht mehr nur sie beide. Eine größere Familie. Ihr Name würde weiterbestehen, und aus der Asche ihrer Geschichte würde etwas geschaffen werden. Ein Baby als Phoenix. DNA, die sich spiralförmig durch alle Generationen zieht.

Es wäre unehrlich, sich das nicht einzugestehen.

Und da ist noch etwas anderes.

Etwas Dunkleres, von einem tieferen Ort, tief unten in

ihrem Bauch. Angst. Dieselbe, die eine junge Mutter fühlt, und der Umstand, dass ihr Sohn ein erwachsener Mann ist, verändert nichts und mildert nichts ab. Was, wenn es jemand rausfindet? Was, wenn er durch eine dunkle Straße geht und jemand es *weiß* und ihn angreift?

Hör auf.

Lass diesen Gedanken. Du musst nicht darüber nachdenken, was er gesagt hat. Bleib nicht bei einem Gedanken, der dir wehtut. Du weißt, dass das nicht klug ist.

Die Wahrheit sieht so aus, dass ein Konflikt mitten durch sie hindurchgeht: Sie will ihn nicht wiedersehen, aber er ist alles, was sie hat.

Mit ihren messerscharfen Überlegungen kann sie die Dinge zwar entwirren, aber nicht lösen.

Und dann kehrt der Schmerz, ein anderer, körperlicher Schmerz, in ihren Bauch zurück. Es ist nicht das erste Mal, dass sie ihn fühlt, aber er wird schlimmer. Er erinnert sie an Periodenkrämpfe, und die Eröffnungswehen bei Pauls Geburt. Er kommt in Wellen, wie eine Muskeltätigkeit tief in ihrem Inneren. Diese Schmerzen damals hatten eine weibliche Logik: Sie hat sie erwartet, sie hat sie anerkannt. Sie waren der Rhythmus ihres Lebens, hatten damit zu tun, dass sie eine junge Frau war und dass sie die Möglichkeit hatte, Kinder zu bekommen. Sie endeten entweder mit Blut oder Geburt. Aber ihre letzte Periode liegt Jahre zurück, und sie weiß, dass dieser Schmerz einen anderen Grund haben muss. Sie weiß, dass sie das untersuchen lassen muss.

Morgen. Morgen geht sie.

Sie sollte hochgehen, ein heißes Bad nehmen. Ja, das wird helfen. Wärme hat ihre Periodenkrämpfe immer gelindert. Sie steht auf, schließt eine von den Türen in den Garten, dann die andere. Sie schaltet die Stereoanlage aus, verlässt das dunkle Zimmer.

Während die Wanne einläuft, macht sie ihren Rock auf, steigt heraus. Macht ihre Bluse auf, Knopf für Knopf, schüttelt sie ab mit einer Bewegung ihrer Schultern. Sie legt die Sachen auf den Stuhl. Hakt ihren BH auf. Schlüpft aus ihrer Unterhose.

Sie steigt in die Wanne. Lässt sich hineinsinken und streckt sich aus, lehnt den Kopf zurück an die kühle Emaille und schiebt ihren Zeh in den kalten Wasserhahn, spürt die rauen Kanten innen im Metall, die Kalkablagerungen.

Sie schaut herab auf ihren Körper, dessen Umrisse vom Wasser verzerrt sind. Sie schaut ihr Schamhaar an, das sich schwankend bewegt wie Wasserpflanzen, während sich Bläschen zwischen den Haaren fangen. Sie schaut ihre Haut an, die sich verändert, ihr ganzes sich wandelndes Selbst. Wie oft hat sie ihren Körper in der Badewanne studiert? Studieren ist der richtige Ausdruck: Sie studiert sich in ihrem eigenen Labor. Sie hat zugesehen, wie ihre Haut faltig wurde, wie die Form ihrer Glieder schwammiger wurde. Es ist keine schmerzliche Beobachtung: Sie weigert sich zu denken, dass sie durch die Alterung verliert, aber sie ist fasziniert, interessiert. Was davon war durch ihr genetisches Erbe bestimmt? Was war ein Resultat des Lebens, das sie geführt hat?

Gedanken.

Sie hebt ein Bein aus dem Wasser, und seine Proportionen ändern sich. Das Wasser hat ihr Bein vergrößert; die Luft lässt es schrumpfen. Sie hat ein Muttermal auf dem Oberschenkel, einen länglichen braunen Kreis. *Mein Muttermal*, hat Karol es immer genannt. Damals war sie anders: Ihre Beine waren dünner und gerader, aber sie war jung und dumm. Sie war geschmeichelt von der Aufmerksamkeit eines Künstlers, dachte, dass es ein Kompliment war, wenn er sie nackt malen und dann mit ihr schlafen wollte.

Künstler machen das, um die Frauen zu besitzen. Wie ein

Hund, der sein Revier markiert, und das machen sie für sich, nicht für die Frau.

Ihr Körper sieht jetzt vielleicht anders aus, aber im Wesentlichen ist er noch derselbe. Nur sein Zweck hat sich geändert. Sie sieht es aus ihrer jetzigen Perspektive: die drei Stadien eines Frauenlebens. Zuerst die Morgendämmerung, vor den Blutungen und flachbrüstig. Dann die Jahre der Möglichkeiten, wenn im unsichtbaren Inneren eines Frauenkörpers ein anderer Körper heranwachsen kann. Schließlich die Anpassung an eine Landschaft nach den Blutungen, die eine Frau an das Ich ihrer Morgendämmerung erinnern kann, frei, unbelastet von der Pflicht, die menschliche Spezies vor dem Aussterben zu bewahren. Dann bewegt sich ein Leben auf seine Vollendung zu, dann schließt sich die Linie der Zeit zu einem Kreis.

Sie hebt die Hände aus dem Wasser, beobachtet, wie sich Tropfen am Ende ihrer Fingernägel bilden, wie Tau an den Zweigen eines Baumes. Sie bleiben dort hängen, bis sie zu schwer sind und fallen.

Das Telefon klingelt.

Sie bleibt ganz still liegen. Zählt mit. Dreizehn Mal klingelt es, dann hört es auf. Sie weiß, wer das ist, und es ist nicht das erste Mal, dass er anruft.

Sie taucht die Hände wieder ein. Wasser tropft ihr von den Fingern. Sie streckt sie, schaut sie an. Cellohände. Alternde Hände. Sich krümmende Finger, anschwellende Gelenke.

Dieselben Hände haben in ihren Jahren der Möglichkeiten das Baby Paul hochgehoben, haben sein Haar gestreichelt, in der Stadt seine Hand gehalten, ihm Sicherheit geschenkt im Wald.

Hör auf.

Eine dunkle Straße, unter einer Brücke, Wasser, das heruntertropft, und Fausthiebe, die seinen Körper treffen.

Hör auf.

Setz dich auf, dreh den Hahn auf, lass heißes Wasser nachlaufen. Lass es erst bei deinen Füßen einlaufen, so dass sich das Wasser um deinen Körper im Vergleich kühler anfühlt. Denn beweg es herum, verteile die Hitze.

So ist es gut: Lenk dich ab.

Früher lag sie immer so in der anderen Badewanne, in der Wohnung in den Bäumen. Das Bad war rosa und hatte einen grünen Fleck unter dem Kaltwasserhahn. Darüber hing ein Gasboiler, und wenn sie das heiße Wasser aufdrehte, erwachte er fauchend zum Leben, und sie konnte die blaue Flamme sehen, während sie da unten lag. Sie konnte riechen, wie das Gas verbrannte. Hören, wie die Flamme ab und zu ein bisschen sprotzte.

So ist es gut: Lenk dich ab. Spiel ein Spiel: Probier aus, woran du dich erinnern kannst.

Es ist der erste Tag, an dem du ihn berührt hast. Du hast dein rotes Kleid an. Er spricht dich darauf an, als er ankommt. Das ist eine schöne Farbe, sagt er. Du spürst, wie das Rot des Kleides nach oben in deine Wangen steigt wie Blut, und du musst den Blick abwenden.

Du wusstest durchaus, wie du aussahst. Du warst kein Unschuldslamm.

Ihr sitzt euch gegenüber. Es läuft Musik. Bach. Die 1. Cellosuite. Als sie zu Ende ist, unterhaltet ihr euch, aber statt Tee bietest du ihm Sherry an.

Du wusstest, was du tatst. Natürlich wusstest du es.

Der Geschmack des Sherry, das leichte Schwindelgefühl. Dann sagst du es ihm. »Das war das Lieblingsstück meiner Schwester.«

»Wir hätten etwas anderes anhören sollen.«

»Nein. Die Leute denken, dass ich nicht an sie denken will, dass ich mich auf Neues konzentrieren will, aber wenn ich das tue, was wäre dann der Sinn gewesen – wenn ich sie einmal hatte und sie dann auslösche?«

Er antwortet nicht sofort, er schweigt eine geraume Weile, dann: »Das ist sowohl Schönheit als auch Fluch des menschlichen Lebens – Erinnerungen zu haben und so tief zu empfinden.«

So war es immer: Ihre Unterhaltung war ein perfekter Tanz; er wusste, wie er sich bewegen musste, er trat ihr nie auf die Zehen.

Sie hörten noch ein bisschen Musik. Was für welche war es noch? Genau, Beethoven. Die späten Streichquartette. Ein Rauschen, dann setzt ein Ton ein. Er steigt hoch, wird stärker, erfüllt das Zimmer.

Noch ein bisschen Sherry. Die Farbe des Getränks im Abendlicht. Und die Sonne auf dem goldenen Ehering an seinem Finger, die Sonne auf seinen nackten Armen.

»Peter?«

»Ja?«

Dann nichts. Schweigen.

Er steht dort, und die Sonne ist in den Bäumen, und dein Kopf ist ganz leicht. Sonnenlicht durchs Fenster, durch das Glas, durch den Sherry, Muster von den Blättern überall auf den Wänden und überall auf seiner Haut. Stell das Glas ab. Geh näher. Und wie er sich dann anfühlte, seine Arme, seine Haut. Sein Geruch. Baumwolle und Körper.

Hör auf.

Sie taucht ihre Hände ins Wasser, krümmt sie und hebt sie heraus, spritzt sich Wasser ins Gesicht. Es war eine Trotzreaktion, sie wollte wissen, dass es immer noch Lust, immer noch Freude geben konnte. Aber da war ein goldener Ehering an seinem Finger. Sie sah ihn: Sie wusste Bescheid.

Sie bremst sich wieder. Alte Schuldgefühle. Es ist viel zu spät für das alles.

Ihre Hände sinken wieder ins Wasser. Sie berühren ihre Beine und bewegen sich dann hoch zu ihrem Bauch, zu ihrer dicker werdenden Taille. Sie bewegt die Arme bis zur Brust und überkreuzt sie dann, hält die linke Brust in der rechten Hand, die rechte Brust in der linken. Sie sind warm, schwerer als früher. Weicher. Sie haben sich ebenfalls verändert. Von Tag zu Tag verändern sie sich.

Ihre Brüste sind nichts, nur Ausbuchtungen von Haut, Fettgewebe voller Drüsen, und dennoch sind sie alles. An dem Tag, als sie kamen, am Ende ihrer Morgendämmerung, bevor die Blutungen einsetzten, veränderte sich alles. Sie war nicht mehr unsichtbar, sondern stand im Brennpunkt männlicher Blicke. Als sie dann schwanger war, veränderte sich alles. Sie schwollen und wurden dunkler, und ihr Zweck war wieder ein neuer: Paul die Nährstoffe zu verabreichen, die er für seine ersten Tage brauchte. Nach der Geburt füllten sie sich mit Milch, wurden hart und heiß. Sie schaute auf seinen Scheitel, als er den Mund um ihre Brustwarze schloss, dann spürte sie, wie die Milch nach unten schoss, in den Milchkanälen ankam.

In dem Moment löste sich ihr menschliches Selbst auf und wurde von ihrem tierischen Selbst verdrängt.

Hör auf.

Sie zieht den Baumwollwaschlappen ins Badewasser, legt ihn auf ihre Brüste wie einen Umschlag.

Geh zurück. Geh zurück.

Es ist danach; er ist gegangen. Mit seinem goldenen Ehering am Finger legte er sich im Kopf Ausreden zurecht. Du lässt dir ein Bad ein. Dein rotes Kleid liegt auf dem Boden wie ein Blutfleck. Du liegst im Wasser, so wie jetzt. Du lauschst auf die unregelmäßig brennende Gasflamme, und den Wind in den Blättern draußen, die Musik der Wohnung in den Bäumen.

Schuldgefühl war bei ihr in dieser Badewanne, so flüssig,

so allumfassend wie das heiße Wasser. Schuldgefühl wegen des goldenen Eherings und des roten Kleides.

Und da ist noch mehr Schuldgefühl. An eben diesem Morgen war auch der Brief gekommen. *Ich hasse diese Schule, ich will nach Hause kommen, Mama. Ich will nach Hause kommen.* Statt hinzufahren und ihn zu holen, hast du dein rotes Kleid angezogen und Peter die Tür aufgemacht.

Ich will nach Hause kommen, Mama. Ich will nach Hause kommen.

Karols Stimme: *Unser Sohn muss lernen, ein Mann zu werden, er kann dir nicht ein Leben lang am Schürzenzipfel hängen.*

Lass ihn dort; hol ihn heim. Schwankend, wie die Ränder des Tuches, wie ihr Seetangschamhaar.

Alle Gedanken kehren zurück zu Paul.

Warum konnte er nicht den Mund halten? Warum musste er es ihr erzählen dort oben in seinem Dachstudio? Warum musste sie es unbedingt erfahren?

Was hatte ihre Mutter immer über ihn gesagt? Er hat das Leben gelebt, als wäre er in einem russischen Roman, genau. Sie kann sich immer noch an die exakten Formulierungen erinnern, die sie benutzt hat, die Phrasierung, die Kadenzierung, ihren Ton. Ihre Stimmen sind immer noch lebendig, wie Musikstücke. Alles ist noch da. Einen Moment ist alles vergessen, versteckt in einem Schrank ihrer Erinnerung; im nächsten Moment gehen die Türen auf, und die Kleider und Anzüge, die Röcke und Hemden, die grünen und grauen und blauen Stoffe, fallen alle heraus und auf den Boden.

Das ist der Wahnwitz des menschlichen Lebens. Vergangenheit und Gegenwart existieren gleichzeitig.

Wie soll man all das in einem Körper bewahren, in einem Geist? Sofia ist hier in Peters Haus mit dem Geist seiner Frau, in dieser Wanne voll mit heißem Wasser, auf dem Stuhl hängen ihr blauer Rock und die Bluse; sie liegt auch in dem rosa Badezimmer in ihrer Wohnung in den Bäumen, ihr rotes Kleid liegt auf dem Wohnzimmerboden wie eine abgestreifte Haut; und sie ist auch im Badezimmer in der Stadtwohnung, schaut hoch zu den Stuckleisten unter der Decke, lauscht Pawel beim Geigeüben und ihrer Schwester auf der Treppe, wie sie den Namen ihrer Mutter ruft; sie ist auch in der Zinkwanne in ihrem Haus auf dem Land, liegt im heißen Wasser, das das Dienstmädchen in Porzellankannen aus der Küche hereingetragen hat. Und natürlich ist sie auch im Wald. Sie ist in der kalten Scheune mit dem Gestank nach Pferdemist. Versteckt in der Ecke, schlotternd hinter dem aufgehängten Tuch, wo sie sich mit einem Lappen wäscht, den sie in einen Eimer mit seifenlosem Wasser getaucht hat.

Genug.

Sie zieht den Stöpsel, wringt den Waschlappen aus und hängt ihn über den Badewannenrand. Sie stützt sich rechts und links auf, hievt sich hoch, steigt aus der Wanne, setzt die Füße auf den Boden. Und dann kommt der Schmerz wieder, diesmal viel schlimmer. Sie taumelt, fällt und weiß nichts mehr.

eine schnur

PAUL hört die Klingel durch zwei Stockwerke. Er hat sie um acht erwartet, aber es kommt ihm noch gar nicht so spät vor. Er legt seinen Stift aus der Hand und reibt sich den rechten Mittelfinger, wo er eine sechseckige Grube in seinem Fleisch hinterlassen hat, klappt sein Skizzenbuch zu. Er steht auf, streckt sich. Wo sind all die Stunden hin? Mit seinem Zeitempfinden scheint es auch immer schlimmer zu werden. Seine Tage hier oben sind länger, seit sie hier war. Mehr verlorene Stunden.

Er geht zum Fenster, blickt hinaus und sieht, dass die Sonne tief über den Dachfirsten steht. Es ist ein weiches Licht heute Abend, und die beiden Hügel sehen weit entfernt aus, obwohl sie es nicht sind. Es ändert sich alles, jeden Tag neu, je nach Licht.

Zurück zu seinem Schreibtisch. Er schlägt das Skizzenbuch wieder auf, schaut sich seine Idee noch einmal an, ein verstohlener Blick, ein Versuch, es mit neuen Augen zu sehen. Das ist die Schwierigkeit – diesen ersten Blick nachzuahmen, zu Objektivität zu finden. Er probiert verschiedene Methoden aus: schaut es in einem Spiegel an, macht ein Foto, schaut es über Kopf an, tut alles, was er gerade getan hat, und nähert sich der Zeichnung ganz langsam an, aber er weiß, dass sich die echte Objektivität erst mit noch mehr Arbeit einstellt. Das Auge wird kälter.

Er ist nicht zufrieden mit dem, was er auf der Seite seines

Skizzenbuchs sieht, aber das ist nicht das Ausschlaggebende. Er hat dazugelernt. Tu jeden Tag dein Bestes, dann wird sich eines Tages aus all dem etwas ergeben.

Er geht eine Treppe hinunter, dann bleibt er auf dem Treppenabsatz stehen. Lauscht. Er kann sie hören. Mutter, Vater, Kind: Sopran, Bariton, Kindersopran. Er setzt sich in Bewegung, ganz langsam, lässt sich die Zeit, vom Land der Phantasie in die reale Welt hinüberzugehen.

Er kann Alexanders Stimme hören: »Er ist gleich unten.«

Dann die Stimme des anderen Mannes, des Baritons: »Das ist das Blöde an Workaholics – sie sind einfach totale Langweiler.«

Paul lächelt. Man kann sich seine Verwandten nicht aussuchen, aber die Leute, mit denen man sonst so verkehrt, sucht man sich sehr wohl aus. Freunde. Er kommt zur untersten Stufe, geht in die Küche und bleibt in der Tür stehen. Alexander schenkt gerade die Getränke ein. Mutter und Vater und Tochter stehen vor ihm und halten ihm die Gläser hin.

Alexander sieht ihn als Erster. Er lächelt, sagt: »Seht ihr, da ist er schon.«

Die Frau dreht sich um: »*Paul.*«

»Verdammt, das wurde aber auch Zeit«, sagt der Vater. Er zieht ein kleines Buch aus der Jackentasche. »Hab ich gefunden. Für dich.«

»Danke.«

Paul nimmt das Buch. Ein Reiseführer zu Orten, die man in Somerset anschauen kann, mit einem Linolschnitt von Glastonbury Tor auf dem Cover. Er schlägt es auf. Weitere Linolschnitte. Die Klosterruinen, die Hügel.

»Danke.«

»Hat bloß einen Shilling gekostet.«

Paul lächelt. Er mag diese unbeugsame Weigerung, zum Dezimalsystem überzugehen.

Alexander reicht ihm ein Glas, und er nimmt es, hebt es, berührt das Glas der Tochter. »Schön, dich zu sehen.«

»Schön?«, sagt ihre Mutter. »Wir versuchen sie die ganze Zeit zu überzeugen, dass sie zu alt ist, sie muss ausziehen.«

»Sie hat es zu lustig zu Hause«, sagt Paul. »An ihrer Stelle würde ich nicht gehen.«

»Lustig?«, sagt die Tochter. »Ich träume von einem konventionellen Leben.«

Alexander hebt sein Glas. »Und jetzt stoßen wir an. Herzlichen Glückwunsch zu deiner Aufnahme an der Uni.«

Ihr Vater spricht. »Glückwunsch? Ich muss eher meine Sorgen ertränken. Sie werden sie einer Gehirnwäsche unterziehen, bis sie so denkt wie der Rest der Welt. Es gibt genug Automaten in der Welt. Wir brauchen Originalität.«

Und dann fängt das Telefon auf dem Flurtischchen an zu klingeln. Das Klingeln hallt von der hohen Decke wider. Paul hört es, Alexander hört es. Keiner von beiden rührt sich vom Fleck.

»Das ist bestimmt die Bank«, sagt der Vater. »Ich kann mit ihnen reden und ihnen sagen, dass du nicht zu Hause bist. Ich hab Übung in so was.«

Das Telefon klingelt weiter. Immer weiter.

»Ihr braucht einen Bediensteten«, sagt der Vater.

»Alexander könnte sich doch verkleiden«, sagt die Mutter. »Na komm. Du warst doch Schauspieler.«

»Er hat einen Butler gespielt, als wir uns kennengelernt haben«, sagt Paul.

Das Klingeln hört auf.

Alexander füllt ihre Gläser auf.

Das Telefon fängt wieder an.

Diesmal seufzt Paul, stellt sein Getränk ab und geht in den Flur. Er schaut das Telefon an. Cremefarben, schwer, in sich verwickelte Telefonschnur. Er legt seine Hand auf den Hörer, nimmt ab; die zwei schwarzen Knöpfe springen hoch, und der Klingelton bricht ab.

»Hallo.«

»Paul. Ich bin's.«

Sein Herzschlag verändert sich, als er ihre Stimme hört.

»Sekunde«, sagt er. »Es ist ziemlich laut, ich muss kurz eine Tür zumachen. Leg nicht auf. Bleib dran.«

Er legt den Hörer ab und geht zur Küche, schließt die Tür. Er kehrt zurück zum Telefon, nimmt den Hörer wieder und hält ihn sich ans Ohr. Sein Herz schlägt zu schnell. Wo soll er anfangen. »Wie geht es dir, Mama?«

»Ich rufe nur an, um dir mitzuteilen, dass ich morgen ins Krankenhaus muss und mich operieren lassen.«

Er setzt sich auf den Stuhl, sein Körper landet mit einem schweren Plumps. »Ist es was Ernstes?«

»Eine Hysterektomie. Das ist alles.«

»Das ist ein großer Eingriff.«

»Nicht wirklich.«

»Das kommt so plötzlich. Warum hast du mir das nicht erzählt?«

»Ich hab es gerade erst erfahren.«

»Wie meinst du das?«

»Gestern ging es mir nicht so gut, und da hat man mir gesagt, dass ich das machen lassen soll.«

»Wie muss ich mir das vorstellen, es ging dir nicht so gut?«

»Ich bin zusammengebrochen und musste in die Notaufnahme, aber es wird alles gut. Ich rufe nur an für den Fall, dass irgendwas schiefgeht.«

»Was meinst du? Was redest du denn da?«

»Ich denke nur praktisch. Das ist alles. Mein Testament liegt ganz hinten in der blauen Mappe. In der mit dem Band. Alles andere findest du im Schreibtisch.«

»Mama. Hör auf.«

»Ich muss dir das sagen.«

Es entsteht eine Schweigepause. Paul schließt die Augen. Er stellt sich seine Mutter am anderen Ende der Leitung vor, das graue Telefon, der Hörer an ihrem Ohr. Sie sitzt bestimmt auf dem Stuhl im Flur, mit übereinandergeschlagenen Beinen. Hinter ihr die Haustür mit ihren grünen Glasblättern und dem roten Glasherzen.

Mama.

»Warum hast du mich nicht angerufen, als du zusammengebrochen bist?«, fragt er.

»Ich wollte dich nicht belästigen. Hör mal, ich hab bloß angerufen, um dir das mitzuteilen. Ich muss jetzt aufhören.«

»Leg nicht auf. Warum hätte mich das belästigen sollen? Du hast mich gebraucht und hättest mich anrufen sollen.«

»Ich hab dich nicht gebraucht.«

Oh Gott. Er will mit der Faust gegen die Wand hämmern.

»Mama.«

»Was?«

»Wenn du krank bist, brauchst du jemand. Jemand von deiner Familie. Du brauchst jemand, der sich um dich kümmert, der dich beschützt.«

»Es geht mir bestens.«

»Mama, bitte.«

Sie seufzt. »Schau, ich hätte dich nicht anrufen müssen, um dir das mitzuteilen. Ich rufe an, damit du Bescheid weißt, wenn etwas schiefgeht, und damit du weißt, wo du meine Papiere findest.«

»Mama, das ist nicht das Thema. Ich würde mich gerne um dich kümmern dürfen.« Schweigen. »So wie du dich um mich gekümmert hast.«

»Geh jetzt lieber zurück zu deinen Gästen.«

»Muss ich nicht.«

»Ich muss jetzt aufhören. Auf Wiedersehen.«

»Warte, Mama.«

Aber sie ist schon weg, und es tutet ihm ins Ohr. Er bleibt noch einen Augenblick so sitzen, das Gewicht des Hörers in der Hand.

Gelächter dringt aus der Küche. Er legt den Hörer auf die zwei kleinen Knöpfchen, und die Schnur wickelt sich noch fester zusammen. Er steht auf, geht ins leere Wohnzimmer. Er stellt sich ans Fenster, schaut auf die Hauptstraße. Leute gehen vorbei: eine Frau, dann ein alter Mann. Und dann kommt eine Gruppe. Eine Frau, ein Mann, ein Kind auf den Schultern des Mannes, ein Baby im Kinderwagen. Eine Familie.

Eine Familie, ein Stamm.

Er fühlt sich ganz schwer. Ein Gewicht liegt auf ihm. Eine Erschöpfung. Seine Freunde sind nebenan, und das sind die Leute, die er sich ausgesucht hat, aber jetzt hört er einen anderen Ruf. Es ist die alte Nähe, das Gefühl von Haut auf Haut. Die Geschichten der Vergangenheit.

Es ist sein eigener Stamm. Die verwoben Verbundenen. Das geflochtene Haar, die ineinander verschlungenen Wurzeln.

Wer wir sind. Woher wir kommen. Wo wir hingehen.

eine porzellantasse

DER Koffer steht neben der Haustür. Sofia ist in der Küche; sie stellt ihr Frühstücksgeschirr in die mit heißem Wasser gefüllte Spüle, spült sie sorgfältig mit dem Schwamm, wischt Butter, Krümel, glänzende Marmelade weg. Sie stapelt sie auf dem Abtropfgeschirr. Alles ist so sauber, so geordnet, wenn man alleine lebt. Nichts Zusätzliches oder Unerwartetes. Routine wird zu einfach: Es wird schwierig, die eigenen Tätigkeiten zu unterbrechen, und das weiß sie auch. Sie trocknet alles mit einem Geschirrhandtuch ab, räumt es weg. Wischt die Oberflächen ab. Spült den Lappen, hängt ihn auf, damit er nicht riecht, wenn sie nach Hause kommt. Sie zieht den Stöpsel, und das Wasser verschwindet.

Sie glaubt, dass sie ein bisschen Chaos durchaus begrüßen würde, aber wie sollte sie es selbst anrichten?

Sie geht jetzt durch alle Zimmer, vergewissert sich, dass die Lichter aus sind, die Fenster zu. Die Treppe hoch, ins Schlafzimmer. Sie zieht die Decken glatt, überprüft noch einmal die Fenster. Als nächstes das Bad. Sie wischt Wanne und Waschbecken mit dem Putzlappen ab, spült ihn aus, hängt ihn auf.

Fertig.

Sie geht die Treppe wieder hinunter, bleibt auf dem stillen Flur stehen. Im Sonnenlicht, das von draußen durch das sich bewegende Laub hereinfällt, sieht es so aus, als würde das rote Herz in der Buntglasscheibe klopfen.

Sie wirft einen Blick auf die Uhr; das Taxi kommt erst in einer halben Stunde. Sie ist nervös, natürlich. Es wäre ja absurd, wenn man ins Krankenhaus geht und sich aufschneiden lässt und nicht nervös wäre. Sie geht ins Musikzimmer, setzt sich auf ihren Stuhl neben den Türen, schaut in den Garten hinaus. Der Rasen muss gemäht werden, das hätte sie machen sollen, bevor sie geht. Wenn sie nach Hause kommt, wird das Gras so lang sein wie ihre Haare.

Sie steht auf, um Musik aufzulegen, aber da klopft es an der Tür. Das Taxi muss zu früh dran sein. Sie geht auf den Flur und sieht die Silhouette eines Kopfes hinter dem farbigen Glas. Sie schiebt ihren Koffer mit dem Fuß beiseite und macht die Tür auf.

»Hallo, Mama.«

»Was machst du denn hier?«

Paul deutet auf das Auto, das hinter ihm steht. »Ich bin gekommen, um dich ins Krankenhaus zu fahren.«

»Ich hab mir ein Taxi bestellt.«

»Dann wirst du es wohl abbestellen müssen. Ich fahr dich hin.«

»Bist du jetzt hochgefahren?«

»Ich bin gestern Nacht gekommen«, sagt er. »Ich übernachte hier bei Freunden, bis es dir besser geht.«

»Das ist doch Unfug.«

Er fühlt, wie sein Herz reagiert. Unfug?

»Es gibt keinen Grund, so ein Aufhebens zu machen.«

»Ich mache kein Aufhebens. Ich versuche dir zu helfen. Das ist eine große Operation.«

»Das ist ein Standardeingriff. Ich werde bald wieder auf den Beinen sein.«

»Tja, jetzt bin ich nun mal hier.« Er greift sich ihren Koffer. »Ich bring den schon mal ins Auto, und du kannst bei der Taxizentrale anrufen und den Wagen abbestellen.«

Er nimmt ihre Tasche mit hinaus und setzt sich ins Auto und wartet. Nachdem sie den Anruf getätigt und noch einen letzten prüfenden Blick aufs Haus geworfen hat, schließt sie die Tür zweimal ab und geht den Gartenpfad hinunter, steigt auf der Beifahrerseite ein.

»Ich hab die Schlüssel noch«, sagt Paul, »wenn du also irgendwas vergessen haben solltest, kann ich herkommen und es dir holen.«

Sie wirkt überrascht. »Du hast noch Schlüssel?«

»Natürlich.« Er schüttelt den Kopf. »Das weißt du doch.«

Er lässt den Motor an und fädelt sich in den Verkehr ein, fährt Richtung Süden. Sofia schaut aus ihrem Fenster auf die Gebäude, die Menschen, London.

»Es ist so eine Erleichterung, dass es jetzt abgekühlt ist«, sagt er.

»Ja.«

»Mein Garten hat wirklich gelitten. Deiner sah gar nicht so schlimm aus.«

»Nein.«

Er bleibt an einer Ampel stehen, wirft ihr einen raschen Blick zu. »Bist du nervös?«, fragt er.

»Meine Mutter war Ärztin.«

»Ich weiß. Warum solltest du deswegen nicht nervös sein?«

»Ich weiß, dass ich für die moderne Medizin und Anästhesie dankbar sein muss. Früher wäre ich hieran gestorben.«

»Ich nehme es an. Aber deswegen kannst du ja trotzdem nervös sein.«

»Ja, bin ich aber nicht.«

Er fährt oben am Hyde Park entlang, wo das Gras sich gelb verfärbt hat und aussieht wie ein Kornfeld kurz vor der Ernte.

»Ich mache noch ein Buch«, sagt er.

Keine Antwort.

»Mama?«

»Ich bin nicht so richtig in der Stimmung zum Reden.«

Er fährt eine Weile weiter, die Augen auf die Straße gerichtet, während sie aus dem Beifahrerfenster schaut.

Er zerbricht sich den Kopf, was er sagen könnte. Irgendetwas Unverfängliches. Landminen überall, unter der Oberfläche vergraben. Wenn er in diese Richtung geht, gibt es eine Explosion, geht er in die andere, gibt es auch eine Explosion.

Er bleibt an weiteren Ampeln stehen, wartet auf Grün. Es dauert immer eine Weile, bis sie umspringen, und er schaut seine Mutter verstohlen ein bisschen genauer an. Sie sieht erschöpft aus. Ihre Haut ist grau. Wie lang hat sie das schon gehabt und nie etwas gesagt? Er vergisst seinen Ärger sofort.

Die Ampel springt auf Grün, und er fährt los.

»Was für ein Krankenhaus ist es überhaupt?«, fragt er.

»Das South London Hospital for Women. Für Frauen und Kinder. Nur weibliches Personal. Fachärzte, Schwestern, alle.«

»Ich wusste gar nicht, dass es das gibt.«

»Es wurde gegründet, um den Frauen Schamgefühle beim Arzt zu ersparen, aber auch, weil viele Krankenhäuser sich früher geweigert haben, Ärztinnen zu beschäftigen, da sie dachten, dass Frauen zu emotional sind, unfähig, rational zu handeln. Von meiner Mutter hat nie jemand so etwas gedacht.« Sie macht eine Pause. »Frauen müssen nicht irgendetwas Bestimmtes sein, genauso wenig wie Männer nicht irgendetwas Bestimmtes sein müssen. Ich finde es so erbärmlich, so kleingeistig, die ganze Menschheit nach ihren Genitalien zu kategorisieren.«

Paul wirft ihr einen Blick zu, schaut wieder auf die Straße. Wo kam denn dieser Satz jetzt her? So kraftvoll, so reflektiert. Die Tochter einer Ärztin. Natürlich würde er die Logik jetzt am liebsten fortführen: Er findet es erbärmlich, dass die Menschheit nach dem Geschlecht der Person kategorisiert wird, mit dem sie Sex hat. Aber er lässt es. Man muss ihr ihre Vorurteile zugestehen, die innerhalb von Sekunden in sich zusammenbrechen würden, wenn man sie ganz sachlich untersuchen würde. Sie hat die Macht: Würde er ihr jetzt zu sehr zusetzen, würde er sie nur weiter von sich entfernen.

Eine Unterhaltung fällt ihm wieder ein. Sie beide, in seinem Studio. Sie unterhielten sich darüber, wie man Kinder nicht in eine bestimmte Form zwingen kann, wie man sie nicht *formen* kann, sondern ihnen nur schaden. Die Logik ist zwingend, aber die Menschen sind nicht logisch. Ihm bleibt nur eines: hartnäckig bleiben.

Er fährt weiter nach Süd-London. Die Straße geht an der Gemeindewiese entlang, wo das Gras lang, gelb, voller Ähren ist. Er fährt vor dem Krankenhaus vor, einem roten Backsteinhaus.

»Es ist vielleicht einfacher, wenn du hier aussteigst«, sagt er. »Ich such irgendwo einen Parkplatz und komm dann nach.«

»Es ist nicht nötig, dass du zurückkommst«, sagt Sofia. »Ich komme bestens allein zurecht. Sie werden nur die Aufnahmeformalitäten erledigen und ein paar Tests machen. Die Operation ist ja erst morgen.«

»Bist du sicher?«

Sie legt die Hand auf den Türgriff. »Ja.«

»Ich hol deinen Koffer.«

»Das kann ich schon machen.«

»Nein. Lass mich das machen. Bitte.«

Er springt aus dem Auto, macht den Kofferraum auf und hebt den Koffer heraus. Sie nimmt ihn ihm ab.

»Bist du sicher, dass ich nicht noch mit reinkommen sol?«

»Ja.«

»Ich komm dann morgen, Mama.«

»Wenn du willst.«

Und mit diesen drei Worten dreht sie sich um und geht die Steintreppe hoch.

ein kissenbezug

AM nächsten Tag kommt er ins Krankenzimmer. Acht Betten stehen dort, vier auf jeder Seite, und an der hinteren Wand sind drei hohe Fenster. Sie liegt im letzten Bett links. Paul geht zu ihr, mit seinem in Papier geschlagenen Strauß aus zehn weißen Rosen. Als er näherkommt, sieht er, dass ihre Augen geschlossen sind und ihr Gesicht auf dem weißen Kissenbezug ganz bleich ist.

Sie hat ein blaues Nachthemd an, es steht oben offen und lässt die blasse Haut ihres Brustkorbs sehen. Ihre Atemzüge sind tief und gleichmäßig. Paul mustert ihre geschlossenen Augen, die hervortretende Vene, die sich auf ihrem linken Augenlid von oben nach unten zieht. Ihre entblößte Kehle, die Haut, die sich verändert. Ihr silbernes Haar, das allmählich dünner wird; man sieht ihre rosa Kopfhaut durchschimmern. Nichts bleibt verborgen.

Sie rührt sich nicht. Nur das Heben und Senken ihres Brustkorbs und das Zucken eines Lids. Er bleibt eine geraume Weile bei ihr sitzen, die Rosen auf dem Schoß. Er kann die Augen nicht von ihr losreißen. Ihre Hände ruhen auf der Decke, eingerollt wie kleine Tiere. Er legt die Rosen auf den Nachttisch und holt sein Notizbuch aus der Tasche, zückt seinen schwarzen Stift. Er zeichnet rasch, beginnt mit dem Kissen, skizziert die Form, das Stück Stoff am Ende, das nicht hineingesteckt worden ist. Natürlich ist es das nicht. Diese Betten sind nur für vorübergehende Aufenthalte, alles ist so geplant, dass es leicht gewechselt werden kann. Er zeichnet ihren Kopf auf dem Kissen: eingefallene Wangen, Hals, geschlossene Augen. Als er fertig ist, starrt er das Bild an. Es sieht aus wie eine Totenmaske. Er klappt sein Buch zu: zu mitleidlos, das kalte Auge eines Künstlers.

Er steht auf, sucht eine Vase für die Rosen, füllt sie am Waschbecken in der Ecke mit Wasser, steckt die Rosen eine nach der anderen hinein, kappt bei jeder den Stängel. Er trägt sie zurück zu ihrem Bett und bemerkt, dass ihre Augen offen sind.

»Ich bin hier, Mama«, sagt er, aber ihr Blick kann nichts fokussieren. Sie stößt ein Wimmern aus, dann fallen ihr die Augen wieder zu.

Er zieht seinen Stuhl näher heran. Streckt den Arm aus und berührt ihre Hand. Ihre Hand, ihre Haut. Er beugt sich vor und legt den Kopf auf ihr Bett. Er fängt an zu weinen und kann nicht aufhören. Er weiß, wie er von außen aussieht: ein erwachsener Mann, der den Kopf aufs Bett seiner Mutter gelegt hat und in die Laken heult. Er weiß, dass er aussieht wie eine Figur aus einem verdammten russischen Roman.

Er spürt eine Hand auf seinem Rücken. »Warum gehen Sie nicht nach Hause?«

Er reibt sich die Augen, schaut sich um und sieht die Schwesternuniform. »Es geht mir gut«, sagt er. »Ich bin bloß müde.«

Sie reicht ihm eine Tasche. »Das müsste gewaschen werden.«

Und in dem Moment wacht seine Mama wieder auf. Sie stößt einen Ruf aus, und ihre Hand fasst seine. Ihre Nägel graben sich in seine Haut. »Mama«, sagt er. »Alles ist gut.« Er wendet sich zur Schwester. »Sie hat Schmerzen.«

»Ich weiß«, sagt die Schwester. »Wenn sie ganz aufgewacht ist, kann sie noch mehr Schmerzmittel haben, aber jetzt

braucht sie ihren Schlaf. Ich weiß, Sie möchten bleiben, aber
es ist am besten für sie, wenn Sie jetzt gehen. Ich verspreche,
dass ich gut auf sie aufpassen werde.«

Paul lässt das Waschbecken mit heißem Wasser volllaufen. Er
sucht sich Waschpulver und rührt mit der Hand um, bis sich
alles aufgelöst hat. Er macht die Tasche auf und holt das zusammengefaltete blaue Nachthemd heraus. Er fasst es an den
Schulternähten, lässt es auseinanderklappen, und es hängt vor
ihm herunter wie ein Körper. Und dann sieht er, dass es blut-
bedeckt ist. Er lässt es los, und es landet auf dem Boden. Er
tritt einen Schritt zurück. Das Blut seiner Mama.

Er zwingt sich, sich zu bücken, es am unbefleckten Hals
anzufassen und aufzuheben. Er trägt es zum Waschbecken
und lässt es hineinfallen. Das Nachthemd bläht sich auf, und
er drückt es unter die Oberfläche, ins trübe Wasser.

Der Stoff ist untergetaucht. Das Blut nicht mehr zu sehen.

Er lässt es zum Einweichen im Becken, geht durch die
Flügeltür hinaus in den Londoner Garten. Steckt sich eine
Zigarette an.

Ein Elsternpaar fliegt über den Garten. Ein Rotkehlchen
kommt von einem Zweig herunter, landet auf dem Rasen.
Stadtvögel. Er tritt aufs Gras, geht bis zur Bank am Ende,
schaut zurück zum Haus. Eine Wand mit Fenstern schaut auf
ihn herab. In einer Stadt kann man sich nirgendwo verstecken. Er raucht seine Zigarette zu Ende, wirft sie ins Blu-
menbeet.

Er geht wieder hinein, zum Waschbecken. Krempelt die
Ärmel hoch und taucht beide Arme ein. Er ergreift den Stoff
mit beiden Händen und beginnt zu schrubben, Stoff auf Stoff,
wie Frauen es einst am Flussufer gemacht haben.

Das Wasser im Waschbecken hat das getrocknete Blut aufgeweicht und nimmt die Farbe von verdünntem Rost an. Er

reibt weiter, fester, dann hebt er den Stoff hoch. Der Fleck ist immer noch da. Er taucht ihn wieder ein, reibt weiter. Unter Wasser löst sich das Blut langsam aus dem Stoff und sickert aus dem Gewebe.

Er zieht den Stöpsel, lässt das Wasser abfließen. Er spült das Nachthemd unter dem Hahn, dann hält er es hoch. Er hat es nicht lang genug einweichen lassen: Die Flecken sind immer noch da. Er steckt den Stöpsel wieder ins Waschbecken und lässt erneut Wasser einlaufen, schüttet noch mehr Waschpulver hinein. Das Wasser ist heißer als vorher, und als er die Hände hineinsteckt, verbrüht er sich fast. Er zieht sie zurück und drückt den Stoff mit dem Ende eines Holzlöffels unter die Wasseroberfläche.

Er hört die Tür nicht, hört die Schritte hinter sich nicht. Eine Hand auf seinem Rücken. Er fährt zusammen. Alexander.

»Was machst du da?«

Paul zeigt ihm das einweichende Nachthemd, das langsam wieder aus dem Wasser hochsteigt, in kleinen Inseln aus luftgefülltem Stoff. »Ich krieg das Blut nicht raus.«

»Das musst du länger einweichen lassen.« Alexander reicht ihm ein Handtuch. »Trockne dir die Hände ab.«

»Das ist Blut. Da ist überall Blut drauf.« Seine Stimme steigt, wird immer höher.

»Ich weiß, dass das Blut ist.« Alexanders Stimme ist ruhig und gleichmäßig. »Nach einer Operation gibt es immer Blut.« Er nimmt Paul das Handtuch aus der Hand. »Setz dich. Ich mach dir einen Tee. Wir lassen es noch ein bisschen einweichen, dann kümmer ich mich drum.«

Er führt Paul zum Stuhl, dann geht er herum, macht den Tee, räumt die Küche auf, wirft die leere Tüte aus dem Krankenhaus weg. Während Paul ihm zusieht, spürt er, wie er sich wieder beruhigt. Fühlt sich so an, als würde hier einer, zumindest einer von ihnen beiden wissen, was sie zu tun haben.

ein rotes tuch

DIE Lichter im Krankenzimmer sind heruntergedimmt, und Sofia beobachtet die Schwestern, Schattenfrauen, die die ganze Nacht hindurch arbeiten.

In ihrem Bett in der Ecke des Zimmers unterhält sie sich in Gedanken mit sich selbst. Sie nimmt die Stimme ihrer Mutter an und erzählt sich, was in ihrem Körperinneren passiert ist. Da sind jetzt viele durchgetrennte Nervenenden, die alarmiert sind und Nachrichten an dein Gehirn feuern; in den nächsten Tagen werden sich die Wunden schließen, und du wirst wieder gesund. Und sobald du gesund bist, wird es dir besser gehen als vorher. Du wirst eine neue Frau sein.

Aber das hilft alles nichts, wenn man solche Schmerzen hat.

Sie fragt sich, wie spät es wohl ist. Draußen ist es dunkel. In sämtlichen Betten liegen schlafende Frauen. Die Schattenfrauen gehen auf leisen Sohlen ihrer Arbeit nach.

Sie hebt die Decke an und schaut nach unten, auf die Form ihres eigenen Körpers.

Jetzt ist es passiert. Es ist alles verschwunden.

Wieder spricht sie mit der Stimme ihrer Mutter zu sich selbst. Du warst krank, und um dich gesund zu machen, war es nötig, einen Teil deines Körpers zu entfernen, der nicht mehr benötigt wird. Sie kommt ins Stocken. Die Worte sind wahr, aber sie ist nicht ganz überzeugt. Sie ist zwar Tochter ihrer Mutter, aber sie ist auch sie selbst. Was man aus ihrem Körper entfernt hat, wurde vielleicht nicht mehr gebraucht, aber es war ein Teil von ihr. In ihr. Und es hat einmal ihren Sohn beherbergt.

Der Mann, der vorhin hier war, der sich an ihr Bett gesetzt hat, ist derselbe Mann, dessen Glieder von innen über die straff gespannte Haut ihres Bauchs strichen, derselbe Mann, der einmal eine weiche Stelle oben auf seinem Kopf hatte, die es den tektonischen Platten seines Schädels gestattete, sich übereinanderzuschieben, seinen Kopf so klein zu machen, dass er durch den Geburtskanal passte. Er ist derselbe wie der Junge, dessen Haare über das Kissen mit dem roten Satinstreifen rutschten. Er ist derselbe wie der Junge, dessen Finger über den Illustrationen in seinem Buch schwebten. Er ist derselbe wie der Junge, der im Wald auf einer Tierhaut schlief. Er ist derselbe wie der Mann, der in dem Haus mit dem Studio unterm Dach wohnt.

Der Mann ist derselbe wie der Junge ist derselbe wie das Baby.

Bitte, Gedanken. Hört auf.

Hör auf nachzudenken, hör auf, alles wieder nach oben zu holen, zu denken, zu denken. Denkt eigentlich jeder so viel? Ein Strom aus Wörtern, die im Inneren des menschlichen Schädels losgelassen werden. Haben sich alle menschlichen Wesen zu so etwas entwickelt – zu denkenden, alles hinterfragenden Fleischklumpen?

Sie schlägt die Augen auf. Sie ist immer noch im Krankenzimmer mit den Patientinnen, die auch nachts überwacht werden müssen.

Er war heute hier. Sie hat seine Hand auf ihrem Arm gespürt. Er hat die Tasche mit den blutigen Sachen mitgenommen.

Als er klein war, befühlten seine Fingerspitzen die Welt, wie tastende Tentakel. Sie gingen ihm voraus, befühlten alles: ihr Kleid, sein Kissen. Jetzt, in der Nacht und mit diesen

Schmerzen, in ihrer verdunkelten, veränderten Gedankenwelt, gesteht sie sich ein, dass sie schon damals wusste, was er war. Sie hat die Worte nie gesagt, hat es nie ausgesprochen, nicht mal im Geiste, zu sich selbst. Aber sie wusste es. Mütter wissen so etwas. Es war das Tasten seiner Finger, die Art, wie er ging, die Art, wie er sich an sie klammerte, die Art, wie er seinen Vater mied, die Art, wie sie ihn eines Tages zusammengekauert in ihrem Kleiderschrank fand, in ihrem Kleid, als würde er auf die Pubertät warten, um dann aufzustehen, seine Arme in die Ärmel zu schieben, seinen Oberkörper in das Oberteil, seine Schenkel in den Rock. Als wollte er den Stoff vom Bügel ziehen und aus dem Schrank treten, voll bekleidet.

Das ist der Haken:

Sie weiß, dass die Welt sich schnell verändert, sie ist ja nicht dumm, aber sie ist fast sechzig und wurde von der Welt geformt, in die sie hineingeboren wurde. Und jetzt erwartet man von ihr, dass sie so eine riesige Änderung mitvollzieht. Was früher illegal war, ist jetzt legal. Was früher unausgesprochen blieb, wird jetzt ausgesprochen. Es gibt neue Regeln, doch sie ist in der alten Welt erzogen worden. Es ist nicht einfach.

Eine Schattenschwester erscheint, mit weichen Schuhen auf dem harten Boden. Sofias Lieblingsschwester. Schon älter, kurz vor der Rente. Sie prüft Puls und Temperatur. Kritzelt im Dunkeln etwas aufs Klemmbrett. »Hätten Sie gerne etwas gegen die Schmerzen?«

»Ja, bitte.«

Sie reißt eine Lage Tabletten auf, lässt zwei in ein Glas Wasser fallen, das sie schwenkt, bis sich die Medizin aufgelöst hat. Sofia trinkt sie, und die Frau geht.

Nächte, Orte, an denen Frauen stöhnen, Schatten arbeiten. Orte, an denen sich Gedankenwelten verschieben.

Aus dem dunklen Kampf in ihrem Inneren blitzt kurz die

Verärgerung auf. Hätte er nicht einfach den Mund halten können und es ihr nicht erzählen? Warum muss sie das denn wissen? Ihr Seelenfrieden ist gestört worden. Mach die Augen zu. Schalte die Gedanken ab. Sie weiß, wie das geht: Sie muss einfach nur machen, was ihre Mama ihr beigebracht hat, als sie klein war. Wickel die Gedanken in Packpapier, knote eine Schnur darum. Wirf sie in den Briefkasten. Bitte sehr. Schon sind sie verschwunden. Dein Geist ist leer. Du musst schlafen, um gesund zu werden, damit diese Nervenenden zur Ruhe kommen, damit das Fleisch sich selbst erneuern kann.

Paul. Auf ihrem Arm spürt sie den Nachhall vom Gewicht seiner Hand, wo er sie vorhin hingelegt hatte.

Der Knoten hat sich gelöst, das Packpapier ist wieder aufgegangen. Gedanken. Sie kommen immer mitten in der Nacht. Als würden sie tagsüber schlafen und sich dann wieder regen, sobald der Mond aufgeht.

Er kommt nach dem Mittagessen, kommt in die Welt der Frauen marschiert mit seinem Bart und seinen langen Haaren, einen Freesienstrauß in der einen Hand, eine Baumwolltasche in der anderen.

Er hebt die Hand mit den Blumen, winkt. Warum ist sie denn schon aufgestanden und sitzt in diesem großen Stuhl? Er beugt sich herunter, um sie zu küssen, und sie will den Kopf wegdrehen, kann jedoch nicht ausweichen wegen der Kopflehne. Er küsst sie. Ihm fällt nur eine Taktik ein: nicht nachgeben, nicht davonlaufen. Er muss hartnäckig bleiben.

»Wie fühlst du dich, Mama?«

»Was meinst du?«

»Du bist aufgestanden und sitzt hier. Das ist doch gut, oder?«

»Ich bin nur aufgestanden, weil sie das von mir verlangt haben.«

Er stellt die Baumwolltasche aufs Bett und holt ihr Nachthemd heraus. »Das hab ich dir zurückgebracht.« Er legt es auf den Rollschrank neben ihrem Bett, stellt die Freesien zu den Blumen von gestern in die Vase, arrangiert sie so, dass sich die fröhlichen Farben gleichmäßig unter die weißen Rosen mischen.

Er setzt sich auf ihre Bettkante. »Konntest du denn schlafen?«

»Nicht so richtig.«

Er seufzt innerlich. *Hartnäckig bleiben.* »Brauchst du irgendwas, Mama? Gibt es irgendetwas, was ich tun kann? Irgendetwas, was ich dir besorgen kann?«

»Nein.«

»Hast du zu Mittag gegessen?«

»Hier gibt es nur Krankenhausessen.«

»Ich weiß.« Er macht die Baumwolltasche auf. »Ich hab dir die hier mitgebracht.«

Er zieht eine Plastikbox heraus und hebt den Deckel an, um ihr den Inhalt zu zeigen. Das rote Tuch liegt darin, zusammengefaltet. Man kann die weißen Stiche erkennen.

Sie starrt darauf. Hat er das mit Absicht gemacht?

In dem roten Tuch liegen kleine Kuchen, mit einer glänzenden Glasur aus geschmolzener Butter mit Zucker; die Ecken sind leicht gewellt und angebräunt. »Nimm dir einen«, sagt er.

Sie nimmt sich einen und mustert ihn gründlich, dann hebt sie ihn zum Mund. Sie beißt hinein, kaut, schluckt. Es sieht so schlicht aus, aber der Geschmack ist so komplex. Sind da Mandeln drin? Zitrone? Es ist köstlich. Sie nimmt noch einen Bissen und einen dritten, und dann ist er verschwunden.

»Hat es dir geschmeckt?«

»Ich hab es gegessen.«

»Nimm noch ein Stück.«

Sie nimmt sich noch eines, isst es langsamer. Diesmal mit vier Bissen.

Er hält ihr die Box hin. »Magst du noch mehr?«

»Das reicht.«

»Ich lass sie dir hier für später.« Er stellt sie auf den Rollschrank.

Sie schiebt die Zunge zwischen die Zähne, wo immer noch kleine Stückchen vom Kuchen hängen. Sie kann ihn noch immer schmecken. Das Gebäck war eindeutig selbstgemacht, aber er hat das nicht gebacken. So etwas kann er einfach nicht, so raffiniert backen. Dieses Gleichgewicht von Eiern, Butter, Zucker und Mehl; es klingt so einfach, ist es aber nicht. Diese Leichtigkeit, Luftigkeit und Geschmack hinzubekommen, das alles in einem einzigen kleinen Kuchen. Das ist die Kunst. Er hat das nicht gebacken.

Paul schaut zu den anderen Betten im Krankenzimmer. In jedem liegt eine Frau, umgeben von Familienmitgliedern. Er muss an eine Beerdigung denken: die Leiche aufgebahrt, die Familie rundherum versammelt. Der Kopfteil des Metallbetts ist der Grabstein. Die Bettdecke ist die Erde. Er möchte sie alle zeichnen. Er möchte eine ganze Serie von ihnen anfertigen, Zeichnungen der Krankheit. Genesung als Wiederauferstehung.

Im Bett gegenüber liegt eine Frau. Ein Mann und zwei kleine Kinder knien am Bett der Frau, ihre gesenkten Köpfe ruhen auf ihrer Decke. Die Augen der Frau sind geschlossen, und sie hat ein Buch in der Hand.

Sofia folgt seinem Blick. »Meine Mutter und ich sind immer verzweifelt an diesen vielen Gebeten. Es gab den Menschen falsche Zuversicht, und dann haben sie sie nicht gerufen, bis es zu spät war. Sie hat mir von unzähligen Fällen erzählt, in denen sie ein Kind leicht hätte retten können, wenn sie zuerst sie gebeten hätten und nicht Gott. Gott ist kein besonders guter Arzt.«

Paul lächelt. *Gott ist kein besonders guter Arzt.* Er liebt die Klarheit dieses Gedankens, seine Griffigkeit. Im Älterwerden hat seine Mutter ihre Sprechweise verändert. Auch die Worte, die sie jetzt in den Mund nimmt, *Großmama, Tante Joanna.* Er will mit ihr darüber sprechen, über ihre zunehmende Offenheit, aber in dieser Richtung liegt ein Gebiet voller Landminen vor ihnen.

»Brauchst du sonst noch etwas?«, fragt er.

»Das hast du mich schon gefragt.« Sie schaut weg, zum anderen Ende des Krankenzimmers. »Ich brauche nur meinen Frieden. Ich muss mich ausruhen.«

»Soll ich gehen?«

Sie nickt. »Ja.«

»Gut. Gut.« Er steht auf, setzt den Deckel wieder auf die Plastikbox, lässt das Gebäck stehen. »Ich komme morgen wieder, Mama.«

Er nimmt seine Baumwolltasche und durchquert das Zimmer. Bevor er durch die Flügeltür hinausgeht, blickt er noch einmal zurück, aber sie hat die Augen geschlossen.

Hartnäckig bleiben.

eine fensterscheibe

ES ist später, und jetzt sind sie nur zu zweit, Sofia und ihre Lieblingskrankenschwester. Das Nachmittagslicht fällt durch die Fensterscheiben am Ende des Krankenzimmers und auf die Vorhänge, die um ihr Bett zugezogen worden sind. Ihre kleine intime Welt ist blau: der orangefarbene Streifen leuchtet auf dem Stoff wie ein Sonnenuntergang.

Mittlerweile ist im Gespräch, dass Sofia nach Hause gehen könnte, es ist im Gespräch, dass sie die Nächte in ihrem eigenen Zuhause verbringen könnte, in ihrem eigenen Bett. Aber bevor sie dorthin geht, gibt es noch eines zu tun.

Die Schwester schlägt die Decke zurück und hebt Sofias Nachthemd an. Der Verband, dick wie eine Binde, ist an allen vier Seiten an ihrem Bauch festgeklebt. Ihre Haut ist noch gelb gefleckt vom Jod, und faltig, wo das Pflaster geklebt hat. Die Schwester streift Handschuhe über und beginnt, das Klebeband abzuziehen. Als es abgezogen wird, hebt es die Haut an, und es reißt an der Wunde. Sofia zuckt zusammen. Die Schwester hält inne, blickt zum Fenster am anderen Ende des Zimmers. »Schauen Sie mal, was ist das denn für ein Vogel?«

Sofia dreht sich um, um hinzuschauen, da legt die Schwester eine Hand flach auf die Haut, um sie unten zu halten, und reißt mit einer einzigen Bewegung den gesamten Verband ab. Der Schmerz ist scharf und heftig, und Sofia stößt einen kleinen Schrei aus.

»Entschuldigung«, sagt die Schwester lächelnd, »aber ich

weiß aus Erfahrung, dass es so immer besser geht. Man muss es einfach hinter sich bringen.«

Man muss es einfach hinter sich bringen. Diesen Ton hat Sofia schon mal gehört. »Da war gar kein Vogel, oder?«

»Natürlich nicht.«

»Sie haben mich abgelenkt wie ein Kind.«

»Die alten Tricks sind doch immer noch die besten.«

Sofia schaut nach unten: Die Wunde ist eine dunkle unregelmäßige Linie, mit leichten Wülsten zu beiden Seiten, es sieht aus wie ein Paar schmollende Lippen. Die Stiche sind blutverkrustet und laufen gleichmäßig über die Erhebung auf der Haut. Sie stellt sich vor, wie die Nadel hinein- und hinausgeht, den Faden hinter sich herzieht, der sich auf der Haut verfängt und reibt.

Die Schwester beugt sich hinunter, untersucht die Wunde. »Sie näht einfach am saubersten. Diese Nähte würde ich überall wiedererkennen. Sie meinte, das hat sie in der Schule in Handarbeit gelernt, und als sie Chirurgin wurde, hat sie es einfach genauso gemacht.«

»Meine Mutter war Ärztin«, sagt Sofia. »In Polen. Vor dem Krieg. Sie hat mit Frauen gearbeitet, die sich keine medizinische Versorgung leisten konnten. Sie hat niemals jemand weggeschickt, der ihre Hilfe brauchte.«

»Dann hätte sie dieses Krankenhaus geliebt.«

Sofia nickt. »Genau. Ich denk mir die ganze Zeit, wie schade das ist, dass sie das nicht sehen konnte. Ärzte stellen das Leben anderer in den Schatten, oder? Ein Leben zu retten ist wirklich etwas Außergewöhnliches.«

»Ja, allerdings.« Die Schwester reinigt die Wunde mit einem sterilen Tuch. Sie holt einen neuen Verband hervor, reißt die Verpackung auf. »War das ihr Sohn, der hier bei Ihnen war?«, fragt sie.

»Ja.«

»Hab ich mir schon gedacht. Ich hab ihn am Tag Ihrer OP bei Ihnen sitzen sehen. Er hat stundenlang dort gesessen. Und hat sich geweigert zu gehen, bis ich ihn dazu aufgefordert habe. Ich dachte mir, das ist aber ein lieber Mann.«

Sofia sagt nichts.

»Was macht er denn beruflich? Ich hab gesehen, wie er ein Notizbuch rausgeholt hat. Es sah aus, als würde er zeichnen.«

»Er macht Illustrationen für Kinderbücher.«

»Oh. Das ist ja toll.«

Die Schwester legt den neuen Verband auf die Wunde. Sie rückt ihn gewissenhaft zurecht, reißt Streifen von Verbandstape ab und drückt es sanft auf die Haut von Sofias Bauch. Als sie fertig ist, zieht sie die Handschuhe aus, legt sie zusammen mit dem alten Verband in die Tüte, die an ihrem Trolley hängt. Sie geht zum Waschbecken und wäscht sich die Hände, trocknet sie ab. Sie kommt zurück an Sofias Bett. »Brauchen Sie sonst noch etwas?«

Sofia lächelt, schüttelt den Kopf. »Nein. Danke.«

Die Schwester deutet auf den Stuhl. »Darf ich mich setzen?«

»Selbstverständlich.«

Sie zieht sich den Stuhl heran, setzt sich hin, streckt die Beine aus. »Die werden mir müde. Zu viele Jahre Dienst. Aber jetzt sind wir ja fast durch.«

Sofia deutet auf die Plastikbox auf dem Rollschrank. »Hätten Sie gern eins?«

Die Schwester greift sich die Box, macht den Deckel auf, hebt das rote Tuch an, nimmt sich ein Gebäckstück.

»Danke.« Sie mustert das Gebäck. »Die Nachtschichten bringen einen natürlich um.«

»Ich finde die Nächte hier so lang und einsam.«

»Nachts passiert so viel. Todesfälle. Genesungen. Ich hatte nachts einige der besten Gespräche mit meinen Patientinnen.«

Sie hebt den kleinen Kuchen an den Mund und beißt hinein.

»Das wird mir fehlen, wenn ich aufhöre.«

»Die Patientinnen werden sie vermissen.«

Sie lächelt. »Danke. Dieser Kuchen ist ja köstlich. Wer hat den denn gemacht?«

»Mein Sohn hat ihn mitgebracht. Nehmen Sie gern noch einen.«

»Ja, darf ich?«

»Bitte sehr.«

Sie nimmt sich noch einen, isst diesmal langsamer, knabbert zuerst die Kanten ab und schiebt sich zum Schluss das verbliebene große Stück auf einmal in den Mund. Sie schluckt, wischt sich die Hände ab, wickelt die restlichen Kuchen wieder in das rote Tuch und setzt den Deckel wieder auf. »Also, so einen Sohn zu haben«, sagt sie und lächelt Sofia an. »Sie müssen sehr stolz sein.«

ein teppich

SOFIA geht durch die Tür, betritt den Flur. Sie macht die Tür
zu, bleibt kurz stehen. Sie atmet ein; das Haus riecht anders.
Sie schaut ins Musikzimmer. Da sind die Flügeltüren in den
Garten, der Stuhl davor. Ihr Notenständer. Ihr Cello. Alles
ganz ordentlich, wie sie es hinterlassen hat. Sie geht ins Hinterzimmer, sieht einen Stapel Post auf dem Tisch, ganz unten
der größte Umschlag, obendrauf der kleinste. Eine Postpyra-
mide. Daneben steht eine Vase mit Rosen aus ihrem Garten.

Sie kann Paul oben hören, er trägt den Koffer in ihr Zimmer.

Sie kann riechen, dass gekocht wurde. Nicht gebacken, es
riecht würziger. Ein Eintopf? Sie geht in die Küche, sieht das
kleine scharfe Messer. Sie weiß, dass sie es weggeräumt hatte.
Sie hebt den Deckel des Mülleimers an, sieht eine Butterver-
packung, ein paar Gemüseschalen. Kartoffeln, Karotten. Ein
paar Zwiebelschalen. Sie macht den Kühlschrank auf. Frische
Milch, Butter, Käse, Kochschinken. Alles da.

Sie geht zurück ins Wohnzimmer, schaut aus dem Fenster.
Der Rasen ist gemäht, die Ränder getrimmt. Paul.

Sie setzt sich vorsichtig auf den Stuhl neben den Tisch,
schaut sich um. Alles sieht irgendwie anders aus, aber sie weiß
nicht, ob wirklich etwas verändert ist, oder ob es daran liegt,
dass sie weg gewesen ist und jetzt alles anders aussieht für ihr
Auge. Wie schnell wir uns an so eine Einrichtung gewöhnen.
Menschen sind eben leichter zu verformen, als uns klar ist.

Sie streckt die Linke nach der Post aus. Sie schiebt die Pyramide auseinander, breitet die Umschläge auf dem Tisch aus. So viele. Aber die können warten.

Sie hört Füße auf der Treppe. Sieht Paul an der Tür.

»Soll ich dir einen Tee machen?«

Sie schüttelt den Kopf. »Ich bin wirklich müde.«

»Willst du dich aufs Sofa legen?«

Sie schüttelt den Kopf. »Ich glaube, ich geh hoch und leg mich eine Weile ins Bett.«

Das ist alles, was sie jetzt will. Die Post kann warten. Alles kann warten. Sie will einfach nur die Treppe hochgehen, ins Bett. Sich hinlegen, ihren Kopf auf ein Kissen betten, und dann wird sie schlafen bis Weihnachten.

Das Bad riecht schwach nach Putzmittel. Sie hat keines benutzt, bevor sie ging. Das Fenster ist einen Spaltbreit geöffnet, und sie ist sicher, dass sie es zugemacht hatte. Sie hat ganz klar das Bild vor Augen, wie sie den Hebel nach unten zieht. Sie weiß noch, dass sie jedes Zimmer noch einmal kontrolliert hat.

Die Schranktür unter dem Waschbecken ist nur angelehnt. Sie macht sie auf, sieht einen zusammengefalteten Putzlappen. Sie berührt ihn, stellt fest, dass er noch feucht ist. Hebt die Finger an die Nase und riecht Putzmittel. Sie ist eine Detektivin in ihrem eigenen Haus.

Sie hebt ihr weites Kleid hoch und zieht ihre Unterhose herunter, senkt ihr Gewicht vorsichtig auf den Toilettensitz. Es tut noch weh, muss alles noch heilen. Sie wischt sich ab und steht auf. Solche schweren Beine. So eine Müdigkeit. Sie spült und wäscht sich die Hände. Wie kann es einen so auslaugen, vom Auto in die Küche und ins Bad zu gehen?

Ihre Schlafzimmertür ist offen, ihre Tasche steht auf der Kommode. Die Tagesdecke ist glatt gestrichen. Die Kissen sind nicht so, wie sie sie hinterlassen hat, das weiß sie genau. Sie legt sie immer aufeinander, aber jetzt liegen sie nebeneinander. Auf dem Fensterbrett steht ein kleiner Strauß Kornblumen aus ihrem Garten; sie stecken in einer hellblauen Glasvase, die sie seit Jahren nicht mehr gesehen und die ihrer Meinung nach ganz hinten im Küchenschrank gestanden hat.

Aber dieses Rätsel wird man später lösen müssen, denn jetzt ist der falsche Augenblick.

Sie zieht ihren Rock aus, lässt ihn auf den Boden fallen und schlägt die Bettdecke zurück. Sie legt sich hinein, spürt dieses heimelige Gefühl, das Gefühl, im eigenen Bett zu liegen.

Sie hört die Eingangstür auf- und wieder zugehen. Er ist also weg, und sie ist wieder allein. Endlich.

Sie legt ihren Kopf auf den Kissenbezug – das ist ganz bestimmt der Geruch von Wäsche, die draußen auf der Leine getrocknet wurde – und schließt die Augen.

ein löffel

ALS sie aufwacht, weiß sie, dass sie lange geschlafen hat, denn vor dem Westfenster geht bereits die Sonne unter, und das Licht im Zimmer ist goldfarben. Die Bettdecke leuchtet, die Wände leuchten.

Zuhause. Stille. Ihr eigenes Bett. Und sie ist endlich allein.

Da ist der längliche Schatten der Vase mit den Kornblumen, das Wasser und das Glas und die Stängel sind silbern und blau. Sie betrachtet es, überlegt. Der Schatten war vorhin noch nicht da: Alles verändert sich je nach Licht, je nach Perspektive, je nach Tageszeit, je nach Position des Betrachters. Die Komplexität der Welt.

Sie wendet den Kopf und schaut auf die gegenüberliegende Wand.

Da sitzt jemand auf dem Stuhl. In ihrem Zimmer. Ein regloser, schweigender Körper. Es ist ein Mann, aber es ist nicht ihr Sohn. Es ist nicht Paul.

Sie weiß, wer er ist, natürlich weiß sie es. Sie hat ihn schon einmal gesehen, in seinem blauen Hemd.

»Wie fühlen Sie sich?« Seine Stimme ist sanft, entspannt.

Sie schaut weg, zum Fenster. Dort sieht man einen Ausschnitt aus dem goldenen Himmel und zwei lange horizontale Wolken mit rosa behauchten Rändern.

»Ich will Sie nicht hier drinnen haben«, sagt sie.

»Ich weiß schon.«

»Dann gehen Sie bitte.«

»Nein.«

Nur dieses eine Wort. Nein. Nein? Das ist ihr Zimmer, ihr Haus. »Ich habe Sie gebeten zu gehen.«

»Ich weiß.«

»Ich will meinen Sohn sprechen.«

»Der ist nicht da.«

Der Ton seiner Stimme ist fest. Sanft. Sachlich.

»Wo ist er?«

»Er hatte eine geschäftliche Besprechung. Er wollte erst nicht hingehen, weil er Sie nicht allein lassen wollte, aber ich hab ihm gesagt, dass Sie ja schlafen und es sowieso nicht bemerken würden. Ich habe ihm versprochen, dass ich nicht raufgehe.«

»Sind Sie aber trotzdem.«

»Ich weiß.«

»Dann gehen Sie wieder nach unten.«

»Nein.«

Wieder dieses eine Wort. Nein.

Sofia überlegt, ob sie aufstehen und aus dem Zimmer gehen soll, aber sie hat nichts an, sie hat nur ihre Unterhose und ihre nackten Beine unter der Decke, den Verband auf ihrer Wunde.

»Sie haben im Krankenhaus meinen Kuchen gegessen«, sagt er.

Sie schaut ihn rasch an. Er sitzt hier in ihrem Zimmer, ein Bein übers andere geschlagen. So entspannt. Zu entspannt. Er lächelt, und sie wendet den Blick ab. »Ich wusste nicht, dass der Kuchen von Ihnen ist.«

»Oh doch.«

»Nein.«

»Sie wussten, dass er selbstgebacken ist. Paul hat ihn nicht gebacken, der kann nicht einmal kochen. Also musste ihn ja jemand gemacht haben. Wenn es einer seiner Freunde gewesen wäre, hätte er es erwähnt. Hat er aber nicht. Das Fehlen einer Erklärung bedeutete, dass ich es gewesen sein musste. Und das wussten Sie auch.«

»Nein.«

»Doch. Sie wollten es sich bloß nicht eingestehen, als Sie ihn gegessen haben, aber sie wussten es.«

»Nein.«

»Und ich weiß, dass Sie ihn aufgegessen haben, weil Paul den leeren Behälter wieder mitgebracht hat.«

»Ich könnte ihn ja auch weggeworfen haben.«

Er lacht. »Haben Sie aber nicht. Sie konnten ihm nicht widerstehen.« Er lacht wieder. »Hören Sie uns bloß zu. Wir klingen wie die Kinder.«

»Ich weiß nicht, wovon Sie reden.«

»Doch.« Er nimmt das eine Bein vom anderen, streckt sich. »Wissen Sie, was ich will?«

Sie starrt aus dem Fenster. Nein, sie weiß es nicht. Und damit nicht genug – es ist ihr auch egal. Aber sie weiß, was sie will: Sie will, dass er aus diesem Zimmer verschwindet.

Er fährt fort. »Ich möchte mich einfach nur um Sie kümmern dürfen.«

»Ich brauche niemand, der sich um mich kümmert.«

»Wenn ich eine Frau wäre, wenn ich Pauls Frau wäre, dann würden Sie es mir erlauben.«

»Sind Sie aber nicht.«

»Oh, ich weiß. Glauben Sie mir, das weiß ich.«

»Schauen Sie«, sagt sie. »Ich habe Sie gebeten zu gehen. Und jetzt hätte ich wirklich gerne, dass Sie gehen.«

»Ich gehöre zu Ihrer Familie. Und ich möchte helfen dürfen. Und Sie wollen mich nicht lassen, weil ich ein Mann bin.«

Sie schließt die Augen. Was will er eigentlich? Blut? Sie will einfach nur alleingelassen werden, sich erholen und ihr

Leben weiterführen, wie es vorher war. Tu mir das nicht an, will sie sagen. Tu mir das nicht an.

»Sofia. Wenn ich nichts tue, wird das jahrelang so weitergehen. Es wird schreckliche Spannung zwischen Ihnen beiden herrschen. Ihr Verhältnis wird sich verschlechtern. Sie werden älter und einsamer. Er wird älter und trauriger. Und dann werden Sie sich im Laufe der Jahre langsam mit allem aussöhnen, und die Gesellschaft hat sich noch ein bisschen weiter verändert, und dann werden Sie endlich akzeptieren, dass er das ist, was Sie schon immer wussten. Aber bis dahin werden Jahre vergangen sein. Und Sie werden es bereuen, dass Sie so viel Zeit verschwendet und ihm wehgetan haben. Und sich.«

Ein Aufblitzen: »Raus.«

»Nein.«

Sie wendet sich der gegenüberliegenden Wand zu, den Schatten der Blumen in der Vase. Die Wunde unter dem Verband schmerzt – die Schmerzmittel lassen nach –, und sie weiß, dass sie ruhig bleiben muss. Sie atmet, konzentriert sich auf die Veränderungen des Lichts auf der Wand. Sie ist gefangen. Er muss das geplant haben.

Keiner von ihnen sagt etwas. Wenn sie lange genug schweigt, wird er es irgendwann leid werden und sie alleinlassen.

Es dauert eine ganze Weile.

Und dann fallen seine Worte in die Stille. »Paul ist alles, was Sie haben.«

Sie schließt die Augen. Geh raus, geh raus.

»Sie brauchen einander. Damals, in Polen, haben Sie das alles zusammen geschafft. Sie sind zusammen hierhergekommen. Haben zusammen neu angefangen.«

»Bitte«, sagt sie. »Ich möchte nicht darüber sprechen.«

»Ich weiß, dass Sie das nicht wollen.«

»Können Sie mich nicht einfach in Ruhe lassen?«

»Nein. Kann ich nicht. Er wird mit Ihnen nicht so reden, aber ich. Er ist traurig. Er kann nicht schlafen. Er verbringt seine ganze Zeit alleine im Dachstudio. Er fühlt sich ganz elend, denn er hatte nie vorgehabt, etwas zu sagen. Er wollte Ihnen nicht wehtun. Das war das Letzte, was er wollte. Er ist in einer schrecklichen Verfassung. Wollen Sie das?«

Die Wahrheit: »Nein, natürlich nicht.«

Er sagt nichts.

»Bitte«, sagt sie. »Ich bin wirklich müde.«

»Natürlich«, sagt er. Seine Stimme ist jetzt anders. Freundlicher. »Sie sind ja auch gerade erst aus dem Krankenhaus nach Hause gekommen. Sie müssen müde sein, und Sie müssen Hunger haben.«

In der Sekunde, in der sie das Wort hört, wird ihr klar, dass sie wirklich Hunger hat. Seit dem trockenen Sandwich und dem Vanillepudding, den man ihr zum Mittagessen gegeben hat, hat sie nichts mehr gegessen.

»Ich habe Ihnen ein bisschen Suppe gemacht«, sagt er.

Als er das Wort Suppe sagt, weiß sie, dass das genau das ist, was sie jetzt haben will. Kann der Mann Gedanken lesen? Er hat jedenfalls keinen Respekt für die Grenze zwischen einem Geist und einem anderen Geist, zwischen einem Menschen und einem anderen. Er steht auf, geht zum Tisch, und sie hört, wie eine Flasche aufgeschraubt wird. Flüssigkeit wird eingegossen.

Die Sonne ist noch weiter untergegangen und beleuchtet das Bett. Sie schaut auf ihre Hände, sie sind golden. Sie bewegt sie, wackelt mit jedem Finger. Das Licht bewegt sich. Schatten bewegen sich. Dann tritt er in die Sonne, verdeckt sie einen Augenblick, so dass sie wieder ihre normale Hautfarbe hat. Er hat ein zusammenklappbares Frühstückstablett in der Hand, das dazu gedacht ist, über einem Körper in einem Krankenbett zu stehen. Er stellt es ab, und sie sieht, dass es gedeckt ist: eine Stoffserviette, ein Löffel, ein Glas Wasser, eine Schüssel Suppe, ein Teller mit Butterbrotscheiben. Sonnenlicht glänzt auf dem Löffel und dem Glas, am Rand der Schüssel. Sie faltet die Serviette auseinander und legt sie sich auf die Brust. Greift zum Löffel und taucht ihn in die Suppe. Die Flüssigkeit ist blass, dünn, und als sie den Löffel hebt, sieht sie Fasern von durchsichtigem Kohl. Sie schiebt den Löffel in den Mund und weiß sofort, was das ist.

Es ist ein Mundvoll Geschichte. Die Vergangenheit auf einem Löffel.

Sie schaut ihn an. »Haben Sie das gemacht?«

Er nickt. »Ich hab ein Rezept gefunden.«

»Wo?«

»Ich hab rumgefragt. Am Ende hab ich jemand mit einer polnischen Tante aufgetrieben.«

Sie nimmt noch einen Mundvoll. Greift zu dem dünnen Butterbrot und beißt hinein. Wieder so ein Geschmack. Eine Erinnerung. »Kümmel«, sagt sie. Ihre Stimme ist dünn, das Wort klingt fast, als hätte sie nur zu sich selbst gesprochen. Die Stimme eines Kindes, die zu einem Kind gesprochen hat. Sie wendet sich zu ihm. »Haben Sie das auch gemacht?«

»Ja.«

Schweigend sitzen sie zusammen, während sie die Suppe aufisst und die beiden Butterbrote. Sie legt den Löffel wieder in die Schüssel. Das Klirren von Metall auf Porzellan. Sie deutet auf das Zimmer, die Blumen, alles. »Das alles ist also Ihr Werk.«

»Ja. Aber Paul hat den Rasen gemäht. Und die Blumenbeete gejätet.« Er steht auf, nimmt das Tablett vom Bett.

»Danke«, sagt sie. Und dann: »Das war sehr aufmerksam von Ihnen.«

Sie wollte nicht so höflich sein, aber es ist die Wahrheit. Es war aufmerksam, und ihre Manieren haben ihr ihre Reaktion diktiert. Sie wartet, dass er das Tablett aus dem Zimmer trägt und sie allein lässt, damit sie den Sonnenuntergang beobachten kann, aber er stellt es auf den Tisch und setzt sich wieder auf den Stuhl. Schlägt die Beine übereinander.

»Das Brotbacken hat mir wirklich gefallen«, sagt er. »Da kann man nichts beschleunigen. Man muss sich seinem Rhythmus beugen.«

»Ich bin sehr müde«, sagt sie.

»Haben Sie früher Brot gebacken?«

»Seit Jahren nicht mehr«, sagt sie. »Hören Sie, ich möchte jetzt einfach meine Ruhe haben.«

»Mein Vater fand es immer ganz schrecklich, dass ich gebacken habe«, sagt er.

Sie wappnet sich. Da ist es auch schon. Eine Unterhaltung, die sie nicht führen will und nicht führen muss. »Wie gesagt, ich bin sehr müde. Vielleicht sollte ich noch ein bisschen schlafen.«

Aber er fährt fort. »Er wollte, dass ich Anwalt werde. Wie er. Ich sollte seine Kanzlei übernehmen. Das hat er ständig wiederholt, seit ich ein ganz kleiner Junge war: ›Das ist mein Sohn, passt nur auf, der steht eines Tages auch im Gericht.‹ Beim Essen hat er immer versucht, mich zu drillen. Er hat Fälle vorgetragen, und meine Mutter musste die Zeugin spielen. Ich musste sie ins Kreuzverhör nehmen.«

Er hält kurz inne, aber sie sagt nichts, was ihn zum Weitersprechen ermuntern würde. Stattdessen schaut sie zum Fenster, auf die Sonne, die sich bewegt, verändert, bewegt, verändert.

»Als ich an die Uni kam, um Jura zu studieren, wurde das Ganze zum ersten Mal auf den Prüfstand gestellt. Die Leute haben mich gefragt, warum ich das studieren wollte. Ich bekam Kopfschmerzen und wurde richtig krank. Erst als ich beschloss, abzugehen, habe ich mich erholt. Der Körper scheint es zu wissen, wenn man das falsche Leben lebt. Als mein Vater es erfuhr, hat er kein Wort mehr mit mir gesprochen.«

Ist er jetzt fertig? Sie geht davon aus, dass das Ganze eine Parabel ist, und nun muss sie die wahre Bedeutung erraten. Sie schaut zum Fenster, auf den Himmel hinter der Glasscheibe. Die Farben verändern sich immer noch. Was wir sehen, wenn wir richtig hinschauen. Paul weiß das natürlich. Karol wusste es. Schauen. *Richtig* hinschauen.

Sie weiß, was die Geschichte bedeutet, natürlich weiß sie es.

Sie sieht ihn an. Er sitzt gemütlich auf dem Stuhl. Seine Beine sind an den Knöcheln überkreuzt. Und dann stellt sie ihm eine Frage, bevor sie sich auf die Zunge beißen kann: Ihre menschliche Neugier verlangt, dass sie das Ende der Geschichte zu hören kriegt. »Haben Sie versucht, den Kontakt zu halten?«

»Meine Mutter hat als Vermittlerin agiert, aber es war zu spät. Er ist gestorben, bevor ich ihn wiedergesehen habe.«

Die rosa Wolken sind verschwunden, und jetzt ist der Himmel eine durchgehende Farbfläche, von Dunkelrot über Gelb zu Dunkelblau, alles vergoldet. Das ganze Zimmer bekommt etwas davon ab.

Sofia merkt, wie sich etwas in ihr verändert, es ist fast körperlich, wie eine Krankheit, die ihren Körper verlässt. Eine Neuanordnung der Dinge. Sie liegt in ihrem Bett, nach dem sie sich seit Tagen gesehnt hat. Sie ist zu Hause, und es ist geschafft. Sie schaut ihn noch einmal an. Die Lockerheit seiner Glieder wirkt ansteckend.

»Pauls Vater«, sagt sie, »wollte, dass Paul so wird wie er, so groß wie er, so stark wie er. Er konnte seine Enttäuschung schlecht verbergen.«

Mehr Worte purzeln aus ihr heraus: »Als kleiner Junge

wich mir Paul nie von der Seite, er wollte überhaupt nichts mit seinem Vater unternehmen. Karol hat mir vorgeworfen, dass ich ihn zu sehr bemuttere. Jeden Tag machte er eine Bemerkung dazu, sagte mir, ich sollte mich zurücknehmen, Paul die Möglichkeit geben, ein Mann zu werden. Das hörte auch nicht auf, als wir herkamen. Da hat er es dann stattdessen geschrieben. In einem Brief hat er vorgeschlagen, dass Paul zum Militär gehen soll.«

»Das wäre interessant gewesen«, sagt Alexander. »Fürs Militär.«

Sie lächelt. »Stimmt.«

»Sofia.«

Argwöhnisch: »Ja.«

»Kann ich Ihnen irgendwas holen? Müssen Sie Ihre Schmerzmittel nehmen?«

»Oh, ja. Die sind in meinem Koffer.«

»Ich dachte mir doch, dass es bestimmt schon Zeit wird. Ich hol Sie Ihnen.«

Er bringt die Tüte mit den Tabletten, reicht ihr ein Glas Wasser. Seltsam, so umsorgt zu werden. Sie ist das nicht gewöhnt, aber sie kann nicht anders, es gefällt ihr.

Sie drückt die Tabletten aus der Packung und schluckt zwei. Stellt das Wasser auf ihren Nachttisch. Sie schaut zum Himmel: dunkler, dunkler.

»Das ist schön.«

Gedankenleser. »Allerdings. Ich schau furchtbar gerne dem Licht zu, wenn es sich so verändert.«

Sie wendet den Kopf und schaut ihn an, als er sie auch direkt anschaut. Ihre Blicke treffen sich. Die Welt geht nicht unter, sondern setzt ihre Reise um die Sonne fort.

Sie sieht weg. »Kann ich dich was fragen?«

»Natürlich.«

»Ist er glücklich?«

»Paul?« Seine Stimme klingt etwas überrascht. »Du meinst abgesehen davon, wie es zwischen *euch* beiden stand?«

»Das meine ich, ja.«

»Bevor du gekommen bist, ja, ich würde sagen, ja, er ist glücklich.«

»Gut. Jede Mutter wünscht sich, dass ihr Kind glücklich ist. Eine Mutter ist immer nur so glücklich wir ihr am wenigsten glückliches Kind. Und ich habe nur eins.«

»Du fehlst ihm.«

Eine Weile sagt keiner von beiden etwas. Dann stellt Sofia die Frage: »Triffst du dich mit deiner Mutter?«

»Ja.«

»Weiß sie Bescheid?«

»Über uns? Ja. Wir haben sie letzte Woche gesehen.«

»Letzte Woche?«

»Sie hat für uns gekocht. Ich glaube, das war der Tag nach deiner OP.«

»Sie hat für euch beide gekocht?«

»Ja. Meine Mutter hat mir auch das Kochen beigebracht. Ich hab ihr immer zugeschaut, dann hab ich selbst angefangen zu kochen. Allerdings nicht, wenn mein Vater zu Hause war. Ich hab gekocht, und er hat meiner Mutter dann die Komplimente gemacht. Wir haben es ihm aber nie gesagt. Blöd, oder?«

»Ihr seid also letzte Woche zu zweit dort gewesen?«

»Ja.«

»Und sie hat sich gefreut, euch beide zu sehen?«

»Ja.«

Sofia starrt in den Himmel; während sie hinschaut, scheint eine schmale dunkle Linie aufzutauchen und sich auszubreiten.

Natürlich bewegt sich nicht die Sonne, sondern der Planet, auf dem ihr Haus steht, der Planet, auf dem ihr Lebensfunke kurz aufblitzt und dann vergeht. Wir Menschen halten immer noch daran fest zu sagen, dass die Sonne untergeht, die Sonne aufgeht, obwohl die Sonne sich nicht vom Fleck bewegt. Die Sonne. Der Sohn.

Sie wendet den Kopf und schaut ihn an. Ihn. Nein, sie kann es nicht. Seinen Namen sagen. Alexander.

Aber er schaut sie gar nicht an. Kein Drama, nur ein Gefühl der Normalität. Er betrachtet das Gemälde an der Wand hinter ihrem Bett.

»Wo hast du das her?«, fragt er.

»Aus einem Trödelladen hier in der Nähe«, sagt sie. »Hat mich ein Pfund gekostet.«

Er lächelt. »Wie schön. Das mach ich jetzt auch. Handeln. Ich kaufe nur Sachen, die ich toll finde, ich würde nie etwas kaufen, was ich nicht mag, ganz egal, wie viel es wert ist. Ich musste mir einen Laden mieten, weil ich alles nach Hause geschleppt habe, und wenn es erst mal über meine Schwelle gekommen war, hab ich gemerkt, dass ich mich schwertue, es wieder herzugeben.«

»Das klingt nach einer guten Taktik, sein Leben zu leben.«

»Ist es auch. Ja, du hast recht, es ist wirklich so.«

»Hast du als Kind irgendwas gesammelt?«, fragt sie.

»Ja. Ich hatte eine Briefbeschwerer-Sammlung.«

Sie nickt. »Der Erwachsene steckt immer schon im Kind, man muss bloß abwarten, wann er wieder rauskommt. Wenn das Kind es darf. Denn sonst hat das Folgen wie bei dir und deinem Vater.«

Er schweigt.

Ihr wird klar, was sie da gerade gesagt hat. Sie weiß, dass sie die Schlussfolgerung jetzt selbst ziehen muss. Tiefe innere Veränderungen. Planeten drehen sich, ändern ihren Orbit. Sie starrt zum Himmel. Das Zimmer wird immer dunkler. Sie seufzt, schließt die Augen.

Es ist alles zu viel. Sie hat genug.

»Es ist schon spät«, sagt er. »Ich räum das mal ab.«

Sie nickt. Mit geschlossenen Augen. Das Kissen ist so weich, ihr Kopf sinkt ein.

»Paul wird bald nach Hause kommen.«

Sie schlägt die Augen auf. Schaut ihn an.

»Ich schick ihn dann zu dir rauf. Ist doch okay, oder?«

Sie nickt. Ja.

»Du wirst doch mit ihm reden, oder?«

»Ja, ich werde mit ihm reden.«

»Danke.« Er steht auf. Schaut zum Fenster, nimmt das Tablett. »Ich werde bei unseren Freunden übernachten, aber Paul bleibt hier, für den Fall, dass du ihn nachts brauchen solltest.«

»Ich komm schon zurecht. Ehrlich.«

»Er will hierbleiben, um dir zu helfen. Er kann dir am Morgen Tee bringen.«

Tee. Blüten, die sich in kochend heißem Wasser entfalten.

»Und ich werde dann kommen, um dir Frühstück zu machen. Ich glaube nicht, dass er das kann.«

Sie macht den Mund auf, um zu sagen, das ist nicht nötig, aber sie macht ihn wieder zu. Lass ihn. Sei dankbar. Sei reif. Sie nickt, ohne den tief ins Kissen eingesunkenen Kopf zu heben.

»Schlaf gut«, sagt er, dann manövriert er sich mit dem Tablett aus dem Zimmer und ist verschwunden.

Sofia schaut aus dem Fenster, durch die Glasscheibe auf die Welt dahinter. Die letzte Farbe ist verschwunden, und der Himmel ist dunkelblaugrau.

zwei briefe

VON dort, wo sie am Tisch sitzt, kann Sofia Brenda beobachten, die neueste Abendpflegerin, wie sie in der Küche herumwerkelt. Wenn sie nur alle so wären wie sie.

Sie schaut zu, wie sie das Tablett mit Salz, Pfeffermühle, Wasserglas und Serviette bestückt, dann verschwindet sie in den Hauswirtschaftsraum, und Sofia hört, wie die Tür der Gefriertruhe aufgeht, eine Schublade herausgezogen wird, das Metall über das Eis kratzt, die Tür wieder zugeht. Als sie wieder auftaucht, hat sie zwei Plastikboxen in der Hand, die sie auf die Seite stellt, um sie für die morgigen Mahlzeiten aufzutauen. Sie greift zu der anderen Box, die bereits aufgetaut ist, und schiebt sie in die Mikrowelle.

Als das Essen fertig ist, füllt sie es auf einen vorgewärmten Teller, den sie auch aufs Tablett stellt. Sie trägt es zum Tisch.

Ein Hühnereintopf: dicke Sauce mit Tomaten und schwarzen Oliven. Kartoffelbrei, und dazu ein bisschen Brokkoli.

Brenda setzt sich mit einem schweren Plumps auf den Stuhl neben Sofia. »Ist es okay, wenn ich mich zu Ihnen setze?«

Sofia lächelt. »Es ist ein bisschen spät, das zu fragen.«

Brenda lacht. »Stimmt.« Sie deutet auf den Teller. »Das riecht gut. Sie haben das beste Essen von all meinen Kunden.«

»Möchten Sie was abhaben?«

»Das war keine versteckte Aufforderung. So subtil bin ich nicht. Wenn ich gerne etwas abhaben würde, würde ich schon fragen.«

Sofia lacht. »Sie würden sich einfach von meinem Teller bedienen?«

»So weit würde ich nicht gehen, aber wenn Sie etwas übrig lassen, könnte ich in Versuchung kommen.«

Sofia spießt mit der Gabel eine Olive auf, schiebt sie sich in den Mund. Sie kaut vorsichtig, für den Fall, dass ein Stein darin ist, aber da ist keiner. Natürlich nicht: Dafür ist er viel zu aufmerksam.

Oliven. Zu Anfang deines Lebens isst du eingelegten Kohl, um durch einen Winter zu kommen; gegen Ende deines Lebens isst du Oliven, lebst in einem Land, wo man alles bekommen kann. Eine ganze Welt auf einer Insel.

»Ich mag Ihren Namen«, sagt Brenda.

»Meinen Namen?«

»Ich hab meiner Tochter von Ihnen erzählt.«

»Wirklich?«

»Wir meinten beide, dass uns Ihr Name gefällt. Er ist ungewöhnlich für jemand in Ihrem Alter.«

Sofia verzieht das Gesicht. In ihrem Alter? Wird sie sich wohl jemals daran gewöhnen, dass die Leute das sagen? Na, zumindest ist sie immer noch da, redet, atmet. Sie hat immer noch eine gute »Lebensqualität«, wie es eine andere Pflegerin formuliert hat. Grauenvoller Ausdruck. Leben ist Leben. Qualität hat keinen Bestand, genauso wie Stimmungen. Gute Tage, schlechte Tage.

»Sofia ist gar nicht mein richtiger Name«, sagt sie.

»Oh. Sondern?«

»Ich heiße tatsächlich Zofia. Mit Z.«

»Das ist ja noch schöner. Warum haben Sie ihn geändert?«

»Als ich herkam, wollte ich, dass er englischer klingt.«

»Woher sind Sie denn gekommen?«

»Aus Polen.«

»Ich wusste, dass Sie von irgendwoher sind.«

»Wir sind alle von irgendwoher.«

»Aber Ihr Akzent. Ich meine – Ihr Englisch ist großartig.«

»Aber ich habe einen Akzent. Ich weiß. Wenn Sie als Erwachsener eine Sprache lernen, können Sie die Worte nie so leicht aussprechen wie in Ihrer Muttersprache.«

»Polen«, sagt Brenda. Sofia wartet auf den Rest des Satzes, aber es kommt nichts mehr.

»Ja. Polen.«

»Wann sind Sie rübergekommen?«

»Nach dem Krieg.«

»Das fühlt sich sicher an, als wäre es eine Ewigkeit her.«

»Allerdings, ja.«

»Haben Sie Kinder?«

»Einen Sohn.«

Sofia schaut ihr Essen an. Auf dem Hühnchen ist eine Menge Sauce, genug, um sie mit in den Kartoffelbrei zu mischen und das Essen so feucht zu machen, dass es ganz leicht rutscht. Das Hühnchen ist bereits in mundgerechte Häppchen geschnitten.

Aufmerksam.

»Mein Sohn«, sagt sie, »war noch ein Kind, als wir rüberkamen.«

»Ist sonst noch jemand mit Ihnen gekommen?«

»Nein. Nur wir zwei.«

»Das muss schwer gewesen sein.«

»Ja, schon.«

Sie nimmt ein bisschen Kartoffel mit Sauce auf ihre Gabel und schiebt sich das Ganze in den Mund. Schluckt problemlos.

»Sagen Sie mir, wenn ich zu viel rede, oder wenn Sie lieber allein essen wollen.«

»Ich unterhalte mich gerne.«

»Gut.«

Noch ein kleiner Mundvoll.

»Würde es Ihnen was ausmachen«, fragt Brenda, »wenn ich mir die Schuhe ausziehe?«

»Natürlich nicht.«

Sie bückt sich (diese Leichtigkeit, mit der sich ihr Körper bewegt: War Sofia auch mal so?) und macht ihre Schnürsenkel auf, schüttelt die Schuhe nacheinander von den Füßen. Und dann zieht sie beide Socken aus. Der Lack auf ihren Zehennägeln ist genauso blutrot wie ihr Lippenstift. Sofia starrt darauf. Ihre Füße sind schockierend, so unerwartet. Nacktes Fleisch, einzelne Zehen. Der menschliche Körper ist so außerordentlich, so eine komplexe Welt, und wir sind seinen Anblick doch so gewöhnt, dass wir ihn nicht richtig wahrnehmen. Nun, sie nimmt ihn wahr. Jetzt, wo sie sich im Großen und Ganzen nicht mehr aus dem Haus bewegen kann, sieht sie alles.

»Nach dem Krieg sind viele Leute rumgezogen«, sagt Brenda.

»Stimmt.«

»Ich war nicht sehr gut in der Schule. Besser gesagt, ich war richtig mies in der Schule. Das Stillsitzen ist mir immer schwergefallen.«

Ihre Zehen bewegen sich, während sie spricht.

»Aber Geschichte war anders. Ich hab mir immer gerne alles vorgestellt. Nicht die Könige und Königinnen, sondern das gewöhnliche Volk, das das alles mitmachen musste. Die Kriege, die Männer, die verschwanden, die Frauen zu Hause und dann in den Fabriken und am Steuer der Krankenwagen. Und wie die Männer dann heimkamen. Das muss ganz schön Reibereien gegeben haben.« Sie streckt die Füße, spreizt die Zehen, mustert sie. Krieg, Zehen: alles das Gleiche.

»Ein Kunde von mir hat eine Polin geheiratet«, sagt sie. »Er hat mir erzählt, dass Polen im Krieg nie offiziell kapituliert hat. Ihre Regierung war hier bei uns, nicht wahr?«

»Ja, genau.«

»Er hat auch erzählt, dass er noch nie eine Frau erlebt hat, die so geputzt hat. Konnten Sie auch so gut putzen?«

Sofia lacht. »Nein.« Diese Frau ist auf jeden Fall ihre Lieblingspflegerin. Mit Abstand. »Vor dem Krieg hatten wir ein Dienstmädchen. Zwei Dienstmädchen. Na ja, die eine war Dienstmädchen und die andere Köchin.«

»Oh.«

»Und als mein Sohn dann auf die Welt kam, hatten wir ein Kindermädchen. Es war ein ganz anderes Leben. Deswegen: Nein, ich konnte nicht gut putzen. Aber der Krieg hat dann alles verändert.«

»Dann mussten sie es lernen?«

»Genau. Ich musste vieles lernen.«

Brenda nickt. »Ist der Umschlag auf dem Kaminsims von Ihrem Sohn?«, fragt sie.

»Ja.«

»Die Zeichnung gefällt mir.« Sie lacht. »Keine Sorge, ich hab ihn nicht gelesen. Ich hab nur den Umschlag gesehen. Umschläge und Postkarten, die darf man anschauen. Wer Geheimnisse hat, soll sie in Briefe schreiben.« Sie bewegt ihre Zehen, lächelt sie an. »Ich habe zwei Töchter, drei Söhne und eine Enkelin, die einen direkten Draht zu meinem Herzen hat.«

»Verhätscheln Sie sie?«

»Ich verhätschle sie so sehr, dass es schon lächerlich ist. In meinen Augen kann sie überhaupt nichts falsch machen. Und Sie, Sofia? Haben Sie Enkel?«

»Nein.«

»Oh. Hat Ihr Sohn nie Kinder bekommen?«

»Nein.«

Sie hat genug. Hat fertig gegessen. Sie schiebt den Teller beiseite.

»Meinen Sie, Ihr Sohn wollte nie Kinder, oder konnte er keine haben? Obwohl, manchmal wollen ja auch die Frauen keine bekommen. Das hab ich nie verstanden.«

»Nein, daran liegt es nicht. Er lebt mit einem Mann zusammen.«

Die Worte erstaunen sie immer noch, wenn sie so beiläufig aus ihrem Munde kommen. *Er lebt mit einem Mann zusammen.*

Sie hat im Laufe der Zeit gelernt, was für eine Macht darin liegt, das zu sagen, sie genießt es, die Reaktionen zu beobachten: das Überspielen des Schocks, die Missbilligung, die Überraschung, dass einer Frau ihres Alters dieser Satz so leicht von der Zunge geht.

Mach mit dieser Information, was du willst, denkt sie. Wir leben im 21. Jahrhundert. Es ist die Wahrheit.

Doch Brenda lächelt nur. »Oh. Cool.«

Cool? Cool? Jetzt ist Sofia überrascht. Hat diese Frau überhaupt eine Ahnung, wie viel hinter Sofias Akzeptanz steckt? Wie viele Veränderungen sie in ihrem Leben miterlebt hat?

»Wie ist er so?«, fragt Brenda.

Sofia lächelt. Fang dich wieder, die Unterhaltung geht weiter. Es ist normal. Akzeptiert. Sie deutet auf den Teller mit den Hühnchenresten. »Er bringt mir meine Mahlzeiten und legt sie in den Gefrierschrank.«

»Ah, der Koch.«

»Ja. Der Koch. Er ist sehr nett zu mir.«

»Das ist ja entzückend. Ich hab Ihnen ja schon gesagt, Sie haben das beste Essen.«

Brenda steht auf, geht barfuß zum Kaminsims, nimmt den Umschlag in die Hand, bringt ihn zu Sofia. Sie setzt sich wieder. Sofia dreht den Umschlag um, zieht eine dicke weiße Karte heraus. Eine handgeschriebene Einladung. Sie zeigt sie Brenda.

Du bist herzlich eingeladen zur standesamtlichen Trauung von Paul und Alexander.

RSVP

(Spar Dir die Mühe. Du kommst.)

»Eine der ersten legalen Trauungszeremonien.«

»Wunderbar«, sagt Brenda.

»Sie haben mich gebeten zu bleiben, bei ihnen einzuziehen.«

Brenda hebt ein Bein und legt es über das andere. Die roten Zehennägel. »Und?«

»Ich weiß nicht so recht. Ich will nicht, dass sie das Gefühl haben, sich um mich kümmern zu müssen. Ich bin sehr unabhängig. Ich habe lange Jahre allein gelebt.«

»So unabhängig sind Sie ja nun auch wieder nicht.«

Sofia starrt sie an.

»Na ja, Sie sind nicht wirklich unabhängig, oder? Ich bin jetzt hier. Sie haben noch eine andere Frau, die später vorbeikommt, um Ihnen diese verdammten Treppen hochzuhelfen, die Sie stur weiter benutzen. Und dieser arme Mann muss all diese Mahlzeiten kochen, alles kleinschneiden, sie in Plastikboxen füllen und dann herfahren. Ich wette, jedes Mal, wenn bei den beiden das Telefon klingelt, haben sie Angst, dass Sie gestürzt sind. Und ich wette, dass sie selbst nicht mehr die Jüngsten sind.«

Sofia starrt sie immer noch an.

Brenda zuckt mit den Schultern. »Ich sage nur, was Sache ist.« Sie stellt ihren Fuß wieder auf den Boden. »Ich mag es nicht, wenn Lebensmittel weggeworfen werden. Würde es Ihnen was ausmachen, wenn ich Ihr Hühnchen aufesse?«

»Nein.«

Brenda steht auf und holt sich eine saubere Gabel aus der Küche, setzt sich wieder hin, fängt an zu essen. »Köstlich. Soll ich Ihnen was sagen? Wenn Sie es nicht tun, dann zieh ich bei den beiden ein.«

Sie langt zu, isst noch mehr. Sofia schaut ihr zu, sieht das Essen zwischen den roten Lippen verschwinden. Als fast alles verschwunden ist, legt Brenda die Gabel aus der Hand.

»Ich hör jetzt lieber auf, sonst ess ich heute Abend nichts mehr.« Sie stellt Teller und Gabel auf den Tisch. »Okay. Zurück in den großen Stuhl?«

»Ich hab ja wohl keine andere Wahl, oder?«

»Nicht wirklich.«

Kleines, kleines Leben.

Brenda nimmt ihren Arm, und Sofia hält sich an ihrer Gehhilfe fest, und mit Hilfe von beiden kommt sie auf die Füße. Langsam bewegt sie sich zu dem bequemen Stuhl, der sich in alle möglichen Richtungen kippen und drehen lässt. Brenda schüttelt das Kissen für ihren Rücken auf, legt ihr die Sachen auf dem Tisch ordentlich zurecht: Telefon, Zeitung, Stift, Wasserglas.

»Brauchen Sie sonst noch irgendwas?«

»Powrot do rodziny.«

Brenda schaut sie an. »Wie bitte?«

»Powrot do rodziny.«

»Ist das Polnisch?«

»Oh. Oh, tatsächlich?«

»Ich glaube schon.«

»Das bedeutet ›zurück zur Familie‹. Powrot do rodziny.«

Im Haus ist es ruhig. Nicht still, aber ruhig. Es gibt keine Uhr. Kein Geräusch von den Rohren der Zentralheizung. Kein Radio. Keine Musik. In der Ferne hört man ein Auto, aber dann ist auch das vorbei. Es muss ja schon irgendetwas passieren da draußen. Leben auf den Straßen. Die Leute rennen vorbei, tragen ihre Einkäufe, halten Kinder bei der Hand. Sie war auch einmal die Frau draußen, die die Hand ihres Sohnes umklammerte, den Griff der Einkaufstasche hielt. Jetzt ist sie hier drinnen, in dieser winzigen Welt.

Sie ist erschöpft, wenn sie nur daran denkt, was sie damals gemacht hat, wozu sie damals in der Lage war. Als Mädchen konnte sie stundenlang im Schneidersitz dasitzen und konnte einen Handstand machen und die Welt auf dem Kopf stehend betrachten. Als junge Frau konnte sie nachts lange ausgehen, dann nach Hause kommen und die ganze Nacht noch am

Fußende von Joannas Bett sitzen und ihr jedes Detail berichten: das Essen, der Klang der Tanzmusik, ein Blick vom anderen Ende des Saals, der Stoff der Kleider. Als junge Mutter konnte sie die Londoner Treppen rauf- und runterrennen, Tüten von den Geschäften heimtragen, Essen kochen, saubermachen, aufräumen, auf einer Leiter stehen, um ein Zimmer zu streichen. Sie konnte all das tun, und dann, wenn er sich für einen Abend freimachen konnte, auch noch Peter die Tür aufmachen.

Wie kann sie jemals dieselbe Person sein wie all diese Mädchen und Frauen? Sie alle leben in ihrer alten Haut, alle zusammen.

Die Kraft, die sie einmal hatte. Die gute Gesundheit. Wir wissen nicht, was wir haben, bis es verschwunden ist. Wir sind uns dessen nicht bewusst, denn das ist unser Grundzustand: Erst Krankheit und Alter machen einem klar, was für ein Geschenk das ist. Sie schaut zum Fenster hinüber. Draußen ist es immer noch hell. Als Kind, im Haus im Wald, ging sie ins Bett, wenn es noch hell war, und die Erwachsenen unterhielten sich noch, und Schlaf kam ihr vor wie eine unmögliche, ferne Welt.

Sie drückt den Knopf an der Seite ihres Stuhls, und er kippt sie sanft nach hinten und fährt eine verborgene Fußstütze aus. So. Perfekt. Noch ein Stück weiter, und sie würde Verdauungsprobleme bekommen: Diese Lektion hat sie durch Versuch und schrecklichen Irrtum gelernt. Sie könnte sich ein zweites Mal am Kreuzworträtsel versuchen, aber wozu? Sie könnte den Fernseher anmachen und den Raum mit belanglosem elektronischem Geplapper füllen, aber nein. Lieber hätte sie die Gesellschaft einer wieder ausgegrabenen Leiche.

Zamyka oczy.

Die Stimme kommt auf Polnisch zu ihr, ein unablässiger Kommentar ihrer Tätigkeiten. Es ist wieder passiert. Ihr innerer Monolog fällt wieder zurück in ihre Muttersprache. *Zamyka oczy*: Sie schließt die Augen.

Sie hat Nahtstellen in ihrem Inneren: bei Sprache, bei Erinnerung. Ihr verfallender Körper hat die Erdschichten darüber aufgeweicht, und jetzt kommt alles herunter. Bricht ein, vermischt sich.

Sie schließt die Augen. *Zamyka oczy*.

Die Musik setzt ein. Es ist das Bach-Cello. Sie spürt, wie sich ihre Beine öffnen, fühlt den hölzernen Körper zwischen ihre Schenkel gleiten, fühlt den Bogen in der Hand, ihren Rücken, der sich vorbeugt. Ihre Arme bewegen sich, geschmeidig wie Wasser. Eine Note nach der anderen kommt, alle immer noch gespeichert in ihrer Erinnerung. In der Nahtstelle in ihrem Inneren.

Und dann setzen die Bilder ein.

Sie geht die Straße entlang, kann ihre Füße sehen, die sich vorwärtsbewegen, erst der eine, dann der andere, ihre braunen Lederschuhe auf dem weißen Schnee. Sie geht an dem geräumten Kanal entlang, zwischen Haufen aus altem Schnee am Straßenrand. Der Atem kommt aus ihrem Mund, eine Wolke vor ihr, in die sie hineingeht, hineingeht. Sie kann den Schnee hören, ihre Schuhe, ihren Atem. Ihre Wangen sind kalt von der Kälte, von der harten Luft. Ihre Augen tränen. Rote Backsteingebäude zu beiden Seiten. Abbiegen, rechts abbiegen. Geh geh vorbei an dem Baum mit den Skelettästen mit dem weißen Himmel darüber, schau hoch schau hoch, und die Flocken segeln herab.

Beeil dich beeil dich denn die Kälte kriecht durch die Knopflöcher während der Wind sich seinen Weg in die Wollsocken sucht und der Frost dich in die Ohren beißt.

Geh vorbei am Park die braunen Schuhe immer weiter immer weiter da ist die Wand gegenüber da ist der Baum und da da sind die Stufen die zum Steinhaus hinaufführen. Hoch

hoch eins zwei drei. Schlüssel raussuchen dick behandschuhte Finger fummeln drehen ihn im Schloss und tritt ein und mach hinter dir zu. Halt die Kälte draußen. Halt die Welt draußen. Schüttel den Schnee ab. Flocken schmelzen in Sachen in Mantel. Nimm Hut ab und rubbel Haare kämm dir Haare neu. Wisch Wasser aus Augen. Noch eine Tür noch ein Schlüssel.

So. Drinnen jetzt.

Die Straßenschuhe ausziehen mit dem Mantel und an den Haken runter mit dem Schal. Weiche Schuhe anziehen weiche Sohlen auf dem Holzboden.

Rechts ist eine Tür. Fass den Knauf die Form das Gefühl so vertraut wie deine eigene Hand. Dreh ihn mach ihn auf. Das Licht kommt durch das Glas von der Straße herunter. Es ist Schneelicht. Eislicht. Da ist der Tisch und da sind Blutflecken auf dem Holz und da hängen Knochen von einem Haken in der Decke. Und da da am lederbezogenen Schreibtisch ein weißbemantelter Rücken. Graues Haar fest zurückgesteckt ein Blick auf den Bügel der Schildpattbrille. Sie schreibt notiert in Krankenakten. Lass sie schreiben: lass sie.

Zurück auf den Flur und da ist die Tür zum dunklen Schrank. Mach ihn auf schau in die Dunkelheit atme den Geruch von alten Kartoffeln ein, den Geruch von dem was unter dem Boden liegt unter der Erde die Erde von der wir stammen Staub zu Staub.

Weiter zur Küchentür. Mach sie auf und bleib stehen und schau. Da ist Glas dahinter ist eine Wand da wächst das Grün zwischen den Rissen in der Ziegelwand hervor. Und da da da an der Spüle das gelbe Kleid die Schürzenbänder das dunkle Haar straff zurückgekämmt im Nacken lösen sich Haare in der Hitze. Gruben über ihren Schlüsselbeinen sind tief genug dass man Salz und Pfeffer hineinfüllen könnte. Eine Stimme von ihrem Papa. *Komm her komm her komm her mein kleines Gewürz.*

Die Gruben sind tief genug dass man Schnee hineinfüllen könnte.

Zurück zurück lass sie dort an der Spüle beim Fenster. Verlass sie gelb gekleidet Schürze gebunden in Taille verlass sie verlass sie rote Hände und wunde Haut und beschäftigt.

Verlass sie und geh raus den ganzen Flur entlang und leg Hand auf den Knauf leg Hand auf das Holz des Treppengeländers und fühl seine Glätte von anderen Händen. Dreizehn Stufen hinauf hinauf. Dann drei nach rechts. Die bekannte Welt unter den Füßen. Geh sie hoch mit geschlossenen Augen: der Körper erinnert sich. Der Treppenabsatz sein uhrentickender Herzschlag. Und eine Tür. Hand auf den Knauf. Dreh. Zwei Zimmer Fenster am Ende spitzenverschleiert. Schiebetüren blassgrün hölzerne Flügel.

Bücher mit Buchrücken in allen Farben. Gemälde an bunten Wänden. In der Ecke das Cello gehalten vom Ständer. Sein Kind, die Geige, neben ihm.

Wieder raus lass sie dort.

Hinaus auf den Treppenflur bieg ab zur nächsten Treppe, steig hoch hoch Hand auf Geländer. Betritt dein eigenes Zimmer.

Die Türen des Kleiderschranks sind offen und die Stoffe warten dort schlicht gemustert bunt sie warten darauf ausgesucht und auf einen Körper gezogen zu werden. Goldener grüner roter silberner Schmuck wartet auf Hals und Handgelenk und Finger. Und da da ist das Bett.

Schau.

Da ist er. Da auf dem Bett, auf dem Bauch liegend ein Handtuch um die Taille Kleidung auf dem Boden. Er schläft. Du siehst dass er schläft am Gewicht seines Körpers an der Reglosigkeit. Du wirst ihn nicht wecken. Schau seinen nackten Rücken an die Landschaft die er ist. Schau die dunklen

Haare an die unter Achseln hervorlugen. Schau Fußsohlen an. Hinterkopf. Riech den Tabak. Seine Männlichkeit.

Geh wieder raus geh wieder raus weiche Sohlen von weichen Schuhen auf dem Boden und überlass ihn seinem Schlaf.

Bleib auf dem Treppenabsatz stehen und schau dich um. Sieh die andere Tür leicht geöffnet. Mach sie ganz auf. Geh ins Zimmer. Lichtritzen von der Straße Vorhänge nicht ganz zusammen in der Mitte. Geh geh ans Bett. Sieh die kleine Gestalt da unten da da ist er. Sein Gesicht sein Haar auf dem Kissen. Mund leicht geöffnet. Hand auf dem Kissen auf dem roten Satinband. Sein Gesicht. Wimpern auf Wange. Rote Lippen. Träumt er träumt. In seinem Kopf in seinem weißen Schädelknochen steckt eine ganze Welt.

Beug dich hinunter. Der Geruch nach Keksen. Nach Backen. Du hast ihn selbst gemacht. Den hier hast du gebacken. Dein Herz flattert wird weich. Geschmolzenes Wachs. Schau er bewegt sich die Augen offen und sieht dich. Mama. Ma-ma. Streck einen Arm aus und berühr ihn fühl seine Kekshaut. Die Augen zu. Du bist an seiner Seite. Jetzt kann er schlafen.

Lass seine Tür offen mit dem Licht von dem Fenster am Treppenflur. Bleib neben dem Fenster stehen und schau die Treppe hoch zu den Zimmern ganz oben den Zimmern der Frauen. Da sind Stufen und da sind Wände weiße Wände Fenster weiße Fenster und das Licht kommt herein durchs Fenster aber was ist das? Das Bild beginnt zu verschwimmen, denn die Fensterscheibe schmilzt wieder zu Sand und öffnet sich der Welt und dann gähnt das Dach und der Himmel darüber ist weiß ist dick und schwer. Und dann beginnt der Schnee zu fallen und er fällt ins Haus hinein. Alles liegt offen unter dem Himmel dem weißen Himmel und Schnee fällt auf Schultern und Haare er fällt auf Treppen und Geländer er fällt auf Türknäufe und er fällt auf Wimpern und da sind weiße verschwommene Flocken rund um Augen und deine Sicht verschwimmt. Schnee fällt und fällt und fällt und die Musik wird langsamer und schleppender und hört auf und deine Augen füllen sich mit Weiß und füllen sich mit mit mit

*

Paul sitzt am Schreibtisch in seinem Studio. Er kaut am Ende eines Bleistifts und überlegt und schaut aus dem Fenster. Er schlägt sein Skizzenbuch auf und beginnt zu zeichnen, nicht seinen Alptraum von letzter Nacht, sondern einen, den er immer noch aus seiner Kindheit in Erinnerung hat. Er beginnt mit einer Reihe scharfer Zähne, von denen perlenartig eine Flüssigkeit tropft. Er zeichnet die Umrisse des Wesens, zeichnet kleine Flöhe, die aus seinem Pelz hüpfen. Seine Klauen sind scharf, an einer ist ein kleines Herz aufgespießt. Ein toter Vogel liegt auf dem Boden.

Paul schreibt darunter: *Tagmahr*. Tagmahr – was soll das denn heißen?

Wenn es nun einen Jungen gab, der Nachtmahre hatte, aber wenn er wach war? Wenn er sie nun jeden Tag den ganzen Tag hatte? Ein Junge, der die Realität nur so halb im Griff hat. Ein Junge, der Sinn für Drama hat, dessen Phantasie außer Kontrolle ist.

Ein Junge wie Paul.

Er zeichnet neben das Geschöpf einen kleinen Jungen, der den Daumen im Mund hat.

Und dann hält er inne. Er schiebt das Blatt weg. Er weiß, dass er hier etwas hat, aber die Idee ist noch zu frisch. Er wird eine Nacht darüber schlafen.

Ideen fliegen ihm zu. Früher hat er sie alle in Notizbüchern festgehalten, aber mittlerweile weiß er, dass sich eine von ihnen in etwas verwandeln wird, sie wird immer und immer wieder an die Oberfläche steigen, bis er ihr Aufmerksamkeit schenkt. Das ist die einzige Art, diese Besessenheit loszuwerden.

Er hat zwei Arten von Ideen: Zum einen solche, die schnell kommen, oft nachdem er sich mit anderen ausgetauscht oder wenn er etwas gesehen hat, und diese Ideen findet er im Moment ihrer Entstehung aufregend, aber sie verblassen schnell. Die anderen sind *seine* Ideen. Sie kommen aus dem Raum tief im Inneren seiner Phantasie. Sie kommen aus seinem Wald.

Er geht zum Fenster. Der versprochene Regen ist gekommen und läuft an der Scheibe herunter. Die Sicht auf den Garten wird vom fließenden Wasser verzerrt; er stellt sich vor, wie die Pflanzen es aufsaugen. Nichts kann richtigem Regenwasser gleichkommen. Sie werden sich so freuen. Seine Pflanzen, sie werden sich so freuen. Das ist gleich noch eine Idee, das Wetter aus der Perspektive der Pflanzen gesehen. Pflanzen als Charaktere: eine, die den Regen hasst, eine Wüstenpflanze; eine, die den Regen liebt, eine Sumpfpflanze. Die Ideen fliegen ihm nur so zu.

Er verlässt das Fenster, greift sich die Ausgaben seines neuesten Buchs vom Schreibtisch, legt sie auf das neue Bücherregal. Dort stehen sie alle, seine Bücher, seine ausländischen Übersetzungen. Seine Ego-Regale. Er dachte, er würde sich ernster nehmen, wenn er sie alle zusammen aufstellte, aber er hat es damit zum Witz gemacht. Ego-Regale. Mittlerweile geht ihm der Platz aus, und er muss entweder neue Regale kaufen oder aufhören zu arbeiten.

Er geht zurück zu seinem Schreibtisch. Er kann es jetzt nicht mehr länger aufschieben. Er hat sich versprochen, dass er bis zu Mamas Eintreffen sauber gemacht haben wird und alles schön aufgeräumt ist.

Er räumt Papiere in den Architektenschrank, legt Stifte zurück in die Behälter und Schubladen. Er zieht Nadeln aus dem Zeichenpult und zupft Reste von Malerkrepp ab. Er nimmt die Tafel, um sie wegzustellen, und in dem Moment fällt sein Blick auf den Umschlag.

Er hat die ganze Zeit auf seinem Tisch gelegen. Unter dem Zeichenpult. Mit dem Gesicht nach unten. Ungeöffnet.

Er starrt ihn an. Hinten hat er festen Karton, ein Umschlag, der dazu gemacht ist, empfindlichen Inhalt zu schützen. Ein Stück Klebeband hält die Lasche zu.

Jetzt? Wenn nicht jetzt, wann dann?

Er nimmt ihn in die Hand. Hält ihn in beiden Händen. Dreht ihn um. Ein Aufkleber vorne drauf, sein Name und seine Anschrift in Handschrift. Rechts oben eine Briefmarke. Gezackte Kanten. Tintenstempel. Das Wort Polska.

Er dreht ihn um, fummelt am Klebeband, bis sich das Ende löst, packt es und zieht es langsam der Länge nach ab. Blassbraune Fasern von der Pappe bleiben daran hängen. Er legt es auf den Tisch, und es rollt sich von selbst zusammen. Die Lasche haftet immer noch am Umschlag, obwohl das Klebeband weg ist. Er nimmt seinen Brieföffner aus dem Stiftehalter und schiebt ihn am Ende hinein, schneidet ihn auf. Er stellt den Brieföffner zurück in den Halter.

Jede Bewegung vollführt er nur mit halber Geschwindigkeit, um die Dinge hinauszuzögern.

Er legt den Umschlag wieder auf den Tisch. Geht zu den Ego-Regalen und rückt die neuen Bücher gerade, obwohl sie bereits gerade stehen. Er schaut dem Regen zu, der an den Fensterscheiben herunterläuft, obwohl er den schon angeschaut hat.

Na los, mach schon.

Zurück an den Schreibtisch. Soll er Alexander rufen? Ihn bitten, nach oben zu kommen?

Nein. Tu es einfach.

Er nimmt den Umschlag wieder in die Hand. Er macht das Ende auf, an dem er die Lasche aufgeschnitten hat, ergreift die Papiere, die darin stecken, und zieht sie heraus. Ein Brief. Mit einer Klammer ist der Brief an zwei Blättern Fotopapier befestigt.

Zuerst der Brief. Abgefasst in formellem Polnisch, erst die Adresse des Absenders, Pauls Adresse, dann ein Gruß. Gefolgt von einer Erklärung zu den beigefügten Bildern. Darunter eine Unterschrift.

Er macht die Klammer ab. Nimmt den Brief und die zwei Blätter Fotopapier und legt sie auf seinem Schreibtisch aus. Links ist der Brief; in der Mitte und rechts die beiden Fotoseiten. Das Blatt in der Mitte zeigt drei Fotos derselben Frau. Das Blatt rechts drei Fotos einer anderen Frau. Beide Fotoseiten folgen demselben Schema: Das erste Bild ist im Profil aufgenommen, mit rasiertem Kopf. Das zweite schaut direkt in die Kamera. Das dritte zeigt das Gesicht im Dreiviertelprofil, mit einem Stück Stoff um den Kopf, demselben Stoff bei beiden Frauen.

Die erste Frau ist Großmama. Die zweite Tante Joanna.

Er tritt von den Bildern zurück. Sie sind zu heftig. Er schnappt nach Luft. Es sollte nicht so ein Schock sein: Er hat sie angefordert, er hat die Archive des Lagers angeschrieben.

Er geht im Studio im Kreis, kommt zurück zu den Bildern.

Er schaut das Bild seiner Großmama an. Sie trägt keine Brille, ihr Blick ist nicht sehr fokussiert. Er schaut das Foto seiner Tante Joanna an, sieht ihren dünnen Hals und die Schlüsselbeine, ihre großen Augenlider, perfekten dunklen Augenbrauen. Ihre Kopfhaut ist wund, die Haare ungleichmäßig geschnitten.

Er starrt den Stoff an, den man ihnen um den Kopf gewickelt hat. Warum haben sie das gemacht? Um sie zu demütigen? Um sie besser wiedererkennen zu können, wenn sie flohen und sich die Haare nachwachsen ließen?

Er dreht die Bilder um. Liest noch einmal den Brief. Sieht

die Worte, die aus den Aufzeichnungen abgeschrieben wurden: Todesursache Tuberkulose. Er sieht ihre Sterbedaten.

Als seine Mama im Wald war und davon träumte, sie wiederzufinden, waren sie schon tot.

Er legt die Blätter aufeinander, den Brief obendrauf, und schiebt sie zurück in den Umschlag.

Sie sitzen in der Küche. Alexander auf der einen Seite des Tischs, Paul auf der anderen. Der Umschlag liegt zwischen ihnen auf dem Tisch.

Die Sonne fällt durchs rückwärtige Fenster, scheint auf die Scheibe und auf die zwei Männer und auf den Tisch mit dem Umschlag.

Sie schweigen eine geraume Weile: vielleicht dreißig Minuten. Oder sogar eine Stunde. Man hört keinen Laut.

Schließlich spricht Paul. »Ich will ihr das nicht erzählen.«

»Musst du ja auch nicht.«

»Es würde nichts ändern, oder?

»Es würde überhaupt nichts ändern.«

»Ich will nicht, dass sie diese Bilder im Kopf hat. Ich kann sie für sie im Kopf haben. Ich kann an ihrer Stelle der Zeuge sein.«

»Ja, das kannst du.«

Paul schaut aus dem Fenster, auf seinen Garten, auf seine Pflanzreihen im Gemüsebeet, das volle Treibhaus. Ihr Leben dort, versteckt im Wald, Dunkle Tage und Nächte in der Scheune. Das Geräusch des Schnees unter seinen Füßen. Die rote Tischdecke. Wie sich der Korbhenkel aus Weidengeflecht anfühlte, wie es klang, wenn er über das lange Gras streifte. Die silbernen Bäume, die dunklen Linien, der Riss im Lack. Die Schichten aus vermoderten Blättern und Zweigen. Der Geruch der frisch angerührten Farbe, nach Eigelb und verbrannten Knochen.

Er seufzt. Nimmt den Umschlag. Steht auf, geht zur Kommode und legt ihn ins oberste Fach, versteckt hinter den großen Tellern. Dort. Lass es dort. Im Dunkeln.

Vielleicht wird er es eines Tages, wenn er bereit ist, in den Garten hinausbringen und ein Loch ausheben und es begraben. Er wird zulassen, dass der Umschlag und der Brief und das Fotopapier langsam zerfallen und Teil der Erde werden.

*

Als Paul das Haus betritt, ruft er laut: »Hallo. Ich bin's, Paul.« Seine Stimme hört sich anders an, jetzt wo der Klang nicht mehr von den Teppichen und den Möbeln geschluckt wird. Er steckt die Schlüssel in die Tasche, holt seine Sonnenbrille heraus.

»Mama«, ruft er wieder. »Ich bin hier.«

Nichts.

Die Tür zum Musikzimmer steht offen, und er schaut hinein. Holzparkett, Doppeltür in den Garten. Kein Cello, kein Stuhl, kein Plattenspieler.

Es ist schon alles im Umzugswagen, auf dem Weg nach Glastonbury.

Er schaut durch die Wohnzimmertür. Dasselbe Bild. Nackter Holzboden, nackte Wände. Nur ihr großer Stuhl und der kleine Tisch sind übrig. Er kann gerade noch den Scheitel ihres silbernen Haars erkennen. Er betritt das Zimmer, macht einen großen Bogen, um sie nicht zu erschrecken, aber als er vor ihr steht, sieht er, dass sie schläft.

Es ist ja nicht eilig; er kann warten.

Er schaut sich im Zimmer um. Obwohl es nackt ist, kann er die Spuren sehen, kann die Vergangenheit lesen. Da ist der Fleck auf dem Holzboden, wo Peter Leinöl verschüttet hat, der Ring aus blauer Lackfarbe, wo Paul den Deckel der Farbdose hat fallen lassen, der Nagel in der Wand, an dem der Spiegel hing, das fehlende Stück in der Zierleiste, wo der Kamin umgebaut wurde, die kleinen Kerben im Holzboden von Stilettoabsätzen.

Er wendet seinen Blick wieder seiner Mutter zu. Er sieht sie richtig an: schütteres weißes Haar, darunter rosa Kopfhaut. Ihre Kehle bewegt sich mit jedem Atemzug, mit jedem Schlag ihres Herzens. Die Haut über ihren Knochen ist jetzt so dünn wie das Schutzpapier für Illustrationen in einem Buch. Ihre linke Hand ruht auf ihrem Schoß. Ihre rechte Hand liegt auf der Stuhllehne. Er schaut ihre Haut an, die roten Male und braunen Male. Die Landkarte ihres Lebens.

Er betrachtet ihre Finger, wie verformt sie sind. Einst waren sie gerade, schlank, elegant. Jetzt wandern sie hin und her: aufeinander zu, voneinander weg. Er streckt seine eigenen Hände aus, schaut auf sie herab. Seine Finger krümmen sich auf gleiche Art, folgen demselben Weg. Mutter und Sohn.

Er wendet sich wieder zum Kamin. Darüber, auf dem Kaminsims, liegen immer noch zwei Sachen. Die Einladung zu ihrer standesamtlichen Trauung. Handgeschrieben, darunter die Worte *RSVP (Spar dir die Mühe. Du kommst.)* Daneben lehnt ein Foto, das er seiner Meinung nach noch nie gesehen hat.

Seine Mama steht in der Mitte, steht vor dem Haus auf dem Land. Rechts und links von ihr stehen zwei Frauen. Tante Joanna und Großmama. Und da ist er, Paul, und hält Mamas Hand. Die Frauen tragen weiße Kleider, und Joanna hält einen Sonnenschirm. Paul schaut auf seine nackten Füße. Seine Knie.

Und sie beide sind heute immer noch da. Ihre Herzen schlagen immer noch, und ihre Lungen pumpen immer noch Luft. Wie zerbrechlich das Leben ist. Wie seltsam das Leben ist. Sie beide, aus der Asche von all dem, *all dem.* Sie liefen mitten durch dieses große zwanzigste Jahrhundert, versteckten sich im Wald, um es zu überleben, und nun stehen sie hier im einundzwanzigsten Jahrhundert.

Als er so dasteht und das Foto betrachtet, wacht Sofia auf. Sie sieht ihn im Zimmer. Er steht am Kamin, wendet ihr den Rücken zu. Seine Anwesenheit hat etwas Anmutiges, denn er ist so ruhig, steht so still im Zimmer: ruhiger als ruhig; stiller als still.

Ihr Blick ist immer noch scharf: Sie sieht mehr denn je aus ihrer winzigen Welt auf dem riesigen Stuhl. Seine Haare sind zu lang, und sein Hosensaum ist ausgefranst. Die Ellbogen seiner Jacke sind abgewetzt, die Manschetten ausgefranst. Na, jetzt wird er sich auch nicht mehr ändern. Er ist fast siebzig Jahre alt. Schau ihn dir an. Wenn er schon so alt aussieht, muss sie ja völlig klapprig aussehen. Ihr Sohn, das Baby, das aus ihrem eigenen Körper kam, ist jetzt ein alter Mann.

Er schaut immer noch das Foto an.

»Das ist lange her«, sagt sie.

Er dreht sich um, überrascht von ihrer Stimme. Er spricht, aber sie sieht nur, wie sein Mund auf und zugeht, als würde er nach Luft schnappen.

»Warte kurz, ich muss mal meine Ohren einsetzen«, sagt sie.

Sie beugt sich vor, hebt ihre Hörgeräte auf – ihre widerspenstigen, pfeifenden Feinde – und fummelt sie sich in die Ohren.

»Besser?«, fragt er.

»Ja.«

»Schön.« Er tritt neben sie, beugt sich zu ihr herunter, küsst sie. Er legt ihr die Hand auf die Schulter, spürt, wie dünn sie ist, wie nahe die Knochen unter der Oberfläche sitzen. »Hallo.«

»Hallo.«

»Wie geht es dir?«

Sie lächelt. »Ich dachte eigentlich, dass es mir schwerfallen wird«, sagt sie, »aber ich bin einfach bloß erleichtert.«

»Schön. Das ist wirklich schön.« Er deutet auf das Zimmer.

»Komisch, das Haus so zu sehen.«

»Mir gefällt es ganz gut. Endlich hab ich diese blöden Flächen richtig entrümpelt.«

»Aber auch nur, weil du dein ganzes Gerümpel jetzt zu mir runterkarrst. Du rümpelst mein Haus wieder voll.«

Sie lacht. »Wir werden einfach die Hälfte wegwerfen. Du kannst mir helfen, das Ganze zu reduzieren.«

Reduzieren, genau. Danach ist ihr zumute. Man fängt mit nichts an, und man baut auf, sammelt. Dann ist man aufgebläht und fängt an, alles wieder herunterzuschrauben. Man fängt an, Dinge wieder wegzuwerfen. Vielleicht kann sie den letzten Gegenstand wegwerfen, kurz bevor sie stirbt. So muss man das machen. Den letzten Gegenstand wegwerfen, wenn man ins Grab stolpert. Die Welt verlassen, ohne ein Zeichen zu hinterlassen, dass man dagewesen ist.

Sie fahren durch die Nebenstraßen, vorbei an Eckkneipen, Schulen und Läden. Sofia sieht London vorüberziehen, sieht, wie es hinter ihr schrumpft. Sie fahren durch Richmond und überqueren den Fluss, sehen das grüne Gras.

Sie weiß, dass sie nie wieder zurückkommen wird. Zu alt. Zu spät.

Lebwohl, London.

Sie sitzt vorn in seinem Auto, ihr Stuhl und der kleine Tisch sind im Kofferraum. Ihre Tasche steht im Fußraum vor ihr. Darin hat sie ihre Medikamente, ihr Geld, ihren Pensionsberechtigungsnachweis. Und darin stecken das Foto und die Einladung. (*Spar dir die Mühe. Du kommst.*) Wieder steht sie zwischen einem alten und einem neuen Heim, zieht von einem Leben noch mal in ein anderes um.

Sie meint zu wissen, wie ihr neues Leben aussehen wird. Alexander hat es ihr umrissen, als er sie zu guter Letzt überredet hatte, bei ihnen einzuziehen. Ein Schlafzimmer im Erdgeschoss, genau in der Mitte des Hauses. »Genau da. Alle um dich herum.« Ein Bad, für sie gemacht. Mit ebenerdiger Dusche. Und eine Frau, die er kennt, die für ihre Körperpflege zuständig sein wird. Eine Frau mit Sinn für Humor, wie er ihr versichert hat. Bei den Mahlzeiten wird sie mit ihnen am Tisch sitzen. Oder in ihrem Zimmer, wenn sie zu müde ist. Er hat an alles gedacht. Alles durchdacht, und sie braucht sich über nichts mehr den Kopf zu zerbrechen. Was für eine Freude.

Sie haben die Stadt jetzt hinter sich gelassen: Die Autobahn ist eine graue Linie, die durch die grünen Felder schneidet. Schau sich das einer an. So viel Grün.

Der Umzugswagen wird inzwischen schon dort sein. Und darin, zwischen ihren restlichen Sachen, ist auch ein Geschenk für Paul.

Nein. Nicht Paul. Es ist ein Geschenk für Pawel.

Pawel.

Warum hat sie jemals seinen Namen geändert? Damit sie sich anpassen, damit sie sich zu etwas anderem machen, als sie sind. Um sich zu verstecken. Um neu anzufangen. Um der Vergangenheit zu entkommen, obwohl einem das natürlich niemals gelingt.

Im Umzugswagen ist ein Geschenk von ihr. Von Sofia. Nein. Nicht Sofia. Es ist ein Geschenk von Zofia.

Zofia.

Brenda hat ihr beim Einpacken geholfen. Sie haben alles separat in Luftpolsterfolie eingepackt, dann haben sie alles zusammen in rote Servietten gewickelt. Darin sind die Sachen, die sie gefunden hat, als alles im Haus zusammengepackt wurde. Eine Tasse aus Knochenporzellan mit blauen Kreisen und Goldrand. Ein Silberlöffel. Ein Kissenbezug mit einem Streifen aus blutrotem Satin. Ein rotes Tuch.

Pawel. Jetzt wendet sie den Kopf, schaut ihn an. Im Profil. Er hat Karols Nase, das stimmt. Aber er hat ihre Augen, ihr Haar, obwohl er es immer viel zu lang trägt, verdammt noch mal. Er ist ihr Sohn.

Sie gähnt. Sobald sie irgendetwas anderes macht, als in ihrem Stuhl zu sitzen, stellt sich die Erschöpfung ein. Wie hat sie nur jemals alles gemacht, was sie früher an einem Tag gemacht hat? Sie lehnt sich an die Kopfstütze, lässt die Augen zufallen. Es ist ein köstlicher Luxus, so gefahren zu werden, versorgt zu werden. Als wäre man ein Baby, allerdings eines mit Geist und Erinnerungen. Unmengen von Erinnerungen. Als wäre man ein Baby, nur dass man von seinem eigenen Kind versorgt wird, statt von seiner Mutter.

Ihre Mutter war zwanzig, als sie auf die Welt kam. Sie rechnet es aus, zählt zwanzig Jahre zu ihrem eigenen Alter. Oh. Sie wäre schon gar nicht mehr am Leben. Selbst wenn es keinen Krieg gegeben hätte und sie ein gesundes und friedvolles Leben gehabt hätten, wäre ihre Mutter mittlerweile schon tot.

Das ist eine Offenbarung.

Bei dem Gedanken wird ihr ganz leicht. Sie weiß warum: Die natürliche Ordnung ist wiederhergestellt. Die Tochter überlebt die Mutter.

Paul – nein, Pawel, *Pawel* – überholt einen kleinen Lieferwagen, wechselt wieder zurück auf die langsame Spur. Er wirft einen Seitenblick zu seiner Mama. Zofia. Sie schläft. Neben ihm. Und sie kommt nach Hause. Endlich wird er ein bisschen von dem haben, was alle anderen auch haben. Er wird eine Familie unter seinem eigenen Dach haben. Es ist zu spät für ihn, das zu haben, was die jungen Männer heutzutage haben können: Adoption, Kinder, Händchenhalten auf der Straße. Doch das hier kann er haben.

»Ich hab dir nie ein RSVP geschickt«, sagt Zofia.

»Ich dachte, du schläfst.«

»Ich hab nicht geschlafen. Ich hab geträumt. Nachgedacht. Über allerlei nachgegrübelt.«

»Ich hab dir gesagt, dass du keine Antwort schicken musst«, sagt Pawel. »Ich hab dir doch gesagt, dass du sowieso kommst.«

»Aber du hast nicht gesagt, dass diese Einladung für immer gilt. Dass ich nur in einer Kiste wieder abreisen werde. Übrigens bin ich nicht sicher, ob ein Sarg durch eure Tür passen würde. Vielleicht müssten sie einen Leichensack benutzen.«

»Jetzt reicht es aber mal. Du wirst erst mal eine Weile nirgendwohin gehen, Mama.«

»Ich komme zur Trauung.«

»Ich würde das gar nicht machen, wenn du nicht kommen würdest.«

»Freust du dich schon?«

Er verzieht das Gesicht. »Alexander sagt, dass ich mich rausputzen muss, einen Anzug anziehen. Mir die Haare schneiden lassen.«

»Gar keine schlechte Idee.«

»Fang du jetzt nicht auch noch an.« Er behält seinen lässigen Ton bei, als er fortfährt: »Ich hab übrigens einen Rollstuhl für dich ausgeliehen, um die Dinge tagsüber leichter zu machen.«

»Du weißt, dass ich diese blöden Dinger hasse.«

Pawel zuckt mit den Schultern. »Und du weißt, dass mir das egal ist. Ist dir auch schön warm?«

»Ein bisschen kühl ist es schon.«

Pawel dreht den Heizungsknopf in den roten Bereich. Stellt das Gebläse an. »Das wird ganz schnell warm.«

Er fährt eine Weile, und das Auto wird wärmer.

»Ich setz mich nicht in einen Rollstuhl«, sagt Zofia. »Ich hasse die Dinger.«

»Das wird die Dinge leichter machen. Für uns.«

»Das ist mir egal.«

Sie schweigt eine Weile. Dann fragt er: »Was ziehst du denn an?«

»Ich hab mir ein neues Kleid gekauft.«

»Wie meinst du das?«

»Wie könnte ich so einen schlichten Satz schon meinen? Ich hab ein neues Kleid. Ich hab es extra gekauft.«

»Wie hast du das denn gemacht?«

»Brenda ist mit mir losgegangen.«

»Wie?«

»Ach, weißt du, das hat sie eben einfach so gemacht.«

»Mit einem Rollstuhl?«

Sie schaut auf den Tacho. »Du bist gerade über dem Tempolimit.«

Paul lacht. »Wechsel nicht das Thema.«

»Ich wechsle nicht das Thema.«

»Doch. Brenda hast du also erlaubt, dich in einem Rollstuhl rumzufahren, aber uns nicht.«

»Das ist was anderes.«

»Du bist furchtbar.«

»Ich weiß, und es ist mir egal. Ich bin alt. Ich kann sagen, was ich will, und tun, was ich will.«

Das stimmt. Sie ist leichtsinniger, pfeift auf so manches. Sie wird von jemand anders chauffiert, man kümmert sich um sie. Es gibt nichts, worüber sie sich Sorgen machen müsste. Worüber hat sie sich eigentlich immer so viel Sorgen gemacht? Jahrelang. Nun gut, es gibt vielleicht keine weiteren Nachkommen, und ihre Familienlinie stirbt damit aus, aber es war eine gute. Eine gute Familie. Nun gut, vielleicht hätte sie Konzertreife erlangt, wenn der Krieg nicht gewesen wäre, aber vielleicht auch nicht. Nun gut, vielleicht hat es sie tatsächlich ausgelaugt, ein Kind zu haben, aber was wäre, wenn sie ihn jetzt nicht hätte?

Außerdem ist sie stolz auf ihn. Er ist ihr ganzer Stolz, sie freut sich jeden Tag über ihn. Sie hat die nächste Generation aus ihrem Schoß gespuckt. Sie hat eine Rolle gespielt.

Es kommt ihr vor, als könnte sie alles sehen, als wäre der ganze Plan, das allumfassende Muster offenbart worden. So war ihr Leben. Die Morgendämmerung vor den Blutungen. Die Jahre der Möglichkeiten. Die Landschaft nach den Blutungen. Die Vollendung, die Linie, die sich zum Kreis schließt.

Sie – Zofia – schaut aus dem Beifahrerfenster. Man sieht Bäume und Hecken, die die Felder unterteilen, sie bieten alle Schattierungen von Grün. Das englische Land. Es ist schon etwas Besonderes, weiß Gott. Und hier kommt sie, zieht mitten hinein. Sie hat ihr Leben in einer großen Stadt auf dem europäischen Festland begonnen, einem deutlichen Punkt auf der Weltkarte. Sie wird es beschließen in einem winzigen Punkt auf der Karte, in einer kleinen englischen Stadt auf dieser grünen Insel.

Die Felder ziehen rasch vorbei: grünes Gras, gelber Raps, blauer Leinsamen, die dicken Kornähren, regelmäßige Reihen von breiten Bohnen, rote Tupfer vom Mohn. Jedes Feld ist anders geformt, je nach der Geschichte der Menschen, die es bebaut haben, und je nach dem Boden, der darunter liegt, den tiefliegenden Nahtstellen zwischen Stein und Wasser. Jedes unserer Menschenleben wird davon bestimmt, wo wir geboren werden und wann wir leben. Wäre ihr Leben anders verlaufen, wenn sie an einem anderen Ort geboren worden wäre, zu einer anderen Zeit? Wenn sie dem Krieg hätte aus dem Weg gehen können? Sie weiß es nicht. Wir reden uns ein, dass wir eine ganz bestimmte Persönlichkeit haben, dass wir ein wahres Ich haben, aber wenn man da ein paar Jahrzehnte hinzufügt oder wegnimmt, ein paar hundert Meilen, könnten wir völlig anders sein. Was für Veränderungen sie in ihrem Leben miterlebt hat. Von Krieg zu Frieden. Von Kommunismus zu Kapitalismus. Die Frauen, von der Küche in die Geschäftsführung. Ihr Sohn, der demnächst seinen Lebenspartner auf einem Standesamt küssen wird.

Wie formbar wir Menschen sind, wie wir uns einbilden, dass unsere Perspektive ganz festgelegt ist, aber wie sehr sie sich dann doch ändern kann.

Sie schaut zu, wie die Felder vorüberziehen. Eine Gruppe Bäume steht am Horizont. Bäume, ein Gehölz, ein Wald. Der Blick durch die Bäume, durch die silbernen Stämme hindurch, in die Dunkelheit. Ins Unerforschliche.

Nicht alles ist erforscht: Es gibt immer noch Geheimnis. Es gibt immer einen Wald.

Felder, weitere Felder. Grün, Gelb, Blau, rote Mohnkleckse. Wieder Grün.

Sie kam als Flüchtling zu diesen grünen Feldern. In dieses Asyl. Und sie ist zutiefst dankbar für die Humanität. Den Anstand.

Danke, England.

»Mama?«

Diese zwei Silben. Sie sind immer noch da, zwei Herzschläge. Wachs, das von Flammen aufgeweicht wird. Mama. Sie wendet sich ihm zu, schaut ihn an. »Ja?«

»Es macht mich so glücklich, dass du bei mir einziehst.«

Die Landschaft verändert sich. Bäume und Wälder und kleinere Felder weichen großen Kalkhängen. Sie fahren jetzt gegen die Sonne, Richtung Westen, sie scheint frontal durch die Windschutzscheibe. Pawel klappt die Sonnenblende herunter, damit er etwas sehen kann. Er klappt auch Zofias Sonnenblende herunter, damit sie etwas sehen kann.

So ist es besser.

Sie schaut nach vorn, sieht etwas, was aussieht wie eine Baumgruppe, aber als sie näherkommen, sehen sie beide, dass es keine natürliche Struktur ist. Der Verkehr verlangsamt sich. Die Umrisse beginnen sich in der Ferne herauszukristallisieren, bis sie einen Kreis aus Steinen sehen. Aus stehenden Steinen. Im Kreis stehend.

Stonehenge.

Er bremst ab. Andere Autos bremsen ebenfalls ab. Alle recken die Hälse, um einen Blick zu erhaschen.

Geh weiter raus

Ihr Verdeck ist offen. Zofias weißes Haar leuchtet in der Sonne. Pawels Kopfhaut ist kahl unter seinem langen dünnen Haar. Ihr Auto rollt über die graue Straße, während sie auf die Geschichte, auf das Geheimnis starren.

Geh weiter raus

Die Felder sind geteilt. Eines grün, eines gelb. Dort ist der Kreis der stehenden Steine, die Straße, die sich gabelt, ein Parkplatz, langsam rollende Autos.

Geh weiter raus

Die grünen Hügel, eine dünne Schicht Erde über dem Kalk. Grabhügel, alle voller Knochen: Schädel, Oberschenkelknochen, Schlüsselbeine.

Geh weiter raus

Straßenbänder zwischen Städten. Alte Spuren, Markt. Ein Flickenteppich aus Feldern, Abgrenzungen, Straßen, Pfaden.

Geh weiter raus

Der Süden des Landes. Städte, Kleinstädte.

Geh weiter raus

Die ganze Insel umgeben von Wasser, eine Insel, die darauf treibt wie ein Rettungsboot auf silbrigem Meer.

Geh weiter raus

Der Kontinent Europa, seine Grenzen ausgelöscht, neu geschrieben, ausgelöscht, neu geschrieben.

Geh weiter raus

Ein Erdball, umhüllt von Passatwinden und Wolken.

Geh weiter raus

Der Schatten der Nacht; das Licht des Tages.

Geh weiter raus

Die Sonne ein Feuerball.

Geh weiter raus

Kreisende Planeten.

Geh weiter raus

Geh weiter raus

Und wir sind verschwunden.

Danksagung

EIN Dankeschön an Jan Pienkowski und David Walder dafür, dass sie ein Teil meiner Kindheit waren und mir erlaubt haben, mich von ihren Geschichten inspirieren zu lassen.

Danke auch an meine Leser, Barbara Tuchánska und Wieslew Oleksy. Alle Irrtümer in diesem Buch habe ich zu verantworten.

ANITA BROOKNER
Ein Start ins Leben
Roman

Gebunden mit Schutzumschlag
Mit einem Vorwort von
Julian Barnes

Auch als E-Book erhältlich
www.eisele-verlag.de

Im Alter von vierzig Jahren wurde Dr. Weiss klar, dass die Literatur ihr Leben ruiniert hatte.

Dr. Ruth Weiss ist schön, intelligent – und einsam. Bei Balzacs Heldinnen sucht sie Antworten auf die Fragen des Lebens und der Liebe und sinnt darüber nach, wo in ihrer Kindheit und Jugend die Ursachen für ihre einzelgängerische Existenz liegen. Dabei schien doch anfangs alles so hoffnungsvoll, als sie als junge Frau in Paris ein neues Leben begann ...

Schon Anita Brookners Debüt ist ein vollendetes Stück Literatur. Tessa Hadley zählte *Ein Start ins Leben* im Guardian zu einem ihrer besten Romane und nannte ihn »schwarzhumorig, düster, und sehr, sehr witzig.«